묵향 3
혼돈의 장

묵향 3

초판 1쇄 발행일 · 2007년 6월 22일
초판 4쇄 발행일 · 2021년 12월 30일

지은이 · 전동조
펴낸이 · 유용열
기　획 · 김병준
편　집 · 김은희, 유지원
펴낸곳 · 도서출판 스카이미디어

주소 · 서울시 동대문구 용두동 234-35번지 대명빌딩 202호
전화 · (02)922-7466
팩스 · (02)924-4633
E-mail · skymedia62@hanmail.net
출판등록 · 제6-711호

Copyright ⓒ 전동조 2021

값 9,000원

ISBN · 978-89-92133-08-1 04810
ISBN · 978-89-92133-00-5 (세트)

※ 온라인상의 불법 복제물의 유포나 공유는 저작자의 재산권을 침해하는
　중대한 범죄 행위로 관련법에 의거해 처벌 대상이 됩니다.
※ 작가와의 협의에 의하여 인지는 생략합니다.
※ 잘못된 책은 본사나 구입하신 서점에서 교환해 드립니다.

DARK STORY SERIES I

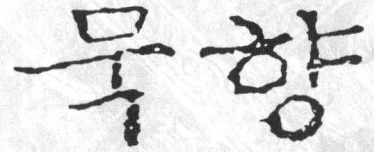

전동조 장편 판타지 소설

3
혼돈의 장

차례
혼돈의 장

날개를 펴는 묵향	7
뛰어난 모사를 얻다	16
안내자	23
벼룩의 간 꺼내 먹기 I	75
벼룩의 간 꺼내 먹기 II	81
엇갈림	86
무서운 방문객	90
건망증	100
또 다른 현경의 고수	143
교주의 계략	149
눈에는 눈	152
세력 확장	158
어떤 청부	168
여행을 떠나세나	174

차례
혼돈의 장

진영 공주 ··180
소림사의 흉계 ··193
공주의 수난 ··201
뜻밖의 구원자 ··231
새로운 일행 ··250
밝혀지는 진실 ··256
혈교의 출현 ··259
암습 ··281
구휘(區揮)의 무덤 ··································290
다시 만난 괴인 ······································302
새로운 수하들 ··334
교주의 외출 결과 ··································348

[부록]장인걸 교주의 마교 세력 편제 ··········375

날개를 펴는 묵향

 천랑대가 금의위의 위사들을 학살하는 모습을 보면서 묵향은 생각했다.
 '역시 아무래도 세력이 좀 더 있어야 해. 예전에 교주가 나한테 그랬었지. 나는 독보강호(獨步强豪)는 가능해도 무림제패(武林制覇)는 불가능한 위인이라고……. 나도 이럴 생각은 없지만 내가 복수하고자 하는 상대들이 거대 문파를 거느리고 있고 또 그들이 나와 단독 대결을 벌여 줄 가능성이 없는 이상 나도 세력을 거느려야만 해. 우선 한중평까지 끌어들인 후 계속적으로 마교의 5대 세력을 본인이 흡수해 주겠다.'
 이런저런 생각을 하고 있을 때 천리독행이 묵향 앞에 부복했다.
 "모두 처치했습니다."
 "좋아, 이제 염왕적자에게로 가자."

"저……."

"뭔가?"

"옥 대장군 관저(官邸)에 본대의 부상자들이 많이 있습니다. 그들을 거두어야 하지 않겠습니까?"

"얼마나 있나?"

"거의 5백 명 정도……."

"그럼 수하들을 보내 그들을 수습하여, 가만있자… 어디를 본거지로 삼는 게 좋을까?"

"3백 리(약 90킬로미터)떨어진 곳에 흑룡문(黑龍門)이 있습니다. 아쉬운 대로 그들을 접수하심이 어떨까요?"

"좋아, 수하들을 수습하여 그곳에서 합류하기로 하지. 부상자가 그렇게 많다면 지네기 직접 지휘하도록."

"존명!"

"염왕대의 위치를 아는 자가 있나?"

"예."

천리독행은 뒤를 돌아보며 외쳤다.

"진철(眞鐵)!"

그러자 뒤쪽에서 흑의인이 쏜살같이 날아와 부복하며 외쳤다.

"옛!"

묵향은 그 진철이라 불린 흑의인에게 말했다.

"너는 본좌를 염왕대가 있는 곳으로 안내해라."

"존명!"

묵향은 진철을 따라 몸을 날리며 천리독행에게 지시다.

"흑룡문에서 만나자. 본좌가 도착하기 전까지 접수를 완료하도록!"

"존명!"

그들이 달리기 시작한 지 얼마 되지 않아 앞쪽에서 많은 수의 흑의인들이 최대한의 속도로 달려오고 있었다.

"훗, 저쪽에서 찾아오다니 일이 편하게 됐군."

묵향과 진철이 잠시 기다리자 병장기를 뽑아 든 흑의인들이 주변에 포위망을 형성하기 시작했다. 그 모습을 보면서 묵향이 코웃음을 쳤다.

"염왕적자!"

상대로부터 아무런 답이 없자 묵향은 다시 한 번 더 외쳤다.

"염왕적자! 네놈은 본좌가 누군지 잊었나?"

그러자 묵향 앞쪽을 막고 있는 흑의인들 뒤쪽에서 음산한 소리가 들려왔다.

"물론 기억하고 있습니다."

"훗! 회음전성(回音傳聲) 따위 얄팍한 술법을 쓴다고 본좌가 네 녀석의 위치를 모를 것 같은가? 네 녀석은 둘 중 하나만 선택해라. 본좌를 따르든지 아니면 교주의 충실한 개로서 여기서 영광스런 죽음을 맞이하든지……."

회음전성이란 기를 이용하여 음을 굴곡시켜 동(東)에서 말한 것이 서(西)에서 들리도록 조작하는 고차원적인 기술이다. 그런데 그걸 바로 지적하자 상대는 경악했다.

"헉! 기억을 되찾으셨습니까?"

"물론, 천리독행은 본좌와 함께하기로 했다. 이제 너의 선택만이 남았다."

"그는… 천리독행은 어디 있습니까?"

"부상자들을 수습하러 대장군 저택에 간다더군. 참내…, 마교가 아무리 썩어도 겨우 대장군부 하나를 부수는 데 천랑대 전력의 9할이 나가떨어지다니……. 믿어지지 않는 일이야."

그러자 염왕적자는 부들부들 떨기 시작했다. 아무리 생각해도 대장군부 하나 부수는 데 그 정도 전력이 깨질 리는 만무했다. 어쩌면 그 원흉은……?

"선택하라. 지금 죽을 건지. 아니면 따를 건지."

사실 묵향이 정파의 고수라면 얘기가 다르다. 그들은 철혈의 세계에서 자라온 강자들……. 결코 죽음을 두려워하지 않는다. 하지만 묵향이 마교의 부교주라는 점을 들고 나온 이상, 이건 어디까지나 교내의 권력 투쟁이 되는 것이다. 이때는 좀 더 강한 자 밑에 들어가는 것이 여러모로 봐서 자신들에게 낫다. 무엇보다도 묵향이 마교가 낳은 최강의 고수라는 사실은 변함없는 진실이기 때문이다. 마음이 정해지자 그는 묵향 앞으로 튀어나갔다. 놀랍게도 그는 목소리가 들린 곳과는 달리 묵향의 오른쪽에서 나와 부복(俯伏)하며 외쳤다.

"따르겠습니다."

"나중에 후회하지 않을까?"

"절대 후회는 없습니다. 본교를 접수하실 생각이십니까?"

"그래야겠지. 더불어 지난날의 복수도 해야 할 거고……. 하지만 밑의 인물들에게는 죄를 묻지 않겠다. 그때 나를 암살하려고 모의한 자들을 도운 게 너희들의 뜻이 아님을 본좌는 잘 알고 있기 때문이다."

그러자 무기를 들고 포위하고 있던 흑의인들이 저마다 병장기를 놓고 부복하며 외쳤다.

"부교주님께 충성을 다하겠습니다!"

묵향은 고개를 끄덕이고는 염왕적자를 돌아봤다.
"염왕적자!"
"예."
"모두들 대장군부로 가서 천리독행을 돕도록 하라."
"존명!"
염왕대와 천랑대는 대장군부에서 부상자들을 수습하여 흑룡문으로 향했다. 가는 도중에 묵향은 천랑대가 괴멸적인 타격을 받은 것이 자신이 한 일이라는 것을 듣고 놀랐다.
"모든 것이 내가 한 일이라고?"
"전혀 기억이 나지 않으십니까?"
그러자 묵향은 망연한 표정으로 내뱉었다.
"제기랄, 암습을 당한 다음 국(菊)이 나를 이끌고 물속으로 뛰어든 것까지밖에 기억나지 않아. 참, 그러고 보니 그건 총타 부근에서 벌어진 일인데, 여기는……?"
천리독행이 신중하게 설명했다.
"속하도 자세히는 모르나 부교주께서는 암습을 당하신 후 옥 대장군 가 사람들에게 구조되어 기억을 잃은 채 찬황흑풍단에서 일하셨습니다. 그러다가 이번에 옥 대장군을 척살하는 사건에 연루되신 겁니다. 부교주께서 기억을 잃으시고 무공이 감소된 것을 안 교주가 능비계 부교주에게 천랑대와 염왕대를 주어 부교주를 없애라는 명을 내린 거죠. 그런데 싸우는 도중에 부교주께서 기억을 되찾는 바람에 능비계 부교주가 사망했는데……. 이번에는 중간의 기억을 잃으셨다니 하늘의 뜻인 것 같습니다. 시간이 지나면 그것도 기억이 나시겠죠."
"크흐흐흐, 그따위 기억 없어도 상관없어. 무림인으로서 관부의 개가 되었던 것이 뭐 자랑이라고 그 기억을 되살리려 노력하겠나. 우선은 힘을 비축하여 새로운 역사를…, 피의 역사를 만들어 나가는 것이 마인(魔人)의 도리. 기왕에 잃은 수하들은 어쩔 수 없는 노릇이고, 남은 부상자들만이라도 완쾌시켜 전력에 보탬이 되도록 해라."

"존명!"

 흑도 계열인 흑룡문은 문도 수 3천 정도의 제법 큰 방파다. 묵향 일행이 그들을 택한 것은 자신이 거느린 3천에 가까운 식솔들을 먹여 살리기 위해 그럴듯한 보금자리가 필요했기 때문이다. 흑룡문도 주위에서는 알아주는 문파였으나 마교의 정예 앞에서는 허수아비에 불과했다. 간단한 싸움 끝에 항복한 흑룡문주 흑수마령(黑手魔翎) 갈파(葛把)는 묵향이 수하가 될 것을 맹세하고 말았다.
 묵향에게는 이제부터가 문제였다. 묵향은 타고난 무인(武人)이라 여태껏 수련에만 전념해 왔었는데 반란도배(叛亂徒輩)의 우두머리 역할을 하자니 별의별 잡일을 다 떠맡아야 했던 것이다.
 식량, 의복, 무기 등이 하늘에서 거저 떨어지는 것은 아니다. 수천의 문도를 거느린 방파를 유지하기 위해서는 막대한 자금이 필요했고, 그 모든 것은 서류라는 형태로 묵향에게 돌아왔다. 묵향이 거느린 천랑대나 염왕대의 경우 무인들로 구성된 집단……. 막강한 힘은 있으나 경영에 관한 머리는 깡통이나 다름없기에 아쉬운 대로 흑룡문주 갈파에게 경영을 맡겼지만, 백지나 다름없는 그가 옆에서 보기에도 갈파 또한 영 아니올시다였던 것이다. 그래서 묵향은 이 중대한 사태를 해결하기 위해 천리독행과 염왕적자, 갈파를 불러들여 회의를 열었다.

"아무래도 경영의 귀재를 영입해야겠어."

"맞습니다. 모두들 검밖에 모르는 돌머리들뿐이니……."

"왜 본교가 근래에 이르러 최고의 전성기를 맞이하고 있는지 지금에야 알 것 같더군. 혁무상 그 녀석이야."

"적미살소 혁무상 장로 말입니까?"

"그래, 나한테도 그런 머리 좋은 녀석이 하나 필요해. 어디 괜찮은 인물이 있다면 천거해 보게. 내가 책임지고 끌고 올 테니까."

"그럼 혁무상을 납치해 오면 어떨까요?"

"그건 별로 좋은 의견이 못 돼. 그 녀석이 자결이라도 한다면……. 게다가 성심껏 협력할지도 의문이고……."

"무공을 몰라도 상관없습니까?"

"뭐… 무공이야 몰라도 별 상관없지. 나는 무공 실력을 원하는 게 아니라 머리를 원하는 거야."

"그렇다면 괜찮은 인물이 있습니다. 하지만 포섭하긴 힘들 겁니다."

"누군가?"

"진량산 부근에 보면 천륜장원이 있는데 그 장원의 주인이 꽤 실력자라고 들었습니다."

"장원의 주인? 그럼 무림인인가?"

"아뇨, 무림인은 아닙니다. 적당히 땅을 가지고 있고 상행위도 약간 하는데, 머리가 잘 돌아간다고 들었습니다."

"흠… 그는 안 돼."

"예?"

"무림에 뜻이 없는 사람들은 그냥 놔두는 게 좋아. 피의 법칙이 통용되는 무림에 그런 순수한 사람들을 끌어들일 필요는 없지. 그거 말고 예전에 망한 단체의 재정을 맡았다든지, 뭐 그런 인물들 중에 뛰어난 자는 없나?"

"아, 한 명 있습니다. 예전에 천마문(天魔門)에서 일하던 사람인데, 알력이 생겨 쫓겨난 인물입니다. 천마문은 8천의 문도를 거느리는 흑도 계열의 제법 큰 문파인데, 거기서 문상(文相)의 직위에 있었던 설무지(雪無知)란 인물입니다. 이름은 호(湖)인데, 익히면 익힐수록 더욱 모르는 것이 많더라고 하여 자신의 무지를 한탄하며 자를 무지(無知)라 붙인 인물입니다."

"구미가 당기는 인물이군."

"그때 쫓겨난 다음 칠야산(柒倻山)에서 은거하고 있다고 그러더군요."

"좋아, 그자로 하지. 내가 나녀올 동안 서놈의 흑룡문 현판은 떼 버리고……. 흑룡문은 정파 같은 냄새가 나서 영 껄끄러우니까 아무 이름이나 적당한 걸로 현판을 걸어 놓도록!"

"존명!"

이때 갈파가 말했다.

"그런데… 부교주님."

"왜 그러나?"

"소인이 깔아 놓은 정보망에 걸린 건데, 지금은 별 문제될 것이 없으나 나중에 부교주님의 기억이 돌아오면……."

서론이 길어지자 짜증이 난 묵향이 말했다.

"무슨 일인지 서론은 빼고 결론만 말해!"

"옥영진을 구하기 위해 출동했다가 염왕대와 충돌했던 흑풍단의 일부가 반도라고 규정되어 관군(官軍)에게 쫓기고 있습니다. 그들을 도와주심이 어떨는지요."

"내가 왜 그들을 도와줘야 하지?"

"아마도 그들 중에는 부교주님과 친했던 인물이 있을지도 모릅니다. 나중에 기억이 돌아오신 다음 후회해도……."

"알겠다. 그들은 지금 어디 있나?"

"확실하지는 않으나 관군에게 쫓기면서 지금 감숙성(甘肅省)의 무산(武山) 부근에 있다고 합니다. 체계적인 정보 조직이 없어서 들리는 소문만을 종합했기에 정확한 것은 가 봐야만 알 것입니다."

"흠……."

그러자 천리독행이 나섰다.

"만약 구하러 가신다면 수하들을 준비시키겠습니다."

"아니야, 그럴 필요는 없어. 그러면 괜히 관부와 충돌이 생기니까 혼자 가기로 하지. 대신 나는 철야산 쪽으로 갔다가 바로 그리로 갈 테니까 군사(軍師)를 호위할 수하들 열 명 정도 데려가기로 하지. 천리독행! 눈치 빠른 놈들로 부탁하네."

"존명!"

이때 갈파가 묵향에게 비단 주머니 하나를 건네주며 말했다.

"부교주님의 무공으로는 별 필요 없겠으나 많은 사람을 거느리고 돌아와야 하는 일입니다. 혼자 가시겠다면 이게 필요할 것입니다. 그냥 들판에 뿌리기만 하시면 됩니다."

묵향은 그 주머니 위에 쓰인 글자를 읽고 이해가 간다는 듯 고개를 끄덕였다.

"이런 것도 있었군. 잘 쓰겠네."

"감사합니다."

뛰어난 모사를 얻다

"이런 빌어먹을, 칠야산이 이렇게 넓을 줄은 생각도 못 해 봤군."

묵향은 10인의 호위 무사를 거느린 채 4일째 수색 중이었다. 칠야산 곳곳을 이 잡듯이 뒤져 댔지만, 하늘로 솟았는지 땅으로 꺼졌는지 설무지의 행방은 묘연했다.

'칠야산에 불을 지르면 숨이 막혀서 튀어나올까……?'

급기야는 짜증스러움에 이런 망상까지 하게 될 때쯤, 동쪽을 살펴보러 갔던 수하가 달려와서 묵향의 앞에 부복하며 외쳤다.

"찾았습니다."

"그래? 가자!"

자그마한 모옥(茅屋)……. 그 모옥을 중심으로 묵향의 신호에 따라 사방에서 수하들이 몰려들었다. 모든 수하들이 도착하자 묵향은 그들을 외곽에 놔둔 채 혼자만 모옥으로 다가가 부드럽게 외쳤다.

"계십니까?"
"……."
"계십니까? 저는 묵향이라 합니다."
 아무런 답이 없자 묵향은 조심스레 다가가 문을 열어 봤다. 안에는 아무도 없었다. 대신 방 안의 공기가 절대 폐가가 아님을 증명해 주고 있었다. 거기에 덧붙여 황급히 떠난 듯 살림살이도 거의 다 있었고 일부만이 방바닥에 어지러이 흩어져 있었다.
 '몇 시진 전까지 사람이 있었다. 볼일이 있어 딴 곳에 갔나? 아니면 저놈의 마기를 풍겨 대는 수하 놈들 때문에 겁먹고 도망가 버렸나……. 하여튼 도움이 안 되는 놈들이군, 쯧쯧.'
 묵향은 멀찍이서 기다리고 있는 수하들을 원망스레 바라보다가 생각을 돌렸다.
 '겁을 먹었다면 어쩔 수 없다. 편지나 남겨 두고 돌아갔다가, 다음에는 혼자 와서 뒤져 보는 수밖에. 강한 건 좋은데 마기를 안 풍기는 놈들이 없으니. 그래서 사군자는 일부러 마기 없는 놈들만 넣은 것이었는데……'
 묵향은 주인이 없었지만 실례를 무릅쓰고 방 안에 놓인 지필묵(紙筆墨)을 이용해서 그럴듯한 편지 한 장을 남겨 둔 다음 철수할 수밖에 없었다. 괜히 주변에 남아 있으면 아마도 감시 중일 게 뻔한 상대가 더욱 조심할 것이 분명하기에 아예 모두를 이끌고 마을로 내려가 버렸다.

 다음 날 아침이 되자 묵향은 수하들을 이끌고 다시 산으로 올라갔다. 모옥에서 50장(약 150미터) 밖에 그들을 대기시켜 둔 후 모옥으로 향했다. 도착해 보니 모옥 앞에 있는 밭에서 한 남자가 곡괭이를 들고 밭을 매고 있었다. 묵향은 그에게 다가갔다. 한 쉰 살은 되었으리라. 희끗한 수염과 얼굴 곳곳에 새겨진 세월의 상처들이 그의 경륜을 나타내는 듯했다. 맑고 잔잔한 눈에 적당히 솟아오른 콧날……. 확실히 농부라고 보기에는 너무나 지적인 얼굴이다. 묵향은 그가 일을 마칠 때까지 그냥 옆에 서서 기다렸다.

이윽고 곡괭이 소리가 멈추더니 그 농부는 묵향을 힐끗 바라보며 말했다.

"차라도 들겠소?"

"예."

농부는 부엌에 들어가더니 손수 차를 준비해 왔다. 묵향이야 그다지 차를 즐기는 인물은 아니었기에 그런대로 예의에 어긋나지 않을 정도로만 행동하며 차를 마셨다. 그런 의미에서 유백 사부는 그에게 많은 가르침을 줬던 것이다.

조용히 차를 마시는 묵향을 바라보며 농부는 생각했다.

'알 수가 없군. 차를 마시는 모양으로 보아… 결코 교육을 잘 받은 사내는 아니다. 타고난 무골처럼 행동하지만 겉모습만 봐서는 무공을 익힌 것 같지도 않으니……. 거기에 저 칙칙한 눈동자, 결코 정도를 걷는 인물은 아니야. 계속 보니 그냥 칙칙한 게 아니군. 맑지만 너무나 깊다 보니 칙칙하게 느껴지는……. 그렇다면?'

"손님께서는 어떻게 오셨는지요?"

"이미 편지를 통해 아시겠지만 저는 설 대인을 애타게 필요로 하고 있습니다. 제가 거느린 식구가 많다 보니 먹여 살리기도 힘들고, 또 효과적으로 이들을 통제해 나갈 인물이 절실한 실정입니다. 설 대인의 뛰어난 능력을 저와 함께 꽃피워 보지 않으시겠습니까?"

"함께 꽃피워 뭘 하자는 것입니까? 무림통일? 대문파로 키우는 것? 도대체가 알 수가 없군요."

"뭐가 말씀입니까?"

"저도 관상(觀相)을 볼 줄 압니다. 하지만 당신은 피비린내 나는 무림과는 별로 상관이 없어 보이고… 더구나 무림통일 따위의 허황된 꿈을 좇을 인물도 아닌 듯한데……."

"우선 저는 작은 꿈을 이루려 합니다. 나머지는 그 후에 생각할 문제죠."

"작은 꿈이라니요?"

"사적인 저의 자그마한 복수입니다."

그러자 설 대인은 너털웃음을 터트리며 말했다.

"하하하, 복수라구요? 겨우 하찮은 타인의 복수 따위를 해 주자고 자신의 인생을 맡길 인물도 있을까요?"

"물론 그렇지요. 하지만 그것도 상대 나름이 아니겠소? 내 상대는 마교…, 아니지 어쩌면 무림 전체를 상대로 싸워야 합니다. 그들을 부수려면 너무나도 큰 힘이 필요하고, 그런 힘을 효과적으로 이끌 능력이 제겐 없습니다. 힘을 빌려 주지 않으시겠습니까?"

그러자 설 대인은 아연한 표정을 지었다.

"작은 복수가 아니군요. 어쩌면 세상을 뒤집을 일인데, 과연 당신에게 그런 능력이……."

그의 말에 묵향은 빙그레 미소 지었다.

"이미 마교가 가진 드러난 힘의 4할은 제가 가지고 있습니다. 저 또한 마교의 인물. 천마(天魔)의 법칙(法則)을 잘 알기에 승산이 없는 대결은 피하는 사람이니 저를 믿어 주실 수는 없을까요?"

묵향의 말이 떨어지자 설 대인은 경악했다.

'드러난 힘의 4할이라고? 그러면 웬만한 문파 정도가 아니라 세상을 피로 물들일 힘이로군. 놀라운 인물이로다. 그런데 전혀 마인처럼 보이지가 않으니 도대체 어느 정도로 수련을 쌓은 인물인지 상상도 가지 않는군.'

묵향은 그가 경악한 표정으로 말이 없자 다소곳이 말했다.

"지금 결론을 내리기 어려우시다면 며칠 후에 다시 오겠습니다. 한 일주일 정도 시간을 드리면 되겠습니까?"

이렇게까지 말하는 데야 별수 없다. 눈앞의 인물이 별 볼일 없는 인물도 아니었고, 사신 또한 죽는 그날까지 초야에 묻혀 지낼 생각은 없기 때문이다. 모사(謀士)란 주인을 잘 만나야 그 능력을 꽃피울 수 있다. 설무지는 그런 인물이 눈앞의 흑의인이라고 느꼈던 것이다.

"그러실 필요는 없습니다. 소인의 능력이 그렇게 대단한 것도 아닌데 삼고초려(三顧草廬 : 유비가 제갈량을 얻을 때 초가집을 세 번이나 찾아갔다는 것을 이르는 말)를 하시겠다니……. 그러실 필요는 없습니다. 나으리를 모시겠습니다."

"감사하오."

"소인에게는 자식이 둘 있습니다. 둘 다 멍청하지는 않으니 속하와 함께 거두어 주실 수는 없겠습니까?"

"좋소. 능력 있는 자는 아무리 많아도 부담이 되지 않는 것. 좋을 대로 하시오."

"그렇다면 잠시만 기다려 주십시오."

설무지는 신형을 날려 뒷산으로 날아갔다. 보통 사람들이 봤을 때는 꽤 괜찮은 신법이라 생각했을 것이다.

'무공에 대한 성취는 학문에 못 따라가는 모양이군. 하기야 말이 좋아 팔방미인이지. 오히려 여러 가지를 조금씩 아는 자보다는 한 가지에 정통한 자가 더욱 필요한 게 현실이야. 한평생을 바쳐 한 가지도 이룩하기 어렵거늘……. 수십 가지 재주를 모두 꽃피울 수는 없겠지.'

조금 시간이 지나자 설무지는 두 명의 자식들을 데리고 돌아왔다. 한 명은 조금 병약해 보이는 사내였고, 또 한 명은 그런대로 튀지도 빠지지도 않는 얼굴을 가진 여자였다. 둘 다 무공은 겉만 핥았을 뿐 진수(眞髓)를 맛보려면 애당초 그른 인물들이었지만, 묵향에게는 그런 그들이 자신에게 너무나도 필요함을 한눈에 알 수 있었다. 설무지는 둘에게 말했다.

"주군(主君)이시다. 앞으로 충성을 다해 모시도록 해라."

"예."

"이 아이는 설민(雪旻)이라 하옵고, 이 아이는 설령(雪伶)이라 합니다. 예로부터 토사구팽(兎死狗烹)이란 말이 있습니다. 무림사(武林史)를 거슬러 보면 영웅은 목적한 바를 이룬 후 끝까지 영화를 누렸으나 그를 도운 모사의 말로는 비참하게 끝난 경우가 많습니다. 저는 주군을 받듦에 있어 제 생을 의탁하는 것이 아니라 제 능력을 시험하고자 합니다. 제가 가진 모든 능력을 동원해 보고 그것이 이루어진다면 나중에 남는 것이 죽음이라 하더라도 기꺼이 받아들이겠습니다. 그런 의미에서……."

설무지는 품속에서 비수를 꺼내어 그의 머리카락과 그 아이들의 머리카락을 조금씩 잘라 묵향의 앞에 놓았다.

"언젠가는 주군이 저희들의 목숨을 원할 때가 올지도 모릅니다. 그

것이 여태껏 있어 왔던 역사의 순환. 저는 지금도 그걸 거스를 생각이 없고 앞으로도 없을 것입니다. 이것은 저의 생명이니 나중에 일이 끝난 후 실물을 취해 가셔도 저로서는 제가 지닌 바 모든 능력을 다할 수만 있다면 아무런 여한이 없다는 점을 여기서 밝힙니다. 대신에 주군께서도 저희들에 대한 그만큼의 신뢰를 부탁드립니다."

"좋소. 내가 아무리 사냥감이 없어져 배가 고파도 그대들을 삶아 먹을 생각은 없지만 그대의 생각이 정 그렇다면 그 뜻만은 받아들이지. 여봐라."

묵향의 부름이 있자 50장 밖에서 대기하고 있던 수하들이 최대한 빠른 속도로 달려와 부복하며 외쳤다.

"예."

"일단 도착할 때까지 이들의 몸에 티끌만 한 상처라도 생긴다면 너희들의 목숨으로 그 죄를 묻겠다. 이들의 경호에 최선을 다하라!"

"존명."

"너희들은 군사(軍師)를 모시고 돌아가라. 나는 일이 있어 따로 행동하겠다."

"존명!"

묵향이 갑자기 군사라 칭하자 설무지와 자식들은 놀랐다. 사실 그들에 대해 아는 것이라고는 거의 없는 상태에서 보자마자 그 직위를 결정해 준다는 것은 자신에 대한 커다란 신뢰의 표시였기 때문이다.

"주군께서는 어디로 가시려고 그러십니까?"

"흠, 뭐 그렇게 중요한 일은 아니오. 좀 쑥스러운 말이지만 날 아는 사람들을 좀 데리러 가는 길인데…, 나중에 본거지에 도착해 보면 자연히 알 수 있을 거요. 그럼 나는 가 볼 테니 가는 길 몸조심하시오."

안내자

　만리장성은 과거 동이족(東夷族)이 세운 찬란한 제국인 부여와 고구려를 막기 위해 건설되었다 상대가 기마 민족이라 기동력이 뛰어나 방어에 곤란을 겪었는데, 성을 세우고 나니 그 모든 문제가 일시에 해결되자 거기에 재미를 붙여 점차 서쪽으로 확장해 나갔다. 그래서 나중에는 하북성(河北省)의 윗부분 동쪽 끝 바다에서 시작하여 산서성(山西省), 섬서성(陝西省)의 북단(北端)을 지나 길쭉한 감숙성(甘肅省)의 서쪽 끝까지 이어져 거의 만 리에 이르는 장성(長城)이 건설된 것이다.
　티베트에 근거를 둔 서융족(西戎族)이나 여타 남만족(南蠻族)들은 기마 민족이 아니었기에, 건설하는 데 있어 엄청난 국고를 낭비하는 장성을 더 이상 확장할 필요성을 느끼지 못했으므로 만리장성은 감숙성을 지나 청해성 윗부분에서 끝난다. 대신 청해성(青海省), 사천성

(四川省), 운남성(云南省)에는 만리장성에 비해서는 강도가 많이 떨어지는 방어선(防禦線)을 가지고 있었고 이 정도로도 그들을 물리치는 데는 충분했다.

감숙성의 성도(省都)이자 최고의 군사 도시 난주(蘭州)로 뻗어 있는 잘 발달된 관도(官道)를 따라가다가 보면 난주로 가는 관문이라 불리는 무산(武山)이 나온다. 이곳은 사천성에 있는 무산(巫山)과는 달리 산(山)이 아니라 서부 장성에 군수 물자를 공급하는 보급의 통로이자 상행위가 융성한, 거대한 상업 도시이다. 무산 방향으로 흑풍단이 이동 중이라는 것은 그들이 감숙성을 지나 청해성의 산골에 틀어박힐 생각이든지 아니면 좀 더 나아가 북방의 이민족들을 견제하기 위해 세운 만리장성이 없는 청해성을 지나 티베트 쪽으로 이동할 생각임을 엿볼 수 있다.

티베트는 산이 많고 지형이 험준하기에 아마도 그들이 자그마한 요새를 건설하고 새로이 정착하기에 알맞을 것이다. 몽고 같은 평야에 정착하면 목초를 하기에는 비교적 유리할지 모르지만 흑풍단이 원체 이번에 해 놓은 짓거리가 있어서 몽고인들이 잘 먹고 잘살라고 가만 놔둘 가능성이 없었다. 이 정도가 관도를 따라 말을 달려오며 묵향이 생각한 전부였다.

시간도 적당히 점심시간을 넘어가고 있었고, 때마침 작은 촌락이 나왔기에 묵향은 주저 않고 객점을 찾아들었다. 자그마한 마을치고는 꽤 많은 식당과 여관이 있었기에 묵향은 그중 그런대로 큼지막한 곳으로 들어갔다. 묵향도 이제는 무림초출이 아닌 만큼 객점에 들어서자마자 암암리에 모든 분위기가 느껴졌다. 비록 챙이 깊은 죽립을 쓰고 있어 신경을 쓰지 않는다면 앞이 보이지 않았으나 그에 상관없이 자동적으로 모든 분위기가 피부로 느껴졌기 때문이다.

　식당은 작지 않은 규모인데도 꽤 붐비고 있었고, 묵향은 한 자리를 차지하고 앉아 간소한 음식을 시켜 배를 채우기 시작했다. 그때 앞자리에 앉은 사람의 목소리가 들려왔다. 아마도 처음 들어설 때부터 이 식당 안에서 최고의 고수라고 생각되는 인물이 앉은 자리일 것이다. 그 때문에 묵향이 그들이 정면으로 보이는 자리에 앉았으니까……. 이때 갑자기 어떤 목소리가 묵향의 정신을 그쪽으로 쏠리게 만들었다. 소녀의 음성이었는데 한 단어가 그의 신경을 건드렸기 때문이다.

"오빠는 왜 흑풍단이 있는 곳에 가려는 거죠?"

　그러자 제법 위엄을 가장한 점잖은 듯한 목소리.

"그야 그들에게는 죄가 없기 때문이지. 나는 연(蓮)아가 생각하는 대로 멍청하게 그들을 도와 싸우러 가는 게 아냐. 그들에게 한 가지 조언을 해 주려고 할 뿐이야."

　그러자 또 다른 여자의 목소리가 들려왔다. 이 여자의 목소리는 처음 목소리와는 달리 조금 더 차분했다.

"뭘요? 지금 그들의 진로를 보면 티베트로 갈 거 같던데요?"

"언니 말이 맞아요. 티베트는 산세가 험해서 숨어 들기도 좋잖아요. 그렇다고 남만 쪽으로 도망갈 생각이었다면 사천성이나 운남성 쪽으로 갔을 거 아니에요?"

"바로 그거야. 그게 문제라는 거지."

"뭐가요?"

"만약 그들이 산세가 험한 청해성이나 사천성에 그냥 숨어 있다면 모르겠는데 티베트로 도망가면 오히려 더 위험하게 되지."

　그러자 좀 의아해하는 듯한 목소리가 들렸다.

"어째서요? 국외로 도망치는 게 더 안전하잖아요?"

"그게 아니야. 너는 하나만 알지 둘은 모르고 있어. 그들이 국내에 숨는다면 이건 송에서 해결해야 할 문제가 되겠지?"

"예."

"지금 그들을 격파할 만큼 강대한 군사력을 가진 원수부(元帥府)가 있냐?"

"무슨 말이에요? 5대 원수부(元帥府)의 군사력은 최강이라구요."

그러자 거만한 목소리의 남자가 뽐내듯이 말했다.

"쯧쯧…, 평상시는 그렇지만 지금은 그게 아니지. 지금 어림군(禦臨軍)의 군사력은 거의 대부분 요와의 전쟁에 출동해 있지. 그러니 남은 군사력은 거의 없다고 봐야 돼. 지금 어림군을 충분히 가지고 있는 곳은 정북원수부와 정서원수부뿐인데, 정서원수부는 들리는 소문으로 남만족과의 사이도 안 좋고, 또 산적 토벌 등으로 병력을 뺄 수 없어서 대요전쟁에도 참가하지 않았다고 하더군. 그렇다면 정북원수부뿐인데, 그 20만 정예군을 빼 버린다면 만약 요와의 전쟁이 힘들어지면 그 뒷감당을 누가 할 거야? 그렇다고 향방군(鄕防軍)을 동원하자니, 그들의 힘으로는 흑풍단을 막을 수 없지. 거기에 각 군영에 있는 장수들이 안 그래도 대부분의 병력이 요와의 전쟁에 보내진 마당에 몇 안 남은 수하들을 잃고 싶겠어? 그냥 쉬쉬하며 모른 척하겠지. 하지만 그들이 티베트로 도망치면 문제가 완전히 달라진다구. 티베트 쪽에 압력만 가하면 되는 거야. 만약 그들의 목을 가져다 바치지 않으면 전쟁을 벌이겠다고. 그러면 티베트에서는 고수들을 모아서 그들을 토벌할 거고, 오히려 국내에 남은 것만 못한 사태가 벌어진다 이 말이야."

오랜만에 잘난 척을 좀 해 봤지만, 여동생들로부터 돌아온 것은 애교 어린 야유였다.

"와! 오늘 오빠 너무 무리하는 거 아냐?"

"와우! 오빠가 그런 생각까지 다 하고…, 다시 봤어요."

"이 녀석들이!"

아마도 남매들인 듯, 그들은 목소리를 낮춰 도란도란 얘기하고 있었지만 대화에 흥미를 느낀 묵향의 귀를 벗어날 수는 없었다. 묵향은 이들을 우연히 만난 것이 하늘의 도움으로까지 느껴졌다. 우선 오빠라는 자의 말을 들어 보니 묵향보다는 비교적 정보에 밝은 것 같았고, 또 제법 생각이 깊은 인물인 듯했기 때문이다.

'좋았어! 저 녀석만 따라가면 되겠군.'

묵향의 생각과는 상관없이 그들의 대화는 이어졌다. 조금 차분한 여자의 음성이 이어졌다.

"그건 그렇고 샛길로 샌 걸 알면 아버님이 오빨 가만두지 않으실 텐데 어쩔 거예요?"

"괜찮아. 그래 봐야 한 며칠 면벽수련(面壁修練)밖에 더 시키시겠냐?"

"문제는 저희들이라구요. 참, 오빠 이렇게 하면 어떨까?"

"뭐 좋은 수라도 있냐?"

"이왕에 벌 받는 거, 오빠가 다 덮어 쓰는 거야."

"뭐시라? 이 녀석이……."

그러자 일부러 애교스럽게 치장한 목소리가 들려왔다.

"에이, 오빠가 우리를 대신해서 고생을 해야지. 안 그래 언니? 오빠 좋다는 게 뭔데. 난 죽어도 벽만 보고는 못 살아. 그러니까 오빠, 응?"

"너한테는 못 당하겠군. 좋아, 내가 다 책임지지. 모든 게 다 내 탓이다. 에구… 이것들을 데리고 오는 게 아니었는데…….”
"그건 그렇고 황화루(黃華樓)에는 언제 갈 거예요?"
"얘는 누가 초출(初出) 아니랄까 봐…….”
"거긴 볼일 끝난 다음에 가자.”
그러자 짐짓 투정하는 말투…….
"에이잉, 오빠. 난 빨리 가 보고 싶단 말야. 황화루의 절경이 얼마나 소문이 나 있는데……. 무림인이라면 가 보지 않은 사람이 없다고 들었다구요."
"네 말은 꼭 거기 안 가면 무림인이 아니라는 투로 들린다."
"안 그래? 언니하고 오빠도 다 가 봐 놓고는…….”
그러자 섦삲게 타이르는 목소리…….
"아냐, 거기는 경치야 좋지만 아주 비싼 곳이라 무림인보다는 고관이나 부호의 자제들이 많이 들르는 곳이지. 여기 경치도 이 부근에서는 아주 유명하다구. 그래서 근처에 여관이나 식당들이 많잖아. 황하(黃河)의 절경이 많은 곳은 청해성이지만 감숙성도 그에 못지않은 명소들이 많지. 여기도 그중의 하나이고…….”
"그래도 난 이번에 청해호(青海湖)를 보고 싶다구요.”
"글쎄 나중에 보여 준다고 해도 그러네……. 잔말 말고 밥이나 먹어. 빨리 먹고 나가야지."
"흥!"
남매들은 서둘러 식사를 마치고 대금을 지불한 뒤 말을 타고 식당을 떠났다. 하지만 시간이 좀 지나자 자신들 뒤에 검은 혹이 하나 붙어 있다는 것을 깨달았다. 힐끗 뒤를 쳐다본 엷은 홍의를 입은 여자가 그 옆에 있는 남자에게 말했다.

"오빠… 뒤에 쫓아오는 사람이 있어요."

"알고 있다."

"알고 있었어요?"

"응… 처음엔 몰랐는데 가만히 생각해 보니 식당을 나선 다음부터 따라왔어."

그러자 매화 문양이 수놓아져 있는 옅은 청의를 입은 여자가 뒤를 힐끗 보면서 말했다.

"오빠, 저 검은 옷을 입은 사람 말이야?"

"응."

홍의를 입은 여자가 잠시 생각해 보더니 말했다.

"허리에 찬 도(刀)라든지 뭐 낡은 흑의를 보니까 그렇게 대단한 인물 같지는 않은데……. 우리들 말을 엿들은 관부의 밀정(密偵)이 아닐까요?"

"흠, 그럴지도……. 아무래도 훈련을 받은 밀정이라면 따돌리기는 힘들 거야. 기회를 봐서 해치우는 게 좋겠지."

그러자 청의를 입은 여자가 흥미가 있다는 듯 물었다.

"언제요?"

"내가 말했지, 기회를 봐서라고."

"피… 저런 밀정을 없애는 데는 저 혼자 해도 충분하다구요."

그러자 남자가 신중하게 말했다.

"아니야, 또 다른 밀정이 있을지도 모르고……. 또 살인을 백주 대낮에 할 수도 없잖아. 인적이 드문 곳에서 숲 속으로 유인해서 없애야 돼."

그들은 뒤따라오는 밀정을 조심해서 힐끔거리며 도란도란 작전을 짠 다음 이윽고 행동을 개시했다. 왼쪽으로 인적이 없는 오솔길이 나 있는 것을 본 그들은 태연하게 그리로 말을 몰아 들어갔다. 오솔길로 들어서서 2각 정도 갔을까……. 남자는 말의 고삐를 청의를 입은 소녀에게 건네준 다음 몸을 날려 나뭇가지를 밟고는 그 탄력을 이용해서 4장(약 12미터) 정도 떨어진 큼지막한 나무에서 떨어져 나온 가지로 다시금 몸을 날렸다. 그 모든 일을 순간적으로 해치우는 것으로 보아 그 남자는 대단히 오랜 시간 고련(苦練)을 했음을 알 수 있었다.

남자가 나무 위로 몸을 날린 상태에서 청의를 입은 소녀는 앞으로 나가면서 홍의 여자에게 말했다.

"오빠의 신법은 정말 완벽해. 난 언제쯤 저 정도 경지에 오를 수 있을까?"

하지만 돌아오는 건 비웃는 듯한 목소리…….

"꿈 깨거라, 애야."

"언니는……. 언젠가는 나도 할 수 있단 말이에요. 사람을 어떻게 보고……."

"후훗, 토끼 머리에 뿔날 때?"

"흥! 하여튼 미워 죽겠다니까……"

"여기서 기다릴까?"

"응."

두 여자는 각자 말에서 내린 다음 말들을 끌어다가 도망 못 가게 나뭇가지에 묶었다. 그런 다음 말안장에 끼워 뒀던 검을 검집째로 꺼내어 손에 들고는 조심스레 수풀 사이에 숨어서 멀찍이서 살짝 따라오는 밀정을 기다렸다.

청의를 입은 소녀가 자신이 가진 검을 힐끗 바라보더니 나즈막이 힘없이 말했다.
 "사람을 죽이는 건 이번이 처음인데……."
 그녀의 손은 흥분 때문인지 아니면 살인이라는 미지의 행위에 대한 두려움 때문인지 약간 떨리고 있었다. 그걸 눈치 챈 홍의 소녀는 약간 놀리는 투로 속삭였다.
 "오빠가 힘쓰면 네 차례는 오지도 않아. 괜히 맘 졸이지 마. 괜히 흥분해서 함부로 날뛰다가 오빠한테 상처 입히지 말고."
 "언니는? 그러는 언니도 살인은 처음이잖아."
 두 여자가 이상하게도 나타나지 않는 밀정을 기다리다 지쳐 서로를 헐뜯고 있는 사이, 그녀들의 오빠도 황당한 경험을 하고 있었다. 흑의를 입은 밀정은 식당을 떠난 다음 언제나 30장(약 90미터) 거리에서 느긋하게 따라왔다. 그래서 생각해 낸 꾀가 자신은 나무에 남아 밀정의 퇴로를 차단한 후 자신이 직접 해치우든가, 최악의 경우 합공까지 고려하여 두 동생이 매복을 한 건데, 이놈의 밀정이 어떻게 알았는지 자신에게서 30장 거리에서 멈춰 서더니 가만히 있는 것이었다.
 '대단한 놈이군. 고수 같지는 않은데, 아무래도 추격술에 대단히 능한 놈인 모양이군. 잘못 걸렸는데……. 어떻게 한다?'
 한참을 머뭇거리던 남자는 이윽고 마음을 정했는지 몸을 날려 3장쯤 아래쪽에 위치한 가지를 밟더니 그 탄력을 이용해 몸을 날려 거의 10장을 날아가 재차 다른 가지를 밟고 튀어 오르는 수법으로 삽시간에 흑의인의 뒤쪽에 떨어졌다. 정말이지 놀라운 신법(身法)이었다.
 남자는 천천히 뒤로 돌아서는 밀정을 향해 칼을 뽑아 들었다.
 챙—.
 경쾌한 쇳소리를 내며 검을 뽑은 남자는 즉시 밀정의 목줄기를 겨누었다. 하지만 아직도 공격하지 않는 이유는 반항하지 않는 자를 도살할 수 없다는, 얄팍한 정파인으로서의 자부심이었다.
"칼을 뽑아랏!"
"왜 그러시오?"
"왜 그러는지는 네놈이 더 잘 알 게 아니냐?"
그런데도 상대가 아리송한 표정을 짓고 있자 다시금 말했다.
"우리 뒤를 미행한 이유가 뭐냐?"
"흑풍단 있는 곳으로 간다고 하지 않았소?"
"바로 그거야. 가긴 가겠지만 꼬리를 달고 갈 수는 없지."
"내가 따라가서 안 될 일이라도 있소?"
"그들은 쫓기는 몸, 밀정을 달고 가면……."
"나는 밀정이 아니오."
"그러면 왜 미행하는 거냐?"
"난 흑풍단과 인연이 있기에 그들을 도와주러 가는 길이오. 그런데 정확한 위치를 잘 모르니……. 그대들이 잘 아는 거 같아 따라가면 될 거 같아서 뒤따르던 길이오. 사실 내가 밀정이라면 이렇게 대놓고 미행하겠소?"
"하긴…, 그 말도 일리는 있군."
이때 두 명의 여자들이 그들이 있는 곳으로 달려왔다. 갑자기 오빠가 나무 위에서 뛰어내리는 것을 보고 일이 잘못됐다고 생각하고 매복한 위치에서 뛰쳐나온 것이다. 그런데 막상 싸우고 있을 거라 생각한 오빠가 검을 뽑은 상태이기는 했지만 밀정과 얘기를 나누고 있는 것을 보고 고개를 갸웃거렸다.
"오빠, 무슨 일이에요?"

그러나 남자는 그 말을 무시하고 밀정인 듯한 인물에게 물었다.
"하지만 네 말을 어떻게 믿지? 증표라도 있나?"
"증표 같은 건 없소."
"그렇다면 네 말을 어떻게 믿으라는 거냐?"
한참 생각하던 밀정인 듯한 남자가 말했다.
"이렇게 합시다. 나는 그곳에 도착하기만 하면 되니까, 당신들이 나를 정 못 믿겠다면 점혈(占穴)을 하든지 해서 함께 가면 되지 않겠소?"
"흠…, 그게 좋겠군. 대신 도착해서 당신을 알아보는 사람이 없다면 목숨이 없어진다는 건 알고 있겠지?"
"그 정도는 각오하고 있소."
"좋다."
그와 동시에 남자는 몸을 날려 흑의인(黑衣人)의 혈도를 찍었다. 상대가 마음대로 하라 듯이 자세를 바로 하고 있었으므로 점혈은 손쉽게 이뤄졌다. 그래도 남자는 못 믿겠는지 몸을 날려 숲 속으로 들어가서 말들을 끌고 와서 자신의 말안장에 있던 수갑을 꺼내서 채웠다. 그 남자는 정파의 후기지수답게 무림을 돌아다니다가 나쁜 짓을 행하는 놈들을 보면 잡아서 관가에 넘기기도 했다. 그렇기에 언제나 수갑 몇 개를 가지고 다녔는데, 이런 상황에서 사용하게 될 줄은 자신도 짐작하지 못했던 일이다. 그는 수갑을 채우면서 말했다.
"이 수갑은 그냥 강철이 아니라 오철(烏鐵 : 검은빛이 나는 합금의 일종으로 현철보다는 강도가 많이 떨어지고 백련정강보다는 튼튼함)로 된 것이니 행여 풀 생각도 하지 마라."
"나도 풀 생각은 없소."

남자는 젊은 나이에 비해 강호 경험이 풍부한지 흑의인의 말안장이나 품속을 뒤져서 행여나 연락에 사용될 만한 도구가 있는지 찾기 시작했다. 하지만 품속에 있는 지갑에는 25냥의 은자와 동전 40냥이 달랑 들어 있었고, 비수라고 부르기에는 좀 긴 수수한 단검 한 자루, 괴이한 문자가 쓰인 자그마한 천 한 장과 용(龍)이 살아있는 듯 잘 조각된 작은 옥패(玉牌) 하나, 그리고 소금이 들어 있는 작은 주머니뿐이었다. 그 외에는 아무리 뒤져도 아무것도 없었다.

'웬만큼 무림에 자신 있는 자들도 이렇게 홀가분하게 하고 다니지는 않는데 하다못해 그 흔한 표창 하나 없다니……. 이상하군?!'

남자는 상대의 옷소매까지 뒤적이며 의아한 듯이 물었다.

"가진 것이 모두 이것뿐이오?"

"그건 왜 묻소?"

"혹시 빨리 만나지 못한다면 꽤 멀리까지 가야 하는데 근처 여관에 짐을 맡겨 놓은 게 아닌가 해서 묻는 거요."

"짐은 이게 다요. 그리고 혹시 무기를 가지고 있는 것도 못마땅하다면 일단 그대가 보관하다가 도착해서 돌려줘도 무관하오."

혹시나 해서 검집에 어떤 장치가 되어 있는가 살펴보는 중에 그런 말이 나왔으므로 그 남자로서는 일생일대의 실수라고 할지도 모를 일을 저질렀다. 더 이상 살펴보지 않고 그냥 돌려준 것이다. 만약 그가 검집 속의 검이나 비수를 꺼내 봤다면 상대에 대한 인식이 조금이라도 바뀌었을지도 모른다. 왜냐하면 현철(玄鐵)이란 물건은 아주 귀하고 값지기에 웬만큼 좋은 검들도 날 부분을 보강하기 위해 조금씩 쓸 뿐, 아예 검 전체를 현철로 만들지는 않기 때문이다. 그 대신 그는 만일을 대비해서 비수는 흑의인에게 돌려주지 않고 자신의 안장에 찔러 넣었다.

　몸수색이 끝나자 통성명을 했다.

　"이렇게 번잡하게 해서 죄송하오. 하지만 이 일은 꽤나 기밀을 요하는 것이고, 또 그대를 완전히 믿을 수 없어서 초면에 실례를 한 거니 용서하시오."

　"별로……. 상관없소이다."

　"저는 무림에 별로 알려지지는 않았으나 일진검(一鎭劍) 초우(礎雨)라 하고 이 아이들은 초연(礎蓮), 초희(礎曦)라 하오."

　"나는 묵향(墨香)이라 하오. 별호 따위는 없으니 그냥 그렇게 부르시오."

　"초면에 실례인 것은 알지만 이상한 이름이군요."

　"하하하, 뭐……. 부모가 누군지도 모르니 성 따위는 없고, 그냥 묵향이외다. 얼마 전까지는 피치 못할 사정으로 국광이란 웃기는 이름으로 불렸으니……. 참, 흑풍단에서는 국광이란 이름만 알고 있으니 혹시나 그대가 먼저 만난다면 그렇게 말하면 알 거요."

　'이름이 두 개라……. 어쨌든 수상한 인물이군. 아무래도 좀 더 주의해야겠어.'

　초희(礎曦)는 근래 들어 새로이 길동무가 된 인간 때문에 마음이 편치 못했다. 왜 마음이 편치 못하냐고? 그녀의 나이도 이제 스물하고도 두 살이 되어 버린 노처녀에 가까운 데다 무림초출이라 은근히 이번 기회에 근사한 남자들을 많이 사귀고 싶었고, 또 그중에서 기회만 된다면 장래의 반려자감도 물색하고 싶었다.

　원래가 둥지 안에서 고이고이 자라난 금지옥엽(金枝玉葉)이었으니 타인들과 왕래나 교류도 거의 없었고, 자신의 집안 자체가 이름난 무가(武家)였기에 그 잘난 남자라고는 오빠 말고는 거의 접해 보지 못한 가련한 신세였기 때문이다. 그런데, 그런데… 길동무로 통칭 남자라고 불리는 꽤 재미있는 동물이 한 마리 생겼으니……

"그럼 대협께선 그렇게 고수(高手)란 말이에요?"

그러자 상대의 자랑스런 대답.

"그럼! 나보다 강한 사람은 이 세상에 거의 없다고 봐도 무관하지."

'말도 안 돼!'

"그렇게 대단한 대협께선 사문(師門)이 어떻게 되세요?"

"내 사문은 별로 중요한 게 아니니 그냥 넘어가자구. 요즘 들어 그 녀석들 이름만 나와도 피가 거꾸로 솟는 듯해서 가급적 이름을 거론하고 싶지가 않아."

상대가 어물쩍 넘어가려 들자 다시 한 번 더 물었다.

"사문과 별로 사이가 안 좋은 모양이군요?"

"그렇다고 볼 수 있지. 나만 보면 죽이려고 드니까……"

"파문(破門)…당하셨어요?"

"아니, 가만히 생각해 보니 파문은 안 당했군."

"당신 사부님은 누구신데요?"

"유백이란 분이지. 지금 살아 계신지도 모르겠어."

'유백이란 이름도 처음 듣는군. 그럼 확인해 볼 건 한 가지뿐이지……'

"그렇다면 대협의 절기(絶技)는 뭐예요?"

"음, 절기랄 것도 없지만 나는 검을 즐겨 쓰고 무상검법(無上劍法)이 특기지."

'들어 본 적도 없는 허무맹랑한 검법 이름이군.'
"그 외에는 어떤 무공들을 익혔어요?"
"그 외에? 엄청나게 많이 익혔지."
"얼마나요?"
"한… 만(萬) 종류 정도 되나? 기억도 안 나는군."
'점점 더……'
"그렇다면 그중에서도 강한 게 있을 거 아니에요? 예를 들어 몇 가지……"
"음…, 수라월강도법(修羅月剛刀法), 천강혈룡검법(天降血龍劍法), 소수마공(素手魔功), 혈수마공(血手魔功), 회풍무류검법(廻風舞柳劍法), 육합검법(六合劍法), 태청검법(太淸劍法), 태허도룡검법(太虛渡龍劍法)……"

'어쭈, 이거 완전히 정파와 사파의 유명한 무공이라는 무공은 다 말해 대는군. 기가 막혀서……'

상대가 계속 검법 이름들을 나열하자 더 이상 못 참고 막았다.
"그만… 됐어요. 저희 아버님께서 곤륜파(崑崙派)와는 아주 친분이 깊으셔서 우연한 기회에 태허도룡검법(太虛渡龍劍法)을 조금 배웠는데……. 잘 아신다니 한번 구결(口訣)을 말해 보세요."
"구결? 가만있자…, 구결이 뭐더라……. 허허, 잊어버렸어. 너무 많이 외우다 보니 잊을 수도 있지. 사실 중요한 건 구결이 아니니까."

상대가 또다시 어물쩍 넘어가자 다시금 꼬치꼬치 물었다.
"그럼 자신 있게 구결을 외울 수 있는 무공이 있어요?"
"가만있자… 이건 아니고……. 응, 음…, 이것도 아니군……. 끄응, 글쎄…, 원체 오래전 일이라 하나도 제대로 기억이 나는 게 없는

데……."

'휴우, 저러면서 나더러 믿으라고? 웃겨서…….'

"그럼 대협께선 글은 좀 읽으셨어요?"

"글? 천자문(千字文) 같은 거 말인가?"

"아뇨. 소학(小學)이나 대학(大學) 같은 거 말이에요."

"아주 오래전에 소학은 읽은 적이 있지. 그리고 몇 권 더 읽었는데, 원체 오래전이라 책 제목은 기억이 안 나는군. 무인(武人)으로서 이 정도 읽었으면 많이 읽은 거야."

'아예 무식한 놈이라고 광고를 해라, 광고를 해!'

여기서 초희가 소학이나 대학을 읽었냐고 물은 이유는 어릴 때 천자문이란 낱말 책을 뗀 아동들이 처음에 접하게 되는 문장으로 된 아동용 도서가 소학이기 때문이다. 소학은 쉬운 문장들을 사용했지만 그 문체가 뛰어난 아주 잘 지어진 책으로서 문장을 익히는 입문 단계에서 가장 많이 채택되는 교과서 같은 책이라고 봐야 한다. 그런데 상대의 말이 그 정도나 겨우 읽었다니 기가 막힐 수밖에.

'이자가 하는 말이 원체 오래전, 오래전 하는 걸 보면 혹시나 반로환동(反老還童)의 고수? 설마……. 하지만 아직도 그 정체를 알 수 없으니 실례가 되지 않게 재삼 확인을…….'

"대협."

"왜?"

"이~ 한번 해 보세요."

"이~."

묵향은 그녀가 뭘 확인하려 하는지 눈치 채고는 한껏 입술을 벌려 자신의 오랜 연륜을 자랑하는 사랑스러운 누런 이빨들을 보여 줬다.

자신과 같은 영감탱이 반로환동의 고수인 경우 딴 건 다 젊게 보이지만 이빨만은 어떻게 되지 않았다. 그 덕분에 젊은 애송이들과 확연한 차이가 드러나는 것이고……. 그런데 묵향도 실수한 부분이 있으니 자신도 모르는 사이에, 그러니까 기억이 없을 때 자신의 이빨이 몽땅 빠지고 새로 자랐다는 사실을 까맣게 모르고 있었던 것이다.

'뭐야, 이빨이 새하얗잖아. 이런 사기꾼 같으니……. 그럼 그렇지, 무림인들은 원래가 자부심과 자존심, 아집으로 뭉쳐진 인간들. 그렇게 대단한 고수라면 우리를 닦달해서 끌고 가면 끌고 갔지 오빠가 혈도를 점하고 수갑을 채우도록 놔뒀을 리가 없지. 근사한 남자를 만나고 싶었는데 근사한 남자는 모두 굶어 죽었는지 한 놈도 보이지 않고 거기다 이런 놈팡이하고 같이 다녀야 하다니. 휴~ 내 인생이 너무 한심해…….'

대화가 이런 식이었으니 이제 산통 다 깨진 허풍꾼을 얌전히 대해 줄 필요가 없었다. 조금 무례하게 대해도 상대는 그런 예의에 있어 무관심한 듯이 행동했기에 같이 지내기에는 별로 무리가 없었다. 초희가 보기에 묵향이란 인간의 얼굴은 후하게 봐 주면 그런대로 매끈한 편이지만, 무지무지하게 허풍이 셌고 또 무공에 대해 안하무인인 것처럼 거드름을 피워 대는 놈팡이였다. 초희처럼 명가(名家)에서 자란 자제가 봤을 때는, 몇 푼 되지도 않는 돈으로 허름한 싸구려 도(刀)를 하나 대장간에서 구해서 허리에 차고는 무림을 돌아다니며 무식하고 가련한 무사들에게 사기나 치는 진짜 바닥 인생이 틀림이 없어 보였다.

초연이나 초우 같은 경우 상대의 허풍에 질려 버려 아예 말도 안 하는 상황이었다. 하지만 초희의 성격도 성격인지라 자신이 상대해 주지 않으면 완전히 외톨이 신세가 되는 상대가 불쌍해서 마음을 고쳐 먹고 말 상대를 해 주었다. 상대가 눈에 빤히 보이는 허풍을, 자기 딴에는 잔머리를 굴려서 곱빼기로 쳐 대는 것을 보는 게 재미있어 이것저것 물어 댔다. 안 그래도 심심하던 차에 초희의 관심에 흥이 난 묵향이 더욱 자화자찬을 해 대면, 초희는 그 얄팍한 거짓말에 배꼽이 빠지게 웃어 대며 재미있게 여행을 즐길 수 있었다. 자칭 최고의 고수이자 금(琴)에 있어서는 누구도 따라올 자가 없다는 희대의 허풍선이를 동반한 여행은 이렇게 시작되었다.

원래 묵향은 별로 말이 없는 편이었고, 또 아무도 없는 곳에 몇 달씩 박혀 있어도 외로움을 탈 사람도 아니었지만, 그래도 여러 사람과 같이 갈 때 자기들만 얘기하고 혼자 외톨이로 떼어 놓는 건 별로 유쾌하지 못했다. 그러던 차에 뛰어난 미인은 아니지만 귀여운 얼굴을 한 초희라는 묘령(妙齡)의 아가씨가 말상대를 해 주니 자기가 생각해도 꽤나 유쾌한 여행이었다. 자신의 무공에 대해서나 아니면 전에 있었던 싸움 등을 얘기해 주면 이상하게 심각한 장면에서도 까르르 웃는 게 별로 기분 좋지는 않았지만 그래도 웃는 모습이 귀여웠기에 참아 준 것이다.

묵향은 초우란 청년을 처음에는 애송이라고 얕잡아 보는 경향이 조금 있었다. 하지만 함께 지내다 보니 놀랍게도 그는 나이에 비해 상당히 무림 경험이 있었고, 매사에 철저함을 좋아했다. 점혈(占穴)을 할 때 그의 성격이 잘 드러났다.

점혈 수법은 그냥 힘으로 때린다고 되는 게 아니다. 상대의 혈도에 자신의 내공을 불어넣어 일시적으로 진기(臻氣)의 유통을 방해하는 수법이다. 그런데 문제가 있다면 그 진기가 진신내력(眞身內功)이 아닌 한 공력의 크기에 따라 차이는 있을지언정 일정 시간이 지나면 소멸한다는 데 있다. 그리고 상대가 대단한 고수라면 스스로 진기를 움직여 혈도를 막고 있는 타인의 진기를 소멸시키는 수법도 있다.

그렇기에 초우란 녀석은 매일 아침이 되면 묵향의 혈도를 재차 점혈하는데, 이때 세심하게도 묵향의 혈도에 자신의 내력(內力)이 남아 있는지 확인해 본 다음 내력이 남아 있는 그 위치에 다시 내공을 보탰다. 이건 언뜻 듣기에 이해가 가지 않을지 모르겠으나 만에 하나 상대가 진짜 고수라고 가정했을 때, 자력으로 막힌 혈도를 뚫었을 수도 있고 또 아주 드물게 특이한 무공을 익혀 혈도를 이동시킬 수도 있기 때문이다. 그러니까 점혈을 했던 혈도와 해혈을 하는 혈도를 서로 뒤바꿔 놓으면 다음 날 자신은 점혈을 한다고 때린 것인데 사실은 해혈을 하게 되는 이치다.

그런 사소한 것 하나도 놓치지 않고 주의에 주의를 하는 것을 보고 묵향은 그를 다시 보게 된 것이다. 하지만 그것도 며칠 지나지 않아 역시 당사자는 눈치 채지도 못한 채 애송이로 평가 절하된 사건이 있었으니…….

희대의 허풍선이를 동반한 지 4일째 되던 날 저녁, 그날도 평상시와 같이 객점에 들었다. 오는 도중에 수소문을 한 결과 무산 남쪽의 탕창(宕昌) 쪽으로 흑색 갑옷을 입은 기병들이 이동하는 것을 봤다는 사람이 있었다. 그들은 아마도 탕창 부근을 통과하여 백수강(白水江)을 건너 사천성으로 들어갈 예정인 모양이었다. 그런대로 실마리는 잡았기에 푸근한 기분으로 마을로 들어가 여관을 잡고 몸을 대강 씻은 다음 식사와 휴식을 취할 생각이었다.

그렇게 크지 않은 식당이었지만 몇 명이 식탁에 앉아 식사 중이었고, 그들은 빈 탁자에 널찍하니 자리를 잡고 앉아 점소이에게 음식을 주문했다. 묵향은 거의 잡식성이라 할 만큼 음식을 가리지 않았기에 그의 음식까지 몽땅 초희가 주문을 한 다음 객점 안을 둘러봤다. 혹시나 근사한 남자가 하나 있을지도 모른다는 기대감에서였다. 초희는 조금 자아도취 증세가 있는 평가이기는 했지만 뛰어난 가문을 배경으로 한 자신의 미모와 말솜씨라면, 안 보여서 그렇지 일단 멋진 남자가 보이기만 하면 자신의 곁에 잡아 둘 자신이 있었기 때문이다.

그런데 세상에……. 식당 안에 초희가 꿈에도 그리던 멋진 남자가 있었던 것이다. 창가에 위치한 자리에 고상한 무늬의 청의(靑衣)를 입은 잘생긴 청년이 간소한 안수를 놓고 죽엽청(竹葉淸)을 마시고 있었다. 그가 앉은 옆 의자에 화려한 문양의 검집을 가진 검이 놓인 것을 보고 제법 형편이 좋은 무사임을 한눈에 알 수 있었다. 나이는 20대 후반 정도로 보였고 크지도 작지도 않은 눈에 시원하게 뻗은 콧날, 검은 콧수염을 짧게 다듬은 멋쟁이였다. 거기에 많은 수련을 쌓았는지 간혹 술병을 잡기 위해 팔을 뻗을 때 드러나는 팔목은 근육이 잘 발달해 있었다. 잠시 멍하니 그쪽을 바라보던 초희가 묵향에게 살며시 말했다.

"대협, 저 사람 정말 멋있죠?"

"누구?"

"저 청의를 입은 사람 말이에요."

"으음, 글쎄……. 제 딴에는 있는 대로 멋을 낸 바람둥이군."

그러자 초희가 새침한 표정으로 나무랐다.

"잘 알지도 못하면서 그렇게 말하면 어떡해요?"

"나는 원체 사람을 못 믿어서 말이야……."

"그건 병이라구요. 창피한 줄을……."

그녀의 말은 잠시 중단되었다. 이쪽을 힐끗 바라본 그 멋쟁이 청년이 살며시 일어나 자신들이 있는 탁자로 다가왔기 때문이다. 멋쟁이 청년은 탁자 옆에 다가와서는 예의에 어긋나지 않게 정중히 포권하며 인사를 해 왔다.

"안녕하십니까? 소생은 절검문(浙劍門)의 말학(末學) 진소추(振召秋)라 합니다. 보아하니 무림인이신 것 같아서 실례를 무릅쓰고 왔습니다. 서로 통성명이나 하시는 게 어떠하올는지요?"

상대가 이렇듯 정중히 나오니 잡배(雜輩)라 해도 거절하기 힘들었다. 게다가 절검문이라면 섬서성 남쪽에 위치한, 작기는 하지만 검의 명문인 데다 거기에 혼기가 꽉 차 있는 여자가 두 명이나 있으니 어쩌면 이자와 인연이 닿을지도 모르는 노릇이고, 여러 가지 정보도 얻을 겸 모두들 그를 환영했다. 초우도 그에게 마주 포권을 하며 말했다.

"아, 진소추 대협이시군요. 저는 초우라 합니다. 이 아이들은 제 여동생들로 초연, 초희라 하고 저쪽에 계신 분은 묵향이란 분이오."

진소추란 남자는 처음부터 묵향이 그들과는 달리 낡은 옷을 입고 있는 데다 그 옷도 그렇게 고급이 아니었기에 그냥 간단히 인사를 했다. 그러다가 음식을 먹기 위해 손을 올렸을 때 묵색(墨色) 수갑이 손목에 채워져 있는 것을 본 다음에는 아마 묵향을 범죄자쯤으로 인식한 모양인지 아예 상대도 안 했다.

"하하, 대협은 아니올시다. 절검문의 말학 주제에 대협이란 말을 들으면 모두들 욕합니다. 하하……."

"원, 겸손하시기도. 그래 진 형은 어디서 오시는 길입니까?"

"예, 저는 이번에 수행도 좀 쌓을 겸, 눈요기도 할 겸해서 무산 쪽으로 가는 길입니다. 무산의 절경은 소문이 자자하니까요."

"그럼 이번이 초출이십니까?"

"아닙니다만 사천 쪽으로는 초행입니다."

진소추란 사람이 자신들과 거의 유사한 방향으로 가는 데다 이쪽으로는 초행이라니 처음부터 흑풍단에 대해서는 물어볼 필요도 없이 여러 가지 검학이나 세상 돌아가는 얘기를 나누기 시작했다. 진소추는 얼굴도 잘생기고 성격이 호방한 데다 명문가의 자제답게 차분하고 진중한 말투이기는 했으나, 아주 말을 재미있게 했다. 그렇기에 묵향을 제외한 모두는 진소추의 매력에 빠져 들며 호탕하게 술판을 벌였다.

묵향도 대화에는 끼어들지 않았지만, 그들의 옆에서 아예 죽엽청을 독째로 가져나 놓고 퍼마시기 시작했다. 묵향은 술을 잘 마시지는 않지만 일단 마시면 뿌리를 뽑는 성격인 데다 수소문하러 다니면서는 한 방울의 술도 마시지 못했으니 거의 술을 마시는 게 아니라 목구멍에 들이 붓는 형국이 되고 말았다. 묵향은 혼자서 한 독을 깨끗하게 비운 후 담소를 나누는 그들을 뒤로하고 먼저 방으로 들어갔다.

여태껏 여관을 잡으면 언제나 나란히 위치한 방을 두 개를 빌려 한쪽은 초연과 초희가 사용하고 또 하나는 묵향과 초우가 썼다. 이러는 것이 돈도 절약될뿐더러 만약에 있을지도 모르는 불의의 사태에 대처하기도 편하기 때문이다.

초우가 술자리를 파하고 거나하게 취해서 방으로 돌아왔을 때 묵향은 문 근처에 자리를 잡고는 벽에 기대어 자고 있었다. 아직도 초우가 이상하게 생각하는 점 중의 하나가 묵향이란 인물은 침대에 누워 자는 꼴을 못 봤다는 것이다. 언제나 벽에 기대고 조금 졸듯이 자거나 밤늦게까지 운공조식(運功調息)을 하는지 명상을 하는지 그렇게 앉아 있다가, 다음 날 깨어나 보면 이미 일어나 있든지 아니면 명상을 하고 있었다.

'저자는 술을 그렇게 마셨는데도 바뀐 게 하나도 없군. 죄를 얼마나 지었기에 편히 누워서 잠을 못 잘꼬……'

초우는 더 이상 생각하기도 귀찮아 쓰러지듯 침상에 누워 그대로 잠이 들었다.

초우가 방에 들어온 지 반 시진 후 묵향은 인기척에 잠에서 깼다. 설마 하고 있었는데 창문 쪽에서 아주 미세한 소리가 들리더니 약한 들릴 듯 말 듯 한 슈우우우 하는 바람 새는 소리가 들려왔다.

'뭐지? 독(毒)인가?'

하지만 창가에서 가장 가까운 침상에 누운 초우의 드렁드렁 코고는 소리가 계속 들리는 것으로 보아 독은 아닌 모양이다.

'그렇다면 미혼분(迷混粉)이나 미혼향(迷混香)이겠군. 일단 약속을 해 놔서 임의로 해혈을 하기는 내 자존심이 허락을 안 하고……. 뭐 되는 대로 놔두자……'

하지만 공력을 거의 사용할 수 없는 관계로 1각쯤 지나자 숨이 턱에 차기 시작했다. 그래서 묵향은 기척 없이 슬며시 움직여 문 쪽으로 이동했다. 그런 다음 살짝 문을 열고 새로운 공기를 들이마신 후 기척을 살폈다. 그런데 요상한 점은 상대가 금품을 털 목적이라면 계집들이 묵고 있는 방보다는 이쪽을 뒤질 것이 분명한데 아직도 들어올 생각을 안 하고 있었고, 문 앞에서 느껴지던 기척조차 없어졌다는 것이 수상했다.

'금품이 목적이 아니라면 뭐를……. 그럼 혹시 인신매매하는 놈들인가? 하기야 초연이란 계집애는 잡혀 가서 곤욕을 치러도 상관없어. 선배 대접도 안 해 주는 못된 계집은……. 아니지, 그놈이 초연이만 가져간다는 보장이 없잖아. 할 수 없군……. 일단 몰래 살펴보고 초연이만 가져가면 놔두고 초희까지 손대면 이 몸이 나설 수밖에…….'

여자들이 묵는 방은 바로 옆방이었기에 찾아가는 데 별로 시간이 걸리지도 않았다. 슬며시 움직여 여자들이 있는 방문 앞에 도착한 다음 기척을 살피니 뭔가가 방 안에서 움직이는 것 같았다. 그래서 살며시 문을 열어 보려 했지만…….

'이런 빌어먹을……. 안에서 잠겼군. 창문으로 갈까? 아냐, 이 나이에 내가 창문을 넘어 돌아다니리? 천하제일이라 자부하는 이 몸이? 여관 문이야 별로 강하게 만든 게 아니니 한 대 차면 경첩이 뽑혀 나갈 거야. 차고 들어갈까? 그냥 놔둘까? 지들도 먹고 살려고 하는 짓인데……. 참! 그런데 계집들이 잡혀가면 초우란 놈도 계집들 구한답시고 헤맬 테니 흑풍단을 손쉽게 만나려면 하는 수 없이 구해 줘야겠군.'

쾅! 콰지직!

발길질 한 번에 문짝은 부서져 나갔고, 그 안에는 한 남자가 있었다. 그는 품속에서 뭔가를 꺼내어 술에 취해 잠들어 있는 여자들에게 고개를 숙이고 어떤 행동을 하려는 찰나에 문짝이 떨어져 나가자 놀라서 묵향 쪽을 쳐다봤다. 놀랍게도 그 남자는 절검문의 진소추라는 놈이었다. 진소추는 침입자를 보자 하던 일을 중단한 후 손에 든 것을 침상 위에 놓고는 번개같이 몸을 날려 침상 옆에 세워 둔 자신의 호화로운 검을 뽑아 들었다. 그걸 보며 묵향이 이죽거렸다.

"이봐, 자네 친구들은 어디 있어? 왜 혼자뿐이지?"

"웬 놈이냐? 다치기 싫으면 꺼져라."

"인신매매면 그래도 먹고 살려고 노력하는 불쌍한 놈이니 봐줄 테니까 해약이나 내놓고 꺼져라."

"미친놈!"

그와 동시에 진소추는 수갑을 찬 채 검도 뽑지 않고 있는 묵향을 향해 몸을 날렸다. 식은 죽 먹기의 상대로 생각하고 처음부터 과감한 공격을 퍼부었다. 일검에 작살을 내리는 듯 공력을 끌어 모아 직검단천(直劍斷天)의 기세로 내리찍었으나, 묵향은 수갑의 사슬을 이용해 간단히 검을 막으면서 즉시 왼발을 날려 낭심(囊心)을 가격했다. 놀랍도록 빠르지만 자로 잰 듯한 움직임이었다. 급소를 가격당한 격심한 통증에 진소추가 인상을 찌그리는 찰나 가격의 반동을 이용해 왼발을 뒤로 빼며 오른발이 사내의 낭심을 다시금 가격했다. 사내가 주춤거리며 내려앉기 직전 뒤로 돌아온 왼발로 땅을 박차고 오르며 이 사내의 턱 아랫부분을 오른발로 차고 뛰어오르 왼발의 힘을 교묘히 조절하며 왼발로 오른쪽 두개골을 가격했다.

챙 하는 청아한 쇳소리와 거의 동시에 퍽퍽거리는 둔탁한 소리가 네 번 동시에 들리면서 누구의 목소린지 처절한 비명성이 울리며 두 사내가 중심을 잃고 쓰러졌다. 하지만 묵향은 곧 일어난 반면 진소추는 완전히 뻗어서 일어날 생각도 못하고 있었다. 묵향은 아직도 낭심을 감싸 쥐고 신음하는 진소추에게 다가가 힘껏 머리통을 차 버렸다.

퍽!

"끄윽!"

그다음 진소추의 움직임은 정지했다. 하지만 묵향은 공력(功力) 없이 순전히 근육만을 이용한 숙련된 몸놀림으로 상대를 제압했기에 내

안내자 47

력(內力)을 쌓은 상대가 그렇게 심한 타격을 입지는 않았을 것이란 걸 잘 알았다. 그렇다고 내공을 끌어올리기가 힘들기에 평상시처럼 점혈을 해 둘 수도 없었다.

'이런 녀석을 밧줄을 구해 묶는다고 해도 힘 한 번 쓰면 끊어질지도 모르는데……. 그렇다고 초우 녀석 말(馬)에 있는 수갑을 들고 오기도 그렇고, 열쇠도 없잖아. 또 그사이에 도망치면 무슨 개망신이냐……. 이따위 혈도 푸는 건 순식간이지만 생명의 위협이 오는 것도 아닌데 풀자니 자존심이 허락하지 않고……. 에라 모르겠다. 막힌 혈도를 우회해서 진기를 모아 보자. 정파 놈들이야 불가능하겠지만 나는 역혈(逆穴)의 내공을 쌓았으니 길이 있겠지.'

진소추가 정신을 대강 수습했을 때 그가 처음 본 것은 자신을 비웃듯 내려다보고 있는 묵향이란 사내였다.

'제기랄, 수갑을 차고 있어서 별로 주의를 안 했는데…….'

묵향은 진소추가 정신을 차리자마자 미소를 짓고는 위에서 내려다보며 부드럽게 말했다.

"오호… 이제 깨어나신 모양이군. 자네를 위해 발바닥에 진기를 좀 모아 뒀지. 그렇다고 이거 점혈할 정도는 안 되고 조금씩 모으자니 감질나서 못 하겠더라구. 그래도 자네를 잡아 둘 정도는 되니 걱정 말게나. 우선 그 귀한 뼈다귀가 부러지는데, 자네에게 사전에 양해도 구하지 않고 기절한 상태에서 하기는 뭣 해서 말이야."

퍽!

"크아악!"

설마하니 정신을 차리자마자 오른쪽 종아리뼈가 생으로 부러지리라고는 꿈에도 생각하지 못한 진소추가 비명을 질렀지만 묵향은 표정

하나 변하지 않고 한소리했다.

"역시 무릎 밑에다 나뭇조각을 받쳐 뒀더니 잘 부러지는군. 흐흐, 좀 아픈가? 미안허이. 공력이 모자란 게 죄지. 흐흐, 평상시 같으면 그냥 서로 편하게 혈도를 점한 후 분근착골(粉筋鑿骨)만 사용하면 술술 부는데 말이야……. 흐흐, 자 이제 말해 보실까? 네놈 패거리는 지금 어디 있어?"

사내는 터져 나오는 비명을 억지로 참으며 말했다.

"크아… 패거리는 없다."

"뭐라구? 이 자식이 아직도 정신을 못 차렸나?"

그러면서 묵향이 부러진 발을 툭툭 차자 뼛조각이 근육 속으로 파고들었다. 그러자 사내는 지독한 통증에 입에 거품을 물 정도로 비명을 질러 대며 발악했다.

"크악! 날 죽여라, 악!"

"패거리는 어디 있어?"

"으악! 모두 말할 테니 제발, 크으아악!"

진소추가 식은땀을 흘리며 애원하자 묵향은 발길질을 멈췄다. 상대가 정신을 어느 정도 찾도록 시간 여유를 준 다음 재차 부드럽게 물었다.

"패거리는 어디 있어?"

"패거리는 없습니다. 소인 단독 범행입니다."

"힘도 좋군. 여자를 둘이나 업고 어디로 갈 생각이었냐?"

"업고 가려는 게 아니라……."

진소추가 머뭇거리는 걸 보고 묵향의 뇌리에 한 가지 생각이 스쳐 지나갔다.

"으응? 설마…….."

묵향은 약간의 진기를 손끝에 힘들게 끌어 모아 상대의 단전(丹田)을 탐색했다.

"역시, 이종(異種)의 진기(瑧氣)가 들어 있군. 더러운 녀석! 사내 녀석이 할 짓이 없어서 채음보양(採陰補陽)이나 하다니……."

그러자 진소추는 애원하기 시작했다.

"살려 주십시오, 대협."

사정하는 진소추를 향해 묵향은 의외로 부드럽게 말했다.

"내 너를 위해서 하는 말인데……. 채음보양 따위 수법을 써서 남의 진신내력(眞身內力)을 갈취해 봤자 나중에 이종의 진기를 화합시키지 못하면 죽은 목숨이야. 재화음직(採花淫敵)들이 엄청난 숫자의 계집들을 통해 내력을 흡수할 텐데도 왜 그중에 초고수(超高手)가 한 명도 나오지 못했겠냐? 다 이유가 있다구. 네놈의 기를 보아하니 지금은 그런대로 상관없지만 더 이상 흡수하면 공력 증대는 고사하고 목숨까지 내놔야 할 거다. 알겠냐?"

"충고에 감사드립니다, 대협."

"내놔."

"예?"

"해약 내놓으라구."

그자는 침상 위에 놓여 있는 작은 병을 가리키며 말했다.

"저기 떨어져 있는 게 해약입니다."

"저 아이들에게 사용하려는 음약(淫藥) 같은 게 아니고? 바른대로 말해, 안 그럼 이번엔 왼팔 뼈마저 부숴 주겠다. 난 아주 인자한 사람이라서 목발은 짚을 수 있게 해 주니 걱정 마."

짐짓 인자한 척 미소를 띠며 부드럽게 말하는 묵향을 보니 이상하게도 온몸에 소름이 쭉쭉 끼친 진소추가 말했다.

"예, 대협……. 저건 미혼약의 해약 하고 음약을 섞어 놓은 것입죠. 그편이 일하기가 편해서요……."

"그럼 음약이 들어가지 않은 해독제는 없냐?"

"없습니다. 그냥 놔두시면 내일 아침쯤 되면 상쾌하게 일어날 겁니다."

"그래? 추호도 거짓이 없겠지?"

"어느 안전이라고 감히 제가 거짓을 아뢰겠습니까?"

"흐음, 좋아. 사실이라고 믿어 주지. 자네 절검문 문하라고 했는데 사실이냐?"

"아닙니다요. 소인이 어찌 그런 명문에 있겠습니까……. 그냥 절검문의 이름만 팔고 있습죠."

그러자 묵향은 웃음을 터트리며 부드럽게 말했다.

"하하, 좋아. 진짜 절검문의 제자라면 살려 두지 않을 생각이었는데, 사파(邪派)라니 살려 주지. 참, 가만히 생각을 해 보니 자네 참 잘생겼군."

"감사합니다, 헤헤……."

"난 그게 별로 마음에 안 들어."

"예?!"

그와 동시에 묵향의 발이 상대의 머리로 날아왔다.

퍽!

"크윽!"

묵향이 차고 난 다음에도 지근지근 문지르던 발을 떼자 코뼈가 내

안내자 51

려앉은 뭉개진 코가 비참한 형상을 드러냈다. 묵향은 그 모습을 보면서 미소를 지으며 여전히 부드럽게 말했다.

"한결 보기에 좋군. 그래, 이왕에 시작했으니 좀 더 손을 봐 주지."

팍!

"크아악!"

사내가 부러진 앞니 여섯 개 정도를 뱉어 내는 걸 보며 빙긋이 웃었다.

"아주 좋아. 이 정도면 내 취향에 딱 맞군. 앞으로 내 근처에 얼씬거리면 수족(手足)의 뼈다귀를 몽땅 다 부숴 놓고 남은 이빨도 몽땅 뽑아 버릴 테니까……. 빨리 꺼져."

"예, 예… 살려 주셔서 감사합니다, 대협……."

사내가 검을 허리에 차고는 벽을 짚고 질뚝거리며 헐레벌떡 사라지는 뒷모습을 미소 띤 얼굴로 바라보며 묵향이 나직이 말했다.

"꽤 재미있는 밤이군……. 저따위 놈에게 속아 술을 그렇게 퍼 마시고 일찍이 잠에 곯아떨어지는 걸 보면 아직도 애송이야……."

그렇게 돼지 멱따는 비명 소리가 밤하늘을 가로질러 그만큼 울렸으니 사람들이 나올 만도 하건만 한 명도 오지 않았다. 그래서 묵향이 하는 수 없이 밑에 내려가 보니 점소이가 숨어서 부들부들 떨고 있었다. 묵향은 점소이의 뒷통수를 퍽 하고 때린 다음 젊잖게 말했다.

"방 문짝에 경첩이 떨어져 나가고 바닥에 피가 좀 묻어 있으니 빨리 올라가서 깨끗하게 원상태로 만들어 놔. 알겠냐?"

"예? 예……."

점소이가 부리나케 2층으로 달려 올라가는 것을 보며 묵향이 혀를 차며 나지막이 말했다.

"참으로 각박한 세상이군……. 그렇게 소란을 떨었는데, 아무도 코빼기조차 안 비치니, 쯧쯧. 이만 올라가서 잠이나 조금 더 잘까, 아니면 명상이나 할까…….."

다음 날 아침 느지막한 시간이 되어서야 남매들은 부스스 일어났다. 간밤에 무슨 일이 일어났는지는 꿈에도 모르고 숙취 때문에 다들 늦잠을 잔 것으로 여기는 모양이었다. 묵향도 멍청한 3류 잡배 하나 때려잡은 걸 가지고 자랑스레 말할 사람도 아니었기에 일은 그렇게 넘어갔고 모두들 세면을 한 다음 1층에 위치한 식당으로 갔다. 식당에 도착해 초희가 식당 안을 두리번거리자 묵향이 물었다.
"왜 그러냐?"
"진 대협이 혹시 계신가 하고요……."
"아, 그 친구라면 아침 일찍 떠났지. 너희들이 자고 있을 때 일이 생겨서 먼저 가니 나중에 안부 전해 달라고 하더군."
묵향의 얼굴 가죽 두꺼운 설명을 들은 초희는 조금 실망한 표정이었다.
"그래요?"
식탁에 모두들 앉았는데도 점소이가 코빼기도 안 비치자 묵향이 버럭 소리 질렀다.
"이봐, 주문받아라."
"예, 나으리."
점소이가 묵향의 외침에 어디서 나왔는지 쏜살같이 달려와 섰는데, 그 서 있는 모양새가 뭔가에 겁을 집어먹었는지 부들부들 떨고 있는지라 초희가 물었다.

"왜 그러니?"
"아무것도 아닙니다요, 나으리."
"그럼 숙취에 좋은 음식 좀 있으면 내오거라."
"예."

주문을 듣자마자 점소이는 바람처럼 사라졌고 어제와는 달리 왜 저 아이의 태도가 이상한지 당사자가 말을 안 하니 모두들 제멋대로 상상할 뿐이었다.

늦은 식사를 한 다음 흑풍단이 있을 듯한 위치를 향해 출발했다. 그들은 길을 가는 도중에 포고문이 붙어 있는 것을 보고 잠시 길을 멈췄다.

「찬황흑풍단의 옥영진은 그 지휘관이라는 자리를 이용해 막대한 재물을 횡령했고, 그것도 모자라 황권(皇權)을 넘보는 가증스러운 모반을 획책한 바, 그 물증을 확보한 금의위에 의해 자택에서 처형되었다. 하지만 그 잔당들의 일부가 숨어 있으니 흑색 갑주를 입은 무리를 보면 관(官)에 필히 연락하라. 그 정보가 사실임이 확인되면 후사하겠다.
금의위 대영반 이세번」

그 글을 읽고 세상모르는 촌민(村民)들이 한마디씩 했다.
"말세로군. 저렇게 높은 양반이 어쩌자고…, 쯧쯧."
"저런 녀석까지 썩어 있으니 나라가 안 되는 거야."
"인면수심(人面獸心)의 가증스러운 녀석이로군."
그걸 본 초우가 한심하다는 듯이 촌민들을 훑어본 다음 말했다.

"자, 빨리 출발하자. 내일 점심때까지는 백수강을 건너야 한다구."
"예."

애송이기는 했지만 많은 사람들에게 수소문해서 쫓아가는 추격술이나 정보의 분석력에서 초우는 묵향의 기대를 저버리지 않았다. 솔직히 그에게 묶여 개처럼 끌려가는 단 하나의 이유는 좀 더 빨리 흑풍단을 찾는 데는 이 방법이 좋을 것 같다는 느낌 때문이었으니까…….

초우는 일행들을 몰아서 백수강을 건너 재빨리 이동한 결과 8일 후 흑풍단에 거의 지근거리까지 다가왔다고 확신하기 시작했다. 초우는 마지막으로 촌민(村民)들에게 여러 가지를 물어본 다음 일행들에게 돌아와서는 자신이 생각한 바를 말했다.

"그들은 저기 보이는 와우산(臥牛山)에 숨어 있는 게 틀림없소. 이미 일단의 관군들이 이 근처를 기점으로 움직이고 있는데다 와우산에서 천태산(天態山) 쪽으로 이동하면 청해성이 나오는데 아마도 그들은 아직 온전한 병력을 보유하고 있는 정서원수부의 관할 지역 중에서 비교적 병력이 적은 청해성 쪽으로 이동할 생각인 모양이오."

"이 일대에 퍼진 관군은 얼마나 된다고 하던가?"

"여태껏 촌민들이 알려준 복색이나 인원을 분석해 보면 정서원수부 관할 병력이 2만 정도……. 그리고 정북원수부 소속이 3만 정도인 것 같소. 그런데 가까운 정서원수부에서 보낸 병력이 더 작은 거 보면 아무래도 정서원수부에서는 흑풍단과 싸울 생각이 애당초 없는 거 같고, 정북원수부만 조심하면 될 거 같소."

"그런데 그들이 와우산에 있는 게 확실한가?"

"그럴 가능성이 9할 이상이오. 그쪽으로 이동한 흔적은 미미하게 보이고, 또 저 촌민의 말이 어제 나무하러 가면서 못 본 말 발자국이 어지럽게 나 있는 것을 봤다고 하니…….”

"하지만 말 발자국만 보고 그들이 흑풍단이라고 단정하기는 힘들 걸?"

"그렇긴 하오만 그 말 발자국은 밤새 생긴 것이니……. 관군이 왜 위험을 무릅쓰고 야행을 하겠소? 잘못해서 무공까지 강한 흑풍단의 매복에라도 당하면 전멸을 면치 못할 텐데…….”

"그도 그렇군. 하지만 와우산을 넘어 다른 곳에 박혔을지도 모르잖아?"

"아니요, 와우산은 산세가 거칠어 이동하기 힘든데 우회하지 않고 와우산 위로 올라간 것으로 미루어 험하신 하시만 산길을 택해서 몰래 이농할 심산인 보앙인네……. 잘 갔다 하더라도 와우신 옆에 있는 우미산이나 장천산쯤까지밖에 못 갔을 거요.”

여기까지 물어본 묵향이 갑자기 너털웃음을 터트리며 말했다.

"하하하…, 좋아좋아……. 이제부터는 산길 이동이니 자네들의 도움은 필요 없겠군. 본인도 그런대로 추적술은 자신이 있으니까……. 발자국만 따라가면 될 테니……. 자 이제부터는 나는 나대로 행동할 테니, 이 수갑이나 풀어 주게나.”

"그건 안 되오. 그대가 첩자인지 그들에게 확인해 보고…….”

"할 수 없군.”

뚝!

묵향이 손을 벌리자 썩은 밧줄처럼 간단히 수갑의 사슬이 끊겨 버렸다.

"그, 그대는 혈도를…, 거기에 그건 오철인데…….”

"네 녀석이 잡은 혈도 따위 푸는 데 별로 시간도 안 걸려. 자, 내놔."
묵향이 손바닥을 내밀자 아연한 표정으로 초우가 바라봤다.
"예?"
"내 비수 내놓으란 말이다."
얼떨결에 초우가 내놓은 비수를 받은 후 묵향이 쓱 하고 비수를 꺼내는데, 싸구려 같은 검집과는 달리 안에서 나오는 비수는 놀랍게도 묵빛 광택이 나는 것이 보통 비수가 아님을 한눈에 알 수 있었다.
"……."
묵향이 비수를 꺼내자 일순 모두 긴장하여 묵향과의 거리를 재며 발검(拔劍) 준비를 했다. 그런데 그들이 정작 놀란 것은 다음 순간이었다. 묵빛 비수가 갑자기 청색 화염이 올라오듯 강렬한 빛을 발산하는 것이다.
"억!"
비록 입 밖으로 꺼내지 않았지만 말로만 들어오던 전설의 어검술(御劍術)이 틀림없었다. 그것을 본 순간 그들의 마음에서 투지는 완전히 사라져 버렸다. 도저히 이길 상대가 아님을 그 순간 깨달았기 때문이다. 묵향은 그 비수를 이용해서 썩은 무 자르듯 간단히 손목에 걸린 오철로 만든 수갑을 잘라 낸 다음 비수를 품속에 집어넣으며 멍청한 얼굴로 그를 보고 있는 세 명을 휙 둘러보았다.
"생각 같아서는 수갑을 채운 네 연놈들을 몽땅 죽여 없애고 싶지만 그래도 여태껏 정이 든 데다 빨리 흑풍단을 찾아준 성의를 생각해 살려 둔다. 만약 다음에 누구한테 내 혈도를 잡고 손목에 수갑 채웠다는 말을 하기만 하면 혓바닥을 뽑은 다음 목을 비틀어 버릴 테니 자나 깨나 명심하도록."

그와 동시에 묵향의 신형은 말 위에 앉은 채로 튕겨 오르더니 무시무시한 속도로 와우산을 향해 쏘아져 나갔다.
순식간에 하나의 점이 되어 가는 묵향의 뒷모습을 멍하니 보고 있던 초희가 말했다.
"저거 어검술 맞죠?"
"아마도 그런 것 같다……. 나도 눈으로 보기는 처음이라 뭐라 말할 수가 없구나."
"무슨 경공술이 저렇게 빠르죠? 말 타고 달리는 것보다 더 빠른 것 같이 보이는데요?"
"글쎄, 태산을 몰라보고 있었구나……. 아마 여태껏 그가 떠들어 댄 말이 모두 사실일지도 모르겠다. 역시 무림은 넓구나. 아버님의 말씀이 무림에는 지금 드러나 있는 2황5제4천왕이 강하다고 하지만 산골짜기에 그보다 더 강한 자들이 은거하고 있을지도 모른다고 하셨었지. 나는 그 말씀을 믿지 않았는데 사실이었구나……."
"하지만 오빠, 아무리 그래도 명문의 무공이 가장 강하다고 배웠고, 또 후기지수들 중에서도 명문의 자제들이 가장 강하잖아요. 그런데 어째서 초야(草野)에 묻힌 사람이 더 강할 수가 있죠?"
"되지도 않는 무공을 숨어서 수십 년 익혀 봐야 될 게 아니지. 아버님 말씀으로는 천운을 만나 기연을 얻는 수도 있다고 하셨지만……."
"기연이라면 어떤?"
"말대로 기이한 인연이지. 어쩌면 우연히 은거기인을 만나 그의 제자가 될 수도 있고, 또 기인의 무공비급을 얻을 수도 있겠지. 또 영약을 얻을 수도 있고……. 그렇지만 첫째가 가장 현실성이 있고 나머지는 아냐. 보통 비급이라면 정상적으로 기록한 경우는 없고 대부분이 암호나 뭐 그런 비슷한 방식으로 말뜻을 축약하거나 빙빙 돌려놔서 그 오의(悟意)를 깨닫기가 무척 힘들거든. 그리고 설혹 비급을 이해했다 하더라도, 일정한 바탕이 되기 전에는 비급을 얻어도 그건 그냥 종잇조각에 불과한 거야. 또 보통 사람이 영약 따위 먹어 봐야 보신이나 될까, 무공과는 상관없으니까. 아마도 첫 번째가 가장 현실성이 있겠지."

"과연 은거기인의 눈에 띄어 그에게 무공을 전수받는 게 가장 현실성이 있겠군요. 하지만 그렇게 강한 사람이 은거를 할 리가 거의 없잖아요. 안 그래요?"

"아니야. 여태껏 무림에는 수많은 명문거파들이 나타나고 또 사라졌지. 아마 사라진 문파들의 후손일지도 모르고……. 또 일부 명문에서 파문당한 고수들도 있고, 심한 경우 무림공적(武林共敵)으로 몰려 숨은 자도 있잖냐? 아마 묵향이란 사람도 사문이 있다고 했으니… 어떤 명가에서 쫓겨난 반도 정도겠지. 아마도 사문에서 쫓겨난 다음 어디 산골짜기에 숨어서 죽자고 무공을 익혔는지도 모르고……."

"글쎄요, 그의 말로는 파문은 아니라던데……?"

산속에 세워진 자그마한 정사(靜舍). 얼핏 보면 근방의 유려한 경치를 구경하기 위해 대갓집에서 세운 듯 제법 운치를 가진 자그마한 집이다. 그 정사의 앞쪽으로는 수려한 아름다움을 뽐내는 자연 경관이 펼쳐져 있었다. 하지만 문제라면 그 낭만과 운치를 간직한 정사를 감싸고 있는 기운이 예사롭지 않다는 사실이다. 정사의 30장(약 90미터) 밖에는 10인 정도의 인물들이 주위를 경계하며 살벌한 안광(眼光)을 내뿜고 있었다. 그들의 몸에서 뿜어 나오는 무형의 기운만으로도 아무리 무공에 문외한이라도 무시무시한 고수임을 눈치 챌 수 있을 정도로 극강(極强)의 기운을 뿜어내는 인물들이다.

이런 식으로 자신의 기를 밖으로 드러낸다는 것은 그들이 암습 따위의 얄팍한 술수를 익힌 자들이 아닌 정면대결을 위해 그 무공을 익힘에 있어 정도(正道)를 걸어온 인물들임을 알 수 있다. 이런 인물들을 만날 수 있는 가장 손쉬운 자리는 아마도 비무대(比武坮) 위일 것이다. 그런데 이들이 이곳에 있다는 것은 아마도 누군가의 호위를 위해서임이 분명했다. 이렇게 무식할 정도로 정직한 무예(武藝)를 익힌 자들을 써먹을 곳은 거의 없기 때문이다. 그런데 누군가의 호위라고 보기에는 너무나 극강한 기운을 뿜는다는 게 문제라면 문제라고 할까…….

하지만 더욱 큰 의문점은 그들을 보면 단번에 알 수 있다. 거의 절반에 가까운 수는 숨이 막힐 정도의 마기(魔氣)를 내뿜는 반면 나머지는 그렇지 못하다는 점이다. 어떻게 보면 정파의 고수들도 지니기 어려울 정도로 정순(靜純)한 기운을 갈무리한 것을 보면 더욱 아리송해진다. 왜 이렇게 물과 불처럼 어울릴 수 없는 자들이 한자리에서, 그것도 한 채의 정사를 호위하며 눈에 불을 켜고 있는지 알다가도 모를 일이다.

그 정사 내부를 보면 소유주의 품격을 나타내는 듯 대단히 소박하면서도 장중한 분위기를 느낄 수 있었다. 장식물이 거의 없을 정도로 텅 빈 실내지만 몇 가지 준비된 필수품, 예를 들어 탁자라든지 의자 따위 같은 것은 얼핏 보면 알 수 없을 정도로 수수하지만 자세히 감정을 해 보면 뛰어난 장인의 화려한 솜씨가 돋보인다는 것을 알 수 있었다.

자그마한 탁자에는 찻잔이 놓여져 있었고 두 명의 젊은이가 차를 들면서 담소를 나누고 있었다.

"껄껄, 처음에 만날 때는 몰랐었는데, 5년 동안 한 번씩 얘기를 나누다 보니 어떻게 보면 서로가 많은 부분에서 통하는 점이 있구려."

그러자 그 청년의 앞쪽에 앉은 청년이 부드러운 음성으로 대답했다. 그 청년의 피부색은 기괴하게도 자색을 띠고 있었고 은은한 마기를 자연스럽게 흘리는 것이 아마도 촌민들이 봤다면 귀신이라도 만난 줄 알 것이다.

"벌써 그렇게 되었소? 그 사건이 있은 후 사후 처리를 위해 만난 것이 발단이 되었었는데……. 시간이 그렇게 흐른 줄은 몰랐구려. 그리고 이번에 본교에서 처리하기에는 껄끄러웠던 놈들을 공적으로 몰아 없애 줘서 고맙소이다."

"뭘요, 그대도 껄끄러운 애송이들 처리에 도움을 줬으니 당연한 것이지요. 요즘 본맹(本盟)을 우습게 보는 것들을 귀교(貴敎)처럼 공개석으로 없앨 수도 없으니 난처한 노릇이었지요. 그렇다고 몰래 암살을 하자니 본맹이 의심을 받을 게 당연하고……. 난감했소이다. 참, 그런데 내 보고받은 바로는 묵향이 살아 있다던데……."

그러자 마기를 풍기는 젊은이의 표정이 어두워졌다.

"믿기 어려울 테지만 사실이오."

"흐음, 그때 완전히 없애 버린 줄 알았건만……. 안타까운 일이오."

"그러게 말이오. 이거 완전히 잠자는 호랑이의 수염을 뽑은 꼴이 되었으니 딱한 노릇이외다."

"악독한 놈의 손에 두 손녀가 죽은 것만 해도 억울한데, 그런 놈이 살아서 돌아다닌다니……. 하여튼 전율이 느껴질 정도로 강한 놈이오. 그놈을 이번에는 완전히 없애 버려서 후환을 제거해야 하오."

"글쎄 말이오. 하지만 예전에는 조용히 처리할 수 있었을 텐데…, 쯧쯧."

"왜 그러시오? 일단 없애기로 한다면 믿을 만한 수하를 시켜 살인, 강간 등을 시킨 다음 모두 그놈에게 뒤집어씌워 무림공적으로 선포하고 그 녀석을 주살하면 간단할 텐데?"

"예전이라면 그게 통하겠지만 지금은 너무 커 버렸소."

"왜요? 그는 언제나 혼자서 행동할 텐네. 예전에도 그랬잖소? 그 덕분에 전에도……."

그러자 마기를 풍기는 젊은이는 한숨을 푹 내쉬며 힘없이 말했다.

"휴, 그전엔 그랬지만 지금은 아니오. 본좌가 멍청하게도 기억을 잃은 그 녀석을 끝장내겠다고 천랑대와 염왕대를 보냈는데, 그 녀석들이 묵향 편에 붙어 버렸소."

"그럴 수가……."

"그건 어쩔 수 없는 결과외다. 그가 기억을 잃은 상태라면 몰라도 기억을 찾았다면 완전히 얘기가 달라지니 말이오. 그는 아직도 본교의 인물이고, 또 그의 직위도 살아 있소. 그러니 그 자신이 본교의 율법을 들고 나온다면 이것은 문파 간의 투쟁이나 반도 처리의 문제가 아니오. 다만 교내의 권력 다툼이 된다 이 말이외다. 그러니 수하들은 모두들 각자 그 권력 암투의 도중에서 누군가를 선택할 자유가 주어지는 것이고, 십중팔구 그들은 강자의 편에 붙을 수밖에 없소이다. 본교 내의 모든 권력은 약육강식의 율법을 따르기 때문이오. 만약에 그가 예전의 장인걸처럼 새로운 문파라도 만든다면 오히려 간단한 일이지만 그가 본교의 부교주란 점을 계속 내세운다면 본교에서 고수들을 투입할 수 없소. 고수들을 보내 봐야 그자가 나보다 강하다는 건 누구나 다 아는 사실이기에……. 그가 그 점을 내세운다면 모두들 그의 편에 설 것이오."

"흐음, 극강을 자랑하는 마교도 여태껏 그 강함을 지탱해 준 율법 때문에 곤란을 겪는 일이 생기는군요. 그럼 본좌가 나서서 그 일을 처리해야 한단 말이오?"

"그래 주실 수 있겠소? 하지만 그놈이 거느린 세력은 웬만한 문파쯤은 한 시진도 안 되어 가루로 만들 정도로 강하오. 그 정도 힘을 겨우 맹내(盟內)의 힘만으로 처리하긴 힘들 거외다."

"흠, 그건 본좌도 알고 있소. 어떤 뚜렷한 명분이 있어야 그 멍청이들을 설득해서 도움을 받을 수 있으니……. 참! 문제는 그놈 하나니 살수를 고용하면 안 되겠소?"

"그 정도의 고수를 처리할 만한 살수가 있겠소?"

"요즘 맹위를 떨치는 살수 집단이 하나 있소이다. 그들에게 청부를 해 볼까 하오. 일단 공통의 적이니 그 비용은 서로 반씩 부담함이 어떻겠소?"

"좋소이다. 그런데 그 살수 집단이라면?"

"아마 그대의 짐작대로일 거요. 요즘은 살수 집단 중에서 흑월회(黑月會)의 솜씨가 제일 좋다고 들었소."

"과연, 하지만 소문대로 그들의 실력이……."

"클클, 그건 걱정하지 마시오. 살수들의 생명은 정보라고 봐야 하오. 개방(丐幇)과 무영문(無影門)의 할망구한테 의뢰를 해 놨으니 그의 겨드랑이 털 수까지 알려 줄 거요. 그만한 정보를 가지고도 어쩔 수 없다면 비밀리에 처리하긴 힘들 거외다."

"흠, 그렇다면 본좌도 삼비대에 연락해서 쓸 만한 정보가 있으면 그대에게 넘겨 주겠소. 하지만 그놈의 행태가 희한해서 아마도 외부에서 포착해서 암습하기는 힘들 거외다."

"행태라뇨?"

"보통 느지렁거리면서 다니다가 한 번씩 경공술을 써서 이동하는데, 그 속도가 정말이지 무식할 정도로 빨라서 완전히 몸을 드러내고 뒤쫓아도 못 따라가는데 어찌 숨어서 미행을 하겠소?"

"쯧쯧, 그런 문제가 있구려."

"거기다 예전에 그의 수하로 있었던 놈들의 말을 들어 보면 밖에 나가면 거의 잠도 안 잔다고 하더군요. 하지만 본거지에 있을 때는 한두 시진 정도는 자는 보양이오. 그러니 그놈을 덮칠 곳은 본거지뿐이다, 이 말이오."

"그렇다면 참고로 알아 둘 만한 그놈의 약점 같은 것은 없소?"

"글쎄요…, 그놈의 특기는 강기(剛氣) 종류지만 공력이 비교적 적게 드는 어검술 종류를 더욱 좋아하오. 그렇기에 떼거리로 덤벼드는 것은 별로 효과가 없을 거요. 그리고 아마도 그놈은 본교가 자랑하는 흑미륵신공(黑彌勒身功)을 익혔을 테니 웬만한 공격으로 결정적인 타격은 줄 수 없소. 하지만 흑미륵신공 자체가 금강불괴(金剛不壞)처럼 외부에서 타격을 막는 게 아니라 내부에서 충격을 분산시켜 흩어 버리는 것이니, 아마도 장법이나 권법 같은 것보다는 무기를 이용한 공격이 타격이 클 거요. 하지만 흑미륵신공 자체가 혈관과 혈도, 뼈를 무쇠처럼 단단하게 해 주니, 그도 장담은 하기 어렵소이다. 아마도 선택된 살수는 무쇠도 손쉽게 자를 수 있는 신병이기(神兵異器)를 사용해야 할 거요."

"그렇지……. 그때 한 번 보니 그놈의 무공은 상당히 특이했소. 보통 귀교의 무공은 강대한 공력을 바탕으로 하는 장력이나 강기류가 주 무기인데 반해 그자는 검을 이용해서, 그것도 최소한의 공력만을 이용해서 적을 없애는 아주 실용적인 검법을 구사하는 것 같더군."

 "그게 가장 큰 문제라는 거외다. 보통 강한 위력에만 의존하는 놈들인 경우 떼거리로 덤비면 나중에는 공력이 고갈되어 제풀에 뻗게 되어 있는데, 아마 그놈을 제풀에 뻗게 만들려면 본교 세력의 절반을 잃을 각오까지 해야 할 판이오."

 "그렇게까지나……."

 "아마 그게 맞을 거외다. 그놈은 아주 실리적인 놈이라……. 거기다 우리와 정면으로 싸워야 할 만한 약점 따위도 없소. 그러니 치고 빠지는 식의 공격을 계속한다면 그놈의 경공술은 자타가 공인하는 섯이니, 어디 포위가 되겠소? 그냥 계속 쫓으면서 놈의 공력이 고갈되기를 기다려야 할 텐데?"

 "흐음, 그렇군. 그럼 예전과 같은 방법을 한 번 더 써 보는 것은 어떻소?"

 "예전과 같은 방법이라면?"

 "혹시 그놈이 아끼는 사람은 없소?"

 그제서야 상대의 음흉한 속셈을 감 잡은 교주는 무릎을 탁 치며 말했다.

 "오… 맞소. 그러고 보니 그놈이 아끼는 양녀(養女)가 하나 있소. 그 아이를 인질로……."

 "아니오. 인질만으로 해서는 큰 효과를 보기 힘들 거요. 귀교에는 사람의 마음을 조종하는 술법이 있다고 들었는데?"

"흐흐흐, 거 참 모르시는 게 없구려. 마령섭혼심법(魔靈攝魂沁法)이 있소이다. 그걸 아주 교묘히 이용하면 될지도 모르겠군."

"껄껄껄, 초고수에게 사용할 것도 아니고 그냥 어린 계집아이만 사술(邪術)에 거는 거니 아마 손쉬울 거요. 그놈이 아이를 구한답시고 쳐들어왔을 때 치열한 접전의 와중에 그 아이를 이용해서 암습을 하게 만든다면……. 하하하, 그땐 우리가 원하는 바 목적을 달성할 수 있을 거요."

"하지만 그놈이 들은 척도 안 한다면? 어쩌면 능히 그럴 수도 있는 놈이니 하는 말이오."

"그러면 계획대로 살수를 보내는 것으로 합시다. 쓸데없이 먼저 살수를 보내어 경각심(警覺心)을 일깨울 필요는 없으니 말이오."

"좋소이다."

"이상한 일이군."

"뭐가요?"

"왜 말들을 다 버리고 갔지?"

초우가 가리키는 방향에는 수많은 말들이 흩어져 있었고, 몇몇 관군들이 그 말들을 한곳에 모은다고 뛰어다니고 있었다.

"관군들이 지키고 있으니 저건 관군들 게 아닐까요?"

"그럴 리가 없어. 주위를 살펴보니 여기까지 이어지던 흑풍단의 말발자국이 없어졌다. 이건 그들이 말을 버리고 본격적으로 경공술을 쓴 거야. 그리고 저기에 쌓여 있는 흑색 갑주들을 봐라. 일부러 갑주까지 다 벗어 버렸다는 것은 이제부터는 정면 대결보다는 도망치는 것에 더욱 주력하겠다는 뜻이지. 왜 그렇게 작전을 바꾼 거지?"

"혹시 그때 만났던 묵향이란 선배를 만났기 때문이 아닐까요?"

"맞아요. 그 선배의 무공 수준으로 보아 잡배는 절대 아닐 거고 어떤 단체의 수장(首長) 정도라면 그의 단체에 포섭되었을 수도 있지요. 그러면 목적지가 생겼으니 쓸데없는 전투를 벌이기보다는 조용히 도망치려고 들겠죠."

"그럴지도 모르겠구나. 조심해라. 관군들 외에도 제법 고수들이 몇 명 있는 것 같으니까."

"예."

초우 일행은 마을에서 말을 다 팔아 버린 후 경공술을 이용했다. 산길을 달리는 데는 말보다 경공술을 사용하는 게 더 낫기 때문이다. 때문에 조용히 움직일 수는 있었지만 아직 무공이 떨어지는 여동생들 때문에 골치였다. 아마도 이걸 염려한 묵향이 혼자서 앞서 갔을 것이라 생각하니 속이 터졌지만, 그래도 여동생들이라 버려 놓고 갈 수도 없는 노릇이었다. 그렇게 누이동생들을 독촉하며 길을 재촉한 결과 묵향과 헤어진 그날 저녁때 흑풍단이 버리고 간 말들을 호위하고 있는 관군들을 만난 것이다. 관군들의 행동이 예상외로 빠름을 감지한 초우는 아무래도 추격의 전문가쯤 되는 무림인들이 관군들을 도와주는 것이 아닌가 하는 의심을 하게 되었기에 그 누이동생들에게 주의를 준 것이다.

이들은 밤을 무릅쓰고 한 시진 반 정도 산길을 달리다가 어둠 때문에 더 이상 흔적을 좇을 수 없어 하는 수 없이 야숙을 했다. 다음 날 아침 일찍부터 다시 추격을 시작했다. 추격을 시작한 후 두 시진 정도 지났을까……. 그들은 희한한 광경을 보고야 말았다.

여덟 마리의 개……. 아마도 관군에서 기르는 군견인 모양인데 모두 입에 거품을 물고, 피투성이가 된 채 죽어 있었다. 아직 네 마리의 개가 살아 있기에 그들은 이게 어찌 된 일인지 쉽게 알 수 있었다. 그 개들 또한 입에 거품을 물고, 광기(狂氣)에 가득 찬 눈으로 사람들에게 달려들었다. 아마도 미친개들한테 물렸는지 여러 명의 부상자들이 있었다. 일부 병사들은 그들을 간호하고 있었고, 일부는 미친개들을 공포 어린 눈으로 죽인다고 난리를 치고 있었다.

이때 유독 그중에 세 명의 인물들이 초우의 이목을 집중시켰다. 그들은 관군들과는 달리 각기 검을 가지고 있었고, 이 난리통에도 표정 하나 변하지 않았다. 아마도 관군들에게 협조하는 무림인들인 모양이었다. 보통 돈이 궁한 무림인들 중의 일부가 관군의 앞잡이 노릇을 하는 경우는 비일비재하다. 다행이라면 그런 인물들 중에는 아주 뛰어난 고수는 없다는 점인데……. 하지만 만에 하나라는 것도 있으니 조심해 둘 필요가 있는 것이다.

"저 들개들은 뭐죠?"

"들개들이 아니다. 목에 끈이 묶여 있잖아. 관군들이 사용하는 군견이다. 아마도 흑풍단이 어떤 약물을 길에 뿌린 모양이야."

"약물을 뿌린다고 개가 미쳐요?"

"그건 모르지. 이럴게 아니라 빨리 가자. 흔적 남기지 않도록 조심해라. 저 난리가 나는 걸 봐서 아마도 저들이 제일 앞서서 추격하는 놈들인 모양이니까."

"예."

초희는 순순히 대답했지만 초연은 그래도 약간의 무림 경험은 있는지라 자신이 생각하는 우려할 만한 점을 말했다.

"오빠, 그러지 말고 저들 뒤로 따라가는 건 어때요? 함정이라도 있다면······."

"그럴지도 모르겠군. 그럼 조용히 그들을 따라간다."

과연 그 세 명은 추격의 전문가들이었다. 개들이 죽어 버린 후에도 그들이 앞장서서 아주 미세한 흔적들을 더듬으며 3백여 명의 관군들을 인도했다. 그러면 관군들은 뒤에 10장(약 30미터) 간격으로 누구나 알아볼 수 있는 표시를 하면서 그들의 뒤를 따라갔다. 아마도 그 뒤에는 관군의 주력 부대가 따라올지도 모른다. 초우는 일부러 그 뒤를 따라가며 그들이 묶어 놓은 빨간 천을 풀어 다른 샛길 쪽으로 연결해 뒀다. 시간이 별로 없었기에 여섯 개 정도만 연결한 후 다시 돌아와 그 샛길을 즈음해서 나 있는 관군의 발자국도 모두 지워 버리고 계속해 그들의 뒤를 따르면서 모든 표시들을 없애 버렸다.

이렇게 두 시진 정도 갔을까, 갑자기 앞에서 화살 10여 대가 동시에 날아와 추격하던 무림인들 세 명과 뒤따르던 군사들의 몸통에 맞았다. 그들은 그 즉시 고꾸라졌고 모든 화살의 앞부분이 등 뒤까지 튀어 나온 것이 그것을 쏜 사람의 공력(功力)을 대변해 주고 있었다. 화살이 날아오자마자 모두들 나무나 바위 등의 뒤에 숨었지만 더 이상의 행동은 없었다. 그제서야 모두들 쓰러진 사람들을 살펴보기 위해 조심조심 일어섰다. 그들의 표정으로 보아 화살을 맞은 모든 사람들은 즉사한 모양이었다. 이때 숲 속에서 말소리가 들려왔다.

"더 이상 추격하면 모두 다 죽여 버릴 테니 알아서 해라. 모두 다 꺼져!"

희망을 가졌었던 무림인들도 다 죽어 버렸고, 상대는 얼마 전까지 관에서 최강을 자랑하던 찬황흑풍단이다. 거기에 상대는 이쪽을 알지만 이쪽은 상대가 어디에 숨었는지도 알지 못하는 상황이니 병사들은 동요하기 시작했고, 급기야 한 명이 뒤로 도망치자 걷잡을 수 없이 무너지며 모두들 줄행랑을 놓기 시작했다.

관군들이 사라지자 초우는 이때라고 생각했다. 그는 경공술을 이용해 앞으로 쏘아 나가 시체들이 있는 곳에 당도한 다음 신형을 멈추고 말했다.

"저는 초씨세가의 초우란 사람입니다. 그대들이 죄도 없이 쫓기는 것을 알기에 도와 드리려고 먼 길을 달려왔으니 동행을 허락해 주십시오."

그러자 의외로 상대의 답은 손쉽게 떨어졌다.

"좋소. 그대의 동생들과 함께 오시오."

'동생들과? 이미 알고 있었다는 말인가?'

초우는 동생들을 불러 앞으로 나갔고 그 앞에는 열 명의 전포(戰袍)를 입은 무사들이 기다리고 있었다. 모두 각기 활을 휴대한 것으로 보아 아마 이들이 조금 전 활을 쏜 인물들인 모양이었다.

"그대가 초우인가? 나는 임충이라고 한다네. 대장한테서 자네 얘기 들었어. 젊은 나이에도 꽤나 유능하다던데……. 참, 관지 대장이 있는 곳으로 가세나."

초우는 경공술을 이용해 따라가며 임충에게 물었다.

"지금 흑풍단을 이끄는 분이 관지 대장이란 분입니까?"

"그렇지. 나중에 자네도 만나 보면 알겠지만 대단한 분이야. 지금까지 우리들이 버텨 온 것도 그분의 덕이지."

"묵향이란 선배는 여기 계십니까?"

"아니, 일이 있다면서 먼저 떠났어. 제길, 예전에도 대단했지만 지금은 아예 저 먼 하늘이더군. 그때는 꼭 노력하면 따라잡을 수 있을 것만 같았는데…….”

"그렇게 대단한 분인가요?"

"그렇지. 내가 이상형으로 삼는 분이라고 할까……. 무공도 고강하지만 유식하고, 또 마음 씀씀이는 얼마나 인자하고 부드러운데. 예전에는 술도 자주 마셨었는데…….”

'인자하고 부드러워? 유식하다고? 전혀 아니던데…….'

"저… 그분 책은 많이 보셨나요?"

"응, 관지 대장의 말로는 황궁무고에 있는 책이란 책은 몽땅 다 읽은 유일한 인물이라고 하더군. 그리고 단장이 예전에 그에게 뛰어난 선생들 몇 명을 붙여 줬는데, 글공부도 아주 폭넓게 한 모양이야."

믿기지 않는다는 듯이 떨떠름한 얼굴로 초우가 되물었다.

"그래요?"

"자네도 만나 봤었다니 알 거 아냐? 무식한 무림인들하고는 뭔가 분위기가 다르지 않던가?"

"글쎄요. 저는 안목이 짧아서 잘 모르겠습니다."

"그럴지도 모르지. 대장이 바빠서 그런지 나도 얼마 얘기를 못 나눴거든."

한 시진 반 정도 달려가자 흑풍단의 본대가 있었다. 모두들 나무 기둥에 의지해 쉬든지 삼삼오오 모여 얘기를 나누는 무리들도 있었다. 임충은 그들을 데리고 한 인물 앞으로 다가갔다. 그 인물은 청색 전포를 입은, 크지도 작지도 않은 날카로운 눈매를 가진 젊은 무사였는데, 오랜 시간 쫓긴 탓인지 다듬지도 못한 수염이 숭숭 돋아 있었다. 그리고 다부진 턱선과 피로한 듯한 안색, 시원하게 솟은 콧날, 그러면서도 이 모든 것을 헤쳐 나갈 수 있다는 강인한 정신력을 담은 강렬한 안광을 내뿜는 두 눈……. 한마디로 패기가 넘치는 뛰어난 무사임을 한눈에 알 수 있었다.

예상외로 상대가 아주 뛰어난 인물임을 자각하고 초우는 포권하며 인사를 했다. 하지만 인사를 하면서도 누이동생들이 이 근사한 상대를 앞에 두고 정신을 못 차리는 것을 눈치 채고는 옆구리를 찔렀다. 서로 간의 인사가 끝난 후…….

"초씨세가의 초우라 합니다. 직접 보니 더욱 뛰어난 분이시군요."

"허허, 과찬의 말씀을……. 그대의 이야기는 묵향 부교주에게 들었소."

"예? 부교주라니요?"

"그는 얼마 전까지 본단(本團)의 백인대장으로 있었던 대단히 뛰어난 무인이오. 하지만 그때 그를 알게 되었을 때도 화경(化境)에 준하는 무공을 소유한 인물이 겨우 백인대장 노릇이나 하는 게 이상하게 생각되었었소."

놀란 초우가 눈동자가 화등잔만 해졌다.

"방금 화경이라 하셨습니까?"

"그렇소, 화경이오. 그런데 안타깝게도 그는 그 이전의 기억을 모두 상실한 상태였소. 그러니 자신이 익혔던 모든 무공 또한 잊었지요. 그래서 단장님이 그를 황궁무고에 들여 무공을 익히게 한 것이었는데, 그의 무공을 몽고 전투 때 직접 봤지만 정말 대단했소. 그런데 이번에 어떤 계기로 기억을 되찾았다고 하더군요. 그의 본래 위치는 무림의 마교란 단체의 부교주라고 했소. 자기가 몇 가지 일을 벌이는데 나보고 도와 달라고 하더군. 사실 우리들도 갈 곳이 없던 처지고 해서, 그의 일에 동참하기로 했소."

'일이 이상하게 돌아가는군.'

"저… 마교란 단체를 들어 보셨습니까?"

"난 잘 모르오. 난 관부에서 자라나 그곳에서 무공을 익혔고, 또 들리는 소문만으로 상대를 평가할 정도로 속 좁은 인간도 아니오. 사실 내가 직접 본 묵향이란 인물은 정파라 자처하던 인물들에 비해 뒤질 게 없었기 때문이오. 그리고 그는 지금 마교하고 좀 껄끄러운 관계인 모양이고, 별로 좋지 못한 기억을 가지고 있는 것 같으니 다음에 만나면 괜히 먼저 마교에 관계된 말을 꺼내지 마시오. 어쩌면 그대의 목숨이 위태로울지도 모르니까……."

"예?"

"이번에 만나 보니, 기억을 되찾은 다음 사람이 조금 변했더군요. 하지만 솔직 담백한 것은 여전하기에 그를 믿기로 했소. 그의 무공은 지금 현경(玄境)의 수준이라 했소. 그러니 그의 신경을 건드려 좋을 게 없다는 말이오."

"그럴 리가……."

조우는 경악했다. 내심 묵향이 마음껏 어검술을 쓸 때부터 혹시나 하는 생각을 하긴 했지만 그렇다고 그 놀라움이 감소하는 것은 아니었다. 현경이란 수준이 그냥 무공을 쌓는다고 올라가는 경지가 아니기 때문이다. 그렇게도 어려운 수준이기에 기나긴 무림 역사에도 단 한 명이 기록되어 있을 뿐이다.

"묵향 선배도 없는데, 그럼 어디로 갑니까?"

"중경(中京 : 지금의 시안시) 서남쪽에 태백산(太白山)이란 곳 근처에 세워진 흑룡문이란 문파가 있다고 했소. 그리로 오라고 했으니, 조심해서 가 봐야지요."

중경은 섬서성 남쪽에 위치한 거대한 도시로, 과거에는 장안(長安)으로도 불리던, 많은 국가들이 수도로 채택했던 도시다.

"참, 오다가 미친개들을 봤는데, 그건 어떻게 한 겁니까?"

"그건 묵향 부교주가 주고 간 광견분(狂犬粉)이란 독을 사용한 것인데 그걸 땅에다 뿌려 놓으면 개가 냄새를 맡는다고 킁킁거리다가 콧속으로 들어가게 되고 콧속의 습기에 녹으면서 발작을 일으키게 만든 것이지요. 아마도 사람한테도 효과는 있겠지만 사람이 어디 땅바닥에 대고 킁킁거릴 일이 있겠소? 다만 물에 잘 녹기 때문에 비만 오면 끝난다는 단점이 있다고 하더군."

벼룩의 간 꺼내 먹기 I

 묵향은 지금 별로 기분이 좋은 상태가 아니었다. 누구라도 길을 갈 때 누군가가 자신을 감시한다는 느낌을 받으면 좋은 기분이 될 리가 없을 것이다.
 '어찌한다……. 기분도 꿀꿀한데, 재미 삼아 한번 족쳐 봐?'
 누군가가 뒤쫓는다는 느낌을 받은 것은 흑풍단과 헤어지고 홍원(紅原)이라는 도시에 들어선 다음부터다. 홍원은 사천성 북쪽에 있는 제법 큰 상업 도시로 감숙성으로 들어서는 관도 상에 위치한 사천성과 감숙성 간의 물류 유통의 중심이었다.
 묵향은 일부러 조금 으슥한 골목으로 들어선 다음 다시 오른쪽에 나 있는 작은 골목으로 들어갔다. 그리고 먹이가 걸려들기를 기다렸다. 그의 기다림은 별로 오래 걸리지도 않았다. 먹음직한 먹잇감이 바로 거미줄을 향해 돌진해 왔기 때문이다. 묵향은 골목 안으로 뒤따라

온 거지 두 명의 혈도를 재빨리 점혈한 다음 음흉한 미소를 띠며 부드러운 목소리로 질문했다.
"호… 개방의 나으리들이 왜 나를 따라다니지?"
그러자 점혈당해 쓰러진 두 명은 익히 상대의 무서움에 대해 들었는지라 식은땀을 흘리며 변명해 댔다.
"오해십니다요, 나으리. 저희들은 동냥을 받기 위해 이리 들어온 것뿐입니다요."
"쯧쯧, 아니야. 그건 사실이 아니야. 좋게 말로 할 때 털어놔. 응?"
"사실입니다요. 저희들은 그냥 동냥을 받으려고 이리 들어온 것뿐입니다요."
"그으래에? 넌 오늘 내 평생 본 것보다 더 많은 거지들을 봤다구. 그게 결코 우연이라고 생각하지는 않아."
묵향이 그들의 품속을 뒤지자 곧이어 품속에서 세밀히 그려진 묵향의 초상화가 나왔다. 그 초상화에는 몇 마디 말이 쓰여 있었다.

「마교 부교주 묵향
단독 행동을 좋아하며 검은색의 아무 장식이 없고 칼날받이조차 없는 특이한 모양의 기형검(奇形劍)을 사용함. 이자의 무공은 화경을 넘어선 상태로 대단히 사악한 위험인물이니 절대 충돌은 피할 것. 이자의 위치가 발견되는 대로 총타에 최우선적으로 보고할 것.」

묵향은 그 초상화를 쓰러져 있는 거지들의 눈앞에 들이대며 속삭이듯 말했다.
"이건 내 얘기 같은데? 아무래도 말로 해서는 안 들을 것 같군."

묵향은 우선 놈들이 자해하지 못하도록 아혈을 제압해 버렸다.

"말할 생각이 있으면 열심히 고개를 끄덕이라구. 먼저 뭘 해 볼까… 분근착골(粉筋鑿骨)은 별로 재미가 없고……. 흠, 맞아."

한 거지의 윗도리를 벗긴 다음 때가 잔뜩 묻어 있는 가슴을 부드럽게 만졌다.

"아주 예쁜 갈비뼈를 가지고 있군. 이걸 하나씩 뽑으면 아주 재미있을 거야. 너도 그렇게 생각하지?"

그러면서 제일 밑에 위치한 갈비뼈로 손가락을 박아 넣어 갈비뼈를 모질게 그러쥐었다. 그런다음 아주 천천히 힘을 가하자 공포에 질린 눈으로 거지가 열심히 고개를 끄덕이기 시작했다. 그도 생으로 갈비뼈를 뽑겠다는 데야 항복할 수밖에 없었던 것이다.

'초상화에 쓰인 것보다도 더욱 사악한 놈이군. 제기랄, 잘못 걸렸다.'

묵향은 고개를 끄덕인 놈의 아혈만 풀어 주면서 속삭이듯 부드럽게 말했다.

"자네가 혹시나 자살한다면 저기 남은 친구는 더욱 처참하게 당할 테니 잘 생각하라구. 내가 묻고자 하는 것은 하나뿐이야. 홍원 분타가 어디 있지? 뭐 싫다면 대답 안 해도 상관없어. 여기 거지들이 아주 많은 것 같으니까 하나하나 잡아다 주리를 틀어 보면 누군가는 실토를 하겠지."

"홍원 동남쪽에 보면 관제묘가 있는데, 그곳입니다요."

"흠, 좋아, 좋아. 안내해. 길 찾기는 성가시니까."

두 거지는 그 즉시 묵향이 혈도를 완전히 풀어 줬으므로 어리둥절한 표정으로 묵향을 쳐다봤다.

"끌끌, 딴 생각하지 마. 전 무림을 뒤져 봐도 나보다 경공술이 빠른 놈을 찾기는 어려울 테니까. 도망치다 잡히면 다리뼈를 부숴 놓고 길 안내를 시킬 거야. 그것도 재미있겠지?"

사색이 된 두 거지가 묵향을 안내해서 개방의 홍원 분타에 나타난 것은 반 시진 후였다. 그들이 묘 안으로 들어오는 것을 발견한 고참 거지가 으르렁거렸다.

"정보 수집은 안 하고 왜 벌써 돌아오냐? 헉!"

모두들 거지들을 뒤따라 들어오는 묵향을 발견하고 경악했지만, 정작 묵향은 평안한 표정으로 안으로 들어서서는 그들이 굽고 있는 멧돼지 옆에 앉으면서 말했다.

"흐흐흐, 배고프던 차에 잘되었군. 역시 나는 먹을 복이 있단 말이야."

"네, 네놈은 누구냐?"

"다 알고 왔으니 나를 모르는 척할 필요는 없어. 이봐, 여기 분타주가 누구냐?"

"……"

"좋게 말할 때 나와. 나도 피비린내 나는 곳에서 식사하고 싶지는 않으니까……."

초상화에 쓰인 대로 진짜 화경의 고수라면 여기 모여 있는 10여 명이 조금 넘는 수로는 그야말로 변변한 대항조차 못 해 보고 말 그대로 '도살' 당할 것이 분명하다. 개방은 30만이 넘는 인원을 가진 거대 방파지만 다만 한 가지 고수라고 부를 만한 인물들이 극소수라는 문제점을 안고 있었다. 그 많은 인원을 가지고도 무림의 패권에 도전한 적이 한 번도 없이 정보만을 취급하는 소식통으로 존재하는 이유가 여기 있었다. 그리고 개개인의 무공이 뛰어나지 못하기에 고급 정보를 획득하는 데도 문제가 많았다. 그래서 요즘 들어서는 뛰어난 첩보 능력과 잠입술을 가진 고수를 많이 거느린 무영문에 뒤지는 처지였다.

묵향이 품속에서 시커먼 비수를 하나 꺼내 익은 부분을 잘라서 씹어 먹기 시작하는데, 뒤에서 주춤주춤 한 거지가 앞으로 나오면서 말했다.

"본인이 홍원 분타주입니다."

"흠, 그래? 쩝쩝……. 고기가 질기군. 나를 감시하라는 명령은 총타에서 내려온 거냐?"

"예."

"그럼 네놈이 총타에 연락해라. 감시를 하는 건 좋은데, 내 눈에 안 띄게 하라고 해."

"예? 무슨 말씀이신지……."

"쩝쩝… 거지들이 내 뒤를 따라다니는 것은 별로 기분 좋은 게 못 되지. 나는 네놈들에게 동냥 줄 돈도 없다구. 감시를 하고 싶으면 멀리서, 내 눈에 안 띄는 곳에서 하란 말이야. 감시를 하는 것을 두고 시비를 걸고 싶지는 않은데, 만약 앞으로 내 눈에 띄는 개방 거지가 보이면 뼈다귀를 분질러 버릴 거야. 알겠어?"

"예, 예."

"여기 술은 없냐? 쩝쩝……."

"여기 있습니다요."

옆에 있던 거지가 술이 든 호리병을 내밀자 그 거지의 머리를 딱 소리가 나게 쥐어박으면서 말했다.

"역시 멧돼지에는 술이 있어야……. 빨리 따라, 이 녀석아. 네놈이 입을 가져다 댔던 건데 거기다 나를 보고 입을 대란 말이야?"

묵향은 멧돼지 고기와 술을 배터지게 먹은 다음 관제묘 밖으로 나오며 말했다.

"명심해. 눈에 안 띄게 감시하라구. 어쨌든 오늘 잘 먹었다. 그리고 이하고 빈대, 벼룩 같은 것 좀 잡아라, 이 더러운 놈들아."

묵향은 공력을 운용하여 몸속에 숨어든 못된 벌레들을 태워 죽여 버린 다음 경공술을 이용해 쏜살같이 날아가 버렸다. 순식간에 작은 점이 되어 버린 묵향을 바라보며 한 거지가 말했다.

"참 내, 더러워서……. 거지 것도 뺏어 먹는 놈이 있군."

그러자 분타주가 말했다.

"아서라. 저 경공술만 봐도 그의 부상이 어느 정도인지 알겠다. 목숨을 부지한 것만 해도 다행이야. 그건 그렇고 저렇게 위험한 인물을 왜 감시하라는 거지?"

벼룩의 간 꺼내 먹기 Ⅱ

거지들이 따라붙고 난 다음부터 묵향은 될 수 있으면 큰 마을이나 도시를 피해서 이동했고, 산길이나 길도 없는 들판을 그냥 돌파했다. 자신이 하고자 하는 일을 거지들이 방해할 가능성은 만에 하나라도 없었지만 다만 자신의 행적이 들통 나는 것은 별로 유쾌한 일이 아니었기 때문이다. 그는 산길과 들길을 이용해 지금 사천성의 중앙부에 위치한 아미산(峨嵋山) 가까이에 있었다.

사천성에는 거대한 명문(名門)들이 많기 때문에 묵향도 조금은 조심을 할 수밖에 없었다. 예전에 한 번 난리를 쳤던, 독으로 유명한 당문(唐門), 검으로 유명한 아미산에 있는 아미파(峨嵋派)와 청성산에 위치한 청성파(靑城派), 창술과 검술로 유명한 점창산에 위치한 점창파(占槍派)……. 정도의 핵심이라는 9파1방 중에서 무려 네 개의 문파가 똬리를 틀고 있는 곳이기 때문이다. 그 외에도 무산에 위치한 도의 명가 종리세가(鍾里世家)가 위세를 자랑하고 있는 곳이다.

예전에 9파1방은 정파 중에서 가장 강한 상위 열 개 문파를 가려 뽑은 것이었지만, 실상 한 번 이름이 오른 문파를 없애고 다른 신진문파로 대체할 수는 없는 노릇이라 계속 열 개 문파만이 지명되어 왔다. 현재에 이르러서는 열 개 문파 중 청성파와 종남파(終南派)가 뛰어난 제자를 배출하지 못하고 있었고, 개방도 남개방과 북개방으로 나뉘어져 쇠퇴의 길을 걷는데 반해 무영문이나, 저 변방인 청해성 골짜기에 박혀 있어 끼지 못했던 곤륜파(崑崙派)는 그 기세를 더하고 있어 미묘한 갈등을 만들어 가고 있었다.

묵향은 그 위치에서 90도로 꺾어 무산 방향으로 이동을 시작했다. 그도 감시자가 생긴 마당에 자신의 행적을 정직하게 드리낼 비보는 아니었기 때문이다. 그가 요즘 들어 더욱 신경이 날카로워진 것은 개방 같은 어중이떠중이가 아니라 대단히 뛰어난 어떤 놈들이 자신의 뒤를 추격하고 있는 것 같다는 느낌 때문이었다. 거의 현경의 위치를 벗어나느냐 마느냐 하는 정도의 무공을 지닌 묵향으로서도 자신에게 붙은 꼬리가 어떤 놈들인지 아직 정확히 파악하지 못하고 있었다.

'에잉, 지금 시간을 투자해서 귀찮더라도 몇 놈 잡아서 족쳐 봐? 아니면 그냥 이대로 갈 길을 갈까? 고민되는군.'

상대의 움직임은 대단히 조용해서, 만약 묵향이 이동하지 않고 그냥 한 자리에 가만히 있었다면 그들의 움직임을 눈치 채지 못했을지도 모른다. 하지만 묵향이 움직임에 따라 놈들도 따라 움직이다 보니 미세한 기척이 감지된 것이다.

묵향이 추격을 눈치 챈 다음 벌써 세 번이나 경공술을 이용한 도약을 했는데도 꼬리가 떨어지지 않았다. 이것은 그를 추격하는 뛰어난 실력의 미행자가 한두 놈이 아니라는 결정적인 증거였다.
　그의 경공술을 따라올 놈은 없다고 자부하고 있는 터……. 그리고 자신이 도약하면서 뒤따라오는 놈을 눈치 채지는 못했으니 아마도 상대는 묵향을 기준으로 거의 원형에 가까운 포진을 하고 감시를 하고 있는 모양이었다. 그렇다면 죽자고 경공술을 전개해 내빼면 감시하는 놈들의 수가 무한대가 아닌 한 떨어질 것이 뻔하지만 아직은 그때가 아니라고 생각한 것이다.
　'도대체 어떤 문파가 이렇게 대단한 놈들을 많이 가지고 있는 거지? 이해할 수가 없구만. 마교일까? 아니면 무림맹? 에이 골치 아파! 나중에 지나 보면 알겠지.'
　묵향이 이런저런 생각을 하면서 걷고 있는데 갑자기 앞에서 다섯 명의 남루한 옷을 걸친 무리들이 튀어나오며 길을 막았다. 그리고는 저마다 가진 무기를 묵향에게 들이대면서 외쳤다.
　"서랏!"
　"호오… 이것들은 또 뭐야?"
　"빨리 가진 것 다 내놔랏!"
　묵향이 둘러보니 칼도 썩 좋지 못한, 대장간에서 대강 만든 것들을 가진 걸 보니 아마도 3류 산적쯤 되는 모양이었다.
　"이봐, 이 몸은 지금 바쁘니까 딴 놈들이나 털어. 그래도 먹고 살자고 하는 노릇이라 봐준다. 알겠어?"
　그러자 그중에서 제일 덩치가 큰 놈이 말했다.
　"말로 해서는 통하지 않는 놈이군. 쳐라!"
　그 말에 네 명의 산적이 묵향을 향해 달려들었다. 하지만 곧이어 도대체 어떻게 손을 썼는지 보이지도 않고 비쾌한 격타음만 들렸다.

퍼퍼퍼퍽!

그와 동시에 네 명은 큰 대자로 뻗었고 주변에는 그들의 손을 벗어난 칼들이 어지러이 널렸다.

"별 재주도 없는 놈들이 좋게 말할 때 다른 상대를 택하라니까……."

그러면서 묵향이 아직 쓰러지지 않고 멀쩡히 서 있는 덩치 큰 놈에게 서서히 다가가자 그자는 안색이 파랗게 질리며 주춤주춤 뒷걸음질 치며 애원했다.

"나으리… 하늘을 몰라 뵙고……. 목숨만 살려 주십시오."

"내놔."

"예?"

"나를 가로막고 힘을 쓰게 했으니 수고비를 내놔야 할 거 아냐, 이 자식아."

"소인들은 돈이 없는뎁쇼? 오죽하면 산적질을……."

"이 녀석이 맞아야 정신을 차리겠군."

퍽!

"크엑, 살려 주십시오, 나으리."

"빨리 주머니 털어서 있는 대로 다 내놔, 이 자식들아."

묵향은 기어이 산적들을 닦달해서 일곱 냥하고 32문의 동전을 뺏어낸 다음에야 유유히 길을 떠났다. 묵향의 신형이 멀찌감치 사라지자 당장 오늘 저녁밥을 굶게 생긴 산적들은 울분에 찬 욕설을 터트리기 시작했다.

"잘 먹고 잘살아라. 원참, 더러워서……."

"못된 놈. 벼룩의 간을 내먹어라."

그 장면을 멀찌감치 지켜보던 두 명의 인영들은 이 기막힌 사태에 벌어진 입을 다물지를 못했다. 그러다가 정신을 차린 한 명이 상대에게 전음을 보냈다.
〈정말 성격이 희한한 놈이군.〉
〈그러게 말이야.〉
〈저런 놈이 본문의 인원 8할이 출동해 미행을 하면서도 진땀을 빼는 상대라는 게 믿어지지가 않아.〉
〈글쎄 말이야. 도대체가 고수의 면모라고는 하나도 갖추지 못한 잡배같이 행동하면서…….〉
〈그건 그렇고, 빨리 따라가세나. 더 이상 지체하면 힘들지도 몰라.〉
〈그러세.〉

엇갈림

 잘 정돈된 방. 방 안의 호화로운 가구들이 그 주인의 신분을 알려 주고 있다. 그 방은 둘로 나누어져 있고 그사이에는 발이 드리워져 있다. 발 안으로 앉아 있는 사람의 신형이 흐릿하게 비치고 있었다. 엷은 분홍색 옷을 입은 것으로 보아 아무래도 여인인 듯싶다. 그리고 발 앞에는 한 명의 남자와 아리따운 묘령의 여인이 부복하고 있었다. 그중 약간 앞쪽에 위치한 남자가 발을 향해 말했다.
 "미행에 실패했습니다. 사천성까지는 잘 따라갔지만, 호북성에 들어선 다음에 도저히 추격할 수 없었습니다."
 그러자 발 속에서 여인의 뾰족한 음성이 들려왔다.
 "본문의 정예 8할을 가지고도 실패했다는 게 말이 됩니까?"
 "하지만 문주님, 그자의 경공술은 너무나도 빨라 도저히 추격 자체가 불가능했습니다."

"예상 지점에 본문의 무사들을 배치하지 않았나요?"

"배치했습니다. 그자는 본문의 추격을 받으면서 네 번 경공술을 썼습니다. 모두 다 엄청나게 빨랐는데, 세 번은 그렇게 먼 거리를 도약하지 않았기에 포착할 수 있었지만, 네 번째는 한밤중에 그것도 초장거리를 도약하는 바람에……."

"그렇다면 그도 우리의 추격을 눈치 채고 있었다는 말이군요."

"그렇다고 생각합니다. 하지만 현경의 고수를 추격한 적은 이번이 처음이라……."

"지금까지는 어느 정도 거리에서 그를 관찰했나요?"

"최소 50장(약 150미터) 밖입니다."

"그럼 다음에 그를 포착하면 100장 밖에서 추격하라고 이르세요."

"하지만 거리가 너무 벌어지면 놓칠 우려가……."

"놓치고 놓치지 않고는 별 중요한 것이 아니에요. 그의 이목(耳目)을 속이고 어느 정도 거리까지 접근이 가능한지 알아내세요. 그것은 아마도 나중에 커다란 도움이 될지도 몰라요."

"존명!"

"호북성에 있는 사파 중에서 주의할 만한 단체가 있나요?"

"호북성은 무당파의 본거지기에 그렇게 주의할 만한 사파는 없습니다. 그리고 사파들의 상당수가 호남성을 본거지로 하기에……. 참, 이름난 문파도 아니고 요즘 들어 쇠퇴하고 있기는 하지만 살막(殺幕)이 있습니다."

"흐음, 그가 호남성으로 이동할 가능성은 있나요?"

"그쪽으로 갔을 가능성도 다분합니다. 일단 호북성에 들어서자 무서운 속도로 동쪽으로 30리(약 12킬로미터)가량 이동하다가 남하(南

下)한 것으로 알고 있습니다. 그다음은 추격에 실패했기에 그 뒤의 행동은 예상할 수 없습니다. 어쩌면 단순히 우리를 따돌리려는 행동일 수도 있고 또 어쩌면 호남성으로 이동했을지도……."

"정말 골치 아프게 만드는 위인이군. 처음부터 찬찬히 생각해 봅시다. 지금 흑룡문에는 약 3천 명의 마교도들이 집결해 있어요. 그리고 이번에 새로이 설무지를 받아들였다는 점도 본문이 알아냈지요. 그다음 개방이 발견해서 본문이 그의 위치를 다시 잡아낸 것이 사천성 북쪽, 홍원이지요?"

"그렇습니다."

"그가 왜 사천성에 갔을까요? 사천성 북쪽에 그와 면식이 있는 단체가 있나요?"

"어쩌면……."

"어쩌면?"

"혹시… 흑풍단의 잔여 세력과 접촉하지 않았을까요? 본문의 32대가 흑풍단을 감시하고 있습니다. 그들의 행적이 사천성 북쪽에서 끊겼는데, 그때가 묵향이 홍원에서 포착된 시간과 거의 일치하고 있습니다. 그러니 서로 관계가 있다고 봐야 옳을 것입니다. 그들과 묵향이 만났다고 가정한다면 아마 그들도 묵향의 세력에 포섭되었다고 가정하는 게 좋을지도 모르겠습니다."

"좋아요. 그렇다면 흑풍단의 잔여 세력이 그에게 흡수되었다고 하고, 그럼 묵향에게 없는 게 뭐죠?"

"예?"

"마교의 세력, 흑풍단의 잔여 세력……. 모든 것이 다 전투 집단들이에요. 하지만 전투 집단만 가지고 있어서는 무림의 패권에 도전한다는 것은 불가능하죠."

"그렇다면 그가 정보 단체를 원한다는 겁니까?"

"그게 가장 자연스러운 유추가 아닐까요? 이렇다 할 정보 단체라면……."

"역시 사파의 정보 단체 중 가장 큰 것은 하남성에 위치한 하오문(下午門)입니다. 그리고 그들을 얻는다면 막대한 자금력까지 흡수할 수 있는 장점이 있습니다. 하지만 장강수로연맹(長江水路聯盟)이나 동정십팔채, 사파 연합과의 충돌을 피할 수는 없을 겁니다."

"하지만 그에게는 그들과의 충돌에서 승리할 수 있을 만한 힘이 있어요. 거기에 묵향의 본거지는 섬서성 남쪽! 호남성 북쪽으로 주력을 이동시키는 데 별로 시간이 많이 걸리지 않아요. 묵향을 뒤쫓던 모든 수하들을 호남성으로 집결시키세요. 그리고 이 사실을 무림맹과 사파 연합에 흘리세요."

"존명!"

무서운 방문객

정사(正邪)의 모든 정보 단체들이 묵향의 위치를 포착하기 위해 거대한 동정호가 있는 호남성을 이 잡듯이 뒤지며 난리를 치고 있을 때, 묵향은 유유히 호북성의 산길을 걷고 있었다. 요즘 들어 행적을 숨기느라 산길을 걷자니 산적들이 귀찮게 구는 게 흠이긴 했지만 잡수익 또한 짭짤해서 묵향으로서는 내심 잔재미를 느끼고 있었다.

묵향이 찾아가고 있는 곳은 살막(殺幕)이었다. 이번에 웃지 못할 소동이 벌어진 가장 큰 이유는 묵향의 두뇌라 할 수 있는 설무지가 묵향이 거느린 조직의 힘이 어느 정도인지를 완전히 파악하지 못한 상태에서 내려진 결정이었기 때문이다.

설무지는 묵향에게 정보 단체의 확보를 권했다. 하지만 묵향이 거느린 세력의 힘을 아직 확실히 모르는 설무지는 묵향의 힘이 마교 세력의 4할 정도에 이른다는 말을 곧이곧대로 믿을 수는 없어서 살막이라는 자그마한 살수 조직의 흡수를 권했던 것이다. 원래가 살수 조직은 어느 정도 뛰어난 정보 능력을 갖추고 있다. 그래야만 먹잇감을 손쉽게, 확실히 해치울 수 있기 때문이다.

예전의 살막이라면 대단한 단체였지만 지금은 이미 신진 세력인 흑월회에 밀려 쇠퇴하는 조직인지라 설무지는 묵향의 능력을 최소한으로 잡아도 그들 정도라면 충분히 흡수할 수 있을 거라고 생각한 것이다. 그에 반해 무영문이나 마교에서는 묵향이 거느린 세력의 공포스러움을 익히 아는지라 그들의 힘으로 먹을 수 있는 최대한의 정보 단체를 꼽다 보니 사파 최고의 정보 소식통인 하오문을 지목하게 된 것이고, 여기서 서로가 엇갈린 것이다.

묵향은 별 어려움 없이 살막에 도착할 수 있었다. 설무지의 말대로 대홍산(大洪山)에 도착한 다음 그곳에 위치한 큼직한 장원(莊園)으로 갔다. 장원의 현판에는 큼직하게 「柏芸莊(백운장)」이라는 글씨가 쓰여 있었는데, 조금 낡은 것으로 보아 꽤 오랜 전통을 지닌 장원임을 알 수 있었다. 묵향은 시골 장원의 문지기로는 좀 수상할 정도로 기골이 장대한 인물에게 말했다.

"장원 주인에게 할 말이 있어 찾아왔으니 시간 좀 내달라고 전해 주게나."

"뭐라고 했소?"

차림새도 별 볼일 없는 주제에 다짜고짜 원주(園主)를 찾으니 장한은 별 미친놈을 다 보겠다는 듯이 퉁명스러운 대답을 했고 상대가 이렇게 나오자 묵향의 입에서도 고운 말이 나올 이유가 없다.

"이 녀석이 귀가 먹었나? 장원 주인에게 할 말이 있어 찾아왔으니 시간 좀 내달라고 전해라."

"여기가 어디라고……. 원주께서 너 같은 놈에게 볼일 없으시니 좋은 말 할 때 꺼져."

"네놈이야 말로 좋은 말로 할 때 원주 불러."

"이 자식이……."

그와 동시에 그 거한은 그 덩치에도 불구하고 번개같이 주먹을 뻗어 왔다. 거한은 상대가 검을 차고 있기는 했지만 아무래도 서생 냄새가 풍기기에 일부러 내력을 거의 넣지 않았지만, 그래도 그가 타고난 신력이 있기에 맞으면 떡이 될 것은 당연한 이치라고 생각했다. 하지만 그건 맞았을 때 얘기고…….

상대는 간단히 몸을 비틀어 피하면서 왼손을 번개같이 뻗어 거한의 멱줄을 쥐었다. 서한은 처음에는 뭐 이런 놈이 다 있나 하는 생각이였지만 곧이어 생각을 바꿔야만 했다. 무시무시한 압력에 숨이 턱 막히더니, 온몸에 힘이 쭉 빠지면서 닭 목을 비틀 힘도 없을 것 같은 상대에게 목을 잡힌 채 공중에 대롱대롱 매달리게 됐기 때문이다.

'엄청난 고수다.'

이때 상대의 비웃는 듯한 음성이 들려왔다.

"지금 죽고 싶냐?"

우악스런 손에 목이 잡혀 본 사람은 다 안다. 온몸에 소름이 끼치고 숨이 꽉꽉 막혀 오면서 피어오르는 본능적인 공포를……. 거한은 사력을 다해 고개를 좌우로 흔들었다. 그와 동시에 상대가 자신의 목을 잡았던 손을 놓아 버렸고 그의 몸은 힘이 쭉 빠져 그대로 밑으로 떨어져 내리며 엉덩방아를 찧고 말았다.

"원주한테 내가 찾아왔다고 전해라."

상대가 꽤 고강한 무공을 익힌 자라는 것을 깨달은 거한은 살며시 일어서서는 조금 비굴하다 싶을 정도로 공손하게 물었다.
"저… 어떤 고인(高人)께서 찾아오셨다고 전할깝쇼?"
"녀석, 이제야 말이 통하는군. 마교 부교주 묵향이 찾아왔다고 하면 알 거다."
 마교 부교주라는 그 직함이 가지는 위력은 엄청났다. 마교란 단체가 어떤 단체인가……. 사파의 우두머리이자 그 무공의 악랄함과 강대함은 전 무림을 몇 번이나 치를 떨게 만들었지 않은가. 그곳의 부교주라니……. 거한은 그 우직한 덩치를 공깃돌처럼 가볍게 날려 바람처럼 안으로 사라졌다.
 곧이어 안에서 몇 명의 장한이 나오더니 묵향을 공손히 내부로 안내했다. 묵향이 안내받아 간 방은 제법 큼지막했지만 큰 탁자 하나가 덩그러니 놓여 있고 의자들이 빽빽이 들어 있는 것이 회의실인 모양이었다. 묵향이 아무 의자에나 앉자 곧이어 시비(侍婢)인 듯한 여인이 예의 바르게 차를 놓고 나갔다. 하지만 정작 주인은 한참이 지나도 나오지 않았으므로 묵향은 천천히 차를 마시며 기다렸다.
 '떨떠름하군…….'
 묵향은 차 맛이 유난히도 떫다고 생각하고 있었다.
 '이건 주인의 취향 탓인가, 내 기분 탓인가…….'
 거의 2각(30분)이 지나서야 나타난 주인은 바퀴 달린 의자에 앉은 채 한 남자의 손에 밀려 들어왔다. 묵향은 더욱 떨떠름한 표정으로 들어온 계집을 응시했다. 유난히도 흰 피부와 시원한 이마에 어울리는 맑고 큰 눈동자, 붉은빛을 띤 작은 입술, 가녀린 체구를 가진 뛰어난 미인이었다. 하지만 다리가 불편하다는 것이 문제라면 문제랄까…….
 "그대가 장원의 주인이오?"

묵향의 물음에 그녀는 차가운 안색으로 싸늘하게 대답했다.

"그래요."

"그렇다면 살막의 주인도 되겠군. 맞소?"

그러자 여인은 냉기가 펄펄 날릴 정도로 더욱 싸늘한 표정으로 대꾸했다.

"맞다면?"

"본좌는 말 돌리는 것은 싫어해. 단도직입적으로 말해서 본좌의 밑에 들어올 생각은 없소?"

"……."

"그대들에게도 정보 조직은 있을 테니 본좌의 소개는 생략하기로 하지."

잠깐 뜸을 들이던 여인은 친천히 입을 열었다.

"갑작스런 제안이라서 뭐라고 말을 해야 할지?"

"흐흐흐, 감히 본좌의 제안을 거절하겠다는 것은 아닐 테지?"

묵향은 사악한 웃음과 함께 일부러 강렬한 마기(魔氣)와 사악한 기운을 몸 외부로 극도로 뿜어내어 공포 분위기를 조성해 가면서 협박하기 시작했다. 방 안에 들어서 있던 인물들은 모두 다 안색이 창백해지며 공력을 운용해 극악한 기운들을 몰아내기 위해 사력을 다했다. 그들도 꽤 오랫동안 무림에서 활동했지만 이렇게 지독한 마기는 처음이었던 것이다. 묵향은 거기에 한 수 더 떠서 품속에서 묵영비(墨影匕)를 꺼내어 검신을 손가락으로 만지면서 무언의 압력과 공포 분위기를 더욱 농밀하게 조성하며 말을 이었다.

"너희들도 본좌의 실력이 어느 정도인지를 잘 알 텐데……. 감히 이 따위 시골 문파의 힘을 믿고 본좌의 청을 거절해? 당장 관(棺)을 보아야 정신을 차릴 셈인가?"

"……."

"크흐흐흐, 아니면 어딘가 단단히 믿는 구석이 있는 건가?"

묵향은 천천히 일어서서는 창백하게 질려 있는 여인에게 다가갔다. 천천히 움직임에 따라 묵향의 몸에서는 더욱 공포스러운 살기와 함께 적색 기운이 감도는 운무(雲霧)가 피어나왔고, 그의 피부색도 붉은색 광채를 내며 더욱 기괴한 모양으로 변해 가고 있었다.

"본좌가 수하들을 거느리고 오지 않았다고 배짱을 튕기는 모양인데, 여기 있는 놈들 정도는 본좌 혼자서도 충분히 토막을 칠 수 있어."

묵향이 갑자기 일부러 악귀 같은 형상을 보지 않으려고 애써 외면하고 있는 여인의 턱을 잡고 자신이 있는 방향으로 고개를 획 틀자 놀란 여인의 경악한 목소리가 터져 나왔다.

"흑!"

"크크크, 제법 그럴듯한 얼굴이군. 크흐흐흐……."

무시무시한 살기와 마기를 뿜으며 악귀와 같은 사내가 정욕이라고는 한 점 찾아볼 수 없는 싸늘한 눈으로 예기를 뿜는 비수를 살짝 눕혀서 자신의 뺨을 문지른다면 기분이 어떨까……. 이렇게 황당한 경우를 여태껏 한 번도 당해 보지 않은 여인은, 거의 악귀와 같은 형상을 하고 있는 눈앞의 무뢰한(無賴漢)으로 인해 까무러치기 일보 직전인 상태였다.

"본좌를 2각씩이나 기다리게 만들었으니 시간은 충분히 준 거야. 빨리 결정을 해! 지금 죽을 거냐? 아니면 본좌 밑에 들어올 거냐?"

탕!

협박과 함께 음향 효과로 인한 위협을 더하기 위해 일부러 큰 소리가 나게 공력을 조금 넣어 탁자를 두들긴 것까지는 좋았는데, 이때 갑자기 묵향의 코에 아스라이 지린내가 스며들었다. 아마도 여인은 너무나 놀라서 찔끔 실례를 한 듯…….

'험험, 내가 너무 과했나?'

묵향은 짐짓 모르는 척 비수를 품속에 집어넣으며 자신이 원래 앉아 있던 자리로 돌아가 털썩 앉으며 이왕 시작한 행위니 끝까지 뻔뻔스레 밀어붙였다.

"결정을 햇!"

묵향이 좀 멀어지자 조금 정신을 차린 여인이 모기만 한 소리로 대답했다.

"본막은 만약 결과가 죽음뿐이라도 낭신의… 낭신의 협박에 응할 수 없어요."

"흠, 제법이군……."

갑자기 묵향의 몸에서 피어나오던 마기와 살기, 모든 기운이 일시에 사라져 버렸다. 묵향은 느긋하게 한쪽 팔로 뺨을 받치고는 탁자에 편안히 기대앉은 자세에서 입을 열었다.

"밑으로 들어오지 않겠다니 어쩔 수 없지. 나도 미래 상황이 불확실한 만큼 억지로 강요할 생각은 처음부터 없었어. 그대들이 내 밑에서 뼈 빠지게 일해도, 과연 영화를 함께할 수 있을지는 나 자신도 장담할 수 없는 노릇이었거든. 참, 여기 오는 길에 아주 훈련이 잘된 추격자들을 만났었는데, 따돌리기는 했지만 어쩌면 냄새를 맡고 이리로 올지도 모르니 딴 곳으로 이사를 가는 게 현명할 거야. 나를 노리는 놈들이 원체 많아서……. 그대들이 내 청을 거절했다는 것을 믿지 않고 우선 없애고 볼지도 모르니까. 그건 그렇고, 사파에서 꽤 실력 있는 정보 단체가 어딘지 아나?"
 이제 어느 정도 이성을 회복한 여인이 즉시 대답했다.
 "당연히 하오문이죠."
 그녀는 목구멍 밑까지 그것도 몰라요? 하는 말이 솟아나왔지만 감히 그 말을 뱉을 용기는 없었다.
 "그것은 어디에 있지?"
 "군산 천영루(千影樓)에 총타가 있어요."
 "좋았어. 나는 볼일은 다 봤으니…, 이만 가 보기로 하지."
 묵향은 일어서서 밖으로 나가려다가 뒤로 돌아서며 말했다.
 "참, 암기(暗器)를 장치하기는 좋겠지만, 그런 의자에 앉아 병신인 척할 필요 없어. 그리고 네가 한 말이 저 방에 있는 인물의 의견이라고 생각하겠다. 막주에게 다음에 혹시 만날 일이 있으면 대리인을 세우지 말았으면 좋겠다고 전해 줘. 그럼……."
 그와 동시에 묵향의 신형은 그 자리에서 사라졌다.
 묵향이 사라지고 난 다음 지독한 공포로 탈진해 버린 여인이 멍하니 앉아 있는데 옆방의 문이 열리면서 30대 중반쯤으로 보이는 당당한 체구의 남자가 걸어 나왔다. 그의 뒤로 10여 명의 검수(劍手)들이 얼핏 보였다. 그 남자는 천천히 걸어와 묵향이 앉았던 자리에 털썩 앉으면서 말했다.
 "차를 다오."
 "옛!"
 "온 무림이 난리를 치기에 도대체 어떤 인물인가 했더니 상상보다 더욱 뛰어난 인물이긴 한데, 성격이 좀 괴팍한 것 같군."
 여기까지 말한 사내는 뒤를 돌아보며 외쳤다.

"동석!"

그러자 문가에 서 있던 황의를 입은 남자가 그의 앞으로 달려와 고개를 숙이며 답했다.

"예."

"총타를 청하장(淸河莊)으로 옮긴다. 즉시 시행하라. 여기는 너무 알려져 버렸어."

"존명!"

수하들이 준비를 위해 모두들 밖으로 나가자 여인이 두려움을 털어내려는 듯 진저리를 치면서 입을 열었다.

"아아… 정말 무서웠어요."

"미안하다. 그런 괴상한 인물인지 모르고 너를 앞세워서."

"하지만 덕분에 알아낸 사실도 몇 가지 있으니……."

"수(垂)야. 어떻게 하는 것이 좋을 것 같으냐? 또다시 피 튀기는 무림으로 돌아가는 것이 좋을까? 아니면 지금처럼 방관자로서……."

"그는 하오문으로 간 것 같은데, 과연 그가 하오문을 접수할 능력이 있을까요?"

"글쎄, 아직 확실한 정보는 없다. 그에 대한 정보는 이상하게도 거의 없어. 어쨌든 무림맹과 마교가 그의 세력이 커지는 것을 악착같이 경계하는 것으로 보아, 그 정도 능력이 있을지도 모르지."

"그가 하오문을 접수한다면 본막의 필요성은 없어질 거예요. 여태껏 그의 행적으로 보아 모두 정면 대결을 택했지 암살을 한 적은 없기 때문이지요. 그러니 그가 여기 온 것도 아마 정보를 원해서였을 거예요. 오라버니의 생각은 어때요? 그의 밑에 들어가는 것과 남는 것."

"뛰어난 인물이니 그 밑에 들어가서 밑질 것은 없을 거야. 그리고 떠나라는 말까지 곁들인 것을 보면 그렇게 피에 물든 마인(魔人)은 아닌 것이 확실해. 문제는 만약 그에게 붙지 않는다면 철저히 무림에서 떠나든지 아니면 그의 파멸에 일조를 해야 후환이 없다는 사실이지. 아마도 내 생각으로는 저자로 인해 혈풍(血風)이 불지도 모르겠구나.”

“오라버니 생각으로는 그를 암살할 수 있을 것 같아요?”

그 남자는 잠시 생각하더니 힘없는 어조로 답했다.

“아마도 내 감각이 무뎌지지 않았다면……. 내 감각으로는 그가 대단히 힘든 상대로 느껴졌다. 어쩌면 성공할지도 모르지만, 휴… 나는 도저히 자신이 없구나.”

“그렇다면 그의 편에 붙어요. 하오문을 그가 접수하기 전에 그에게 가담한다면 우리들을 좀 더 중용해 줄 거예요. 참, 그런데 내 다리가 멀쩡하다는 것하고, 오라비니가 거기 있다는 것을 어떻게 알았을까요?”

“글쎄, 그런 것까지 눈치 챌 수 있으니 무림이 그 난리겠지. 내가 생각하기에는 아마도…….”

“아마도?”

“보통 내공을 쌓은 사람이라면 모두들 상대의 상태를 알고자 할 때 내력을 이용해서 조사를 하지. 하지만 현경, 아니지 탈마라고 하는 게 옳겠지. 그가 탈마의 경지에 올랐다고 하니, 아마도 그는 손을 직접 댈 필요 없이 허공을 격하고 내력을 보내어 상대의 상태를 알아볼 수 있을 거야. 그리고 내 위치를 알아낸 것은 아마도 내가 뿜어내는 기를 은연중에 포착한 게 아닐까 생각하고 있어. 나도 자객이기에 기를 숨기는 데는 꽤 재주가 있다고 자부하고 있었는데…….”

건망증

묵향은 백운장에서 나와 1백 리를 갈 때까지 하오문의 총타가 있는 호남성에 위치한 군산으로 갈 생각이었다. 하지만 그의 생각이 갑자기 바뀐 이유는 한 농가를 힐끗 본 다음이었다.

때는 한낮이었고 땡볕을 피해 시원한 초막의 마루에 오손도손 정답게 앉아 있는 가족들에게 무의식적으로 눈이 갔던 것이다. 처음에는 뭔가 수상한 점이 없는지 거의 본능적으로 살펴본 것이었는데 어느새 묵향은 단란한 농가의 식사 장면을 뚫어지게 훔쳐보고 있었다. 농가에는 한 농부와 그의 아내, 그리고 아들 둘과 딸 하나가 있었다.

사실 농부의 아내나 그 딸 모두 박색을 간신히 모면한 정도였지만 묵향이 바라보고 가슴이 뭉클했던 것은 그 집안의 분위기였다. 그들의 속사정이야 신이 아니니 알 도리가 없었지만 눈에 보이는 너무나도 정겨운 식사 장면…….

'나도 저런 때가 있었는데…….'

이런 생각이 떠오르자 갑자기 이성이 돌아온 묵향이 열심히 머리를 굴리기 시작했다.

'가만, 나한테 저런 때가 있었나?'

무공에 관한 사항을 제외하고는 안 돌리던 머리를 열심히 굴려 머나먼, 정말 머나먼 과거의 기억을 더듬기 시작했다.

'가만히 생각해 보니… 있었군. 그래, 그때야. 그 아이 이름이…….. 맙소사! 양녀 이름까지 잊어 먹었군. 그 아이는 요즘 잘 지내는지 모르겠구나. 참 예쁜 숙녀가 되어 있었는데…, 지금쯤 결혼해서 애를 몇 명 낳았는지 모르겠구만……. 하나뿐인 양녀인데 까맣게 잊어버리고 있었어. 벌써 헤어진 지 몇 년째인지 기억도 안 나는군. 그때 표두(標頭) 노릇을 하지 않았다면 그 아이를 만나지도 못했겠지. 그때는 참 재미있었지. 방 분타주는 잘 지내는지 모르겠군. 참, 가만히 생각해 보니 요즘 돈줄도 필요한데 방 분타주가 거느린 낙양의 세력을 흡수한다면 꽤 보탬이 되겠군. 그리고 내친김에 부근에 있는 분타도 몇 개 꿀꺽하고 말이야. 그리고 또…….'

먼발치에서라도 한 번 보고 싶다는 생각에 묵향은 자신이 그곳으로 가야 하는 이유를 줄줄이 만들어 내면서 자신이 내린 결정을 정당화하기 시작했다. 자신이 왜 호남성으로 가야 하는지는 완전히 망각한 채……. 그의 성격으로는 도저히 어린 계집애 하나를 만나기 위해 그 먼 길을 가야한다는 사실을 받아들일 수 없었던 것이다.

묵향은 천천히 그 독특한 걸음걸이로 하남성으로 들어서고 있었다. 하남성은 전 무림인들이 존경을 아끼지 않는 대 사찰 소림사(小林寺)

와 20만 거지들의 왕초가 거주하는 개방이 있는 곳이다. 오래전 세력 다툼에 의해 10만의 거지가 떨어져 나가 남개방을 세웠다. 하지만 남개방의 세력이 작았기에 모든 공식행사에는 북개방의 방주가 나서고 있었다. 북개방은 20만 식솔을 거느린 거대 방파지만 그래도 두 토막이 난 후 세력이 급속도로 쇠퇴했다는 사실은 부정할 수 없었다.

섬서성의 남단에 위치한 황제가 거주하는, 오래전 장안이라고도 불렸던 중경(中京)⋯⋯. 중경에는 중앙원수부와 비극적인 사건으로 해체되어 버린 찬황흑풍단이 있는 곳이다. 그렇게도 강대한 군사력을 가진 중경의 동쪽 관문이라 볼 수 있는 낙양. 하남성의 북쪽에 위치한 낙양은 넓은 평야 지대로, 예전에 몇몇 국가의 수도가 위치한 곳이었지만 지리상 수비에 닌점이 많은 도시다. 그렇기에 송내에 이르러 장안에서 멀지 않은 낙양에 정북원수부를 두었으니 사실상 황제모시는 두 개의 원수부를 직할하게 되어 버렸고, 상대적으로 왕들보다 더욱 강대한 힘을 가지게 되었다.

묵향이 가는 곳은 오래전 자신이 잠시 살았었던 정북원수부가 위치한 낙양인데, 이곳은 군사, 상업, 교통의 중심지로 대단히 시끌벅적한 도시였다. 묵향은 낙양으로 발길을 돌린 후 포목점에서 무명을 세 필 사다가 너무나 잘 알려져 버린 이놈의 묵혼검을 칭칭 동여매어 덜그덕거리는 소리가 나지 않게 만든 후 상자 하나를 구해서 그 안에 집어넣고 어깨에 메고 다녔다. 평소에는 귀찮다고 변장 따위 하지도 않았고 또 암습 따위를 걱정하는 성격도 아니었지만 양녀를 만나러 가는데 꼬리를 달고 갈 수는 없었던 것이다.

묵향은 한참 길을 가다가 시장기를 느끼고 그럴듯한 식당을 찾았다. 평소대로 길바닥을 힐끗 훑어본 다음 식당 안으로 들어섰다. 근처에 유명한 명소인 동백산이 있는 곳이라 그런지 식당 안은 사람들로 북적거리고 있었다. 묵향은 다행히 자리를 하나 찾고는 그곳에 앉아서 점소이를 불러 주문을 했다.

"오리탕 한 그릇하고 죽엽청 두 병, 그리고 신선한 소채가 있으면 좀 다오."

"예."

식당 안의 대화는 요와의 전쟁 얘기나 얼마 전에 일어난 서경의 패주(覇主) 진천왕(眞天王)이 오랜 전쟁과 흑풍단의 해체, 금의위의 몰락으로 인한 황권의 약화를 틈타 정서원수부의 부수장 광해(廣海) 대장군과 모의하여 곽진(郭璡) 원수를 살해한 후 반란을 일으킨 것에 집중되고 있었다. 묵향이야 세상이 뒤집히든 말든 자신과는 별 상관이 없었기에 한 귀로 듣고 한 귀로 흘리는 입장이었지만, 나약한 백성들에게는 그것이 가장 큰 관심사였던 것이다.

한참 맛있게 오리 고기를 뜯으며 죽엽청을 마시고 있는데 한 젊은 이가 식당 안으로 들어왔다. 다른 사람이야 그에게 별 관심을 기울이지 않았지만 만약 그를 한 번 본 사람이라면 이런 생각을 했을 것이다.

'칼 차고 다니는 거 보니 무림인이군.'

하지만 조금 더 관찰력이 있다면 저런 생각도 했으리라.

'남자답게 생긴 데다 제법 다부진 몸매를 가지고 있고… 차림새가 그럴듯한 걸 보니 막돼먹은 놈은 아니군.'

거기에 그 사람이 무림인이었다면 요런 생각도 했을 것이다.

'제법 근사한 눈을 하고 있어. 꽤 수련을 잘한 놈이야. 만만히 볼 상대는 아닌 것 같은데?'

거기에 그 사람이 묵향 정도의 안목을 가진 놈이라면 그런 생각들에 조런 생각까지 보탰을 것이다.

'제법 검을 잘 아는 놈이군.'

묵향은 찬찬히 상대를 뜯어보기 시작했다. 대단히 흥미가 당기는 상대였다. 많은 인물들을 만나 보지는 못했지만, 아마도 검만을 꼽는다면 자신이 아는 자들 중에서 상위 5천 명 안에는 들어갈 것이라는 생각이 들었다.

'제법 흥미를 돋우는 놈이군. 추정되는 나이에 비했을 때 놀라운 성취를 지니고 있는 놈이야. 아직 애송이라는 게 흠이지만, 어쩌면 내 나이쯤 되면 나를 능가할지도……'

초고수라면 대부분 그 막강한 내공으로 육체의 노화를 억누른다. 그렇기에 그놈이 그놈 같아 보이지만, 실상 막강한 고수를 알아보기는 힘든 게 아니다. 우선 눈. 눈만 봐도 이자가 어느 정도 수준에 올라섰는지 화경에 들기 전이라면 대강은 눈치 챌 수 있다. 현경이라면 반박귀진(反樸歸眞)의 단계라 자신의 모든 것을 완벽히 숨길 수 있기에 그 내막을 알아보기는 화경보다도 더욱 힘들다. 그렇지만 화경에 들지 못한 고수들이라면 한눈에 뻔히 알 수 있는 것이다. 그의 내공 조예가 어느 정도인지…….

내공이 어느 정도인지 밝혀지면 익힌 바 무공이나 수련 정도에 따라 공력의 차이가 심하기에 오차가 크긴 하지만, 일정 나이에서 죽자고 쌓을 수 있는 한계가 있기에 영약(靈藥)이라도 먹지 않았다면 어느 정도는 나이를 유추해 낼 수 있는 것이다. 거기에 음식 떠먹는다고 치아가 약간이라도 보이면 이건 도저히 속이기가 힘들지만, 어떤 면에서 보면 이빨의 상태도 개개인의 습관에 따라 엄청난 차이가 있기도 하기에 절대적인 기준이 될 수는 없다. 생전 이빨 관리를 안 하는 일부 게으른 놈들하고 미용을 위해 죽자고 양치질을 해 대는 일부 부지런한 년들하고는 색깔이 많이 다르니까……'

이때 묵향의 눈에 힐끗 보인 게 그의 검이었다. 어딘지 낯익은 검……. 언젠가 한 번쯤은 저 검의 주인을 봤을 거라는 생각이 들었다.

'하지만 저 애송이는 아니야. 누굴까?'

아무리 머리를 굴려도 생각이 나지 않았다.

'꽤 오래전에 본 모양인데……. 흔한 검은 아니야. 손잡이의 형태, 검집의 모양, 전체적으로 봤을 때 흔한 검처럼 아주 수수하게 보이려고 노력했지만, 저건 뛰어난 장인이 만든 솜씨야. 조각되어 파 들어간 칼자국만 봐도 알 수 있지……. 그런데 저걸 어디서 봤었지?'

묵향이란 인물은 원체가 무골(武骨)이라 그림 따위는 알지 못했고 알려고 노력도 안 했다. 하지만 공예품이나 특히 조각된 것이라면 그것을 만든 장인의 섬세한 솜씨를 거의 본능적으로 알아볼 수 있었다. 그건 조각칼도 칼은 칼이었고, 그는 그 칼을 사용한 상대의 솜씨를 읽는 것이었다.

상대는 음식을 시키더니 꽤 허기졌는지 술을 반주 삼아 열심히 먹어 대기 시작했다.

'검집만 봐서는 알기 힘들고, 검을 직접 보면 떠오를까? 그래도 안 떠오른다면 저놈의 검술을 보면 기억이 날까? 저놈보고 검 좀 보여 달라고 할 수는 없는 노릇이니……. 가장 좋은 방법은 검을 뽑지 않으면 안 될 상황을 유도하는 게 최고지. 그렇다면 어떻게 시비를 걸까……. 그런데 만약 아는 놈의 제자쯤 된다면 나한테 칼을 겨눈 저놈을 죽여

야 하나?'

 이런저런 궁리를 하면서 술을 마시는 사이 그 청년은 식사를 끝내고 자리에서 일어섰다. 묵향은 그가 나가는 것을 보고 식탁에 돈을 던져 놓고 따라서 일어섰다. 그리고 그 검의 주인인 애송이를 따라가기 시작했다. 역시나 궁금한 것은 참지 못하는 묵향이었다.

 묵향이 애송이를 따라다닌다고 정신이 팔려 있는 이 시간, 하남성으로 들어가는 관도상에서는 웃지 못할 장면이 연출되고 있었다. 10여 명이나 되는 허리에 장검(長劍)을 찬 장정들이, 옷도 그럴듯하게 차려입고는 땅바닥을 헤매고 있었으니 기괴할밖에······.
 열두 번째 행인이 설설 기어 다니고 있는 꼴을 보며, 칼을 치고 있는지라 대놓고는 못하고 얼핏 비웃음을 띤 눈으로 힐끔거리며 지나가자 한 여인이 더 이상 참지 못하고 짜증을 폭발시켰다.
 "오빠!"
 그러자 땅바닥을 기고 있는 남자가 퉁명스레 대답했다.
 "귀 안 먹었으니까 조용히 말해."
 "도대체 지금 뭐 하는 거예요?"
 "보면 모르냐? 흔적을 찾고 있잖아."
 "도대체가 추격술에 있어서는 도가 텄다고 떠들던 양반이 지금 땅바닥에서 뭐 하는 거예요? 그것도 대로 한복판에서······. 사람도 많이 지나다녀서 창피해 죽겠단 말이에요. 그러고도 오빠가 전직 살수예요?"
 "제발 좀 떠들지 마라. 전직 살수였던 초고수의 흔적을 좇는 게 어디 쉬운 일인 줄 아냐?"

"그래 흔적을 찾기는 찾았어요? 오빠가 지금 착각하고 있는 거 아니에요? 여기는 하남성으로 가는 길이라구요. 하오문으로 갔다면 호남성으로 가야지. 왜 이리 오는 거예요?"

"글쎄, 그건 나도 잘 모르겠다. 호남성 쪽으로 가다가 이상하게 위쪽으로 길을 바꿨다는 것 외에는……."

"맞기는 맞는 거예요?"

"이 녀석이 날 뭐로 보고……. 아무리 쉬었다고 해도 내 눈이 그 정도로 썩지는 않았다구."

이때 저 앞쪽에서 땅바닥을 기고 있던 장한 한 명이 외쳤다.

"막주님, 찾았습니다."

"그래? 확실히 이쪽이 맞군. 이리 와 봐라. 내가 설명해 줄 테니……."

여인이 따라가자 몇 개 나 있는 발자국을 보여 주며 말했다.

"여기는 관도상이라서 땅이 굳어 발자국을 찾기 힘들어. 거기다 행인도 많아서 기껏 찍힌 것도 잘 지워진다구. 여태까지는 그놈이 으슥한 길을 골라 왔기 때문에 발자국 따라오기도 편했는데, 그 녀석이 방금 지나온 마을을 통과한 다음부터 아예 대로로 다니는 바람에 더욱 힘들어졌다."

"아, 그가 무명하고 나무 상자 산 걸로 추정되는 마을 말이에요?"

"그래. 아마 나무 상자 크기로 봤을 때 검을 숨겼겠지. 그의 독특하게 생긴 검만 잘 숨긴다면 쉽사리 눈에 띄는 인물이 아니니까……. 여기 발자국을 봐라. 아주 지독한 놈이야."

여인은 발자국을 열심히 쏘아보다가 고개를 저었다.

"난 도저히 모르겠는데요?"

"보통 무림인이라면 평지에서는 일정한 보폭으로 걷지. 그건 보법이나 신법, 경공술을 오랜 시간 연마하면서 만들어지는 습성이야. 그리고 군인들도 보폭이 거의 일정하지. 하지만 이놈은 보폭이 일정하지 않아. 첫 발자국에서 2척 5촌이면 다음 발자국은 언제나 반 촌(약 1.5센티미터) 정도가 불규칙적으로 더해지든지 빠지든지 한다구. 무지렁이 촌민들도 이놈만큼 보폭이 들쑥날쑥하지는 않아. 그만큼 걸으면서 지속적으로 보폭에 신경을 쓰는 거야. 그리고 무림인이라면 절대로 발뒤꿈치로 걷지 않지. 그건 발소리를 죽이려는 것이기도 하고 언제든지 몸을 날릴 수 있다는 이점이 있기 때문인데, 이놈은 보란 듯이 뒤꿈치를 디딘다구. 거의 촌민들과 같은 발자국이야. 여태껏 예까지 추격해 온 것은 보폭이 일정하지 않은 것만 찾은 덕분인데, 이렇게 탄탄한 관도 위라면 그것도 힘들군……. 하남성으로 간 것 같으니 일단은 계속 따라가 보자구."

묵향은 애송이의 검술을 구경하기 위해 이럴지 저럴지 망설이며 따라다니면서 상대의 몸동작 하나하나를 세심히 관찰해 나갔다. 상대의 몸동작은 하나하나가 절도가 있는 것이 과연 명문의 제자임이 확실하니, 묵향으로서는 더욱 오리무중이 될 수밖에 없었다.

'내가 아는 정파의 인물은 많지 않은데……. 젊은 나이에 저 정도의 검술 실력을 쌓으려면 상당한 인물이 지도한 것이 틀림없어. 내가 아는 사람 중에서 대단한 실력자, 실력자라……. 맞아! 혹시 저놈이 그 맹주라는 놈의 제자가 아닐까? 만약 그렇다면 어떻게 죽여 없애는 게 울분을 삭이는 데 도움이 되지? 맹주란 놈의 제자가 확실하면 먼저 분근착골을 한바탕한 후에, 손가락과 발가락의 뼈들을 자근자근 다 부쉬 버리고, 음, 또 뭐가 있지? 그래! 가죽을 벗긴 다음, 아니지 다 벗겨 버리면 오래 못 사니까 즐거움을 좀 더 지속하기 위해 먼저 한쪽 다리만 벗기자구. 그런 다음 소금을 뿌리는 거야. 그래, 그런 식으로 느긋하게 즐기면서 살지도 죽지도 못하게 만들어 주자.'

자신의 목숨이 어떤 모진 놈에게 위협받고 있는 줄은 꿈에도 모르고 천천히 주위의 경치를 구경하며 걷고 있는 애송이의 뒤를, 묵향이 느긋하게 따라다니며 자신이 아는 한도 내에서 별의별 고문 방법을 다 생각하고 있었다. 고문을 시작하면 그놈의 생명이 쇠심줄처럼 질겨서 오래 버틴다 하더라도 3일 정도일 테니… 묵향은 곧 맛보게 될 희열을 상상하면서 기다림의 시간을 조금이라도 더 즐기고 있는 중이었다.

교주는 요즘 들어 자신이 가진 능력의 한계를 절감하면서 남는 시간을 사냥에 쏟아 부으며 마음을 달래고 있었다. 그가 좋아하는 사냥은 매를 이용한 사냥이었다. 교주는 여러 종류의 잘 훈련된 매를 가지고 있었다. 그가 사냥을 하면 사냥개 몇 마리와 10여 명의 경공이 빠른 고수들이 몰이꾼을 했고, 그 외에 다섯 명의 전문적인 매 사육사가 다섯 마리의 매를 이끌고 그를 따랐다. 다섯 마리의 매는 두건을 쓰고 있었지만 그중 교주의 손 위에 앉은 조금 덩치가 작은 한 마리는 두건을 쓰지 않고 있었다.

교주는 자신이 가지고 있는 열 마리의 매들 중에서도 특히나 고려에서 수입한 두 마리의 송골매를 좋아했다. 그가 송골매를 좋아하는 이유는 그들이 적당히 잔인하면서도 우아한 품위를 지니고 있기 때문이었다. 송골매의 비상(飛翔)은 마치 꿈처럼 더없이 완벽했다. 그리고 먹이를 향해 다가갈 때는 그 잔인한 성격으로 서두르지 않고 천천히 달려들어 완벽하면서도 우아하게 상대의 숨통을 조이며 요리하는 것이다.

오늘 사냥에서도 송골매들을 두 번씩 사용했는데, 사냥감을 향해 멋지게 비상하여 천천히 우아하게 상대를 향해 압박을 가해 가다가 나중에는 그 목숨을 발톱을 이용해 멋지게 끊어 놓는 그 장면을 보며 교주는 언제나와 같이 갈채를 보냈다. 사실 교주 정도의 고수라면 표창 몇 개만 가지고도 단시간에 토끼를 몇 마리고 잡을 수 있다. 하지만 그가 매 사냥이란 번거로운 방식을 즐기는 이유는 가슴이 두근거릴 정도의 그 멋있는 눈요기 때문이었다.

몇 번 매를 날린 후 다시 수하늘을 볼이하러 내보낸 다음 여러 가지 생각에 잠겨 있을 때, 문득 어떤 소리에 정신을 차려 보니 수하 한 명이 길 옆 덤불 속을 가리키고 있었다. 교주는 말을 멈추게 하고는 자신의 손 위에 앉아 있는 두건이 없는 혈전(血電)이라 부르는 새매의 발목 끈을 풀었다.

"지금."

교주가 작은 음성으로 말함과 동시에 끈을 잡고 있던 수하 하나가 개들을 풀었다. 개들이 짖어 대며 달려들자 토끼는 덤불 속에서 튀어나와 숨을 곳을 찾아 달렸다. 그 순간 교주는 혈전을 날렸다. 날개를 세차게 퍼덕이며 매는 마치 화살과도 같이 똑바로 제물을 향해 날아갔다.

앞쪽으로 25장(약 75미터)쯤에는 잡목 숲이 펼쳐져 있었다. 토끼는 엄청난 속도로 그쪽을 향해 달렸다. 그러나 혈전은 땅에서 불과 몇 척쯤의 높이로 나지막이 미끄러지듯 날며 거리를 좁혀 가고 있었다. 다음 순간 혈전은 제물 바로 위에 이르러 아래로 몸을 덮쳐 갔다.

토끼는 그 순간 비명을 지르며 뒷발로 몸을 세웠다가 다시 날쌔게 달아나기 시작했다. 혈전은 실패한 것이 너무 분한지 켁켁거리며 뒤를 쫓다가 토끼가 피신처를 향해 마지막 달음박질을 치는 순간 그 발톱을 토끼의 목에 깊숙이 박았다. 새매가 날개를 접었다. 마지막 토끼의 꿈틀거림……. 새매는 승리감에 도취되어 교주를 오만하게 바라봤다.

교주는 다가가 말에서 내리며 미끼를 내밀었다. 순순히 혈전이 토끼의 시체를 떠나는 순간 재빨리 미끼를 감추자 매는 내뻗은 그의 장갑 낀 손 위에 앉았다. 그는 장갑에 달린 매의 발목 끈을 조이며 말했다.

"참 잘했다."

이때 수하 한 명이 토끼 귀의 일부를 잘라 매에게 상으로 먹였다. 너무 많이 주어 배가 부르면 말을 안 듣기에 조금만 주는 것이다.

교주는 혈전이 오만하게 주위를 둘러본 후 만족스레 먹이를 먹는 것을 물끄러미 바라보며 생각했다.

'그래, 훌륭하게 죽였어. 하지만 송골매와 같은 흥분감은 없었어. 새매는 새매일 뿐. 그 짧은 날개를 가지고 움직이는 것은 무엇이든 죽이기 위해 태어난 새. 두건을 쓰지 않고, 쓰려고도 하지 않으며, 그 날카로운 눈매로 오만하게 세상을 내려다보며, 때로는 좋은 친구가, 때로는 무서운 적이 되지. 기분에 따라 세상을 살아가는 광폭한 매. 그대와 같다는 생각이 요즘 들어 자주 드는구려. 묵향 부교주, 당신을 적으로 만든 것은 어쩌면 내 일생일대의 실수일지도 모르지…….'

묵향이 애송이를 따라다닌 지 어언 3일……. 손을 쓰면 금세 죽여 버릴 것이 뻔한 자신의 성격을 누구보다도 잘 알고 있는지라 쉽사리 손을 안 쓰고 내일 내일 하면서 미뤄 오고 있었다. 그런데 상대의 검을 구경할 수 있는 기회는 의외로 빨리 다가왔다. 그날도 애송이의 뒤를 느긋하게 뒤쫓으며 각종 고문 방법을 상상하면서 빙그레 미소를 짓고 있는데, 그 애송이를 네 명의 괴한이 둘러싸는 것이 보였다. 이어서 들리는 괴한 중 한 명의 목소리…….

"네놈이 다섯째를 병신으로 만든 놈이냐?"

애송이는 상대를 쭉 훑어보더니 담담하게 대꾸했다.

"당신들이 하남5괴(河南五怪)라면 바로 찾아오셨소."

"클클클, 광오한 놈이군. 다섯째를 병신으로 만들어 놨으니 네놈도 병신이 되는 것이 정해진 도리. 네놈이 자진해서 자르겠느냐? 아니면 본좌가 손을 쓰랴?"

"하하, 나를 그렇게 물컹하게 보다니……."

그와 동시에 애송이가 검을 뽑았다. 검이 뽑혀 나오자 투명한 옥빛을 띤 보검에서 뻗어 나오는 예기(銳氣)가 사방을 뒤덮었다. 하남5괴도 상대가 예리한 보검을 뽑자 모두들 뒤로 물러서며 저마다 가진 무기를 뽑아 들었다. 그 애송이의 검을 본 순간 묵향은 경악했다.

"명옥검(明玉劍)!"

자신도 모르게 명옥검이란 말이 입속에서 새어 나옴과 동시에 그의 놀람은 곧이어 활화산 같은 분노로 폭발했다. 묵향의 신형은 거의 뇌전과 같은 기세로 쏘아져 들어갔다. 애송이는 옆에서 뭔가가 덮쳐 옴을 느끼고 대비하려고 몸을 옆으로 틀었으나 열여섯 개의 혈도가 순간적으로 제압당하면서 쓰러져 버렸다.

자신도 꽤나 고수라고 자부하고 있는 중이었기에 상대의 얼굴도 못 보고 혼혈이 짚이는 그 순간 애송이에게 떠오른 감정은 황당함이었다. 그의 사부에게 하늘 위에 하늘이 있으니 언제나 조심할 것을 재삼 당부받았지만 설마하니 이 정도로 실력 차이가 날 줄은 꿈에도 생각하지 못했던 것이다.

묵향이 쓰러진 애송이를 잡아서 어깨에 들쳐 메고 떠나려는 것을 보고 하남5괴 중의 한 명이 이의를 제기해 왔다.

"잠깐만, 이놈은 우리들과 먼저 선약이 있었단 말입니다."

"그래서?"

방금 전 상대가 보여 준 무시무시한 무공으로 인해 하남5괴도 함부로 말을 할 수 없었다. 잘못 시비가 붙으면 오늘 목숨이 날아가는 것이다.

"사실이 그렇다는 거죠. 우선 저희들이 놈의 팔 하나를 자를 테니, 헤헤… 그다음에 끌고 가시면 안 될까요?"

잠시 생각하는 듯하더니 묵향은 그의 제의를 딱 잘라 거절했다.

"안 돼. 네놈들이 감히 본좌의 즐거움을 방해하겠다는 거냐?"

그래도 상대는 아쉬움이 남는지 다시 한 번 더 사정했다.

"그대의 실력이라면 저희들이 어떻게 해 볼 수는 없지만, 그래도 저희들도 그놈에게 구원(構怨)이 있는지라……"

"네놈들의 원한은 별로 중요한 게 아니니까 그냥 잊거라."

그러자 그중에서 가장 무공이 강하게 보이는 자가 잠시 생각하더니 침중하게 말했다.

"그럴 수는 없소. 지금은 실력이 딸려서 눈앞의 먹이를 양보할 수밖에 없지만, 그대가 사문을 밝힐 용기가 있다면 대를 이어서 오늘의 수

모를 갚겠소."

"흐음, 꼴에 밸이 있다 이거지. 좋아. 본좌는 천마신교의 부교주이니 죽이고 싶은 아들이 있으면 검을 줘서 십만대산으로 보내게나. 소원대로 모두 다 목을 따 줄 테니……."

비웃는 듯한 그의 말에 경악해 있는 무리들을 뒤로하고 애송이를 어깨에 진 채로 묵향의 신형은 조용한 장소를 찾아 사라져 버렸다.

애송이가 정신을 차리고 눈을 떴을 때는 웬 허름한 흑의를 입은 남자가 자신의 검을 만지작거리면서 옆에 앉아 있었다. 그는 일어서려고 했지만 혈도가 제압당해서 손가락 하나 까딱할 수가 없었다. 그래서 그는 움직이는 것을 포기하고 옆에 앉아 있는 남자를 관찰하기 시작했다. 옛말에도 있지 않은가, 싸워 이기려면 상대를 알아야 한다고. 이 남자가 자신에게 암습을 가한 자라는 생각에 세심히 그를 뜯어봤는데 놀라운 것은 너무나도 젊다는 것이었다.

애송이가 자신을 빤히 바라보고 있는 것을 느낀 묵향이 씩 웃으며 부드럽게 말했다.

"호오, 깨어나셨구만. 이리 초대를 한 이유는 이 검이 어디서 났느냐 하는 것을 물어보려는 의도에서지. 자, 좋은 말로 할 때 대답을 해 주실까?"

애송이는 상대가 부드러운 말투를 쓰는데도 이상하게 소름이 끼쳐 옴을 느꼈다.

'정말 재수 없는 놈이군. 저놈이 나한테 암수를 쓴 놈인가? 아니면 또 다른 고수가 한 명 더 있나?'

"당신이 나한테 암수를 가했소?"

"그래, 본좌가 했지."

그러자 애송이는 상대의 몸을 뚫어져라 훑어봤다. 껍데기는 젊게 보이지만 이자는 아마도 반로환동의 경지에 들어간 영감탱이 고수가 분명한 것 같았다. 자신의 사부인 청혜(淸慧)도 '네 연배에서는 아마도 네가 가장 검술에 대한 이해가 빠를 것'이라는 칭찬을 했었기 때문이다.

'만약 이자의 말이 사실이라면, 그때의 상황으로 미루어 짐작컨대 정상적인 상태에서도 이기기 힘들 거야.'

상대가 가만히 있자 묵향이 또다시 질문을 했다.

"자, 빨리 대답을 해 주실까? 본좌는 인내심이 별로 없어서 말이야."

사실 애송이한테는 그것이 뭐 숨겨야 할 치부 같은 것도 아니었기에 순순히 대답했다.

"그 검은 내가 알고 있는 한 무림인에게서 받은 것이오."

"그래? 그 사람은 너와 어떤 관계지?"

"한 10년 정도 그분에게서 검술을 배웠소."

"그럼 너의 사부인가?"

"아니오. 그냥 내가 마음에 든다면서 검술만 가르쳐 줬을 뿐……. 사부는 아니오."

"좋아, 그 사람 이름이 뭐지?"

"이름은 모르고 독고구패(獨孤九敗)라는 명호만 알고 있소."

"독고구패? 좋아. 그놈이 환사검(幻邪劍) 유백(柳伯)을 죽였나?"

"에… 유백은 또 누구요?"

"유백은 본좌의 사부님 이름이지. 이 검은 사부님이 애지중지하던 검이었는데, 이걸 가지고 있다는 것은 단 하나, 어떤 놈이 그분을 죽이고 뺏었다는 말밖에는 설명이 되지 않지. 안 그래?"

"……."

"좋아. 그 독고구패란 놈은 어디 있지?"

"얼마 전에 돌아가셨소."

"죽었다고? 옳아. 이제 알겠군. 그래서 이 검을 물려받았다 이거지?"

"그렇소."

"크흐흐흐, 그놈이 정말 죽은 게 확실한가?"

"못 믿겠으면 관두슈."

그와 동시에 묵향이 애송이의 혈도 몇 군데를 짚었다. 그러자 애송이의 온몸에서는 뚜둑거리는 괴이한 음향이 터져 나왔지만 시은땀을 흘려 대면서도 악착같이 고통을 참고 있었다. 가히 초인적인 인내력이었다. 하지만 그것도 잠시……. 2각 정도가 지나자 꽉 다문 입술 사이로 비명성이 새어 나오기 시작했다.

묵향은 더 이상 하면 사람 잡겠다는 생각에 3각 정도가 되자 분근착골의 수법을 해제했다. 그리고 계속 부드러운 목소리로 물었다. 사실 당하는 입장에서는 고문을 하는 놈이 그와 어울리지 않게 부드러운 말을 사용한다면 아주 기분이 나쁘리라…….

"어때? 온몸이 짜릿하니 평생 처음 느껴 보는 기분이겠지? 자, 좋은 말로 할 때 불어. 그놈은 지금 어디 있지?"

"헉헉, 돌아가셨소. 그분이 돌아가시는 것을 내 눈으로 똑똑히 봤단 말이오."

"흐음, 진짜 죽은 게 확실해?"

"나는 거짓말은 하지 않소."

"좋아. 죽었다고 하기로 하지. 대신 내 사부를 죽여 놓은 놈에게서 검을 받았으니 네놈도 공범이야. 알겠어?"

"그건 억지요."

"아니야, 본좌에게는 억지가 아니지. 너도 공범이니 미안하지만 내 화풀이 상대가 되어 주어야겠어. 가만있어 봐라, 분근착골은 했으니 그다음은… 발가락 뼈다귀를 모조리 부술 차렌가? 참, 뼈를 부수는 그 충격에 기절이라도 하면 안 되지."

그러면서 상대가 기절하지 않도록 몇 군데 혈도를 때리며 상대의 정신을 더욱 또렷하게 만들었다. 애송이는 도대체가 말이 통하지 않는 이 무뢰한이 도대체 다음에는 무슨 짓거리를 할지 감이 잡히지 않아 일말의 공포를 느끼며 자신의 사문을 들어 약간의 협박을 했다.

"이보시오, 나는 명문 화산파의 제자요. 나를 이렇게 핍박한 게 밝혀지면 당신도 편안한 생활은 하기 힘들 거요."

"흐흐흐, 남 걱정하지 말고 네놈 걱정이나 해. 본좌는 남이 두려워서 해야 할 일을 하지 못한 적은 없으니까……."

그러면서 애송이의 옆에서 땅을 파기 시작했다. 놀랍게도 손바닥이 호미라도 되는 모양인지 아무런 힘도 들이지 않고 땅을 잘도 파내고 있었다. 묵향이 조금 수고를 하자 비스듬하게 경사진 작은 구덩이가 생겼다. 묵향은 애송이를 그곳에 눕혔는데 머리가 아래쪽으로 가게 했다. 아무리 모진 고문을 가해도 머리를 심장보다 낮은 위치에 두면 머리에 원활히 피가 공급되기에 아무리 기절하고 싶어도 기절이란 단어는 자신에게서 완전히 말 타고 멀리멀리 떠나 버리는 것이다.

상대의 하는 짓거리를 보고 애송이는 지금 뭣 때문에 이런 수고를 하고 있는지 눈치 챘다.

'이놈이 아예 날 잡으려고 작정을 했군.'

"좋았어. 이 정도면 준비는 완벽하게 갖춰진 상태고, 이제부터 본론을 시작해야지. 원래가 분근착골은 오래하면 온몸의 근골(筋骨)과 신경이 망가지기 때문에 네놈에게 오히려 고통의 시간을 단축시켜 주는 결과밖에 안 된다 이 말씀이야. 뼈를 자근자근 부수는 것은 제일 마지막에 해 주지. 자 그럼 이제부터 고전적인 방법을 써 봐야지."

묵향은 상대의 허리에서 띠를 끌러 낸 뒤 상의를 벗겼다. 그런 다음 띠를 주워 들고 공력을 주입시키자 천으로 만들어진 띠가 꼿꼿하게 일어섰다. 묵향은 그걸 채찍 대용으로 삼아 애송이의 몸을 자근자근 다져가기 시작했다.

퍽퍽퍽퍽!

이건 고문이라고 하기도 그렇다. 고문이란 것은 원래가 상대가 숨기고 있는 어떤 비밀을 불게 만들기 위해 육체적 또는 정식적 고통을 가하는 행위를 말하는 것이다. 하지만 애송이의 입장에서는 그놈의 검 하나 때문에 분풀이 상대로 자신이 잡혀 와서는 죽기 일보 직전까지 두들겨 맞고 있으니 환장할 노릇이었다.

얼마나 두들겨 맞았는지 모른다. 상대가 휘두르는 띠는 그의 살가죽만을 후려치고 있었기에 그의 상체는 이제 거의 피투성이가 되어 있었다. 고통을 참는 것에도 한계가 있다. 애송이의 입에서도 더 이상 참지 못하고 비명이 터져 나오기 시작했다.

"크아아악! 차라리 날 죽여라."

한참 비명성을 반주 삼아 두들겨 대다가 더 이상 하면 죽어 버릴 것 같자 묵향은 고문 아닌 고문을 멈췄다.

"헤헤헤, 오늘은 이쯤 하고. 그래! 소금하고 고춧가루가 어디 있지? 맞아, 거기다 놔뒀지."

주섬주섬 꾸러미에서 그것들을 꺼내더니 둘을 섞어서 애송이의 상처에 뿌렸다.

"크아아악."

또다시 터지는 비명 소리. 애송이가 비명을 질러 대다가 기진맥진해서 더 이상 비명 지를 힘도 없는지 잠잠해지자 묵향이 비웃듯 한마디 던졌다.

"이걸 뿌리면 상처 소독도 되고 좋지. 걱정 마. 빨리 죽이지는 않을 테니까. 독고구패란 놈은 유백에게 묵향이란 제자가 있다는 사실을 명심했어야 했어. 내 손에 걸려서 살아 나간 놈이 거의 없거든. 독고구패가 죽었으니 너라도 나를 위해 몸으로 때워 줘야지."

그러자 뻗어 있던 애송이가 헐떡거리며 낮은 목소리로 물어 왔다.

"끄으으으, 묵향…, 묵향이라고… 했소?"

"그렇다. 본좌가 묵향이란 나으리지."

"어른의…, 구패 어르신의… 마지막… 제자가 묵향이라고… 했소."

"뭐야?"

'그럼 독고구패하고 환사검 유백 사부하고 동일 인물이란 건가? 저놈이 내가 마지막 제자란 것을 알 리는 없을 테니. 이런 실수가 있나.'

"이봐, 괜찮은 거야? 이런 빌어먹을! 가까운 의원이 어디에 있지?"

묵향은 피투성이가 되어 쓰러져 있는 애송이를 어깨에 짊어지고는 의원을 찾아 몸을 날렸다.

일단 상대가 자신을 죽이지 않을 것이란 사실에 안도감을 느끼며 기절했던 애송이가 깨어난 곳은 탕약 냄새가 진동하는 방이었다. 아마도 그 냄새로 유추해 보건대, 이곳은 의원에 딸린 방인 모양이다. 그는 일어서려고 했지만 아무리 해도 움직일 수가 없었다.

'겨우 그 정도 맞았다고 손가락 하나 꼼짝할 수 없다니. 나도 정말 한심한 놈이군.'

이런 생각을 하고 있는데 옆에서 부드러운 목소리가 들려왔다.

"이제야 깨어났군. 보기보다 약골이야. 움직이려고 하지 말게나. 지금 침을 놓았기에 움직이지 못하게 혈도를 조금 건드려 놨으니……."

'세상에 이 목소리는……?'

애송이는 갑자기 한기가 느껴지며 자신의 몸이 의지와 상관없이 부르르 떨리면서 갑자기 식은땀이 솟아나온다고 생각했다.

"이제 깼으니 뭐 잠결에 뒤척일 염려는 없을 테고 혈도를 풀어 주지."

애송이는 자신의 몸 위로 미풍이 부는 것 같다는 착각이 들었다. 그 순간 손가락을 움직일 수 있는 것으로 보아 혈도가 풀린 것을 알 수 있었다. 상대는 허공을 격하고 점혈과 해혈을 할 수 있는 엄청난 내공을 쌓은 무서운 고수라는 것을 확실히 알 수 있는 순간이었다.

"자, 이제 깨어났으니 우리 다시 즐거운 대화를 시작하기로 하지. 아 그렇게 떨지 말게나. 나도 가급적이면 말로 하고 싶으니까 말일세. 자네와 얘기가 어디까지 진행되었었나 하면, 자네 사부인 독고구패의 마지막 제자가 묵향이라는 것까지였어. 거기서부터 시작하지. 그건 자네 사부의 입에서 들은 건가? 다시 말하건대 거짓말이 있어서는 안 돼."

"그렇소. 자신에게는 많은 제자가 있지만 마지막 제자인 묵향이 가장 강하다고 했었소."

"그럼 그 묵향이란 놈이 그렇게 강하다는 건가?"

"그분의 말로는 그렇소. 자신이 가르친 제자들 중에서 가장 강하다고 했소."

"좋아, 그럼 자네는 독고구패를 어디서 만났지?"

"화산(華山)에서 만났소."

"화산?"

"본인의 사문은 화산이오. 10년 쯤 전에 본문의 옆에 한 무림인이 자리를 잡았소. 그는 화산에 있는 동굴 중 하나를 집으로 정했는지 그곳에 침상을 마련하고 몇 가지 살림 도구를 장터에서 사다가 보금자리를 꾸미더니 아예 떠날 생각을 안 했소. 그래서 본문에서는 혹시나 절기를 훔쳐보러 온 첩자인 줄로 오해하고 그와 간단한 충돌을 벌였었는데, 그에게서 몇 가지 안 좋은 일 때문에 은거를 결심했고 또 은거할 장소로 경치 좋은 이곳 화산을 택했다는 말에 어쩔 수 없이 물러설 수밖에 없었소. 그리고 그의 검술 실력도 상상 이상으로 강했기에 다른 문파의 무공을 훔쳐 배우려는 인물로는 생각되지 않았기 때문이오."

"그런데 자네는 어떻게 그의 무공을 배웠지?"

"사실 10년 전 나는 별로 무공이 강한 편이 아니었소. 그날 장터에서 무뢰배 몇 명이 젊은 소저를 희롱하는 것을 보고 혈기만 믿고 달려들었다가 두들겨 맞고 있는 것을 우연히 그곳을 지나가던 그가 구해줬소. 그는 한 번씩 마을로 내려와서 식량을 구입했는데, 그날 마침 그의 눈에 띈 것이지요. 그는 내가 마음에 들었는지 한 가지 제의를 했소. 검술을 배워 볼 생각이 없느냐고 말이오."

"그래서?"

"나는 안 된다고 했소. 사실 사문에서 나를 지도하던 사형은 별로 무공이 고강하지 못했기에 그런 고수의 지도를 받을 수 있다면 영광이겠지만, 사문을 등질 수는 없었기 때문이오. 그런데 상대는 사문을 바꿀 필요도 없고 자신을 사부로 여길 필요도 없다면서 자신이 만년에 이르러 깨달은 무공을 전수해 준 마지막 제자가 죽어 버렸기 때문에 자신이 죽으면 이 무공도 없어진다고 했소. 그러면서 그냥 자신의 무공이 후세에도 사용되기를 바란다고 하면서 자신의 무공을 익히고 싶으면 장문인의 허락을 받고 나한테로 찾아오라고 했소. 그래서 나는 장문인을 찾아가 사정을 아뢰고 그의 검술을 배우고 싶다고 했소."

"장문인이 허락을 해 주던가?"

"처음에는 해 주지 않았소. 상대가 누군지 몰랐기 때문이오. 장문인은 직접 그를 찾아가서 대화를 나눠 보고, 그가 근래 들어 뛰어난 무공으로 세상을 놀라게 만들었던 독고구패 선배라는 것을 알고 나에게 허락해 줬소. 그래서 나는 틈틈이 그분을 찾아가 10여 년간 무공을 익혔소."

"좋아. 이제 어떻게 되었는지 대강은 알겠군. 그런데 마지막 제자의 이름이 묵향이란 것은 어떻게 알았지? 그분이 얘기해 줬나?"

"그분은 나한테 검술을 가르쳐 주면서 묵향이란 사람 얘기를 많이 했었소. 아마도 묵향이 살아 있어서 너를 본다면 아주 좋아할 텐데, 하면서 말이오."

"검술을 가르쳤다고 했는데, 무슨 검술을 배웠나?"

"무형검법(無形劍法)을 배웠소. 아주 배우기 까다로웠지만……."

"무형검법? 그런 검법도 있었나?"

"거의 초식이 없는 검법이오. 그분도 그것을 근래에 이르러 완성했다고 하셨소. 초식이 아주 특이한 만큼 익히기는 까다롭지만 일단 연성하고 나면 대단한 위력을 가지게 되오."

"그럼 독고구패란 사람은 무형검법이란 것을 그 자신이 직접 창안해 낸 것이군. 그리고 익히기도 힘들고……. 너는 얼마나 배웠지?"

"자질이 모자라서 그렇게 깊게까지 연성하지는 못했소."

"좋았어. 그건 나중에 검을 섞어 보면 알 수 있는 사실이고……. 이제 마음 푹 놓고 몸조리나 잘하라구. 나중에 몸이 완쾌되면 비무를 한번 해 보기로 하지. 만약 도중에 도망가다 나한테 걸리면 반쯤 죽여 놓을 테니 알아서 하게나."

내상은 없었기에 몸은 빨리 치유되었고 애송이의 몸이 완쾌되자 묵향은 그를 밖으로 불러냈다. 묵향은 그가 가지고 다니던 상자 안에서 검을 꺼내 들고 밖에 서 있었고, 애송이도 상대가 뭘 원하는 것인지 알기에 선배가 물려준 검을 잡고 밖으로 나왔다. 상대는 검집에서 검을 뽑지도 않고 느긋하게 말했다.

"자, 검을 뽑아라."

애송이는 상대의 목적이 뭔지 도대체 감을 잡을 수가 없었지만 일단 상대가 원하는 대로 나가기로 했다. 상대와의 거리는 2장……. 검을 뽑아 든 다음 상대의 출수에 대비했다. 하지만 상대는 그냥 서 있었다.

'관례에 따라 양보해 주겠다는 건가?'

원래가 비무인 경우 선배는 후배에게 3초를 양보해 준다. 동년배인 경우 각자에게 3초씩 양보한 후 본격적인 대결이 시작되는 것이다.

상대가 일단 원하는 게 뭔지는 모르겠지만 한번 출수를 해 보기로 했다. 그는 비웃는 듯한 기분 나쁜 상대에게 신법을 펼쳐 급속도로 접근해 들어가며 검초를 펼쳤다.

"매화노방(梅花露芳)"

이것은 화산파(華山派)가 자랑하는 이십사수매화검법(二十四手梅花劍法)의 1초로, 비무이기 때문에 그 초식의 이름을 상대가 알 수 있도록 불러 줘야 할 의무가 있었다.

검초를 펼치자 묵향은 몸을 뒤로 틀어 몸통을 향해 날아오는 검초를 피하며 상대의 비어 있는 허벅지를 향해 발을 날렸다. 애송이는 놀랍다는 듯이 옆으로 신법을 써서 이동해 그것을 피하면서 바로 상대의 빌을 베어 갔다. 이빈에는 애송이는 초식 이름을 밀하지 잃있다. 아니 말할 수가 없었디. 무형검법은 상대의 약점만을 골라 공격히는 동귀어진(同歸御盡)의 수법이 주류를 이룬 독특한 검법이다. 초식은 없으되 기존의 초식을 응용하든지 아니면 속도를 위해 최대한 빠른 속도로 상대의 몸을 찌르거나 베어 가는 수법만이 존재할 뿐…….

묵향은 상대의 검이 자신의 발을 향해 곧장 베어 오자 황급히 발을 후퇴시킨 다음 그제서야 검을 뽑아 발을 베어 가는 상대의 손을 향해 검을 날렸다. 놀라울 정도로 빠른 발검술(拔劍術)……. 애송이는 밑으로 쳐 내리던 손을 뒤로 빼면서 상대의 검을 받았다.

챙!

상대는 검과 검이 부딪치는 그 반탄력을 이용해 뒤로 검을 빨리 회수해 다시 머리를 향해 날려 왔고, 애송이는 상대의 손목을 노리고 검을 날렸다. 지독하게도 물고 물리는 대결……. 놀랍게도 둘의 검술은 상당한 유사점이 있었다. 조금 다른 점이 있다면 묵향의 검이 더 단순

무식하게 움직인다는 점이었고 상대의 검은 조금, 아주 조금 더 화려한 움직임을 보인다는 것이었다. 물론 화려함을 가진다는 자체가 조금 더 동선(動線)이 크다는 말이니 속도가 조금 떨어짐은 당연한 결과다.

상대는 이상하게도 내공을 거의 사용하지 않았다. 애송이가 가진 공력으로도 충분히 상대를 할 수 있었던 것도 그 이유 때문이었다. 그리고 결정적으로 상대가 우위를 점하지 못하는 이유가 한 가지 있었는데 그건 검의 길이가 이쪽이 5촌 정도 길다는 점이었다. 대신 상대의 검이 짧기에 공격해 들어오는 속도는 저쪽이 더욱 빨랐다. 상대는 그 자신의 이점을 최대한 활용해서 아주 다채로운 공격을 퍼부었고, 애송이는 그것을 받아 낸다고 정신이 하나도 없었.

애송이는 무림에 출도한 지 얼마 되지도 않았지만, 자신이 살아오면서 맹세코 이런 이상한 검법을 구사하는 사람을 만나 본 적이 없었다. 하나하나가 자신의 빈틈을 비집고 들어오는 일직선적인 공격, 한 초식 한 초식을 넘길 때마다 식은땀이 흘러내리고 있었다.

그런데 순간순간이 생명의 위기라 처음에는 못 느끼고 있었지만 나중에야 상대의 검법이 많이 눈에 익다는 것을 눈치 챌 수 있었다. 시간이 지날수록 상대의 검법을 자신이 아주 잘 알고 있으며 놀랍게도 그런 검법을 쓰는 사람이 자신이 알기에도 저 사람 외에도 두 명이나 된다는 사실을 알 수 있었다. 하나는 자신이었고, 또 하나는 돌아가신 독고구패 선배……. 그것을 눈치 챈 다음에는 상대에 대한 경이로움이 솟아 나왔다. 그의 검을 다루는 실력은 맹세코 자신을 가르친 독고구패 선배의 아래가 아니었다.

둘은 거의 초식을 무시한 직선 공격을 주로 했으므로 순식간에 수백 초식이 지나갔다. 상대는 1천여 초를 주고받은 다음에 뒤로 훌쩍 3장이나 뛰어 공격권을 벗어난 다음 천천히 검을 검집에 집어넣으며 말했다.

"제법 제대로 배웠군. 하지만 고작 그 정도 실력으로 무림에 돌아다닐 생각 하지 말고 문파로 돌아가서 더욱 수련을 하거라. 환사검의 제자가 별 볼일 없는 무리에게 죽었다는 말은 듣고 싶지 않으니까……."

"당신은 누구요? 어째서 무형검법을 아는 거요?"

"내가 말 안 했던가? 내 이름은 묵향, 천마신교의 부교주지. 정사는 양립할 수 없다고 떠드는 놈들이 많으니 오늘의 일은 누구에게도 말하지 말도록 해라. 어르신은 편안하게 돌아가셨나?"

묵향의 말을 들으면서 경이와 환희기 담겨졌던 애송이의 얼굴이 갑자기 뒤의 말을 들으면서 어두워졌다. 그걸 보고 묵향이 침중하게 말했다.

"그렇지 못하셨던 모양이군."

"예, 돌아가실 때 대단히 괴로워하셨어요."

"그건 사마외도(邪魔外道)를 걷는 무리들의 어쩔 수 없는 숙명이지. 산공(散功)의 고통을 피하려면 탈마(脫魔)에는 올라서야 하는데……. 그분도 역시 탈마에는 오르지 못하셨구나. 그럼 네가 그분의 임종을 도와 드렸냐?"

"예? 무슨 말씀이신지?"

묵향은 쓸쓸하게 웃으며 말했다.

"원래가 사파에서는 가는 분의 고통을 줄여 드리기 위해 가장 절친했던 인물이 산공의 고통이 시작되기 직전에 편안한 죽음을 선사하지. 네가 잘 몰라서 도와 드리지 못한 것이니 어쩔 수 없구나."

그 말을 끝으로 쓸쓸히 문밖으로 걸어 나가는 묵향을 향해 애송이가 외쳤다.
"다시 뵐 수 있을까요?"
하지만 그의 물음은 허공에 외친 듯 아무런 답도 돌아오지 않았다. 그냥 허탈하게 그 자리에서 멀어지는 묵향의 뒷모습을 보고 있던 애송이는 자신이 한 번도 묵향과 통성명을 하지 않았다는 사실을 깨달았다.
'지금 따라가 볼까. 하지만 따라가서 뭐라고 하지? 할 수 없이 다음을 기약하는 수밖에……. 인연이 있다면 만날 수 있겠지. 선배의 말대로 화산에 돌아가서 수련이나 하는 게 좋겠지. 정말 무서운 검법이었어. 무형검법을 만약 저 선배처럼 막강한 내공을 가진 사람이 펼친다면 어떤 모양이 될까? 너무나 궁금하군…….'
애송이가 따라가는 것을 주저하게 만든 가장 큰 이유가 너무 호되게 묵향에게 당했기에 그의 앞에만 서면 위축되는 자신을 느꼈기 때문이다. 둘의 만남은 언제나 다시 이루어질까?

애송이와 헤어지고 난 후 묵향의 기분은 정말 정말 좋지 못했다.
"제기랄……."
자신에게 문제가 생겨 기억만 잃지 않았다면 사부를 그대로 죽게 만들지 않았을 거라는 생각이 묵향을 더욱 괴롭게 했다. 현재 그의 실력이라면 별 고통 없이 사부의 내공을 없애 버린 다음 북명신공을 이용해 산공이 생기지 않는 새로운 공력으로 채워 넣어 줄 수도 있었고, 어쩌면 사부가 극마의 경지에 올라 더욱 오래 살게 해 줄 수 있었을지도 몰랐다. 그리고 일단 극마에 오르기만 한다면 탈마로 유도하는 것도 어렵지 않을 것이다. 최악의 경우 그분이 고통받으며 죽지 않도록 일격에 목을 베어 드릴 수도 있었다.

　자신이 옆에 없었기에, 더구나 아무것도 모르는 애송이만 옆에 있었기에 묵향이 가장 존경했던 사부는 아마도 내공이 깊은 만큼 죽는 그 순간 지독한 고통을 아주 장시간 받았을 것이다. 자신도 마교에서 자라나 마교에서 생활했기에 그 사실을 너무나도 잘 알고 있었고 그 때문에 더욱 괴로웠다.

　'속만 썩인다고 벌써 지나간 일이 바뀌지는 않지. 어디 가서 술이나 퍼마셔야겠군. 사부의 명복을 빌며…….'

　묵향은 곧장 허름한 한 술집에 들어가서 박혔고 그 마을의 술을 동을 내려고 작정한 듯이 퍼마시기 시작했다.

　이런 묵향을 지켜보는 눈들이 몇 개 있었다. 그들은 묵향이 눈치 채지 못하게 아주 멀직이서 바라보며 쑥덕거렸다.

　"겨우 찾았는데…, 아무래도 별로 기분이 안 좋은 모양인데요……. 어쩌죠?"

　"표정을 보니 아주 기분이 더러운 모양이야. 괜히 가서 말붙였다가 저자의 성격이 소문대로라면 우리들 목이 날아갈지도……."

　"도대체 그 젊은 애가 뭐라고 했기에 실컷 비무를 잘한 다음에 결과가 이 모양이 됐죠? 그놈을 잡아다가 주리를 틀어 보면 뭔가 답이 나오지 않을까요?"

　"글쎄……."

　이들은 줄기차게 호북성에서부터 묵향을 뒤따라온다고 바닥을 기어 댔던 인물들이다. 그들이 묵향의 흔적을 놓친 곳은 어떤 마을이었는데, 거기서부터 묵향이 경공술을 사용하는 바람에 흔적이 없어서

망연하던 차에 묵향의 발자국과 서로 연관이 있다고 추정되는 발자국들을 곧이어 찾아낼 수 있었다.

발자국들로 봐서 아마도 네 명인 것이 확실한 그들을 추격하기 시작했다. 거의 한 시진을 추격한 결과 그들은 별 볼일 없는 무공을 믿고 민폐를 끼치는 걸로 유명한 하남5괴의 네 명을 만날 수 있었다. 그놈들을 잡아서 족친 결과 묵향이 한 애송이를 끌고 기막힌 속도로 어딘가로 사라졌음을 알아냈다.

하지만 그걸로는 추격이 불가능했다. 할 수 없이 어떻게 할까 궁리하며 식당에서 배를 채우고 있는데 묵향이 피투성이가 된 애송이를 업고 의원으로 가는 것이 발견되었다. 아마도 묵향은 그 애송이를 족친 다음 다시 뭔가 사정이 있어 애송이를 치료하기 위해 마을로 돌아온 모양이었다. 묵향이 계속 의원에서 한 발자국도 움직이지 않고 애송이를 돌보고 있었기에 이제나 저제나 묵향과 면담을 할 기회를 노리던 중 드디어 오늘 아침에야 둘이서 나왔는데, 몸이 완쾌된 애송이와 눈부신 비무를 한 후 서로 뭐라고 대화를 나누더니 갑자기 기분이 엉망이 되어 술집에 처박혀 버렸으니……

"하여튼 여기서 술 마시기 시작했으니 한동안은 머무를 게 분명해. 일단 사정을 알아야 말을 붙여 볼 수 있으니 네 말대로 그 애송이를 잡아다가 주리를 틀자. 아무래도 그게 제일 안전할 것 같아……."

"빨리 가요."

애송이는 정신이 하나도 없었다. 요즘 들어 만나는 고수들마다 자신을 못 잡아먹어 안달이니 이거 억울해도 이만저만 억울한 게 아니다. 무림의 경험을 쌓기 위해 사문을 나설 때만 해도 지닌 바 실력에 자신이 있었는데…….

"으아아아아악!"

"이 자식아! 빨리 불어. 아까 그 검은 옷 입은 사람하고 무슨 말을 한 거야?"

우루루 쫓아오더니 첫 대면부터 묵향이라던 선배와의 일을 물어보는데, 사실대로 말할 수도 없었다. 아마도 그들은 묵향 선배를 해치려고 하는 무리들 같았기 때문이었다. 사실 묵향 선배와 자신은 사형제(師兄弟)는 아니지만 그 비슷한 관계인 데다가, 그 선배가 자신은 마교인이기에 정파의 제자인 너와의 관계는 발설하지 말라고 했던 주의 때문에 그로서는 그들에게 답을 해 줄 수 없었다.

처음에는 정중하게 물어 오던 상대가 점점 심사가 뒤틀리는지 표정이 굳어져 가기 시작했고 나중에는 다짜고짜 출수(出手)를 해 왔다. 애석하게도 괴한의 무공은 자신보다 한참 위였고 얼마 지나지 않아 점혈당해 쓰러진 자신에게 무지막지하게 고문부터 시작하니 이거 원, 법은 멀고 주먹은 가깝고……. 힘없는 놈은 서러워서 살겠나.

"아무래도 맛을 덜 본 모양인데요. 입이 아주 질겨요. 오라버니, 분근착골을 사용하는 게 어떨까요?"

"알겠다. 나도 그편이 빠를 것 같다는 생각이 드는구나."

사내가 애송이의 혈도를 몇 군데 치자 애송이의 온몸에서 뚜둑거리는 소리가 들려오기 시작했다.

"으아아아아악! 날 죽여라, 날 죽여……."

살막의 무리들이 애송이로부터 만족할 만한 대답을 얻은 것은 일곱 가지 고문을 가한 후였다. 거의 만신창이가 되어 버린 애송이로부터 대답을 듣자 살막의 인물들은 먼저 걱정부터 앞서기 시작했다. 그래서 옆의 누이에게 전음으로 속닥거리기 시작했다.

〈이거 큰일이군. 저놈의 말대로라면 사형제하고 거의 비슷한 관계 잖아. 이놈을 족친 게 묵향의 귀에 들어가면 아주 귀찮아지겠는데……. 이놈을 죽여 버릴까?〉

〈그럴 필요까지 있을까요? 저놈은 우리들의 정체도 모르는데. 그리고 저놈의 말대로라면 그와 더 이상 만나게 될 가능성도 없는 것 같은데요? 그냥 아까 그 의원에 데려다 주면 어떨까요?〉

〈흐음, 괜히 쓸데없이 살인을 할 필요는 없지. 좋아, 네 말대로 하자.〉

"얘들아."

"예."

그 사내는 만신창이가 되어 뻗어 있는 애송이를 가리키며 말했다.

"저놈이 아까 나왔던 의원에 저놈을 치료하라고 맡기고 치료비를 지불해라. 죽으면 안 되니까 잘 치료하라고 부탁하고."

"옛!"

수하들이 애송이를 업고 뛰어가는 뒷모습을 보면서 사내가 투덜거렸다.

"짜식, 처음부터 좋게 말로 할 때 들었으면 서로 좋았잖아."

애송이가 의원의 한 자그마한 방에 뻗어서 정신이 오락가락함에도 불구하고 퇴원하자마자 또다시 엉망이 되어 실려 온 탓에 엄청 열 받은 의생으로부터 갖은 핍박을 받으며 치료받고 있는 이 시간, 묵향도 정신이 거의 오락가락하고 있었다. 물론 애송이처럼 고문의 후유증으로 그런 것이 아니라 단시간에 술을 너무 마셔서 그런 것이다.

벌컥벌컥.

"큭! 좋군, 좋아. 세상천지가 빙빙 도는군……."

벌써부터 혀 꼬부라진 소리가 나오느냐고 할 사람은 이 식당에 아무도 없었다. 묵향의 옆에는 벌써 빈 병 열 개가 쌓여 있었고, 그다음에는 감질 난다며 아예 독째로 가져다가 마셔 댄 것이다.

사실 무림인이라면 술을 이 정도 마신다고 이렇게나 취하지는 않는다. 그 이유는 웅후한 내력으로 술기운을 억누르거나 좀 더 무공이 고강한 경우 술기운을 체외(體外)로 방출해 버리기 때문이다. 입으로는 마시면서 술기운을 땀과 같은 형태로 방출할 바에는 왜 피 같은 돈 주고 술을 마시는지 이해하기 힘들지만……. 어쨌든 대부분 그런 식으로 술기운을 처리하기에 무림인이 술이 취해 비틀거리는 꼴은 보기 힘들나.

묵향은 그에 비해 아예 취하자고 마셔 댔기에 두 가지 방법 중 그 어떤 것도 취하지 않았다. 그대로 술기운을 받아들인 것이다. 그런 형편이니 아무리 무공이 고강하다고 해도 술기운에 정신이 오락가락할 수밖에…….

다섯 대접의 고량주(高粱酒)를 더 마신 후 급기야는 탁자 위로 쓰러져 버리자 식당 주인이 한심하다는 듯이 혀를 찼다.

"쯧쯧, 내 평생 이 장사를 해 왔지만 저렇게 죽으려고 퍼마시는 놈은 처음이군."

"헤헤, 그래도 선불 받았으니 걱정은 없잖아요."

"떽! 잘못하다가 시체를 치우면 적자라구, 적자. 저놈을 들어다가 골방에 재워 줘라. 새파란 놈이 대낮부터 저렇게 퍼 마시다니……. 아무래도 계집 문제 때문인 모양인데, 아무리 계집이 좋다고 있는 대로 퍼마시고 목숨을 버리려고 들다니, 쯧쯧."

"벌써 뻗어 버렸는데 어쩔 거예요?"
"글쎄, 세 가지 방법이 있겠지."
"어떤 거요?"
"먼저 이름을 이용해서 저놈을 죽여 버린 다음 무림맹에 공치사를 하는 거야. 그리고 두 번째는 이대로 놔두고 깨어나기를 기다리는 거고, 세 번째는 좀 더 좋은 여관으로 옮겨 우리들의 호의를 보여 주는 것이지."
"흐음, 그럼 우선 첫 번째를 시도해 보고 가능성이 없을 거 같으면 세 번째를 사용할까요?"
"그게 좋겠군. 네가 가지고 있는 팔황장천비(八荒長天匕)를 빌려 다오."
"오라버니도 좋은 검이 있잖아요?"
그러자 사내는 좀 쑥스럽다는 듯이 말했다.
"내 것이 아무리 좋아도 10대기병(十代奇兵)에 견줄 수 있겠냐? 내 거로는 영 자신이 없어서……."
"좋아요. 여기 있어요. 예민한 녀석이니 부드럽게 다뤄 줘요."
여인은 품속에서 1척 정도 길이의 호화로운 단검을 사내에게 건넸다. 검신의 길이 7촌(약 21센티미터), 손잡이 3촌 반(약 10.5센티미터)의, 비수라고 부르기에는 조금 긴 이 비수는 팔황장천비라는 근사한 이름을 가지고 있었으며, 상대의 호신강기를 전문적으로 파괴하는 얇고 날카로운 검신(劍身) 덕분에 10대기병의 말석(末席)을 차지하고 있었다. 이 비수는 그녀의 선친이 천신만고 끝에 구한 것으로 그녀의 서른다섯 번째 생일에 선물한 것이었는데, 그 예리함에 반한 그녀는 언제나 몸에 지니고 다녔다.

사내는 건네받은 비수를 왼손에 감춘 후 수하들과 함께 식당으로 들어갔다. 그들이 들어서자 쓰러진 묵향을 일으키려고 애쓰고 있는 점소이가 보였다. 그런데 아무리 점소이가 흔들어 대도 줄기차게 뻗어 있던 묵향이 갑자기 튕기듯이 몸을 일으켰다. 그 바람에 뒤에 서 있던 점소이가 뒤로 벌렁 쓰러져 탁자에 부딪쳤다. 살기를 품었던 무리들은 그것을 보고 등에 식은땀이 흘러내렸지만 무심을 가장해서 옆의 탁자에 우루루 앉았다. 그들을 몽롱한 눈으로 바라보던 묵향이 혀 꼬부라진 소리로 입을 열었다.

"응? 이상하군……. 살기가 느껴진 것 같은데, 네놈들이냐?"

그들은 심장이 덜컥 내려앉는 느낌이었지만 애써 태연을 가장하여 짐짓 이해가 가지 않는다는 투로 답했다.

"예? 무슨 말씀이신지?"

"네놈들이, 네놈들이 감히 본좌에게 살기를 품었냐 이 말이다."

"아, 아니올시다. 착각을 하셨겠죠……."

"그런가……."

털썩.

묵향은 그 말을 끝으로 다시 탁자 위에 뻗어 버렸다.

'휴, 살기를 최대한 억눌렀는데도 이 모양이니. 아무래도 내가 너무 긴장한 모양이야. 좀 마음을 안정시키고…….'

"이봐, 여기 술하고 안주 좀 주게나."

"예."

뒤로 넘어졌던 점소이는 일단 묵향을 그대로 놔두고 주문한 음식들을 나르기 시작했다. 사내는 안주도 없이 술을 몇 잔 들이켜면서 긴장된 몸과 마음을 조금 느슨하게 푼 다음 천천히 일어섰다. 그러면서 사내는 죽어라고 마음속으로 되뇌고 있었다.

'저건 통나무야. 저건 통나무야. 저건 통나무야……'

뭔가를 죽인다는 기분을 조금이라도 가지면 끝장이었다. 저런 민감한 놈은 베는 그 순간까지……. 될 수 있다면 벤 후에도 살기가 없어야 한다. 사내는 묵향의 등 뒤로 슬며시 다가선 다음 살며시 왼손에서 비수를 아래로 내렸다. 사내는 자신이 익힌 것을 최대한 활용하여 왼손에는 팔황장천비의 집을 잡고 또 손잡이는 오른손으로 살며시 잡은 상태로 천천히 묵향의 등 뒤 가까이로 가져갔다.

미세한 살기까지도 감지하는 인물인 만큼 엄청난 예기(銳氣)를 뿜는 팔황장천비를 뽑은 상태로 그의 등 뒤에 가져갈 수는 없었다. 최후의 순간에 뽑음과 동시에 휘둘러야 했다. 그는 처음에는 쿵쾅거리며 움직이고 싶어 하는 심장을 정상적으로 돌리게 만드느라고 갖은 애를 썼지만 일단 먹이가 코앞에 위치하자 그것조차 잊어버릴 정도로 목표에 정신을 집중했다. 통나무의 심장이 위치하고 있을 거라 생각되는 부분만을 뚫어지게 바라보며 상대가 절대로 눈치 채지 못하게 천천히 공력을 약간만 모으면서 근육을 조금씩 긴장시켰다.

'이제 조금만……'

그가 팔황장천비를 이용해 일(一) 자로 베어 통나무를 두 토막 내려는 찰나, 죽은 듯이 뻗어 있던 통나무의 몸에서 강렬한 기가 방출되어 나왔다. 그와 동시에 허름한 식당 안은 지독한 술 냄새로 꽉 차서 숨쉬기도 힘들 지경으로 변해 버렸다. 그리고 다음 순간 통나무처럼 뻗어 있던 묵향은 강렬한 기가 넘치는 살아 있는 사람으로 변해 있었다.

'이런!'

사내는 일이 틀어졌음을 직감적으로 느끼고 팔황장천비를 왼손에 황급히 밀어 넣었다. 사내가 숙달된 동작으로 순식간에 모든 증거를 인멸하고 모르는 척하고 있는데, 모든 술기운을 순간적으로 체외로 밀어내 버린 묵향이 언제 취해 있었냐는 듯이 멀쩡한 안색으로 천천히 일어서면서 중얼거렸다.

"아무래도 이상해……."

그러면서 수하들과 여인이 앉아 있는 탁자로 다가갔다.

"이상하게 여기서 지속적으로 살기가 느껴진단 말이야."

사실 막주는 살기를 초인적인 노력으로 감추는 데 성공했지만 만일의 경우를 대비해서 수하 놈들이 상괸을 지원하려고 준비를 늦추지 않은 것이 탈이었다. 묵향은 정작 막주의 살기가 아닌 그 수하들의 살기를 읽은 것이다. 일이 이상한 방향으로 돌아감을 느낀 여인은 아무일도 없었던 듯 방긋이 화사하게 웃으며 먼저 선수를 쳐 인사를 해 왔다.

"안녕하세요? 묵향 부교주님. 또다시 뵙는군요."

"으응? 누구시더라?"

"저, 그때 살막에서……."

"아아, 막주의 대리인이군. 그런데 여기는 어쩐 일로……."

"근사한 제안이 있어서 막주님을 모시고 이리로 따라왔어요."

"막주?"

그때 사내가 묵향의 뒤에서 정중히 포권하며 인사를 해 왔다.

"안녕하십니까? 홍진(洪搢)이라 합니다."

"안녕하시오? 묵향이라 하오. 추격술이 대단하시군요."

"과찬이십니다. 제가 부교주님을 따라온 이유는 그 제안에 동의하고자 함이지요."

"그런데 아까 그 살기는?"

"그게…, 전에 부교주님의 놀라운 무예의 경지를 목격했던 수하들이 저희들의 안전을 생각해서 대비한 것이겠지요. 너무 신경 쓰지 마십시오. 허허……."

"좋소. 그대들이 도와준다니 정말 고맙소."

"다행히 이렇게 만났는데 저희들과 같이 술이나 한잔하심이 어떠하실는지요?"

"좋지."

"전에는 소개를 못 드렸지만 저 아이는 제 동생인 홍청(洪淸)입니다. 무공은 보잘것없지만 지혜가 뛰어나 집안 살림을 책임지고 있습니다."

처음에는 거의 살해 일보 직전까지 갔었지만 이상하게 반전되어 이런 식으로 화기애애한 술판이 벌어져 버렸다. 이 둘의 합체가 화(禍)가 될지 복(福)이 될지는 누구도 장담할 수 없었지만 이것으로 두 단체의 합체는 이루어진다.

모두들 축배를 들며 담소를 나누다가 살막의 인물들은 떠나가고 묵향 혼자 식당에 남아 술잔을 기울이고 있었다. 한참 술을 마시던 묵향은 뭔가 이상한 점을 발견했다. 사실 그가 정상적인 상태였다면 들어서면서부터 발견했을 텐데, 그때는 사부의 일 때문에 정신이 없었던 것이다. 지금은 그런대로 마음이 안정되자 자연히 눈치 챌 수밖에 없었다.

'놀랍군.'

묵향은 탁자를, 정확히 말하면 탁자의 윗부분을 뚫어져라 바라보기 시작했다. 이미 그의 머릿속에는 사부의 죽음도, 살막 합병에 대한 기쁨도 사라지고 없었다. 다만 머릿속에 맴돌고 있는 것은 놀랍다는 감정 하나였다. 한참을 탁자를 살펴보던 묵향은 다음에는 의자들을 살피기 시작했고 그다음에는 다른 탁자들을 살펴봤다.

'정말 놀라워…….'

급기야 묵향은 더 이상 참지 못하고 점소이를 불렀다.

"이봐."

"예, 나으리."

"이 탁자는 어디서 구한 거냐?"

"예, 숲 속에 사는 진팔(振八)이란 목수가 만든 것입죠. 별로 볼품은 없지만 아주 튼튼합죠."

"튼튼할 만도 하겠군. 그자가 사는 곳을 자세히 말해 보거라."

그러면서 묵향이 다섯 냥의 동전을 쥐어 주자 입이 함지박만큼 벌어진 점소이는 나불나불 떠들어 대기 시작했다.

묵향은 음식값을 지불한 다음 진팔이란 목수를 만나기 위해 걸음을 옮겼다. 진팔의 집은 산 중턱쯤에 위치한 자그마한 초가였다. 초가의 앞에 있는 자그마한 텃밭에는 아마도 진팔이라고 생각되는 젊은 목수가 곡괭이질을 하고 있었다. 아마도 모든 작물을 다 거두고 새로운 소채들을 심기 위해서리라…….

묵향이 점점 다가가자 곡괭이가 땅을 치는 박자와 묵향의 걸음걸이가 이상하게도 일치하기 시작했다. 목수는 묵묵히 땅만을 바라보며 곡괭이를 놀리고 있었고 묵향은 그에게 천천히 다가가고 있었다. 묵향은 그 순간 응축되어 숨겨진 미세한 살기가 곡괭이 속에서 묻어 나오고 있음을 감지했다. 묵향이 목수에게 다가설수록 그 살기는 더욱 강하게 느껴졌다. 묵향의 손은 자신도 모르게 품속에 숨겨 두고 있던 묵영비(墨影匕)의 손잡이를 더듬고 있었다.

묵향은 땅을 바라보고 있는 목수가 자신의 전신을 훑어보고 있다는 기이한 느낌을 받았다. 그리고 아래로 휘둘러지는 곡괭이가 자신의 온몸을 노리고 있다는 느낌 또한 받았다. 태어나서 처음으로 자신이 죽을지도 모른다는 생각이 언뜻 묵향의 뇌리를 스쳐 지나갔다. 하지만 다음 순간 묵향은 몸속의 모든 세포들이 지금의 상황을 즐기며 폭발적으로 반응하고 있음을 느꼈다. 놀라운 쾌감이었다. 다음 순간 묵향은 먹이를 노리는 매처럼 목수에게 다가서고 있었다.

묵향이 목수에게 2장(약 6미터) 거리까지 접근했을 때 지금까지와는 달리 곡괭이가 막대한 기를 머금은 채로 위에서 아래로 떨어져 내렸다. 그 순간 묵향은 본능적으로 위험을 감지하고 재빨리 뒤로 신형을 뺐다. 하지만 그보다도 목수의 곡괭이가 땅에 부딪친 것이 조금 빨랐다. 목수의 곡괭이가 땅에 부딪침과 동시에 놀라운 현상이 벌어졌다. 무시무시한 강기의 회오리가 생성되어 그곳을 기점으로 하여 구형(球形)으로 퍼져 나갔다.

강력한 강기가 퍼져 나옴을 느끼는 순간 묵향은 품속에서 묵영비를 꺼내어 순간적으로 아래로 그었다. 직검단천(直劍斷天)의 기세로 떨어져 내리는 그의 비수에서는 검강의 회오리가 반월형(半月形)으로 형성되어 구형(求刑)으로 퍼져 나오는 상대의 강기와 부딪쳤다.

상호 간의 강기가 부딪침과 동시에 묵향은 지금 뻗어 오는 강기의 회오리가 무식할 정도로 강하다는 것을 깨달았다. 아마도 지금의 강기는 상대의 필생의 깨달음을 이용하여 방대한 공력으로 준비한 필살의 공격이리라. 그는 더 이상의 헛된 공격을 포기하고 외부에는 4장 3절, 망강(網剛 : 강기의 사슬)을 이용하여 보호하고, 그 안에 최강의 수비식이랄 수 있는 1장 4절, 방(防)을 전개했다. 그와 동시에 상대가 퍼뜨린 강기의 회오리가 묵향을 덮쳤다.

지독한 강기의 회오리는 망강을 순식간에 허물고 들어와서는 방에까지 막강한 충격을 주어 뒤흔들었다. 곧이어 놀랍게도 여태껏 무너진 적이 없던 방까지 무너지며 묵향의 호신강기에 강력한 힘으로 부딪쳐 왔다.

"크윽!"

'정말 대단하군……!'

묵향은 목구멍에서 무엇인가가 치밀어 올라오는 것을 억지로 꿀꺽 삼키면서 회심의 반격을 시작했다. 선수는 놓쳤지만 당하고 살 위인이 아니었기 때문이다.

회오리가 지나감과 동시에 묵향은 4장 1절, 통강(通剛)을 4장 5절, 다강(多剛)의 법칙을 이용해 막강한 공력을 투입하여 뿜어냈다. 묵향이 다강을 응용하여 강기를 전개한 적은 거의 없었다. 다강이란 수 개에서 수백 개에 이르는 강기를 한꺼번에 뿜어내는 요령을 이르는 것으로, 다강 하나만으로는 어떤 위력도 발휘할 수 없다. 통상 절강이나 통강과 함께 응용되는 기술이기 때문이다.

상대방을 향해 찌르는 듯 겨눈 묵영비에서는 순식간에 수백 가닥의 검강 다발이 상대를 향해 뻗어 나갔다. 이때 상대는 묵향에게 일격을 먹인 후 마무리를 할 작정인지 튕기듯이 뒤로 후퇴 중인 묵향에게 엄청난 속도로 다가서고 있었다. 그러다보니 묵향의 공격은 상대에게 그대로 격중되었고, 상대는 묵향의 공격을 일부러 찾아와서는 온몸으로 때우는 결과가 되어 버렸다.
 상대는 묵향의 강기 수백 가닥이 뻗어 옴을 보고 눈이 약간 커지더니 곧이어 곡괭이를 떨어뜨리며 머리를 아래로 수그리고 발을 최대한 위로 끌어 올리면서 양손으로 이(二) 자 형식으로 만들어 몸 앞을 막았다. 그와 동시에 그의 양팔에서는 시퍼런 강기의 막이 퍼져 나오며 그의 몸 앞부분을 두터운 방패와 같이 막아섰다.
 쾅!
 거의 지축을 울리는 듯한 굉음이 퍼져 나오며 상대는 그 반탄력에 의해 뒤로 날아갔다. 상대는 뒤로 튕겨 나가면서도 그의 열 손가락에서 각기 지강(指剛)을 쏘았다. 역시 최선의 방어는 공격이기 때문이다.
 '얄팍하게 시간을 벌려고 드는군.'
 묵향은 순간적으로 1장 4절, 방을 이용하여 몸을 감싸면서 뒤로 튕겨 가는 상대가 준비할 시간 여유를 주지 않기 위해 쫓아 들어갔다.
 펑!
 열 개의 지강이 방에 격중되는 순간 묵향은 상대의 지강이 상상 외로 강하다는 것에 놀랐다. 조금이라도 방심했다면 방이 깨지면서 다시금 호신강기에까지 영향을 미쳤을 정도로 강한 공격이었다.
 지강들이 방에 격중되면서 발생한 강력한 반탄력에 의해 뒤로 밀리면서 묵향의 눈에는 상대방이 처음 가한 공격의 결과가 얼핏 눈에 들어왔다. 놀랍게도 구형으로 퍼져 나간 상대의 강기 회오리는 곡괭이가 부딪친 곳에서부터 반경 50장(약 150미터)을 거의 평지로 만들어 놓은 것이었다. 묵향은 상대의 공력이 자신보다 더욱 위일지도 모른다는 생각이 들었다. 묵향은 자신의 장기인 근접전을 펼칠 생각을 포기하고 곧바로 뒤로 몸을 빼면서 상대와의 거리를 더욱 벌렸다. 묵영비를 품속에 집어넣고 다급한 김에 공력을 이용해 상자와 무명을 순식간에 삼매진화로 태워 버리면서 묵혼을 꺼냈다. 묵혼의 손잡이를 양손으로 움켜쥐며 묵향은 다시금 필승의 기세를 북돋우기 시작했다.

또 다른 현경의 고수

묵혼을 뽑아 든 다음 새로운 투지를 불태우며 묵향이 목수에게 몸을 날렸다. 둘의 사이는 순식간에 좁혀졌고 묵향은 곧바로 어검술을 전개하며 상대의 목을 향해 묵혼을 휘둘렀다. 하지만 상대는 그냥 가만히 있을 뿐이었다. 그 어떤 반격도 하지 않았다. 묵향이 뭔가 이상하다고 생각했다.

이 정도 공력을 투입한 어검술이라면 어떤 방어적인 행동을 했을 것이다. 피한다든지 아니면 또 다른 어떤 행동으로 대응을 하든지……. 묵향 자신이라 하더라도 이 정도 공격을 호신강기 따위를 이용해서 몸으로 때울 자신이 없었기 때문이다.

묵혼검은 상대의 목 반 촌 거리에서 멈췄다. 묵향의 입에서 딱딱한 음성이 튀어나왔다.

"죽고 싶소?"

그러자 목수는 빙그레 미소를 지으며 말했다.

"오늘이 오기를 기다렸지. 정말 놀랍군. 자네는 내 목을 칠 충분한 자격이 있어. 자… 뜸들이지 말고 실행하게나."

"뭐, 부탁을 들어 드리는 것은 별로 어려운 것이 아니지만, 이유나 알고 싶은데요."

그러면서 묵향이 묵혼검을 검집 속에 집어넣고는 허리에 차자 상대의 얼굴에 기이한 빛이 떠올랐다.

"자네는 나를 죽이러 온 것이 아닌가?"

"선배를 만나러 온 것은 사실이지만, 죽일 생각까지는……."

"그럼 자네는 청해성의 살겁(殺劫) 때문에 나를 찾은 것이 아니란 말인가?"

"정해성의 살겁이라뇨?"

목수는 아무 말 없이 잠시 생각하더니 묵향에게 말했다.

"일단 이것도 인연이니……. 따라오게나. 술이나 한잔하세."

목수가 첫 번의 출수로 인해 완전히 폐허가 되어 버린 초가의 옆쪽에서 구덩이를 파자 안에서 자그마한 항아리가 하나 나왔다. 목수는 항아리를 꺼낸 다음 그것을 들고 수풀이 우거진 곳으로 묵향을 이끌고 갔다. 목수는 그런대로 운치 있는 자리를 골라 묵향에게 앉기를 권한 다음 묵향과 자신의 사이에 항아리를 놓았다.

목수가 항아리를 열자 그윽한 주향(酒香)이 흘러나왔다. 목수가 항아리 안으로 꼭 잔을 쥐고 있는 것 같은 손짓으로 술을 뜨자 놀랍게도 진기로 형성된 무형의 그릇에 술이 담겨 올라왔다. 목수는 그것을 마신 후 천천히 입을 열었다.

"노부가 누군지 자네는 아는가?"

"글쎄요……."

"노부는 과거 혈마(血魔)라 불렸었네."

그제서야 어느 정도 감을 잡은 묵향이 대꾸를 했다.

"혈마 선배셨군요. 사파의 인물들 중에서 유일하게 강기를 자유로이 사용하신다는 말을 들었었습니다."

"클클클, 아닐세. 노부는 사파의 인물이 아니야. 노부의 사문은 전진일세."

"아… 그 정과 마의 무공을 함께 익힌다는?"

"자네도 알고 있었군. 노부의 나이 180세에 더 이상 무공은 증진되지 못하고 어떤 벽에 막혔지. 바로 현경의 벽이야. 그래서 노부는 그 벽을 부수기 위해 주야로 무수한 노력을 했어. 너무 과도하게 노력한 탓에 주화입마(走火入魔)에 걸려 그 마성(魔性)이 은연중에 골수에까지 침투해 버렸지. 노부가 갑자기 정신을 차린 것은 거의 1백 년 전이었네. 그때 노부가 느낀 것은 어떤 촌민의 심장을 내 오른손이 움켜쥐고 있다는 것이었지. 그리고 정말 많은 사람이 죽어 있었어. 그들의 시체를 검사해 보니 남녀노소를 불문하고 내가 모두 죽였다는 것을 알았지.

나는 정말 미칠 것만 같았네. 그래서 사문에 돌아가서 죄를 청하고 스스로 목숨을 끊으려고 했었지. 사문에 돌아가 보니 그곳은 황폐하게 변해 있더군. 수많은 동문들이 백골이 되어 군데군데 쓰러져 있었네. 그 흉수는 곧이어 알 수 있었지. 아무리 뼈만 남았다고 하더라도 내가 손쓴 흔적을 찾기는 쉬웠어. 노부는 마성에 미쳐 날뛰며 동문과 사부까지 모두 죽여 버린 거야.

그 자리에서 목숨을 끊을까도 생각해 봤네만, 나까지 죽어 버리면 사문의 맥이 끊어지기에 그럴 수도 없었지. 그래서 자그마한 문파를 하나 만들고 그들에게 한 번씩 찾아가 사문의 절학을 알려 주면서 여기저기를 떠돌며 참회를 하고 있는 중이었어.

별로 인재가 들어오지 않아 이제 사문도 끝장이라는 절망을 하고 있었는데, 근래에 들어온 왕중양(王仲陽)이란 녀석이 꽤나 쓸 만해 보이더군. 아마도 전진의 미래를 다시금 넓혀 갈 대들보가 될 테지. 새로운 전진에는 마(魔)의 무공을 전수하지는 않았어. 나와 같은 실수를 저지르면 안 될 것 같아서…….

그나저나 자네도 대단하더군. 자네와 같은 고수가 있다는 말은 들어 보지 못했네."

"과찬이십니다. 제 실력이 조금만 떨어졌다면 선배님의 그 첫 번째 일격으로 가루가 됐을 텐데요……."

"그건 자네의 말이 틀려. 노부는 1백 년간 여기저기를 떠돌면서 참회를 하고 땅을 파다 보니 어느 날 한 가지 떠오르는 게 있더군. 자네도 대자연에 떠도는 강렬한 기를 느껴 봤나?"

"예."

"그래. 그렇다면 이해하기 한결 편하겠군. 나는 곡괭이에 기를 담아 그냥 대지를 내려친 것이 아니야. 그렇게 한다면 땅만 파이지 뭐 그렇게 가공할 기운이 뿜어져 나오지는 않지. 나는 나의 기를 대지의 기와 충돌시킨 거지. 그것은 극강한 두 개의 기가 충돌하며 뿜어져 나오는 강기의 회오리야. 노부는 그것을 깨달은 후 이 무공을 전개했을 때 살아나올 수 있는 사람이 존재할 것이라고는 생각도 하지 못했네. 아마 노부도 그것에 당한다면 살아남기 힘들지도 몰라."

조금 어리둥절한 묵향의 표정을 보더니 혈마는 껄껄 웃었다.

"자네도 오랜 시간 땅을 파 보면 알 수 있을 걸세. 사실 대지의 기를 포착하여 그것과 충돌시키는 것은 너무나도 어려운 것이지. 참, 그런데 자네는 여기 왜 왔나? 노부와 은원(恩怨)이 있는 것도 아니라면 이곳까지 찾아올 이유가 없을 텐데……."

"사실은 작은 식당에서 선배님이 만든 탁자를 봤죠. 그것은 어떤 연장을 사용해서 만든 것이 아니더군요. 아주 단단한 나무를 일격에 강기로 잘라서 판자를 만들었다는 것을 알고 호기심에 찾아왔습니다."

"껄껄, 술값이나 벌자고 만든 것 덕분에 오늘 목숨을 날릴 뻔했군. 나는 자네의 발걸음을 보고 놀랐지. 힘과 자신감이 넘치는 발걸음……. 그 발자국 소리가 나는 고수고 너를 죽이러 왔다고 말하는 것 같더군. 노부는 내 생애 최고의 고수가 찾아온다는 것을 느꼈어. 아마 상대도 나를 괜히 찾아온 것은 아닐 테니, 나도 나름대로 준비를 할 수밖에 없었지. 그래서 내력을 모으고 준비한 후 처음의 일격을 날린 거야."

"그런데 선배께서는 제가 출수를 하자 곡괭이를 버리시던데, 그것은 왜……."

"아, 나는 검을 쓰는 사람이 아니야. 장(掌)과 권(拳)을 주로 사용하지. 물론 사문에서 검을 배우기는 했지만 내 나이 1백여 세에 더 이상 검을 쓸 필요가 없더군. 그다음부터는 검을 잡아 본 적이 없어. 검을 들고 다니는 것도 귀찮았고 말이지. 자네를 보아하니 검을 통해서 거의 극한에 가깝게 깨달음을 얻은 것 같은데, 나는 그 반대일세. 나는 도중에 검을 버리고 장과 권을 통해서 무(武)의 극한을 깨달았지. 그렇기에 도저히 검으로는 자네와 대결할 자신이 없었어. 설혹 내가 검을 가지고 있었다고 해도 나는 검을 버리고 손으로 막았을 걸세. 사실

검으로는 자네의 그 엄청난 강기 다발을 막을 엄두가 나지 않았으니까……."

"이렇게 만난 것도 인연인데, 비무를 청해도 될는지요?"

"클클, 고수들의 싸움에서 그 정도 초식을 교환했으면 되었지 더 이상 뭘 원하는가? 노부는 거의 3백여 년을 살아왔기에 이제 더 이상 무공이고 은원이고 뭐 이런 것들에 관심이 없어. 그리고 요즘 들어서는 뼈다귀까지 물렁해져서 자네의 공격을 버틸 재간이 없어. 그나저나 밭도 새로 갈아야 하고 집도 지어야 하고, 할 일이 한두 가지가 아니군……."

"다음에도 만나 뵐 수 있을까요?"

"하하하, 이리저리 떠도는 몸이라 아미 힘들 걸세. 사실 이렇게 새파란 몸으로 한 곳에서 10년 동안 있기도 힘들어. 여기서 10년 저기서 10년, 이렇게 살고 있지. 정 만나고 싶으면 전진파에 연락을 해 두게나. 운이 있다면 만날지도 모르지. 하지만 점점 그곳도 기틀이 잡혀 가니 노부도 잘 안 가거든."

교주의 계략

　으슥한 밀실. 공포스러운 분위기를 풍기는 인물 다섯이 모여 앉아 머리를 맞대고 의논을 하고 있다. 그중 상석에 앉은 인물이 말했다.
　"아무래도 나름대로 또 하나의 준비를 해 두는 게 좋겠어."
　"무슨 준비를 말씀하시는 것인지……."
　"강시(殭屍)는 지금 몇 구나 완성되어 있나?"
　"289구입니다."
　"과연 그것들만으로 가능할까?"
　"흐흐, 일반 강시라면 몰라도 혈교의 비법으로 제작된 천령강시(穿靈殭屍)올시다. 아무리 그렇다고 해도 살아서 돌아가기 힘들 것입니다."
　"하지만 본좌는 아무래도 그것만으로는 미흡하다는 생각이 든단 말이야……."
　"그러 하오시면?"

"함정을 기준으로 사방 10리(약 4킬로미터)에 걸쳐 대천악마나진(大千惡魔羅陣)을 준비하라."

그러자 모두들 경악에 찬 표정으로 잠시 말을 잊었다. 대천악마나진은 그 진세가 오랜 세월 동안 연구되어 만들어진 다음 단 두 번 사용되었을 뿐이다. 천마의 율법에서도 그 사용을 멸교의 위험이 있을 때가 아닌 한 금지하고 있을 정도로 공포적인 마진이다.

대천악마나진이 사용된 가장 근래의 경우가 구휘(區揮) 대협의 아들 구천(區天) 대협이 마교를 멸하려 했을 때였다. 그때 천마신교는 대천악마나진을 거의 30리에 걸쳐 구축한 후 상대를 끌어들여서 진세를 발동하였는데, 그 사악한 마기와 요기는 마교에 몸담고 있는 무리들도 처음 느껴 보았을 정도로 공포스러운 것이었다.

마교와 천하제일문(天下第一門)은 그 진세 안에서 대 접전을 벌였다. 사악한 마기와 요기는 양측에 상반된 작용을 했었는데, 정(正)의 무공을 익힌 자들은 그 힘에 압도되어 제대로 자신의 실력을 낼 수 없었음에 반해 마교도들은 그 힘에 도움을 받아 평상시보다도 더욱 막강한 힘을 발휘했다. 원로원의 도움이 큰 작용을 하기도 했지만, 그렇게 큰 희생을 치르지 않고 천하제일문을 멸할 수 있었다.

"하지만, 하지만… 그것은 다시 한 번 더 재고를 해 보심이……."

"맞습니다. 그것은 천마의 율법에서도 금지하는 사악한 진법. 너무 과하다는 생각이……."

"클클클, 대천악마나진은 그 진 자체가 가진 살상력도 엄청나지만 사악한 악마들에게 사악한 힘을 나눠 주는 것이 더욱 가공할 만하지. 어둠의 자식들인 강시라면 당연히 그 힘을 더욱 극대화하여 그놈을 저세상으로 인도할 것이 분명해. 다만 이것은 최후의 방법이다."

"최후의 방법이라 하시면?"

"지금 그를 해치우기 위해 이중, 삼중의 그물을 준비하고 있다. 그 모든 것을 빠져나온다면 어쩔 수 없이 그것을 사용해야 할 것이야. 그자는 아주 호기심이 강해서 어물어물 넘기면 죽을지도 모르고 찾아올 거야. 대신 수하들도 그것이 함정이란 것을 알게 하면 안 되지. 눈치가 너무 빠른 놈이니……. 조심 또 조심하도록."

"존명!"

어둠 속에서 또 한 인물이 입을 열었다.

"그런데 이번에 잡아 온 계집 아이 때문에 말씀이온데. 한 가지 문제가……."

"무슨 일인가?"

"그것이… 마령섭혼심법(魔靈攝魂沁法)이 통하지가 않습니다."

"그럴 리가?"

"아무래도 태허무령심법(太虛無靈心法)을 익힌 것 같습니다. 그가 타인에게 알려 준 심법은 모두 그것이었으니까요. 그래서 도저히 심지(心知)를 장악할 수가……."

"허허허, 난 또 뭐라구. 그건 나중에 생각하기로 하지. 그가 이리로 올 것이 확실하다면 어떤 고문을 가해서라도 그년의 모든 이성을 무너뜨린 다음 사술을 걸어도 되니까……. 벌써부터 마음 쓸 필요는 없으니 나중에 좀 더 확실해질 때까지 어디다가 가둬 두게나."

"존명!"

눈에는 눈

 묵향은 혈마(血魔)라 불렸던 전진이 낳은 최강의 고수 장진(張賑) 도인을 만나 많은 얘기를 나눈 후 그에게서 많은 감명을 받았다. 기억에도 없는 실수를 오랜 세월 은둔하며 참회해 온 그의 삶이 묵향에게 새로운 어떤 감동을 주었기 때문이다. 사실 묵향이란 인물은 참회하고는 아주 아주 거리가 먼 인물이었기에 자신이 죽었다가 깨어나도 할 수 없는 어떤 것을 끈기 있게 행하고 있는 그에게 존경심이 생겼던 것이다.
 묵향은 이런저런 얘기를 나누다가 지금 자신의 양녀를 만나기 위해 낙양으로 가고 있음을 그에게 우연히 말하게 되었다. 그러자 장진 도인은 정사는 양립하기 어려우니 그녀를 위해서 낙양에 갈 것을 포기하라는 충고를 해 왔다. 해서 묵향은 아쉬움이 남았지만 흑룡문으로 돌아갔다. 그로서도 장진 도인의 말을 거역할 만한 어떤 타당한 이유를 찾기 어려웠기 때문이다.

묵향은 구(舊) 흑룡문의 정문에 들어설 때 걸려 있는 현판이 제법 마음에 들었다. 「黑龍門(흑룡문)」이란 현판은 없어졌고, 묵향의 지시대로 새로운 현판이 걸렸는데 거기에는 이렇게 쓰여 있었다.

「天魔神敎陝西分打(천마신교섬서분타)」

묵향이 돌아오자 여태껏 처리한 서류 뭉치들을 가지고 설무지가 찾아왔다.

"첫 번째 것이 본타가 거느리고 있는 식솔들의 계급 체계 및 그들에게 지급되는 봉록, 장비 등을 기록한 것입니다. 그리고 둘째 것은 타주께서 안 계신 동안 사업을 확장한 것들을 기록한 것이고, 셋째는 본타의 현재 재산 상태를 기록한 것입니다."

"흐음……."

묵향은 서류들을 대강 뒤적거리다가 옆에 놓으며 물었다.

"흑풍단이 도착했을 텐데 그들은 어떻게 처리했나?"

"예, 직접적인 것은 관지 대장에게 들으시고, 속하는 아무래도 그들은 따로 놔두는 것이 좋을 듯하여 따로 묵을 곳을 마련해 주었습니다. 관지 대장과 의논하여 흑풍대라고 명명했사옵고, 그 계급 체계는 그에게 일임했습니다. 그들에게 지급한 새로운 무기와 의복, 장비 등을 구입하는 데 든 액수가……."

"아, 돈 얘기는 그만 하게, 골치 아프니까. 그것은 그대에게 일임하기로 했잖은가?"

"예."

"새로 사업을 벌이다니, 그건 뭔가?"

"예, 속하가 도착하고 보니 뜻밖에도 정말 엄청난 힘이라……. 그들을 놀릴 필요는 없을 것 같아 일부를 이용하여 표국 사업과 위사(衛士: 지금의 보디가드와 유사함) 사업을 벌였습니다. 염왕적자에게 부탁하여 부근의 모든 잔챙이들을 토벌하여 일정 금액을 상납받기 시작했고, 여덟 군데의 전방과 세 군데의 기루, 다섯 군데의 도박장, 열두 군데의 전당포를 입수했습니다."

"입수하는 데 문제는 없었고?"

"조용히 잘 마무리 지었습니다."

"수입은 괜찮은가?"

"워낙 중경(中京)이 가까운지라 본타의 강력한 고수들이 부상(富商)이나 고관들을 찾아가 시범을 보이자 모두들 만족해하며 호위를 청해 왔습니다. 그들은 안전만 확실히 책임지면 돈을 아끼는 위인들이 아닙니다. 그리고 표국 사업도 근처의 세 개의 표국을 흡수하여 벌써 인정권에 들어갔사옵니다."

"좋아, 좋아. 모든 것은 그대가 알아서 하게."

"존명! 그런데……."

"무엇이오?"

"타주님을 찾아온 자가 있사온데, 용건을 밝히기를 한사코 거부하며 지금 일주일째 여기 머물고 있사옵니다. 만나 보시겠습니까?"

"어디서 온 자인가?"

"대산(大山)에서 왔다고 하더이다."

"좋아, 데리고 오게."

"예."

조금 지나자 마기를 풍기는 한 인물이 들어왔다. 그는 묵향에게 부복했다.

"안녕하셨습니까? 부교주님!"
"그래, 자네는 누군가?"
"교주님의 서한을 전하고자 왔습니다."
그를 인도하여 온 장한(壯漢)이 그가 주는 편지를 받아 설무지에게 전했고, 그것을 다시 설무지가 묵향에게 전했다. 묵향은 별 흥미 없다는 듯이 무표정하게 편지를 찬찬히 읽어 본 다음에 설무지에게 건네주며 말했다.
"자네는 어떻게 생각하나?"
설무지는 편지를 읽은 다음 얼굴빛이 핼쑥해지며 노기(怒氣)를 터트렸다.
"이것을 따르면 아니 됩니다."
"왜?"
"함정일 것이 뻔합니다. 이놈들은 지금 타주님의 양녀를 인질로 잡아 타주님을 해치려고 하는 것입니다. 이들의 꾐에 속으시면 안 됩니다."
"그래도 내가 안 가면 그 아이를 죽일 텐데?"
"그래도 안 되옵니다. 그것은 나중에 복수를 하면 그만……. 지금 이들의 말을 따르면 타주님의 생명이 위험합니다."
여태까지 심각한 표정이었던 묵향이 갑자기 대소를 터뜨렸다.
"크하하하하."
"……."
"자네의 생각이 내 생각과 아주 부합(符合)되이. 사실 나도 그곳에 갈 생각은 추호도 없어. 이제는 어떻게 생겼는지 기억에도 가물거리는 계집애를 위해서 내가 왜 사지(死地)로 간다는 말인가. 껄껄껄, 이제는 교주도 나를 웃기는군. 자네가 내 대신에 편지 좀 써 주게나."

"예, 준비가 되었습니다. 부르시지요."

"여러 가지 인사말이나 뭐 그런 거는 자네가 예법에 맞게 쓰고, 내가 말하고자 하는 요지는 이거야. '만약 내 양녀를 죽인다면 나는 그것을 말리고 싶은 생각은 없소. 사실 내가 교주를 죽인다는 것은 아주 힘드오. 교주의 무공도 무공이려니와 그 주위에 호위하는 무리들이 많기 때문이오. 하지만 교주보다 무공이 약한 교주의 가족들은 죽이기가 아주 손쉽지. 그대가 내 양녀를 죽인다면 나는 그대의 아들, 딸, 며느리, 사위, 손자, 손녀를 손쉬운 순서대로 차근차근 죽여 주겠소. 그건 별로 어려운 게 아니니까……. 나야 밑질 것이 하나도 없으니 우리 서로 누가 낳이 죽일 수 있는지 내기해 봅시다.' 이렇게 써서 이것으로 인장을 찍은 후 저놈에게 줘라."

"예."

설무지가 편지를 써서 묵향이 준 옥패로 인장을 찍은 후 장한에게 건네줬다. 장한이 마기를 풍기는 인물에게 전해 주자 답장을 받은 마인은 편지를 품속에 갈무리한 후 묵향에게 예를 드리고 물러가려 했다.

이때 묵향이 그를 불렀다.

"잠깐!"

상대가 돌아서자 묵향이 비웃는 듯한 표정으로 그에게 말했다.

"아주 더러운 소식을 나한테 전하고 가는데, 예물이 부족하다는 생각은 안 하나?"

그러자 상대는 눈 하나 깜짝하지 않고 곧바로 오른손에 진기를 끌어올리더니 수도(手刀)의 기법을 이용하여 왼손을 내리쳤다. 그는 왼손이 떨어져 나가자 몇 군데 혈도를 잡아 지혈을 한 후 무표정하게 말했다.

"더 필요하십니까?"

그러자 묵향은 보일 듯 말 듯 미소를 지으며 그에게 답했다.

"아닐세. 예물이 과하군. 무인은 한쪽 손이라도 없으면 아주 불편하기 때문에 나는 그냥 한쪽 귀면 되었는데, 자네가 먼저 손을 써 버렸으니 어쩔 수 없구먼. 대산까지 잘 가게나."

세력 확장

 마교에서 왔던 인물이 떠나가자 묵향은 대장급 이상의 고수들을 불러들였다. 그에 따라 묵향이 거느린 3대 세력인 천랑대, 염왕대, 흑풍대의 대장들과 군사인 설무지, 그리고 묵향에 앞서 설무지를 찾아와 통합을 청한 살막의 막주와 부막주가 참석했다. 살막은 묵향과 합치는 이때를 이용해서 아예 그 주력을 섬서성으로 이동했고 또한 본거지는 마교 섬서분타의 서쪽에 위치한 큼지막한 장원 한 채를 조용히 꿀꺽하는 것으로 손쉽게 해결했다.
 묵향은 모인 인물들을 쭉 훑어본 다음 입을 열었다.
 "이제야 대강 준비가 갖추어 진 것 같군. 관지!"
 그러자 얼굴을 숨기기 위해 복면을 하고 있는 관지가 대답했다.
 "예."
 "우리끼리 있을 때는 복면을 벗게나."

묵향은 복면 안에서 드러나는 관지의 남성다운 패기가 넘치는 눈을 잠시 바라보더니 말했다.

"혹시 불편한 것은 없나? 내 모든 것을 일러뒀으니 혹 미흡한 것이 있으면 군사에게 말하면 들어줄 거야."

"모든 것이 풍족합니다. 신경을 써 주셔서 감사합니다."

묵향은 관지에게서 눈을 떼고 좌중을 둘러 본 후 말했다.

"지금 이곳은 인원이 너무 많이 모여 있소. 구 흑룡문의 아이들을 뺀다 하더라도 6천이나 된단 말이오. 그래서 군사와 의논을 좀 해 본 결과 한 가지 그 타개책을 구상했소. 이번 일이 끝나면 우리는 더욱 강대한 힘을 가질 수 있을 거요. 군사!"

"예, 사실 한 곳에 전력을 모아 둔다는 것은 어떤 의미에서는 유리함도 있지만 기습을 당했을 때는 오히려 불리함도 있습니다. 그래서 힘을 조금 분산하고자 합니다. 그리고 그에 병행하여 산서성의 마교 세력을 흡수하려고 하는데, 어떤 분께서 힘을 써 주실 건지……."

그러자 염왕적자가 말했다.

"속하가 염왕대를 이끌고 해결하겠소이다."

"좋습니다. 그럼 낙양을 염왕적자 대장에게 맡기겠습니다. 그곳의 낙양분타주인 방철(傍哲)과 먼저 비밀리에 연락을 하세요. 그러면 방철은 이미 본타에 전폭적인 협조를 해 주겠다고 연락을 해 온 만큼 손쉽게 낙양 일대를 제압하실 수 있을 겁니다. 낙양 일대의 제압이 끝나면 염왕대와 함께 그곳에 비밀리에 분타를 건설하고 세력을 확장하기를 바랍니다. 제 딸 설령이를 데려가면 조금이나마 도움이 되실 겁니다. 그리고 조사한 결과 방철은 무공은 떨어지지만 관리 면에서 아주 뛰어난 인물이니 그를 잘 이용하십시오."

"알겠소이다."

"그리고 관지 대장!"

"예."

"관지 대장은 흑풍대를 이끌고 태백산(太白山)에 비밀 분타를 건설해 주십시오. 물론 인부와 물자는 제가 비밀리에 충분히 제공해 드릴 것입니다. 건설이 끝난 다음에는 그곳에 머물면서 세력을 키워 주시면 됩니다. 그리고 점차적으로 본타의 핵심 시설은 모두 다 태백의 분타로 이동할 것이고, 이곳은 껍데기만 남겨 적의 이목을 속이는 데 이용될 것입니다."

"홍진 막주."

"예."

"부막주와 함께 당분간은 이곳에서 저를 도와 일해 주십시오. 내신 살막의 중추 세력은 태백의 분타로 단계적으로 이동시켜야 할 것입니다. 그리고 살막의 정보력을 낙양으로 돌려 염왕적자 대장의 낙양 제압을 도와주십시오."

"그러지요."

"그리고 한 가지! 여러분께서도 아시겠지만 본타는 마교에서 분리된 단체입니다. 타주님께서는 본타가 마교 힘의 4할에 이른다고 하셨지만 정직하게 말하면 그 정도는 안 된다고 천리독행 대장이나 염왕적자 대장과 세밀한 대화를 통해 결론지었습니다. 타주님께서 우리들을 이끈다면 4할, 어쩌면 그 이상의 힘도 낼 수 있겠으나 타주님이 빠진 상태라면 4할은커녕 2할의 힘도 낼지 의문입니다. 지금 본타의 주력이라고 볼 수 있는 천랑대와 염왕대를 합쳐 놨다 하더라도, 타주님이 빠졌을 때 마교의 최고 정예인 천마혈검대(天魔血劍隊)의 기습을 받는다면 순식간에 괴멸당할 것이 확실합니다. 그만큼 마교의 상위 무력 단체와 하위 무력 단체 간의 실력 차이는 너무나 큽니다. 그것을 어느 정도 막기 위해 상위로 갈수록 숫자를 적게 배치했지만, 정면 대결이 아닌 기습이라면 숫자가 적을수록 더욱 유리하다는 것은 누구나 알고 있는 사실이지요. 그렇기에 어느 정도 세력을 분산시켜 둘 필요성을 느낀 것입니다. 그리고 이번에 본타의 이름을 무림에 알리고 새로운 고수들을 받아들이기 위해서 비무대회를 개최하는 것이 좋겠습니다."

"비무대회라고?"

"예, 분타 창설 기념 비무대회 정도로 하면 되겠지요. 그러면서 눈이 뒤집힐 정도로 좋은 상품을 몇 가지 내거는 겁니다."

"좋은 의견이기는 하지만 무예에 미친놈들을 그까짓 황금 따위로 모집할 수 있을까?"

"아니지요. 타주께서 돌아오시기 전에 보검 두 자루, 보도 세 자루를 확보해 뒀습니다. 돈이 좀 많이 들었고 그중 몇 개는 흐흐흐… 조금 특이한 경로로 입수했지만 뭐, 그래도 입수한 것은 사실이니까요. 그리고 사방에 수소문해서 뛰어난 미모(美貌)를 지닌 계집 열 명을 확보했지요. 그것과 함께 본타 내에서의 제법 괜찮은 직위, 그리고 뛰어난 마공(魔功)을 익힐 수 있는 특전 따위를 주겠다고 한다면 정말 뛰어난 자는 어렵겠지만 그런대로 쓸 만한 놈들이 모여들 것입니다."

"하지만 첩자들이 들어올 수도 있는데……. 그것에 대한 대비책은 뭔가?"

"사실 이들은 섬서분타에서 사용할 소모품들이지요. 이 섬서분타를 지금 뜯어 고치고 있는데, 내부와 외부의 두 군데로 확실하게 구분 짓는 공사지요. 이번에 받아들인 자들은 외부의 수비(守備)에 이용할 것입니다. 그리고 정예의 일부는 내부에 배치하구요. 내부와 외부 사이에 진법으로 강력한 그물을 쳐 두면 웬만한 놈들은 얼씬도 하기 힘들지요. 그리고 요소요소에 일부 뛰어난 고수들만 배치하여 첩자들에 대한 대비를 하고, 또 이 내부에 타주의 주력이 있는 것처럼 꾸미는 것입니다. 그래 놓고 일부 고수들을 제외한 힘은 모두 다 비밀 분타들에 분산해 버리면 최악의 경우를 당해도 궤멸당하는 것은 피할 수 있습니다.

그리고 적들은 타주님의 주력이 이곳에 있는 줄 알고 여기만 감시할 테니 세력을 따로 움직이기도 편하구요. 나중에 상대가 기습을 가해 오면 타주님 이하 고수들은 밖으로 피해 나가면서 나머지 놈들을 먹이로 넌져 주면, 흐흐흐……."

"별로 기분 좋은 생각은 아니지만 뭐, 그런대로 방법은 괜찮군. 대신 나는 여기에 언제나 있어야 하고?"

"그렇지요. 하지만 타주께서는 무공이 원체 고강하시니 원하신다면 언제나 눈에 띄지 않게 빠져나가실 수 있을 것입니다. 대신 이곳에 계속 계신 것으로 해 놓아야 놈들이 타주가 계신 실세(實勢)를 찾는다고 노력하지 않게 되죠. 그리고 이곳은 그때쯤 첩자들이 우글우글하게 될 것입니다. 완전히 닫아 걸고 숨기기는 힘드니 아예 열어 둔 후에 비밀리에 주의에 주의를 하는 것이 더욱 안전할지도 모릅니다. 그리고 이곳 이름을 아예 대놓고 마교 분타로 포고한 이상 마교 내의 권력 다툼이 되어 버리니, 교주가 직접 세력을 이끌고 오지 않는다면 마교와의 충돌 가능성은 거의 없습니다. 대신……."

"대신?"

"정파에서 기습을 가해 올 가능성은 있으니 그쪽으로의 대비는 확실히 해야 합니다. 하지만 정파에서도 대놓고는 기습하기 어려운 것이, 우리들이 마교를 등에 업고 있는 한 우리를 친다면 마교와의 정면 충돌이 벌어질 것이라고 생각하겠죠. 실지로는 둘이서 붙는다면 마교에서 좋아하겠지만……."

"좋아, 역시 군사는 아주 머리가 좋군. 만일의 경우 천랑대가 희생되면 아까우니 나중에는 천랑대도 1백여 명만 남기고 모두들 철수시키게나."

"예."

"관지."

"예."

"자네 수하 중에서 네 명을 차출해서 보내 주게나. 군사가 호위를 두라고 하는데, 나는 마기를 뿜어 대는 놈들을 호위로 두지 않거든. 밖으로 돌아다닐 때 너무 표시가 나기 때문이지. 아무리 생각해 봐도 마기를 뿜지 않는 자들은 흑풍대뿐이야. 그러니 자네에게 부탁하네."

"영광입니다. 속히 네 명을 뽑아서 보내드리겠습니다."

관지는 묵향과 과거 친분이 있었던 사람들 중에서 무공이 강한 자들만을 뽑아 묵향에게 보내 줬다. 임충(任充), 정상(鄭想), 차림(車林), 그리고 할아버지가 군부의 고위 장수인 관계로 빠졌다가 근래에 흑풍단이 안정된 다음에 합류한 마화(馬花)가 그들이었다. 묵향은 시간 나는 대로 무공이 약한 그들에게 무공을 가르치며, 또한 자신의 수련을 계속했다. 어차피 모든 것은 하루아침에 이루어질 수도 없는 노릇이었다. 교주를 죽인답시고 준비도 없이 쳐들어갔다가는 도리어 목숨이 날아가는 쪽은 이쪽이 될 확률이 더 높기 때문이었다.

어느 날 묵향이 눈송이처럼 휘날리는 벚꽃 잎을 멍하니 바라보고 있는데 뒤에서 마화가 물었다.

"무슨 생각을 그렇게 하세요?"

이번에 받아들인 네 명의 호위들은 몽고전쟁 시절부터의 전우였고 상관이었기 때문인지 묵향에게 스스럼없이 대해 왔고, 그중에서도 마화 같은 경우 묵향에게 가장 편안한 인상을 주는 인물이었다. 묵향으로서도 그들의 태도가 오히려 편하고 좋았다. 현재 자신이 엉뚱하게 차지하고 앉은 절대자(絕對者)의 자리는 사실 너무나 고독한 자리이기 때문인지도 모르고, 어떻게 보면 묵향 자신이 수하들을 거느리고 뻐기는 것을 좋아하는 인물이 아니었기 때문이리라.

"으응? 오래전의 일을 생각하고 있었지."

"……."

"현경의 경지에 오른 후 나는 너무나 자만에 빠져 있었어. 사실 현경에 올랐다고 기록된 인물은 구휘 정도였고 그도 행방불명이 된 후 내가 유일하게 현경에 오른 인물이었으니까……. 하지만 얼마 전에 만난 선배의 경우 나를 정말 놀라게 했었지."

"누군데 그러세요?"

"또 한 명의 현존하는 현경의 고수. 마화도 무림을 조금 돌아다녔다니까 들었을 거야. 혈마라는 명호를……."

마화가 놀라서 물었다.

"혈마를 만났어요?"

"응, 정말 대단한 고수였어. 혈마 선배가 검을 쓴다면 아마도 내가 이길 확률이 높을지도 모르지만, 그는 권과 장을 쓰는 인물이더군. 그가 쫓아 들어오는 것을 보고 내가 기습적으로 날린 강기 세례를 그는 간단하게 막아 내면서 거기에 반격까지 가해 오는 것을 보고 느꼈어. 그는 나보다 한 수 위였지. 근접전에서는 최고의 무기가 뭔지 아나?"

"그야 권(拳)이 아닐까요?"

"그렇지. 권(拳), 각(脚), 검(劍)이나 도(刀), 봉(棒)이나 창(槍), 편(鞭)……. 뭐 이런 식으로 거리가 정해지는 거야. 내가 아무리 근접전을 장기로 하지만 진정한 권법의 대가(大家)하고 근접전을 펼칠 배짱은 없어. 그의 두 손은 두 개의 검과 같은 것. 하나의 검으로는 무리가 있지. 그런데 그는 1백 년도 전부터 강기를 가지고 세상을 놀라게 한 인물이야. 그에게는 거리의 이점을 이용해 파고들 수가 없어. 멀면 먼 대로, 가까우면 가까운 대로 수많은 공격과 방어의 기법을 터득한 인물이지. 요즘 들어서는 어떻게 하면 그를 이길 수 있을까 하는 것만 생각하고 있어. 하지만 쉬운 일이 아니군……."

"그렇지만 타주를 이길 수 있는 사람이 존재할 것이라고는 생각하지 않아요. 아마 남의 떡이 더 커 보인다고, 혹시 상대를 과대평가하고 계신 게 아닌가요?"

"아니야. 만약, 이건 정말 만약인데 그가 1백 년에 걸쳐 농경(農耕)에서 깨달았다는 비법을 곡괭이가 아닌 손이나 발을 통해서 언제나 사용할 수 있다면, 나 같은 고수 열 명이 덤벼도 힘들 거야."

"설마……. 농경에서 깨달았다는 비법이 뭔데요?"

"……."

묵향은 상대가 알아듣지도 못할 말을 떠들고 있다는 것을 문득 느낀 순간 입을 다물었다.

묵향이 더 이상 말을 하지 않자 마화는 뒤로 물러섰다. 그녀 자신도 명상이나 사색이야말로 초고수들에게는 오히려 수련보다도 더 큰 상승효과를 가져온다는 것을 주워들었던 것이다. 그렇기에 이런 때 쓸데없는 말을 걸어 방해하면 안 된다는 것쯤은 알고 있었다.

묵향이 요즘 들어 죽자고 생각하는 것 중의 하나가 자신이 무의식 중에 익히고 있는 귀혼강신대법(歸魂殭身大法)이었다. 아무리 생각에 생각을 해 봐도 그 사악한 마공과 자신이 익히고 있는 무공과의 접합은 불가능했다. 귀혼강신대법은 정통 마공이라고 할 수 없는, 혈교의 요술적인 힘과 마교의 파괴적인 힘이 만난 독특한 무공이었다. 그렇기에 불사에 가까운 신체가 주는 매력은 대단했지만 그 자신도 비급을 훑어본 다음 불가능함을 깨닫고 익히기를 포기했던 사악한 무공이었다.

히지만 자신과 싸웠던 수하들의 말을 종합해서 판단해 본 결과 자신의 기억이 돌아오는 그 순간에 심각한 상처를 안고 있다가 순식간에 그것을 치료했다는 것은, 또 방대한 내공을 일시에 회복했다는 것은 자신이 생각해도 이해하기가 힘든 노릇이었다. 내공의 회복이야 북명신공을 통했다고 하더라도 상처는 아무리 묵향이 머리를 굴려도 귀혼강신대법 외에는 없는 것이다.

'귀혼강신대법을 무의식이 아닌 의식적으로 사용할 수 있다면……. 살을 주고 상대의 뼈를 깎는, 아니지 뼈를 주고 상대의 뼈를 잘라도 결코 밑지는 장사가 아니지. 하지만 아무리 생각해도 답이 없으니…….'

묵향이 요즘 들어 생각하는 것은 북명신공의 매력이 아니었다. 북명신공의 몇 가지 난해한 점은 제쳐 두고라도 그것은 일단 익힐 수 있는 무공이니까. 하지만 아무리 노력해도 익힐 수 없다고 생각했는데,

사실은 무의식중에 익히고 있다면 그것만큼 황당한 것이 없다.

'이놈의 무공은 내가 죽기 일보 직전쯤 되어 정신을 잃어야만 발동되나? 하지만 그 전에 죽어 버리면 끝장이잖아. 혈마, 혈마, 혈마의 무공을 제압하는 데 그것만큼 좋은 수법이 없는데 말이야······.'

묵향이 이토록 고민하는 이유 중의 하나는 혈마가 지척까지 거의 무방비 상태로 접근해 오기를 기다렸다가 발사한 회심의 일격, 그것도 거의 1백 가닥에 이르는 강기 다발을 모두 다 격중당했으면서도 손쉽게 그 힘을 막아 냈다는 데 있었다. 상대의 방어력이 그토록 강하다면 현재 묵향이 가지고 있는 어떤 무공으로도 그를 해친다는 것은 불가능했기 때문이다.

현재로서는 도저히 이길 가능성이 없는 상대······. 묵향에게는 그것이 가장 큰 내력으로 다가서고 있었다. 이제 그는 더 이상 최고의 경지에 올라서 있는 고독한 인물이 아니었기 때문이다.

어떤 청부

　자그마한 모옥 안, 그 허름한 방의 한쪽 구석에 한 사내가 앉아서 명상에 잠겨 있다. 그가 입고 있는 묵의는 어두운 실내와 그가 풍기는 분위기와 아주 잘 어울렸다. 평범한 얼굴이지만 사실 이 사내의 진면목을 알고 있는 사람이라면 그가 평범하게 보이기 위해 얼마나 많은 노력을 했는지 알고 있다. 남보다 조금 두터운 눈썹을 평범하게 보이기 위해 적당량 사정없이 뽑아 버렸고, 동경(銅鏡)을 보면서 표정 관리를 하기 위해 얼마나 많은 시간을 보내었는지…….
　지금은 세탁하기도 귀찮아서 묵의를 입고 있지만, 일단 밖에 나가면 눈에 띄는 색깔의 옷은 절대 입지 않았다. 그가 다른 색깔의 옷을 입으면 그것대로 또 그에게는 자연스럽게 그 옷이 어울렸다. 하지만 눈에 띄게 어울리는 것이 아니라 평범하게 보인다는 것이 달랐다.
　오랜 시간 명상을 끝낸 후 그가 눈을 뜨자 그의 앞에는 큼직한 상자가 하나 놓여 있었다. 분명히 그가 명상을 하기 전에는 없었던 것이지만 누군가가 그의 앞에 놔두고 간 것이다. 그가 누군지는 묵의인도 잘 알고 있었고, 또 그가 들어오는 기척이나 방 안에 들어와서 행한 행동까지도 모두 잘 알고 있었다. 대신 묵의인은 그에게 아는 척을 안 했을 뿐이다. 심부름꾼은 그 상자 안의 내용이 뭔지 알지도 못하니 아는 척을 해 봐야 입만 아프기 때문이다.

그는 보통 농민들의 손보다는 조금 덜 투박하고 대갓집 자제들보다는 조금 더 투박한 손으로 그 상자를 들어 무릎 위에 올렸다. 고도의 내공과 검술을 익힌 그로서는 계집아이처럼 고와지는 손이 가장 큰 문제였지만, 묵의인은 그것도 평범한 조금 투박한 손으로 만들려고 노력했고, 그 노력의 대가가 상자를 들고 있는 손이었다.

묵의인은 상자 뚜껑에 찍혀 있는 봉인을 세심히 살펴 누군가가 뜯어 보지 않았는지 확인했다. 묵의인처럼 음지에서 살아가는 인물은 비밀이 유지되지 않으면 그날로 목숨이 날아가는 것이기 때문이다. 그가 상자 뚜껑을 열자 그 안에는 책자 한 권과 2척 길이의 단검 한 자루, 지갑, 그리고 서신이 있었다. 묵의인은 서신을 들어 서신에 새겨진 봉인도 세심하게 확인한 다음 봉투를 열었다.

특급 지령 : 살(殺)
대상 : 마교 부교주 묵향
기한 : 6개월
무공 수위 : 탈마(脫魔)로 추측
특기 : 강기류와 어검술 등을 주로 하는 검귀지만 그에게는 검이 있건 없건 큰 상관은 없다고 함.

인상착의 : 동봉한 서책(書冊)에 초상화가 있음.
　주변 사항 및 위치 : 동봉한 서책에 자세히 기록.
　나이 : 65세 정도로 추정.
　수련한 무공 : 너무 종류가 많아 동봉한 서책에 따로 기재되어 있음. 사실 그것을 모두 익혔는지는 본좌도 확인 불가. 정사황(正邪皇) 대부분의 검술을 익혔거나 알고 있다고 추정됨.
　특이 사항 : 호신강기가 매우 강하므로 동봉한 보검을 사용할 것. 하지만 아주 작은 살기, 예기에도 반응하므로 최후의 순간이 아니면 뽑지 않기 바람. 최근에 네 명의 호위를 거느린 것으로 조사되었지만 호위들의 무공은 그렇게 강한 편이 아님. 구 흑풍단 소속의 무사들로 추정됨. 잠드는 시간은 불규칙적이며 한두 시진 정도 수면을 취하는 것으로 조사됨. 동자공을 최후의 방패로 써먹었을 정도로 여색을 좋아하지 않음. 도저히 암살이 불가능할 것 같으면 그냥 돌아와도 문책은 없을 것임.
　성격 : 매우 냉정, 냉혹하며 사악한 인물. 인질 따위는 통하지도 않는 상대이니 주의할 것. 고아로 평생을 검과 살아왔기에 가족은 없고 양녀가 한 명 있지만, 현재 그 양녀는 마교에서 인질로 잡고 있음. 하지만 눈도 깜짝 안 했다고 함.

　편지의 위에는 묵의인을 뜻하는 버드나무 모양의 인장, 아래에는 보낸 자를 뜻하는 뱀 모양의 인장이 찍혀 있었다. 다 읽은 편지를 삼매진화의 절기로 태워 버리며 무의식중에 묵의인의 입에서 나온 말은 한 마디뿐이었다.
　"휴, 괴물이군……."
　묵의인은 단검을 들어서 천천히 검집에서 꺼냈다.

스르르르릉.

검집에서 나오자마자 찬란한 보기(寶氣)를 내뿜는 것이 과연 뛰어난 보검이었다. 그는 그것을 다시 상자에 넣은 다음 지갑을 들어 내용물을 살폈다. 지갑 안에는 흔히 사용되는 열 냥짜리 은표 몇 장과 1백 냥짜리 은표 몇 장이 들어있었다.

그는 일어서서 한쪽 구석에 놓인 큼직한 상자 안에서 보따리 하나를 꺼냈다. 그 안에는 보통 농민들이 즐겨 입는 조금 짙은 회색의 약간 낡은 옷이 한 벌 있었는데 그것으로 갈아입었다. 그런 다음 눈에 띄지 않는 평범한 보따리를 하나 꺼내 검과 몇 가지 옷가지를 싸서 등에 지고는 지갑과 책자는 품속에 집어넣었다.

그는 방 안을 천천히 둘러봤다. 허름한 방 안이었지만 그는 정들었던 이 공간으로 다시는 돌아오지 못할지도 모른다는 생각이 들었던 것이다. 아무튼 이번의 먹이는 한 입에 삼키기에는 너무나도 커서 아무래도 목구멍에 걸릴 가능성이 높았기 때문이다.

그는 다시 한 번 뭔가 자신의 몸속에 어떤 물증이 될 만한 것이 없는지 세심히 살펴봤다. 책자 외에는 증거가 될 만한 것은 없었다. 책자는 길 가는 도중에 완벽하게 외운 다음 없애 버리면 된다. 그러고 나면 설혹 실패하더라도 상대는 그의 배후를 도저히 밝힐 수 없을 것이다.

그는 모든 준비를 갖춘 다음 대장간으로 향했다. 대장간 주인에게 돈을 쥐어 주고 일주일간 대장간을 빌려 무언가를 만들기 시작했다. 그가 만들기 시작한 것은 1척 정도 길이의 바늘처럼 생긴 길쭉한 쇠막대기였다. 막대기 끝은 바늘처럼 뾰족하게 만들었고 그 끝을 더욱 단단하게 만들기 위해 끝부분에는 준비해 온 현철(玄鐵)을 사용했다.

그는 뛰어난 대장장이도 아니었기에 그가 일주일 후 완성한 조금 투박스레 생긴 쇠막대기에는 예기라거나 보기 따위의 신비로운 기운은 느껴지지 않았다. 그것이 오히려 그를 더욱 만족스럽게 했다. 그는 진기를 끌어올려 그것으로 대장간에 놓여진 쇠판을 몇 번 찔러 보았다. 푹푹 들어가 있는 쇠판의 구멍을 만족스레 살펴본 다음 품속에서 작은 병을 하나 꺼내어 그 속에 들어 있는 걸쭉한 액체를 쇠막대기 끝에 세심하게 바르기 시작했다.

아마 이것에 찔리면 천하에 없는 고수라도 정신을 못 차릴 것이 분명했다. 책자에는 상대가 전직 살수라고 기록되어 있었다. 살수란 직업 자체가 죽음의 냄새를 맡는 데는 거의 짐승과 같은 감각을 소유하게 된다. 그렇기에 그는 자신이 직접 만든 이 투박한, 그 어떤 예기도 느껴지지 않는 이 무기에 모든 것을 걸 생각이었다.

어느 날 갑자기 거리 곳곳에 나붙은 방문(訪問) 때문에 전체 무림이 술렁거리기 시작했다. 어느 정도 인력을 동원했는지 알 수 없으나 중원 전 지역에 걸쳐 곳곳에 방문이 붙어 있었다. 그 방문의 내용으로 말미암아 가칭 사마외도(邪魔外道)라고 하여 멸시받던 무사들이 모두들 희망에 부풀기 시작했음은 두말할 나위도 없었다.

「무림 동도들에게 고함. 본 천마신교 섬서분타에서는 우수한 후진들의 영입을 위해 섬서분타 설립 기념 비무대회를 신년(新年) 1월 5일에 개최하기에 많은 무림제현들의 참여를 바람.

5위 내의 입상자에게는 보검이나 보도, 그리고 미녀와 5만 냥을 지급함.

10위 내의 입상자에게는 미녀와 3만 냥을 지급함.

50위 내의 입상자에게는 미녀와 1만 냥을 지급함.

100위 내의 입상자에게는 3천 냥을 지급함.

그 외에 어느 정도 실력을 인정받은 모든 후진들을 위사(衛士)로 채용할 것이며, 그 지닌 바 무예의 등급에 따라 봉록을 푸짐하게 지급할 예정임. 채용된 위사들은 그 무예의 등급에 어울리는 본교가 지닌 뛰어난 무공들을 수련할 기회를 가지게 되며 의복이나 기타 모든 장비들이 최고급으로 지급될 것임.

천마신교 섬서분타주 배상」

여행을 떠나세나

"타주님, 비무대회를 개최한다는 방문을 거의 전 중원에 배포했습니다."

"전 중원에? 그 정도로 본타의 인력이 남아돌지는 않을 텐데?"

"아, 그건 의뢰를 했죠. 현 무림에서 숫자가 가장 많은 문파하면 개방이 아니겠습니까? 그들에게 방문을 붙여 달라고 의뢰를 했습니다. 비무대회 개최를 두고 개방에서 우리들에게 상관할 일이야 없으니까 순순히 의뢰를 받아들이더군요. 돈이 좀 들었지만 뭐 직접 뛰어 다니는 것보다야 경비가 적게 들죠."

"하지만 개방도 명색이 9파1방에 들어가는 명문인데, 순순히 의뢰를 받아들였다는 게 좀 찜찜하군."

"호호, 그놈들도 이 기회를 이용해서 첩자를 이곳에 침투시키기도 편할 테니 허락을 했겠죠. 사실 이런 식으로 받아들여 봐야 고수들은 거의 모집이 안 된다는 것을 그놈들도 잘 아니까요."

"그래, 몇 명이나 뽑을 생각인가?"

"한 3천 명 정도 생각하고 있습니다."

"3천이나? 돈이 많이 들 텐데……."

"요즘 들어 원체 사업이 잘되는 덕분에 그 정도 여력은 있으니 걱정은 마십시오. 중경과 그렇게 멀지 않은 곳에 위치한 관계로 사업하기에는 그만입니다. 그리고 낙양의 본교 세력도 꾸준히 흡수되고 있구요. 지금 들어오는 보고를 종합해 본 결과 의외로 낙양의 기업들이 알짜들입니다. 방 타주가 아주 관리를 잘했더군요."

"방 타주의 실력이야 내가 그 사람 밑에 있어 봤으니 잘 알지. 돈벌이가 잘된다니 다행이군. 그런데 전체적인 토목 공사는 잘되어 가고 있나?"

"예, 지금 거의 5할 정도 완성되어 있습니다. 비무대회를 개최할 때쯤이면 완성될 것입니다. 그리고 근처에 있는 사파 계열의 문파들도 다섯 군데나 흡수했습니다. 요즘은 일이 너무 손쉽게 풀리는 바람에 제가 다 어리둥절할 정도라니까요. 저조차도 타주께서 거느린 세력들의 힘이 공포스럽게 느껴질 때가 간혹 있습니다. 그런데 타주께 한 가지 여쭐 것이 있습니다."

"뭔가?"

"마교의 5대 세력이라면 천마혈검대(天魔血劍隊), 수라마참대(修羅魔斬隊), 천랑대(千狼隊), 염왕대(閻王隊), 자성만마대(紫星萬魔隊)라고 들었고, 염왕적자나 천리독행에게 물어서 대략적인 그 힘을 파악했지만 정확히 알기는 힘들더군요. 그들의 힘이 어느 정도인지 좀 자세히 알려 주십시오."

"흐음, 본좌도 어느 정도는 주워들은 것이 대부분이지만, 그것을 종합했을 때 본좌와의 정면 대결을 기준으로 말한다면, 1천 명으로 구성된 천랑대라면 본좌 혼자서도 처치가 가능하지. 하지만 5백 명으로 구성된 수라마참대라면 나를 아마 엄청 고생시킬 수 있을 정도일 거야. 그리고 1백 명으로 구성된 천마혈검대라면 정면 대결로는 본좌도 그들을 처치할 수 없어. 치고 빠지는 작전을 계속하면서 그들의 포위망에 걸리지만 않는다면 나중에는 다 죽일 수 있을지 모르겠지만……."

"과연 마교의 정예라 할 만하군요. 그들만으로 탈마의 고수를 해치울 수 있다면……."

"하하하, 하지만 사실 나를 죽이려고 든다면 천마혈검대보다는 원로원을 투입하면 더욱 손쉽지. 원로원의 영감늘은 상하 실력 차이가 심하지만 아마 실력 있는 자가 50여 명 정도 모이면 나를 충분히 없앨 수 있을 거야. 하지만 원로원은 공격보다는 방어의 개념이고 또 교내(敎內)의 권력 다툼에는 중립을 지킨다는 점이 다르지. 교주라도 그들을 어떻게 할 수 없어. 본좌도 그 점을 믿고 있는 것이고……."

"허면 원로원의 고수는 몇 명입니까?"

"아마 3백여 명 정도일 걸세. 거의가 다 죽기 직전쯤 되는 노마물(老魔物)들이니까 숫자가 왔다 갔다 하지."

"원로원이 방어의 개념이라면 그들의 출동은 언제, 누가 결정합니까?"

"뚜렷하게 결정하는 사람은 정해져 있지 않아. 본교가 존망의 위기에 걸려 있을 때 그들이 움직이지. 아무나 그냥 움직이라고 해서 움직이는 존재가 아니야. 그만큼 그들에게는 은퇴한 마물로서 노후를 편안하게 즐길 권리가 있다구."

"상대는 대단히 강하고 본타의 세력은 너무나 적으니……. 가장 아쉬운 것이 뛰어난 고수들이 적다는 것이지요. 사실 현재의 힘만으로도 두려운 존재가 거의 없는 상황이지만, 싸우고자 하는 상대들이 모두 그 몇몇 존재에 들어가는 자들이라서……."

"흐음, 그래서 본좌가 궁리를 좀 한 것이 있는데, 대외적으로 널리 알려진 어떤 방파에도 소속되지 않은 떠돌이 고수를 끌어들인다면 그 자가 첩자일 가능성은 거의 없을 거 아닌가?"

"그렇다고 볼 수 있죠."

"그렇다면 그런 자들 중에서 뛰어난 실력을 지닌 놈들로 1천 명 정도 뽑아서 알려 주게."

"하지만 그 정도 인물들이라면 수하가 될 가능성은 거의 없습니다."

"내기를 하면 되는 거야. 비무를 해서 진 자가 수하가 되기로 말이야."

"헤헤, 그건 좀 사기성이 농후한 계획인 것 같은데요. 누가 탈마의 고수와 비무를 해서 이길 수 있겠습니까?"

"흐흐흐, 만약 응하지 않는다면 응할 생각이 들 때까지 따라다니면서 핍박하면 나중에는 될 대로 되라는 심정에서 두 손 들겠지."

"알겠습니다. 최대한 빨리 명단을 뽑아서 드리겠습니다."

"그럼 수고하게나."

"예."

설무지가 물러가고 난 다음에 마화가 조심스럽게 말문을 열었다.

"저, 타주님."

마화가 이런 식으로 조심하는 경우는 거의 없는 일이기는 했지만 묵향은 평소처럼 퉁명스럽게 대답했다.

"왜 그러냐?"

하지만 마화도 묵향의 퉁명스러움에 지지 않고 자신이 마음속에 담아 둔 말을 슬슬 꺼냈다.

"소문을 들으니까 이번에 위사 의뢰가 들어왔다고 하던데요."

"그런데?"

"그게, 그게… 참 근사한 곳이라서."

"어딘데 그러냐?"

"소주라고 들어 보셨어요?"

"소주? 들어는 봤지. 강소성에 있잖아. 나도 가 보지는 못했지만 꽤 멋진 곳이리고 그리더군."

"그곳까지 가는 건데요. 황궁 3대 미인의 한 명인 진영 공주가 소주까지 관광을 하면서 주변의 모든 명소를 두루 훑는다고 하더군요."

그러자 묵향은 못마땅하다는 듯이 투덜거렸다.

"황족(皇族)이란 것들은 무슨 생각을 하고 있는 건지……. 지금 전쟁으로 나라가 엉망인데, 그래 그 계집은 관광이나 다닐 생각을 하고 말이야."

"그래서 시국도 어수선하고 해서 위사 의뢰가 들어온 모양입니다. 제가 좀 따라가도 될까요?"

이제서야 눈치를 챈 묵향.

"아하! 왜 이렇게 서두를 길게 빼는가 했더니 그 이유였군. 마화는 소주에 한 번도 가 보지 못했던 모양이지?"

"예, 그리고 3대 미인 중 한 명의 얼굴도 한번 보고 싶구요. 도대체 어떻게 생기면 그런 칭호를 받는지 알고 싶거든요. 물론 이건 질투는 아니에요."

"허기야, 나도 요즘 일이 없으니 우리 같이 몰래 가 볼까?"

그러자 마화가 놀란 표정으로 말했다.

"정말이요?"

"그럼. 여기다가는 가짜를 하나 놔두면 되겠지. 내가 여기 있어 봐야 할 일도 없으니까."

대송이 자랑하는 최고의 정예 황군이 2백 명씩이나 투입되어 호위하는 거대한 규모의 관광객을 외곽 호위하는 책임을 맡은 석진(奭眞)은 마교의 정예 고수, 그것도 천랑대의 고수 50명을 데리고 왔으면서도 좌불안석이었다. 모든 것이 불안하고 힘들기만 했다. 사실 처음에는 천랑대 열 명을 거느리고 느긋한 마음으로 관광이나 한다는 기분으로 맡은 일이었는데, 그 호위대가 갑자기 그 다섯 배인 50명으로 늘어났으니 산적이나 반란 도배 따위는 애당초 겁날 것도 없는 처지였지만 오히려 열 명으로 계획되었을 때보다 더 불안한 것은 계획에도 없던 두 연놈이 가세한 덕분이다.

"에구구구, 내 팔자야……."

오늘도 뭔가 잘못된 점은 없는지 불안하기만 한 그였다.

진영 공주

묵향은 끈덕지게 만류하는 설무지를 설득하느라고 자신이 아는 온갖 술수를 동원했다. 끝내 묵향이 고집을 부리자 호위 40명을 대동하는 선에서 서로가 합의를 했고, 독립 호위 중에서 세 명은 가짜를 경호하기 위해 남고 마화와 둘이서 길을 떠날 수 있었던 것이다.

묵향이나 마화도 호위들과 같은 흑색 무복에 장검을 차고 있었으므로 특별히 표시가 나지 않았다. 홍일점인 마화가 약간 두드러질 뿐이었다. 묵향은 난생 처음으로—기억에 없는 몽고전은 제외하고—묵혼검이 아닌 보통의 장검(長劍)을 허리에 차고 있었다. 그의 묵혼검은 분타에 남아서 그의 대리 역을 하는 가짜가 착용하고 있었다. 마교 고수들의 임무가 외곽 호위이니만큼 멀찌감치에서 경계를 하고 있었기에 묵향으로서는 속 뒤틀리는 황족이란 것들을 직접 대면하지 않아서 좋았다.

어찌된 영문인지 열 명 정도의 고수를 파견하겠다던 당초의 통보와는 달리 거의 50명이 넘는 고수가 외곽에 깔렸기에 황궁에서 파견된 호위 담당 장수인 종4품(宗四品) 금진덕(金眞德) 사령(司令)은 아주 좋아했다. 하지만 금 사령으로서도 이해가 가지 않는 일이 하나 있었다. 언제나 이동을 할 때는 공주와 그녀의 친구 여섯 명을 호위하는 황군 본대(本隊)는 뒤에서 가고 일단의 선행대가 앞에서 이동하면서 숙식에 따른 여러 가지 계약을 체결하고 또한 수상한 무리가 없는지 감시하게 되는데, 마교의 무리들 중에 거의 대부분이 앞쪽에 몰려 있다는 점이었다.

물론 마교의 고수들을 이끄는 책임자는 항상 뒤에서 따라왔지만 사실상 그는 10여 명만을 직접적으로 통솔했고 나머지 40여 명은 앞의 선행대를 호위하는 듯한 인상을 줬기 때문이다. 선행대에 그렇게 전력을 집중할 필요가 없으니 그로서는 알다가도 모를 일이었다.

황궁의 패거리는 매 식사 때, 그리고 숙소를 정할 때마다 난리를 부렸다. 실상 그 인원이 260여 명이나 되다 보니 웬만한 규모의 식당이나 여관으로서는 턱도 없는 데다가, 공주의 안전한 호위를 명분으로 그 큰 식당이나 여인숙에 먼저 들어가 있던 손님들을 모두 다 내쫓았기 때문이다.

웬만한 실력의 무림인들도 관부와 충돌을 일으킬 생각이 없었기에 모두들 떨떠름한 표정으로 물러나는 판이니 일반 백성들이야 두말할 것 없었다. 그 모든 사람들의 협조(?) 하에 식당이나 여관이 텅 비게 되면 그때 황군이 그 안으로 공주 일행을 모시고 들어가게 되고, 그 외곽에 10여 명의 마교 고수들이 깔리고 나머지는 함께 들어와서 식사를 하든지 잠을 자게 되는 것이다.

진영 공주

도중에 큰 마을이 나타나면 공주 일행은 민폐를 끼치지 않는 것이 좋다는 허울 좋은 명목 하에 관청으로 향했고, 그 관청에서 일하는 관리들은 다음 날 공주 일행이 떠날 때까지 진땀을 뺐다. 그 공주 일행이 흥청망청 먹고 마신 비용을 황궁에서 지원해 주느냐 하면 그게 아니었으므로, 돈이 하늘에서 갑자기 떨어질 리가 없는 관청에서는 당연히 공주 일행이 떠난 다음에 불쌍하고 힘없는 백성들을 족쳐 그만큼의 돈을 더 징수하는 것이다.

2주일 정도는 아주 순조로운 여행이었다. 그런데 그날 점심 식사를 위해 큼지막한 식당을 하나 골랐고 그 안으로 호기 있게 들어갔던 다섯 명의 황군 장졸(將卒)들 중의 한 명이 얼마 안 되어 창문 밖으로 튕겨져 나왔다.

곧이어 묵향 일행이 그 안으로 들어가자 식당 바닥에 네 명의 장졸들이 뻗어 있는 것이 보였고, 그들 앞쪽에는 무림인으로 보이는 한 중년인이 검을 허리에 차고 비웃는 듯한 표정으로 서 있었다. 하지만 그의 그 표정도 오래가지 않았다. 마기를 뿜어 대는 인물들이 10여 명이나 식당 안으로 들어섰으니 당연한 결과였다.

묵향이 척 보니 식당 안에는 꽤 많은 무림인들이 앉아 있었다. 이들은 꽤 실력이 있어 보였고 그런 상태에서 눈에 차지도 않는 무술 실력을 가지고 거들먹거리는 관복을 입은 무리 다섯이 들어와서 다짜고짜 나가라고 했으니, 그들로서도 속이 뒤틀리던 차에 저 남자가 화풀이를 했음에 틀림없었다.

묵향은 될 수 있으면 이 일을 좋은 방향으로 처리하고 싶었기에 즉시 말했다.

"마화."

"예."

"조용히 처리하고 싶으니 저들에게 사정을 말하고 돌아가라고 하라."

요즘 들어 묵향과 대화를 나누다 보니 예전과 많이 바뀌었다는 것을 마화도 잘 알고 있었다. 예전 몽고전에서 알던 묵향과는 달리 그는 귀찮은 일이나 번거로운 것을 싫어했고 될 수 있으면 말보다는 힘으로 해결하는 경향이 강했던 것이다. '웬일이야?' 하는 마음이 앞섰지만 마화는 두말 않고 묵향의 지시에 따랐다.

"예."

마화는 앞으로 나선 다음 가볍게 포권을 하며 말했다.

"무슨 일 때문에 여기 모이셨는지는 잘 모르겠으나 저희는 지금 진영 공주 전하 일행을 호위하여 이곳에서 식사를 하고자 합니다. 그러니 여러분들께서는 자리를 비켜 주셨으면 고맙겠습니다."

그러자 저쪽에 있던 한 나이가 지긋해 보이는 남자가 말했다.

"그대들은 마교의 고수들이 맞나?"

"그렇습니다."

그러자 여기저기서 웅성거리기 시작했다. 그중에는 이런 말도 있었다.

"마교도 타락했군. 관부에 빌붙어서 위사 노릇이나 하고 있다니······."

그 말을 듣자마자 묵향의 뒤쪽에 있던 고수 한 명이 살기를 뿜으며 앞으로 나서려고 했지만 묵향이 그를 말렸다. 마화와 그 남자와의 대화는 계속되었다.

"왜 마교의 고수들이 황실에 붙어서 일하고 있는가?"

"그거야 당연히 돈 벌려고 하는 것이죠. 위사 사업은 꽤 수입이 괜찮으니까요. 방금 전에 일으킨 사건에 대해서는 더 이상 추궁하지 않을 테니 이쯤에서 물러나 주시는 것이 어떨까요?"

"우리들도 무림에서는 이름깨나 떨치는 사람들이다. 그런데 다짜고짜 나가라고 한다면 말이 안 되지. 사실 이곳에서 나가고 싶은 마음도 별로 없고……."

"귀하의 존성대명을 알고 싶군요."

"뭐 존성대명이랄 것도 없고, 관부의 추격을 받고 싶지는 않으니 알려 주고 싶지 않군."

드디어 마화도 말이 통하지 않는 상대에게 슬슬 신경질이 나기 시작하는지 말이 거칠어지기 시작했다.

"이름을 알릴 배짱도 없으면 어기서 빨리 나가라. 지금 타주님의 명령이 있기에 참고 있음을 알아야지."

새파란 계집아이가 떠들어 대자 그중에서 한 인물이 열불이 뻗쳤는지 응대해 왔다.

"새파란 것이 뒤에 있는 고수들을 믿고 날뛰다니……."

"이것들을……."

그러면서 마화가 검의 손잡이를 잡고 앞으로 나가려 하자 묵향이 미소를 지으며 그녀를 말렸다.

"너보다는 고수다. 뒤로 물러서라."

마화가 뒤로 물러서자 묵향이 빙글거리며 말했다.

"이런 산골짜기에 열 명이나 되는, 상당한 실력을 지닌 고수들이 모여 있다는 것은 좀 이상하군. 그대들은 본좌에게 일부러 시비를 걸고 있는 거냐?"

"……."

새파랗게 보이는 젊은이가 나서서 본좌 운운 해 대니 상대가 기가 차서 잠시 말문이 막혀 있는 사이 묵향의 말이 이어졌다.

"정파의 인물들이 확실한 것 같은데……. 우리들이 마교의 인물들이라서 시비를 거는 건가? 아니면 공주 일행을 노리고 있는 것인가? 그대들의 능력을 추정해 보건대, 뭐 2백 명 정도 황군쯤은 2각도 안 되어 찜 쪄 먹겠군."

"그렇게 말하는 네놈은 누구냐?"

"호오, 네놈이라고? 네놈들은 본좌가 누구신지 알 자격이 없어. 방금 전 우리들을 보고 마교가 관부에 빌붙어 있니 하는 말을 한 것 같은데. 우리들이야 약간의 수입을 올리려고 이번 관광의 호위를 하고 있지만, 네놈들이야 말로 진천왕(眞天王)의 개가 되어 공주 일행을 납치해서 전쟁을 유리하게 전개하려고 하는 것이 아닌가?"

그러자 몇 명의 얼굴이 조금 벌게졌지만 곧 냉정을 되찾았다.

"꽤 눈치가 빠른 놈이군."

그와 동시에 그중의 한 명이 앉은 자세에서 그대로 엄청난 속도로 도약해서 묵향에게 쏘아져 들어왔다. 그는 눈에 보이지도 않을 정도의 속도로 뛰어드는 와중에 순간적으로 등에 차고 있던 5척이나 되는 장검을 뽑아 묵향을 내리찍어 왔다. 놀라울 정도로 빠른 공격이었다. 하지만 그 상대는 더욱 경악해야만 했으니 묵향은 피하지도, 그렇다고 검을 뽑아서 막지도 않고 곧바로 손을 뻗어 상대의 검을 양손가락 사이에 끼워서 잡아 버린 것이다.

상대는 용을 썼지만 손가락 사이에 잡혀 버린 검을 뽑아 낼 수가 없었다. 이윽고 상대가 더욱 힘을 쓰자 탱 하는 소리와 함께 검이 두 조각이 나고 말았다. 그러자 어이없다는 듯 부러진 자신의 검을 보던 상대는 묵향에게 믿을 수 없다는 듯한 표정으로 물었다.

"귀하는 누구시오?"

"네놈 정도 실력으로 본좌의 이름을 알 자격이 없지. 여기서 사라진다면 너희들을 추격하지는 않겠다. 하지만 계속 시비를 건다면 모두 다 없애는 수밖에 없지. 사실 황실에서 받은 액수로 그대들 정도의 고수를 처치한다면 밑지는 장사거든. 어떻게 할 건가?"

그러자 그들은 서로 눈치를 한 번씩 보더니 갑자기 신법을 사용하여 모두들 식당 밖으로 달아나 버렸다. 상대의 실력으로 보건대 자신들 모두가 한꺼번에 덤벼도 승패를 가늠하기 힘든 데다가, 그 뒤쪽에도 만만치 않아 보이는 여덟 명의 마기를 뿜어 대는 놈들이 버티고 있으니 그들로서는 선택의 여지가 없었던 것이다.

그들이 달아나자 마화는 아직도 상대의 공격이 주었던 그 공포스러움에서 벗어나지 못한 듯한 표정으로 묵향에게 물었다.

"그들을 그냥 돌려보내도 될까요? 아주 무서운 고수들인 것 같던데……."

그러자 묵향은 아직도 정신을 잃고 뻗어 있는 황군들을 힐끗 보면서 천천히 말했다.

"이번 여행에서만 공주를 지켜 주면 돼. 우리들이 호위하지 않는 상태에서 저 녀석들이 공주를 납치한다면, 우리는 공주를 구해 주면서 더욱더 많은 돈을 벌 수 있지. 사실 호위하는 것보다는 구해 주는 것이 더 돈이 되거든. 저런 계집애 하나 감옥에서 구출하는 것쯤 문제될 것이 없지. 저놈들을 여기서 다 죽여 버리면 누가 공주를 납치하겠냐? 그러니까 그놈들을 살려 두는 것이 이익이지."

묵향은 뒤에 서 있는 고수들에게 지시했다.

"저들을 깨워라."

"존명."

황군의 장졸들이 깨어나자 묵향은 그 우두머리인 장수에게 말했다.

"상당한 고수들이 공주 일행을 노리는 듯하오. 일단은 우리들이 쫓아 버렸지만 계산을 다시 해야 할 것 같군."

"……?"

상대가 무슨 말인지 잘 이해하지 못하겠다는 표정으로 바라보자 묵향이 좀 더 상세히 말했다.

"우리들이 그대들의 외곽 호위를 의뢰받았을 때 분명히 산적이나 기타 잡배들의 공격에 대한 방비라고 들었소. 하지만 방금 그대도 한 대 맞아 봐서 알겠지만 상대는 대단히 뛰어난 고수다 이 말이외다. 그들의 실력이라면 1각도 안 되어 호위군을 전멸시키고 유유히 공주 전하 일행을 납치할 수 있을 것이오. 우리들은 계약과는 달리 그런 고수들에 대한 대비를 해야 하니 당연히 과외로 돈을 더 받아야겠다 이 말이외다."

"그대는 그들이 누구의 사주를 받고 움직인다고 보시오? 또다시 올 가능성이 있지 않다면 이런 제안을 할 리가 없기에 하는 말이오."

"당연히 그자들과 대화를 나눠 본 결과 알 수 있었지요. 그 고수들은 진천왕에게 고용되어 공주 일행을 납치하려고 하는 것 같았소. 그러니 그들은 다시 우리들을 덮쳐 올 가능성이 다분히 있고 그렇다면 그들의 실력을 보건대 이쪽에도 피해가 생길 수 있지요. 옛말에도 있듯이 지키는 자 열 명이 도둑 하나를 당하기 어렵다고 하지 않았소?"

"흐음, 그대의 말에도 일리는 있소. 사실 처음 계약상에는 무림의 고수들이 공주 전하를 노릴 것이라는 말은 없었으니까……. 수고료의 액수는 금진덕 사령께 여쭈어 보고 결정하겠지만 그대들이 원하는 액수는 얼마요?"

"당연히 위험 부담이 높으니 금화 1백 냥은 더 주셔야겠소이다."

"그건, 그건 액수가 너무 많소. 금화 50냥 정도로 합시다."

"90냥."

"60냥."

"80냥."

"70냥."

묵향은 더 이상 양보할 수 없다는 듯이 단호하게 말했다.

"75냥, 더 이상은 양보하기 힘드오."

"좋소, 금화 75냥으로 합시다."

"이제 액수가 정해졌으니 금 사령에게 말을 잘 전해 주시고, 공주 전하께서 곧이어 오실 것이니 빨리 주인에게 통보를 하시오. 그럼 나는 밖에서 호위를 하겠소."

상대가 급히 주방 안으로 사라지자 그제서야 묵향은 일부러 딱딱하게 짓던 표정을 풀면서 빙그레 미소 지으며 밖으로 나왔다.

공갈 한 번 잘 쳐서 금화 75냥의 공돈이 거저 굴러 들어온 것이다. 이것은 은화 1천5백 냥이니 은화 다섯 냥이면 한 식구가 1년을 풍족하게 살아갈 수 있는 액수다. 그러니 잡수익으로서는 대단한 금액인 것이다.

'역시 황궁 놈들은 돈이 많거든…….'

사실 떠돌이 무사들이 실력이 있어 봐야 얼마나 있겠는가. 예상외로 꽤 무술 실력이 뛰어난 것은 사실이지만 그래도 그놈들 열 명 가지고는 마교의 정예인 천랑대 네 명을 당하기도 어렵다. 마화의 경우는 흑풍대에서는 손꼽히는 고수지만 무공만을 죽자고 익혀 댄 무공광(武功狂)들과 동년배라도 실력 차가 엄청 벌어질 수밖에 없는 노릇인데, 겨우 30대 초반에 이르는 마화의 나이로는 수십 년씩 무공을 익힌 자들과 현격한 차이가 나는 것은 당연한 결과이리라.

묵향과 마화가 관광 겸 호위로 정신이 없는 그때, 한 인물이 높직한 나무 위에서 무엇인가를 끈질기게 기다리고 있었다. 그가 위치한 곳은 산 위에 있는 제법 큰 나무 위였기에, 그는 거의 4리(약 1.6킬로미터)나 떨어진 곳을 관찰하고 있었다. 하지만 그 사내는 그런 것에는 구애를 받지 않는 듯 그 먼 거리를 관찰함에도 인상하나 흐트리지 않고 지긋이 바라보고 있었다.

그가 그토록 끈질기게 바라보고 있는 것은 넓기는 했지만 허름한 집 뒷마당에 놓아 둔 보따리 하나였다. 그 보따리는 한 시진 전에 몰래 가져다 놓은 것이었다. 그런대로 눈에 잘 띄는 곳에 두었지만 아직까지도 집 안의 사람들은 바쁜 일이 있는지 뒷마당으로 나오지 않아서 그 보따리가 있다는 사실을 모르고 있었다.

도대체 언제까지 기다려야 할지 모르지만 그래도 그 사내는 끈질기게 집 안의 사람이 나와 그 보따리를 가져가기를 기다렸다. 그 보따리 안의 내용물은 아주 중요한 것이었고, 그것은 꼭 그 집 안에 있는 사람에게 전달되어야만 했다. 그렇기에 그는 혹시나 다른 놈이 그것을 가져가는 사태를 미연에 방지하기 위해 이렇게 시간을 축내고 있는 것이다.

이윽고 거의 오정(午正)이 다 되어 가자 그는 품속에서 말린 고기포를 꺼내어 우물거리며 생각에 잠겼다. 그가 이곳에 보따리를 가져다 놓기 시작한 것은 그가 다섯 번째로 살인을 저지른 때부터였다. 그는 끈질기게 쫓아오는 추격자들을 따돌리며 이곳까지 도망쳐 왔었는데 그때 '그녀'와 '그녀의 아이들'을 본 것이다. 그녀는 서른 살은 되어 보였고 세파에 찌든 모습으로 그녀의 아버지로 추정되는 중년의 남자와 함께 이곳에서 고아들을 돌보고 있는 모습에 그는 감동을 받았던 것이다.

그래서 그가 이곳에 있는 한 주민에게 수소문을 해 본 결과 그녀의 나이는 고작 스물셋. 어려운 환경으로 인해 그렇게도 늙어 보였나……. 부자들이 고아 몇을 돌보는 것은 별로 어려운 것이 아니다. 그것이 하나의 과시적인 자기 위안이 될 수도 있는 하나의 오락거리일지도 모른다. 하지만 자신도 먹고 살기 힘든 지경에서 남을 돌보기는 쉬운 일이 아니다.

그 부녀는 별로 윤택한 환경이 아닌데도 고아들을 열한 명이나 돌보고 있었다. 그것을 알고 난 다음부터 그의 발길은 자주 이곳을 찾았다. 언제나 보따리 하나를 들고서…….

그는 자신의 이러한 감정이 아주 사치스러운 것이라는 것을 안다. 그가 이들을 도와주고 있다는 사실이 밖으로 드러나면, 자신이나 그들이 큰 희생을 치를지도 몰랐다. 하지만 그는 이 행위를 중단할 수 없었다. 어쩌면 이 위험한 행위를 즐기고 있는지도 모른다. 그리고 그들의 식구가 늘어나고 부녀와 아이들의 표정이 조금씩 밝아지는 것은 은근한 기쁨이기도 했다. 그래서 그는 6개월에 한 번은 어김없이 이곳을 찾았던 것이다.

그는 언제나 뒷마당에 허름한 보따리 하나를 던져 놓고는 그들이 가져가게 하는 방법을 택했다. 보따리 안에는 언제나 은화 열 냥과 옷가지 등 자질구레한 것들이 들어 있었지만 그것이 얼마나 그들의 생활에 보탬이 되는지는 그들이 보따리를 발견할 때의 그 기쁜 표정을 보면 알 수 있었다.

너무 많은 액수의 돈을 넣어 두면 소문이 날지도 모르기에 그가 생각한 최대한의 액수는 은화 열 냥이었다. 아마도 그 정도 액수라면 어떤 할 일 없는 부자가 적선한 정도로 생각할 수도 있기 때문이다. 5년이란 세월이 지나는 사이 자그마하던 그녀의 집도 이제는 제법 넓어졌고, 고아들의 수도 60여 명에 이를 정도로 많아졌다. 그리고 6개월 정도에 한 번씩 보따리를 던져 넣는 일도 아직까지 변함없이 이어져 왔다. 하지만 이번에는 예전과 큰 차이점이 있었다.

은화가 아니라 금화로 바뀐 것이다. 금화 열 냥이면 은화 2백 냥이다. 아마도 이 정도 액수면 그녀는 그의 도움이 없어도 아이들과 살림을 꾸려 나갈 수 있을 것이다.

이제서야 점심을 장만하기 위해 뒷마당에 놔둔 큼직한 장독들에서 몇 가지 양념과 반찬을 꺼내기 위해 그녀가 나왔다. 그녀는 장독 위에 올려 둔 보따리를 발견하고는 속을 살펴보더니 놀람과 기쁨에 넘치는 표정으로 바뀌었다. 그는 조심스럽게 숨어 있던 곳에서 몸을 일으켰다. 이제 이곳에서 더 이상의 볼일은 없는 것이다.

그는 언제나와 같이 부근에 누군가 자신의 존재를 눈치 채고 있는 자가 없는지 세밀하게 살피며 그곳을 벗어났다. 만약 자신과 그 고아들과의 연결 고리가 밝혀진다면 최악의 경우 그 아이들과 부녀는 살아남기 어려울 것이고, 그 자신도 상대의 그물에 걸릴 것이기 때문이다.

그것을 밝힌 자가 자신이 소속된 방파라고 한다면 그건 더 위험할지도 모른다. 상대가 동료라 하더라도 이런 자신의 약점을 잡는다면 상황이 아주 안 좋은 방향으로 흐를 수 있다. 하지만 위험한 이 일도 오늘로 끝이었다. 아니 끝일지도 모른다. 그만큼 이번에 주어진 일은 힘든 것이었다. 그렇기에 그의 의지와는 상관없이 무심결에 한마디가 새어 나올 수밖에 없었으리라.

"안녕히……."

소림사의 흉계

　머리를 빡빡 밀어 버린 민둥머리의 스님들이 집단적으로 거주하는 곳을 이름하야 '절(寺)'이라고 부른다. 그중 어떤 곳은 가련한 민생들을 현혹하여 주머니를 털어 개고기나 처먹고 계집질이나 하는 못된 놈들이 모여 있는가 하면, 어떤 곳은 진짜 '스님'이라고 불리어 마땅한 인물들이 사이좋게 모여 불도(佛道)를 닦는 곳도 있다.
　하면 그 '스님'이란 양반들이 가장 많이 사는 곳을 말해 보라고 한다면 그건 지나가는 삼척동자도 다 알 듯이 저 숭산의 소실봉 중턱에 위치한 소림사(小林寺)라는 절이다. 소림사가 언제 창건되었는지는 분분한 설들이 많지만 가장 유력한 것은 북위의 효문제 때 인도에서 온 발타선사가 창건했다는 설이다. 그 이후로 증축에 증축을 거듭하여 지금에 이르러서는 거의 8천을 헤아리는 승려들이 쥐 떼마냥 바글거리고 있는 거대한 사찰로 발전해 왔다.

소림사의 경우 일반의 사찰과는 달리 불법(佛法)보다는 무술로 더 유명한 수상한(?) 곳이다. 원래는 오랜 면벽수련(面壁修練) 따위를 하다 보니 발생하는 체력의 저하를 막기 위해 간단한 육체 수련이나 하던 것이 달마조사 어르신이 역근(易筋)과 세수(洗髓)의 두 진경(眞經)을 전하면서 급속히 무공이 발전하여 지금에 이르러서는 무림의 태두로 꼽히기에 손색이 없는 강대한 폭력 집단으로 변모해 왔다.

소림사는 승려라는 점을 들어 무림에 골치 아픈 일이 있을 때는 불법을 익힌다는 구실로 밖으로 나오지 않다가 무림이 안정되면 겨울잠을 마친 곰마냥 곳곳을 어슬렁거리기 시작한다. 이 때문에 수많은 혈겁(血劫)이 무림을 휩쓸었지만 아직도 수많은 노고수들을 보유하고 있나. 이에 대해 일부 무림인들이 뒤에서 욕시거리를 하기도 하시만 소림사라고 이에 대해 변명거리가 없는 깃도 아니다.

사실 소림의 무공은 72종이나 되는 방대한 분야를 다루고 있지만 모두가 불법에 기초하여 상승무공으로 갈수록 광명 정대하여 괴이악독(怪異惡毒)한 살초(殺初)들을 찾아볼 수가 없다. 그것은 전적으로 소림의 무예가 심신의 수양에 있고 살생과는 거리가 멀다는 것을 대변해 주고 있다. 또 소림의 승려들도 그 점을 들어 될 수 있으면 골치 아픈 일에 휘말리지 않으려고 드는 것이다.

하지만 소림사의 무예로도 사람이 죽어 나갈 수 있다는 것에 문제가 있다. 소림사는 세칭 속가제자도 받는데, 그들의 경우 소림의 상승무공까지 익히지는 못하지만 어느 정도 무공의 맛은 보고 나올 수 있다. 그들 중에는 군관들도 있고, 무림에서 활동하는 고수들도 있으며, 타락하여 산도적 나으리가 된 놈들도 있다. 그 사람들이 광명 정대한 소림의 무공을 사용하여 수많은 사람들을 죽였으니, 소림사의 주장이

온전히 맞다고 보기도 힘들다.

　소림사는 여태껏 수많은 고수들을 배출했고, 그중에서 무림을 풍미했던 초고수들도 몇몇 있었다. 그들의 대부분은 소림사의 이름에 어울리는 선행과 덕행을 베풀어 세인들의 찬사를 받아 온 것이 사실이다. 거기에는 소림사의 무공이 지니는 독특한 특성이 큰 부분을 차지한 것이 사실이다. 뭔 말인가 하면, 소림의 무공은 상승의 경지로 올라갈수록 불도와 연관이 크다는 점이다. 그렇기에 상승의 무공을 익힐 수 있다는 말은 곧 불심이 깊다는 말이 되고, 그 때문에 소림의 초고수들은 모두들 대자대비(大慈大悲)한 고승(高僧)들이었다.

　소림의 무예들 중에서 가장 익히기가 난해하다는 역근, 세수의 두 진경. 그렇기에 그것을 깨달은 고승들이 자신이 창안한 무공에 그 무공의 일부를 토막 쳐서 삽입하여 불도에 깊게 빠져 들지 못한 젊은 승려들을 가르쳤다. 그러다 보니 소림의 무공은 어떤 면에서 봤을 때는 퇴보에 퇴보를 거듭하고 있다고 해야 할까…….

　거기에 어쩌다 한 번씩 나타나는 불세출의 기재가 정말 대단한 무공을 개발했을 때는 너무 패도적이라느니, 너무 잔인하다느니, 불심이 얕다느니, 마도(魔道)에 빠졌다느니 별의별 트집을 잡으면서 그 무공을 배척했다.

　이런 식으로 세월이 흐르자 소림의 상승무학이 실전(實戰)과는 점차 거리가 먼 방향으로 흘러갈 수밖에 없었다. 결국 지금에 이르러서는 무림태두의 자리를 무당(武當)이나 서문세가에게 위협받기에 이른 것이다.

　숭산의 중턱에 위치한 거대한 사찰, 소림사. 그 소림사의 구석진 곳에 위치한 방장실에 다섯 명의 고승들이 모여 있었다. 모두들 안광이 정순한 것이 상당한 수준의 무예를 닦은 인물들이라는 것을 은연중에 드러내고 있었다. 그들은 자그마한 다과상을 놓고 빙 둘러앉아 모두들 차를 한 잔씩 들면서 도란도란 얘기를 나누고 있었다. 그런데 그들이 나누는 이야기는 놀랍게도 불법에 관한 것이 아닌 살인에 관한 모의였다.

40대 중반의 근엄한 얼굴의 승려가 차를 홀짝이더니 입을 열었다.

"아미타불…, 덕진(德津) 사형의 의견에 반대하는 것은 아니지만, 소제가 지객당(知客當)을 책임지다 보니 세상의 소문이라든지 여러 가지 소식에 빠릅니다. 여태껏 모은 정보들을 종합해 보면 그의 무공 수위로 봤을 때 그들만으로는 역부족일 것입니다."

그러자 50대 중반쯤으로 보이는 인자한 얼굴을 가진 덕혜(德慧)가 다시 말했다.

"그렇다면 108나한(百八羅漢)과 12금강(十二金剛)에 32수좌승(三十二首座僧)까지 포함시켜 대정(大正) 사숙께 드린다면 그를 없애기에 충분하지 않을까요? 32수좌승이라면 소제가 거느린 8대호원 최고의 정예니까 가능성은 있다고 생각합니다."

그러자 가장 상석에 앉은 30대 중반쯤으로 보이는 인자한 얼굴의 승려가 수염을 쓰다듬으며 잠시 생각하더니 말했다.

"흐음, 덕진 사제의 말대로 그들의 힘은 웬만한 문파를 순식간에 허물 수 있는 강대한 것이지만……. 사실 말이 나왔으니 말이네만 본사의 승려들은 썩 실전 경험이 많다고 볼 수가 없네. 하지만 상대는 무림에 수많은 피바람을 불고 온 장본인. 개와 늑대의 차이지. 설혹 그를 응징할 수 있다고 하더라도 그 대가는 엄청난 것이 될 것이야."

그러자 덕호(德浩)가 뭔가 생각난 듯 말했다.

"이렇게 하면 어떨까요?"

"어떻게 말이냐?"

"방장 사형께서 금제(禁制)된 12진경(十二眞經) 중 세 가지만 해제해 주십시오. 그들에게 그것을 익히게 한다면 훨씬 더 피해가 줄어들 것입니다."

그러자 상석에 앉은 방장 사형이라 불린 그 승려는 침울한 목소리로 답했다.

"흐음, 나도 덕호 사제가 말한 그 생각을 안 해 본 것은 아니지만, 사실 나 혼자서 결정할 수 있는 사안이 아니네. 설혹 장생전(長生殿)에서 그것이 받아들여진다 하더라도 그 위력만큼이나 익히기가 힘들지. 그것을 익히는 데 도대체 몇 년이 더 흘러갈지 아무도 모르는 일이라네……."

"정 안된다고 하더라도 항정멸법신공(抗正滅法神功)만은 금제가 해제되어야 합니다."

항정멸법신공이란 말에 어떤 충격을 받았는지 경악한 표정의 방장 스님이 말했다.

"자네는, 자네는 그 사악한 마공이 뭔지 알고나 입에 담는 것인가?"

상대가 경악해서 물어봄에도 덕호는 태연히 고개를 끄덕였다.

"예, 자미(慈嵋) 사조(師祖)께서 남기신 뛰어난 무공이죠. 그 자체가 가지는 위력도 놀라운 것이지만 그 최고의 장점은 소림무예의 극성(極性)이라는 것에 있지요. 72종 절기를 토대로 그 허점을 교묘히 공격하여 파해하도록 만들어 놓은 것이니 그것은 당연한 것인데도, 그 자체가 지니는 뛰어난 점은 망각하고 극성이라는 이유 단 하나 때문에 본사(本寺)에서도 극비로 치부되지 않습니까? 하지만 상대가 상대이니만큼 그것만은 꼭……."
 그러자 그의 왼편에 앉아 있던 40대 초반 정도로 보이는 평범한 얼굴의 덕진이 찬성하고 나섰다.
 "덕호 사제의 말이 맞네. 방장 사형, 소제는 거기에 최소한 파마멸혼검법(破魔滅魂劍法)까지 금제를 풀어야 한다고 봅니다."
 그러자 장문인은 기가 막힌다는 표정으로 툴툴거렸다.
 "덕진 사제, 자네까지……. 그 악마의 무공까지 거론하다니 자네들에게 마가 끼인 모양이군. 아미타불……."
 장문인의 말에 오른편에 앉아 있는 덕진이 반박했다.
 "아미타불, 상대는 악마입니다. 그런 자를 상대로 정통 무공을 사용해서는 도저히 이길 수 없습니다. 원래가 파마멸혼검법은 혜인(蕙忍) 사조께서 사마외도(邪魔外道)를 멸하기 위해 오랜 세월을 들여 완성한 본사의 하나뿐인 검법. 그런 무공이 사장된다는 것은 안타까운 일입니다."
 그러자 여태까지 말없이 왼쪽 뒤에 앉아있던 40대 후반 정도로 보이는 날카로운 인상의 덕수(德修)가 말했다.
 "덕진 사형의 말씀이 틀렸습니다. 본사에는 또 달마삼검법이 있지 않습니까?"
 그의 반박을 덕진이 아닌 덕혜가 대답했다.
 "그건 자네가 틀렸네. 달마삼검법은 말이 달마삼검법이지 실은 불가와는 아무런 연관이 없는 도가(道家)의 검법이야. 원래 본사에는 검법이 없었는데 백옥봉이란 도사가 각원 사조님의 인품을 높이 사 그가 지닌 검법을 전했는데, 이것이 달마삼검법이라네. 헌데 도가의 무예를 배운다는 것이 본사의 명예에 누를 끼치게 되는 것이기에 달마

조사께서 창안하신 것이라고 거짓 소문을 퍼트린 것이지.
 사실 달마삼검도 완전한 것이 아닐세. 1검에 3로, 2검에 3로, 3검에 2로……. 왜 3검에만 2로겠는가? 원래는 1로가 더 있었지만 너무 도가적인 것이기에 제외되었는데, 전체를 물려받았던 각원 사조님의 검법과 그 1로가 빠진 후대의 것과는 위력에서 엄청난 차이가 생겨 버렸지.
 달마삼검법은 자네도 익혔겠지만 뭔가 허전한 감이 있고 또 제대로 펼치기 어려운 부분도 있지. 그것은 달마삼검법 자체가 오로지 내공만으로 펼치는 검법이 아니기 때문이야. 그렇기에 본사에 하나뿐인 검법이 파마멸혼검법이라는 말이 맞는 것이지. 이것은 본사에서도 거의 알려지지 않은 사실이라서 장경각에서 본사의 일에는 거의 신경을 쓰지 않는 자네는 잘 몰랐을 거야."
 "예, 가르침에 감사드립니다."
 일단의 말다툼이 정리가 되자 덕호가 단호하게 말했다.
 "지금에 들어 본사의 위상은 점점 더 떨어지고 있습니다. 그것은 인재가 모자라서도 아니고 뛰어난 무공이 없어서도 아닙니다. 뛰어난 것이 있음에도 금제를 가해 익히지 못하게 하니 당연한 결과가 아닙니까? 이번 사건도 그렇습니다. 그가 무림을 설치고 다닌 것이 하루 이틀도 아닌데 아직도 요절을 내지 못하고 있는 것은 본사에 고수가 없어서가 아니라 그를 없애기에 적합한 무예를 익힌 사람이 없어서가 아닙니까? 사실상 그와 일대일로 싸워 이길 수 있는 고수는 본사에 없습니다. 지금 은거 중이신 대사숙조께서 나서신다 해도 승산이 없지 않습니까? 그렇다고 청부를 해서 암살을 할 수도 없는 노릇이니 다소 편법을 쓰더라도……."

"흐음, 자네들의 의견은 잘 알겠네. 장생전을 설득하도록 노력해 보지. 하지만 자네들이 말하는 무공들이 원체 문제가 있는 것들이라 허락이 떨어지려면 시일이 약간 걸릴 거야."

"지금까지도 참아 왔습니다. 조금 더 기다린다 하더라도 달라질 것은 없지요. 그리고 금제가 풀리더라도 그들이 무공을 익히려면 최소한 5년은 잡아야 하지 않을까요? 그리고 장생전의 사숙들이 반대하신다 하더라도 그 무공들을 익혀야 될 필요성과 익히는 자의 수를 소수에 국한시킨다면 아마도 허락이 떨어질 수도 있을 것입니다."

"알겠네. 아미타불, 부처님의 뜻대로 되겠지."

공주의 수난

　이곳은 안휘성의 북쪽 천림산(泉淋山). 천림산은 예로부터 산수가 수려하고 곳곳에 온천이 발달한 아름다운 관광지다. 천림산 중턱에 위치한 남악산장(南岳山莊)이라 불리는 아름다운 여관에 공주 일행이 머물기 시작한 것은 정확히 스물일곱 시진 전이다. 남악산장도 이곳에 있는 거의 모든 여관이 그러하듯이 여러 개의 온천탕(溫泉湯)을 가지고 있어 여행자들의 피로를 풀 수 있도록 배려하고 있었다.
　진영 공주는 며칠 동안 마차를 타고 오며 시달린 몸을 푸근한 온천욕을 즐기면서 친구들과 담소를 나누며 푼 다음 산뜻한 남빛 옷으로 갈아입은 후 후원(後園)으로 나왔다. 공주가 묵고 있는 별채는 특별한 손님들을 위해 마련된 곳으로, 고풍스런 멋을 풍기는 자그마한 건물에 아름다운 꽃들이 만발한 후원이 달린 비싼 숙박료를 요구하는 장소였다.

공주는 후원에 나올 때까지는 아주 기분이 상쾌했다. 자신이 바라는 대로 재미있는 여행이었고, 그녀가 지나온 곳은 모두 다 빼어나게 아름다운 곳들이었다. 그녀는 절경으로 유명한 소주에 잠시 머문 다음 아직 둘러보지 못한 안휘성의 남쪽을 거쳐 명소들을 훑으며 돌아갈 예정이었다. 다음에 갈 곳은 또 얼마나 근사한 곳일까 생각만 해도 가슴이 두근거릴 정도로 멋진 여행이었다. 거기에 여태껏 거쳐 온 지방 관청 수령들의 대접은 또 얼마나 근사했었나, 또 앞으로 도착할 관청들의 수령들은 나한테 어떤 선물들을 줄까, 이런저런 생각만 해도 기분이 좋았던 것이다.

공주가 후원을 둘러보자 담장 가까운 곳에는 황군 몇 명이 부동자세로 창날을 곧추세운 채 경계에 임하고 있었다. 그런데, 그런데… 후원의 한 구석에 검정색 옷을 입은 남녀가 먼저 와서는 뭐가 좋은지 쑥덕거리며 헤실거리고 있는 장면을 보고는 그녀의 좋았던 기분이 한순간에 엉망이 되고 말았다. 이곳은 자신을 위한 자신만의 장소였다. 저런 천박한 것들이 더럽힐 장소가 아닌 것이다. 그녀는 곧바로 뒤에서 따라오고 있던 무장에게 냉랭하게 외쳤다.

"저들은 누구냐?"

상대는 공손하게 읍(揖)하며 답했다.

"마마, 옷차림을 보아하니 위사들이옵니다."

"위사?"

"예, 그러하옵니다."

"황군들만 해도 충분한데 위사는 또 뭐냐?"

"저들은 무림의 고수들이옵니다. 이번 마마의 여행을 호위하기 위하여 고용한 자들로서 상당한 실력을 갖춘 무리들이옵니다."

"흐흥, 그럼 저자들은 호위를 하기 위해 저곳에 있다는 말이냐? 호위를 하는 것들이 저렇게 웃고 떠들면서 어떻게 호위를 한다는 것이냐? 저것들의 태만을 물어 엄히 벌주고 당장 이곳에서 내쫓아라."

"예, 속히 마마의 명령을 받들겠사옵니다."

그 무장은 뒤에 서 있던 호위병들에게 눈짓을 했다. 그들이 서 있는 위치가 가까웠기에 대화를 엿들었을 테니 지시할 필요도 없었다. 그와 동시에 네 명의 황병들이 그 무례한 연놈들을 향해 몸을 날렸고, 그것들을 후원에서 끌고 나갔다. 당연히 공주의 상쾌하지 못한 기억은 여기서 끝났고, 또다시 자신만의 즐거움을 즐기기 시작했다. 이번 일로 인해 이빨을 갈게 된 아주 무서운 적을 하나 만들게 되었다는 것도 모른 채……

묵향은 멀어져 가는 황병들의 뒷모습을 보며 씁쓸한 표정으로 입을 열었다.

"제기랄, 후원을 구경하는 게 무슨 큰 죄라고 본좌를 이렇게 업신여겨? 감히……."

"참으세요, 부교주님. 상대는 공주 마마라구요."

"흠, 이 수모를 어떻게 갚으면……. 마화! 석진을 불러와라."

"예? 예."

무슨 일을 벌일지 불안해진 마화였지만 묵향의 명을 어길 수는 없었다. 그녀가 석진을 불러오자 묵향은 다짜고짜 예를 행하는 석진에게 말했다.

"수하 30명을 돌려보내라."

"예? 무슨 말씀이신지?"

"그들을 모두 본타로 돌려보내라. 그런 다음 금 사령에게는 20명은 20리 앞에 전진 배치했고, 10명은 20리 뒤에 퇴로 확보를 위해 배치했다고 일러라. 그러면 그 멍청한 녀석은 갑자기 30명이 없어진 것을 문제 삼지는 않겠지. 흐흐흐, 고수 30명이 돌아간 것을 확인하면 곧바로 그놈들이 사고를 치겠지. 흐흐……."

"예? 무슨 말씀인지 이해는 못 하겠지만 너무 위험합니다. 다시 재고를……."

"너는 내가 시키는 대로 하면 된다. 네 녀석이 본좌의 안전을 생각한다는 거냐? 설마 네놈이 본좌의 무공 실력을 얕보는 것은 아니겠지?"

그러자 식진은 식은땀을 흘리며 변명했다.

"그럴 리가요. 죽을죄를 지었습니다. 용서해 주시기를……."

"잔말 말고 시키는 대로 해라. 남은 수하들에는 평소와 같이 호위 임무를 행하도록 해라."

"존명!"

석진이 멀어져 가는 것을 보며 음흉한 미소를 흘리고 있는 묵향에게 마화가 물었다.

"도대체 무슨 생각을 하시는 거예요?"

"나 없이도 소주 구경하는 데는 무리가 없겠지?"

"그럼 타주께서는……."

"조금 지나면 본교의 무사들이 줄어든 것을 알아내고 놈들이 습격을 가해 올 거다. 한 20명 정도 남겨 둔다면 어느 정도 승산이 있다고 생각하고는 멍청하게 습격을 해 오겠지. 그때 너는 내 지시에 따라 석진과 함께 바로 소주로 가서 관광이나 하다가 본타로 돌아가라. 나는 남아서 할 일이 있으니까 함께 가지는 못하겠구나."

"어쩌려고 이러시는 거예요."

"흐흐흐, 이제부터 복수의 시작이지."

"아무리 그래도 상대는 공주라구요."

"나도 알아. 그러니까 내가 손을 쓰겠다는 게 아니잖아. 이제부터는 기다리기만 하면 되는 거야. 그다음 본좌의 복수는 그놈들이 다 해 주게 되어 있다구. 흐흐흐……."

묵향의 기다림은 그렇게 길지 않았다. 상대의 움직임은 정확히 7일 후 공주 일행이 안휘성에서 강소성으로 들어가는 관문인 태을령(太乙嶺)을 지나갈 때 벌어졌다. 태을령은 오백산과 마진산이 만나는 지점에 형성된 골짜기로 그 높이가 330길(약 7백 미터) 정도에 형성되어 있는 군사, 상업적으로 중요한 도로였다. 그리고 그 도로 양 옆으로는 1백 길(약 212미터) 이상 높이의 절벽이 솟아 있어 오백산과 마진산에 구축되어 있는 어림군 요새에 소수의 병력만 배치하면 능히 10만의 대군을 간단히 막을 수 있는 군사적인 요충지이기도 했다.

갑자기 퓽퓽 하는 파공성(破空聲)이 들리더니 선두와 후미에 있던 황병들이 쓰러지기 시작했고, 곧이어 "적이다!" 하는 외침이 터져 나왔다. 하지만 그들의 목소리는 곧이어 금 사령의 우렁찬 외침에 묻혀 버렸다.

"밀집대형(密集隊型)! 공주 마마를 보호하라!"

그러자 수십 기의 황병들이 공주의 마차 주변에 뛰어들며 안장에 매여 있던 두텁고 큰 방패를 들어 마차를 보호하기 시작했다. 일부는 말에서 내려 위쪽의 화살을 막고 있는 동료들의 아래쪽을 방패로 막

앞고, 또 다른 이들은 그들의 아래쪽을 막아 주었다. 순식간에 방어 진형을 갖춘 것으로 보아 평소에 얼마나 피땀 어린 훈련을 받아 왔는지 알 수 있는 기쾌한 몸놀림이었다.

모두들 목숨을 걸고 있는 이 상황에서 마차 안에서 나직한 음성이 흘러나왔다.

"무슨 일이냐?"

그러자 금 사령은 주위에 대한 경계를 게을리 하지 않으면서도 마차 안으로 공손하게 답했다.

"공주 마마, 적들이 나타났사옵니다. 조금 위급한 상황이지만 너무 염려는 하지 마시옵소서."

"알아서 처리하라."

"예."

상대의 공격이 가장 치열하게 전개된 곳은 마교도들에게였고, 우습게도 호위대 중에서도 가장 피해가 적은 곳도 마교도들이었다. 그리고 이 난투극을 벌이는 무리들 중에서 가장 무장도가 빈약한 곳이 마교도였다면 그 반대가 황군이었다.

하지만 적들은 무장도나 숫자 따위에 연연하지 않고, 무공은 강하지만 달랑 흑의 한 벌에 무기만을 들고 있는 마교의 무리들을 집중 공격했다. 하지만 이들은 하수들이 아닌 마교 안에서도 고르고 고른 정예인 천랑대 소속의 무사들인 것이다. 모두들 간단하게 화살을 막아내면서 묵향의 명령을 끈기 있게 기다리고 있었고, 그 명령은 곧이어 하달되었다. 공격이 시작되자마자 묵향은 석진에게 명령을 내렸다.

"열 명은 왼쪽, 열 명은 오른쪽을 맡아라. 석진, 너는 절벽 위의 적들을 적당히 없애 버린 다음 전장을 이탈하여 마화를 이끌고 소주로 직행하라."

진의를 알기 힘든 상관의 수상한 명령에 석진의 표정은 이상하게 변했다.

"예? 하지만……."

"잔말 말고 시키는 대로 해라. 소주로 가서 마화한테 관광을 충분히 시켜 주고 본타로 돌아가라. 시행하라. 그리고 마화 너는 석진을 따라가라. 본좌가 안내해 주고 싶지만 여기가 더 재미있을 거 같아서."

의문과 불만이 가득한, 기괴한 표정이었지만 석진은 묵향의 명을 거역할 수는 없었다.

"존명!"

그와 동시에 천랑대는 좌우측의 절벽을 위에서 쏘아 대는 화살들을 쳐 내며 빠른 속도로 올라가기 시작했다. 놀라울 정도로 빠른 경공술이었다.

절벽 위에서 천랑대와 적들과의 교전이 시작되자 상황이 어떻게 돌아가는지 금세 눈치 챈 금 사령이 다시금 명령을 내렸다.

"전진! 빨리 이곳을 탈출하라."

거의 50기에 가까운 시체들을 남겨 두고 질서 정연한 탈출이 시작되었다. 간간히 적들의 화살이 날아오기는 했지만 위쪽에도 벌써 치열한 접전이 시작되었기에 처음과 같은 집중 사격은 아니었다.

"황군을 공격하다니, 도대체 어떤 놈들이기에……."

그러자 금 사령의 옆에 서 있던 묵향이 무표정한 얼굴로 말했다.

"아마도 공주 마마를 해치고자 하는 무리들인 것 같습니다. 무림인들로 보이는데 요새에 주둔 중인 어림군들은 이미 모두 죽음을 당했겠지요. 아마도 놈들의 일부가 태을령의 끝부분에서 기다릴 것입니다."

"설마……. 그렇다면 다시 돌아가는 것이 좋겠군."

"적들은 아마도 충분히 준비를 한 것 같습니다. 아마도 뒤쪽 출구에도 적이 기다리고 있을 것입니다. 그리고 방금 전에 화살을 퍼부었던 적들도 아직 남아 있을 것입니다."

"그렇다면 30리 앞에 나갔다던 위사들은?"

"아마 모두들 습격을 당해 죽었다고 봐야 옳을 것입니다."

"흐음, 진퇴양난이로고……."

"저에게 좋은 계책이 있습니다. 적은 다수이고 이쪽은 소수이니 적을 속이기 위해 두 패로 나뉘는 것이 좋을 것입니다."

"좋은 의견이긴 하지만 그렇게 하면 세력이 줄어들 텐데……."

"공주 마마를 평복으로 갈아입힌 후에 태진령에서 기다리는 적을 돌파한 후 왼쪽으로 탈출시킵시다. 그리고 마차에는 공주 마마의 친구 분을 놔두고 미끼로 쓰는 겁니다. 그들도 공주 마마를 위해 생명을 바치는 것을 기꺼워할 것입니다. 세력이야 반으로 줄겠지만 우리는 적들과 전면전을 벌일 필요 없이 강수(崗守)에 있는 어림군과 합류하기만 하면 되니 그때까지 시간을 벌기만 하면 되지 않습니까?"

"좋은 의견이요."

금 사령은 현명한 충고를 아끼지 않는 이 흑의인에게 감사를 하며 즉시 계획을 실행했다. 만약 그가 상대의 음흉한 속마음까지 알았다면 결코 이런 방법을 쓰지는 않았으리라…….

원체 일이 갑자기 터져 나오며 돌아가는 판이라 금 사령이 깊이 생각할 시간적 여유가 없어서 그렇지, 이런 수법은 강호에서 매우 널리 사용되는 낡아빠진 수법이었다. 처음부터 마차를 버리고 옷만 바꿔 입고 탈출했다면 몰라도 한쪽은 마차를 가지고 있고 한쪽은 안 가진 상태에서 두 패로 갈렸으니 어느 쪽이 미끼인지는 멍청한 강호인이라도 단박에 알 수 있는 사실……. 하지만 급박하게 돌아가는 사태와 공주의 안전에 대한 병적일 정도의 조바심, 그리고 이 계획을 사용한다면 공주의 친구들—아주 지체가 높은 양반들의 자제이거나 황족—의 목숨을 희생해야 한다는 일말의 죄책감, 특히 그놈의 죄책감이 어떤 희생을 해서라도 이 사태를 돌파해야만 한다는 그의 강박 관념에 아주 그럴듯하게 양념으로 다가서면서 금 사령은 흑의 위사가 제안한 계책을 이용하기로 마음을 굳혔다.

금 사령은 일단 적들이 매복하고 있던 장소를 벗어나 안전한 곳에 이르자 공주와 그녀의 친구들이 타고 있는 커다란 마차로 다가가 공주에게 사정을 설명하기 시작했다.

"공주 마마, 지금 아주 상황이 안 좋게 돌아가고 있사옵니다."

"무슨 말이냐? 대 송제국의 황군이 그깟 산적패에게 밀린다는 말이냐?"

"산적패가 아니옵니다. 저들은 고도의 훈련을 받은 무리들이옵니다. 거기에 마마께오서 이곳을 지나실 줄 미리 알고 치밀하게 준비를 한 듯 보이옵니다. 그래서 하는 수 없이 공주 마마의 신변을 보호하기 위해 계책을 써야 하겠사옵니다."

"어떤 계책이냐?"

"공주 마마께오서는 승마를 배우셨다고 들었사옵니다. 우선 평복으로 갈아입으시고 소장(小將)이 마차를 호위하며 적의 이목을 속이는 동안 반대편으로 몸을 피하시는 것이 좋겠사옵니다."

"그래야 할 정도로 일이 심각하다는 말이냐?"
"예, 가장 가까운 관청으로 간다 하더라도 1백 리는 족히 되는 거리이옵니다. 그런데 방금 경험했던 적의 규모로 보아 관청에 소속된 소수의 향방군(鄕防軍 : 지방군. 지금의 경찰이라고 볼 수 있음)은 보탬이 되지 않사옵니다. 강수에 있는 어림군과 합류해야만 안심할 수 있을 것이옵니다. 우선 가장 염려되는 것은 태을령이 끝나는 지점에 적이 매복하고 있을 가능성이 크옵니다. 만약 적이 매복하고 있다면 소장의 계책을 써야만 하오니 준비를 하시옵소서."
"알겠다."
잠시 시간이 지나자 공주가 수수한 복장의 옷을 입고 마차에서 내렸고, 금 사령은 수하에게 명령하여 이미 전사한 황병의 말을 공주에게 대령했다. 공주가 말에 오르자 다시 전진이 시작되었다.

태을령의 끝에 다다르자 역시 예상대로 적이 기다리고 있었다. 그것도 한두 명이 아닌 자그마치 3백여 명이나 되는 숫자였다. 도대체 어디에서 이 정도의 병력이 이곳까지 침투해 들어왔는지 불가사의한 일이라고 생각할 수도 있겠지만, 사실 가만히 생각해 보면 그건 너무나도 쉬운 일이었다. 지금 겨우 2백여 명의 황군만을 거느린 상황이라서 그렇지 적들이 여태껏 투입해 온 1천여 명 남짓한 정예는 능히 상인들이나 여행자로 가장해서 흩어져 돌아다녀도 별로 표시가 나지 않을 정도로 적은 숫자였다. 거기에 관부와는 별 상관없이 무기를 제멋대로 들고 다니는 무림인들이 존재했기에, 대로를 활보하고 다녀도 그들을 막을 자는 아무도 없었다.
적들은 그 숫자를 믿고 있음인지 아예 매복도 안 하고 모두들 말을 탄 상태에서 먹이가 항아리 안에서 튀어 나오기를 기다리고 있었다. 금 사령은 적들이 모두 말을 타고 있는 것을 보고 조금 당황했다. 아예 적이 매복한 상태로 기다리고 있었다면 상대가 제아무리 경공을 전개한다고 하더라도 이쪽은 말을 타고 있으니 어느 정도 따돌릴 수가 있지만, 적도 말을 타고 기다린다면 두 패로 나뉘어 도망친다 하더라도 적의 추격이 거셀 것은 당연한 노릇이었다.

그는 잠시 망설였지만 뾰족한 다른 방법도 생각나지 않았으므로 처음의 계획대로 하기로 결심했다.

"돌격 준비!"

금 사령의 명령이 떨어지자 황군은 모두들 안장에 매달려 있던 두터운 방패를 왼손에 들고 오른손에 든 창을 앞으로 세워 돌격 진형을 갖췄다.

"돌격!"

금 사령을 선두로 황병들은 모두 적을 향해 돌진해 들어갔다. 처음의 충돌은 폭넓게 전개한 상태에서 방패와 긴 창을 가지고 달려 들어간 황군이 절대적으로 유리했다. 상대방은 거의 대부분이 검이나 도 등의 근접 병기나 활 따위를 가지고 있었기에 두터운 방패와 창을 가진 황군이 무기 면에서 훨씬 유리했던 것이다. 하지만 그 처음의 충돌로 일부 적을 없애기는 했지만 곧이어 양쪽은 서로 섞여 버렸고 곧이어 치열한 난투극이 벌어졌다.

일단 전투가 난전(亂戰)으로 돌아서자 길이가 긴 창을 가진 황군이 마상 전투에서 어느 정도 유리하기는 했지만, 상대는 무림인. 검이나 도를 사용함에 있어 월등한 기량을 자랑하며 황군을 압박해 들어오기 시작했다.

앞선 황병들이 치열한 기마전을 벌이며 확보한 통로를 통해 소수의 황병들이 마차를 호위하며 뚫고 나갔다. 공주를 태운 마차가 전장을 이탈하자 황군은 두 패로 나뉘며 양 방향으로 전장을 이탈해 전속력으로 탈출하기 시작했다. 황군의 3분의 1은 공주를 호위하며 왼쪽으로 탈출했고, 나머지는 그 반대 방향으로 마차를 호위한 채 탈출했는데 그 모양을 보고 적도 병력을 나눴다. 하지만 그 병력을 나눈 양(量)은 완전히 반대였으니 3분의 1은 마차를 쫓아가고 3분의 2는 마차 없이 도망친 자들을 쫓는 것이었다.

적을 유인하기 위해 호위대의 지휘관인 금 사령도 마차를 호위하며 달려갔는데, 상대의 다수가 반대편을 향해 미친 듯이 말을 몰아 달려가는 것을 보고 아차 했지만 이미 때는 늦어 버렸다. 금 사령이 끌고 온 황군은 전투가 아닌 호위 임무이기에 중무장이 아닌 경무장이었고, 이런 상태로는 노련한 강호의 고수들을 상대로 전투를 벌인다는 것 자체가 무리였다. 의장용(儀裝用)의 경갑주가 아닌 전투용 중갑주라면 강호의 뜨내기들쯤이야 겁날 게 없었지만, 모두들 경갑주를 입고 있다 보니 믿고 의지할 것은 두터운 방패 하나뿐이었다. 방패만 믿고 앞의 놈들과 싸우고 있을 때 다른 놈이 뒤에서 단검이나 화살에 내공을 실어 쏘아 보내면 경갑주쯤이야 없는 거나 마찬가지……. 이런 상황이니 3분의 1인 적이지만 빠른 시간 안에 적을 돌파할 수는 없었고, 늘어만 가는 사상자들을 지켜보며 금 사령은 눈앞이 캄캄할 수밖에 없었다.

공주 일행은 적을 돌파하자마자 최대한 빠른 속도로 전장을 이탈하기 시작했다. 공주를 호위하는 무리들은 48명, 나머지는 미끼인 마차에 타고 있는 '가짜 공주'를 호위하고는 반대편으로 이탈했다. 하지만 그들은 얼마 지나지 않아 자신들의 잔꾀가 오히려 더 큰 화를 불러 일으켰다는 것을 알았다. 거의 150여 명이 넘는 적들이 이쪽으로 몰려왔기 때문이다. 이런 상황에서 다시 뒤로 돌아가 금 사령이 이끄는 '미끼'와 합류한다는 것은 불가능했다. 먼저 150명이 넘는 적을 돌파할 수 있는 힘이 그들에게는 없었기 때문이다.

공주를 호위하는 막중한 임무를 떠안게 된 종5품 장철(張哲) 교령(僑令)은 어떻게 해서든 적의 추격을 뿌리쳐야 한다는 생각에 부대를 둘로 나눌 수밖에 없었다. 공주를 조금이라도 멀리 도피시키는 것이 중요했기 때문이다. 그리고 전투라고는 경험해 보지 못한 무방비 상태의 공주를 이끌고 적과 격투를 벌여 돌파해 나간다는 것은 너무나 위험했다. 그래서 생각한 것이 20여 기를 차출하여 그들이 사력을 다해 적의 진격을 막는 동안 조금이라도 멀리, 그러니까 15리 전방에 보이는 안진산(安進山)까지만 간다면 그곳 산길에서 매복하여 공격을 가해 점차적으로 후퇴하는 것도 가능할 것 같았다.

장 교령의 명령을 받은 오순(吳順) 교위(橋衛)가 20기의 황병들을 이끌고 적들을 향해 말머리를 돌리며 돌격해 나갔다. 장 교령은 오 교위가 조금이라도 더 많은 시간을 끌어 주기를 바라며 안진산을 향해 말에 박차를 가할 수밖에 없었다. 장 교령은 그렇게 오래한 편은 아니지만 10여 년이 넘는 군 생활을 통해 이번의 임무가 자신이 맡은 최악의 것이라고 생각했다. 어떻게 하면 공주를 무사히 강수에 있는 어림군 사령부에 넘길 수 있느냐 하는 것이 가장 큰 문제였지만, 사실 그에게는 자신이 별로 없었다.

'그래, 할 수 있는 한 최선을 다하고 보자. 그러고도 안 된다면 운명이겠지······.'

공주의 기마술이 별로인 것이 가장 큰 문제였지만, 오 교위가 이끄는 20기가 예상외로 2각에 가까운 시간 동안 분투를 해 준 덕분에 가까스로 안진산에 도착할 수 있었다. 장 교령은 이제 겨우 27기로 줄어든 수하들을 독려하여 산길을 달리기 시작했다. 그러면서 저격하기 좋은 위치에 수하들을 한 명씩 배치하면서 달리다 보니 10리 정도 지나자 이제 남은 수하는 17기. 위사랍시고 고용한 무림인은 활이 없었고, 또 그의 옷차림으로 보아 암기 주머니도 안 가지고 있기에, 처음부터 이런 산악전에 도움이 되지 않는 흑의 위사는 제외되고 있었다.

점점 더 수풀이 울창하게 우거지기 시작하여 말이 별 도움이 되지 않았다. 이때 장 교령에게는 근사한 꾀가 한 가지 떠올랐다. 그는 달려가는 마상에서 무림인에게 물었다.

"이봐. 자네 경공술은 어떤가?"

"괜찮은 편이죠."

"그러면 자네가 공주 마마를 맡게나. 이봐, 정 위사(衛司)!"

그러자 옆쪽에서 달려가던 한 황병이 답했다.

"예."

"자네가 6기를 이끌고 남은 말들을 끌고 저쪽으로 탈출하라. 나는 공주 마마를 모시고 산길을 택해 나가겠다. 최대한 빨리 도망쳐서 적들에게서 멀어지는 것이 자네의 임무다. 해낼 수 있겠나?"

"옛!"

일단 어느 정도 지시를 하달한 장 교령은 땀을 뻘뻘 흘리며 말을 달리고 있는 공주에게 접근해 갔다.

"공주 마마!"

"무슨 일이냐?"

"황공한 질문이오나, 공주 마마께옵서는 무술을 익히셨사옵니까?"
"익히지 아니하였노라."

공주가 쌀쌀맞게 대답하자 장 교령은 공주가 눈치 채기 힘들 정도로 한숨을 푹 내쉬었다.

"저기 있는 흑의 위사가 공주 마마를 호위해 드릴 것이옵니다. 그를 따르소서. 마마의 위엄에 조금 손상되는 일이 있더라도 너그러이 용서를 바라옵니다."

장 교령은 수하들에게 외쳤다.

"이봐, 자네들은 나를 따른다. 산악전이니 창은 필요 없다. 모두들 나뭇가지를 밟고 경공술을 전개해 땅 위에 흔적이 남지 않도록 주의하라. 앞으로 달려가는 사람에게 말의 고삐를 건네줘라. 자 이탈하라!"

그와 동시에 모두들 말고삐를 옆 사람에게 건네준 다음 장 교령을 따라 달리는 말 위에서 경공을 펼쳐 산속으로 날아가기 시작했다. 그들은 제법 무술을 닦은 황병답게 육중한 갑옷을 입은 상태에도 불구하고 빠른 몸놀림으로 말 등에서 뛰어올라 가지들을 건너뛰며 장 교령의 뒤를 따랐다.

장 교령과 열 명의 황병들이 말등을 박차고 경공술을 전개하자 흑의 위사가 공주에게 바짝 다가붙은 다음 "실례하옵니다"하는 단 한 마디만 하더니 곧이어 공주를 안고는 말등을 박차고 날아올랐다. 자신의 옥체(玉體)를 얼떨결에 외간 남자의 손에 내맡긴 꼴이 된 공주는 얼굴이 벌겋게 달아올랐고, 자신의 몸이 하늘 위로 날아오르자 앙칼진 노성(怒聲)을 터트렸다.

"나를 내려놓아라!"

공주가 큰 소리로 외쳐 대자 묵향은 곧바로 공주의 아혈을 제압해서 더 이상 떠들지 못하게 만든 다음 묵묵히 대열을 따라갔다. 무공도 모르는 상황에서 외간 남자에게 안겼지만 창피한 것은 둘째 치고 몸이 공중으로 날아올라 휙휙 소리가 날 정도로 사물들이 빠른 속도로 뒤로 움직이는 데다, 나뭇가지 사이를 날아다니며 아래위로 솟구쳤다 가라앉아 대니 공주의 얼굴이 차츰 창백해지기 시작했다. 공주는 원체 흑의 위사가 자신이 느낄 수도 없을 정도로 빨리 격공점혈의 고난도의 수법으로 아혈을 막았기에, 지금 자신의 목구멍에서 목소리가 나오지 않는 것조차도 인식을 못 하고 있었다. 설혹 인식을 했다 하더라도 놀라서 목소리가 나오지 않는 줄 알았을 것이다.
 장 교령은 흑의 위사가 공주를 안고 있는 상태에서도 상당히 안정적인 몸놀림을 구사하는 것을 보고 처음의 계획을 수정하여 더욱 먼 거리까지 가지를 밟고 이동하기 시작했다. 그들은 거의 2리에 가까운 거리를 나뭇가지를 밟고 도약하며 이동한 다음 땅 위에 내려섰다.
 묵향은 땅 위에 내려서기 직전에 공주의 아혈을 같은 수법으로 표시 안 나게 풀어 주었다. 묵향이 부드럽게 내려선 다음 공주를 내려놓자마자 곧바로 짜악 하는 경쾌한 음향이 울려 퍼졌다.
 "감히······."
 하지만 흑의 위사는 뺨을 맞았는지 안 맞았는지 얼굴색도 붉히지 않고 무표정하게 그대로 서 있었다. 사실 묵향으로서는 무공도 모르는 여자에게 한 대 맞았다고 해서 뺨이 아플 리도 없는 데다가, 자신의 뺨을 친 공주가 오히려 손바닥이 아파서 얼굴을 찡그리는 꼴을 지그시 바라보면서 터져 나오려는 미소를 숨기기에 급급했다. 무표정한 상대를 보고 더욱 약이 올랐는지 공주는 노화를 터트리며 으르렁거렸다. 사실 공중에서 날아다니다시피 오느라 엄청나게 무서웠던 것이다.

"감히 본녀의 몸에 손을 대다니……. 능지처참을 당해도 할 말이 없을 것이다."

그 꼴을 보고 있는 묵향으로서는 배알이 뒤틀렸지만, 이 계집을 잘못 건드려 놓으면 후환이 두려운 정도는 아니지만 상당히 귀찮은 일이 벌어진다는 것은 잘 알고 있었다.

'더럽게 비싸게 구는군. 하지만 조금 더 지나면 더욱 재미있어질 거야……'

"소신이 원체 일이 다급하여 옥체에 손을 댄 것을 황송하게 생각하옵니다. 다시는 그런 일이 없을 것이옵니다. 용서하여 주시옵소서."

묵향은 낮은 목소리로 점잖게 말했다. 하지만 자세히 들어 보면 황족에 대한 존경심 따위는 애초에 어디에 팔아먹었는지 하나도 없다는 것을 느꼈으리라.

공주는 지금 안 그래도 급박한 판에 이 멍청한 녀석의 목을 벤다고 시간을 허비할 수도 없는 노릇이라 그냥 참을 수밖에 없었다.

장 교령은 일이 일단락되었다고 생각하고 다시금 출발 신호를 올렸다. 하지만 공주가 무공도 모르는 상태에서 걸어가다 보니 전진 속도가 느릴 수밖에 없었다. 그렇다고 누가 안거나 업고 갈 수도 없는 노릇이니 장 교령은 입 안이 바짝바짝 말라 왔다. 장 교령은 이런 식으로 가다가는 곧이어 적들에게 포착당할 것이라고 생각하고 공주에게 다가가 공손한 어조로 말을 시작했다.

'처음부터 말을 꺼내면 펄펄 뛸게 분명하니 조금 돌려서……'

"공주 마마, 발이 안 아프시옵니까?"

"왜 그러느냐? 나는 괜찮느니라."

"지금 가마도 없고 말도 없사옵니다. 그리고 먼 길을 가야 하오니 저 위사의 등에 업히시는 게 어떠하올는지요?"

그러자 공주의 얼굴이 벌겋게 달아오르며 눈이 희번득 돌아가는 것을 보고 장 교령은 찔끔해서 입을 다무는 수밖에 없었다.

'제기랄, 저렇게 성질을 부리다니……. 저년은 지금 상황이 어떻게 돌아가는지 눈치도 못 챘다는 말인가? 자기 때문에 얼마나 많은 사람들이 희생되었는지도 모르다니. 하는 수 없군. 운명이야…….'

장 교령은 걸음을 멈추고 뒤로 약간 처져 흑의 위사가 다가오기를 기다렸다. 흑의 위사가 다가오자 장 교령은 그에게 입을 열었다.

"아까 보니까 자네 무공이 꽤 높은 것 같더군."

그러사 무뚝뚝한 상대의 대답.

"그렇게 높지도 않습니다."

"자네의 장기는 뭔가? 혹시 암기 같은 것도 다룰 수 있나?"

"아뇨. 무기는 잘 다룰 줄 모르고 경공술이 장기죠. 물론 무공이 아주 약하다는 것은 아니고 동료들 중에서는 제가 제일 약하다는 것입니다. 그래서 조금 전의 전투에서도 저를 남겨 두고 모두들 돌격한 것이지요. 평상시에는 경공술 덕택에 연락원 노릇이나 하고 있습니다. 자랑은 아니지만 제가 도망치면 쫓아올 수 있는 사람이 그렇게 많지는 않습니다."

"흠, 하지만 제대로 수련을 받았다면 아무래도 무림인인 자네가 우리들보다는 검술이 나을 걸세. 이제 남은 황병은 열 명 정도……. 이 상태에서 적과 교전에 들어가면 공주 마마의 안전을 지킨다는 것 자체가 불가능해. 자네의 경공술은 믿을 만한 것 같으니 다음에 적과 만나면 공주 마마의 신병을 책임지고 강수에 주둔하고 있는 어림군 사령부까지 모셔다 드릴 수 있겠나?"

"최선을 다하죠. 하지만 저하고 같이 가려고 하실지……."

"억지로라도 모시고 가게나. 그리고 최선을 다한다는 것만으로는 안 돼. 무조건 해내야 해."

"알겠습니다. 해 드리죠."

"좋아. 다음에 적과 부딪치면 내가 수하들을 이끌고 최대한 시간을 끌어 볼 테니 자네는 마마를 모시고 최대한 멀리 도망치게나."

"휴, 알겠습니다."

정말 힘든 일을 맡을 때 모든 사람들이 그러하듯 한숨을 쉬면서 마지못해 억지로 하듯 묵향은 수락했다. 하지만 실상은 정말 날아갈 듯한 즐거운 기분이 밖으로 새어 나가지 않도록 하기 위해 혼신의 힘을 기울이고 있었다.

묵향이 이 우직한 무인의 부탁을 간단히 들어준 것은 공주를 악당들의 마수로부터 보호하기 위함은 절대로 아니었다. 사실 이런 버릇없는 계집이 죽든 살든 자신이 알 바 아니었고, 처음부터 이렇게 사건이 악화되도록 유도하기 위해서 30명이나 되는 수하들을 돌려보냈던 것이다.

그런데 적이 공격해 오고 나서 묵향이 죽자고 공주가 포로가 되지 않도록 막아야 하는 이유는 따로 있었다. 공주는 대단히 중요한 인질이었기에 사로잡힌다면 포로로서 자유는 조금 구속되겠지만 극진한 대우를 받을 것이 분명했다. 하지만 자신이 이 계집을 끌고 다닌다면 무사히 어림군에 인계되기 전까지 자유고 극진한 대우고 없는 무지막지한 고생만이 기다리게 될 것이다.

계집 또한 한 번도 상대에게 잡혀 본 적이 없으므로 잡히는 것을 겁낼 것이고 그러면 모든 것을 묵향에게 의지할 것은 분명한 사실……. 이제부터는 이곳저곳을 끌고 다니면서 온갖 고생을 시키면서, 대신 이것들이 다 공주를 위한 행동이라 생색을 내면서 옆에서 그 꼴을 즐기면 되는 것이다. 그 때문에 묵향은 일부러 무공이 약한 척한 것이다.

적들은 묵향의 기대에 충실히 따르려는 듯, 제법 잔꾀들을 부려 놨음에도 2각도 지나지 않아 나타났다. 아마도 선발대인 듯 30여 명이나 되는 무리들과 함께 우두머리로 보이는 회의(灰衣) 무사가 날렵한 경공술을 전개하며, 열심히(?) 걸어가고 있던 공주 일행의 뒤편에 떨어져 내렸다. 회의 무사는 땅에 내려서자 비웃는 듯한 음성으로 한마디 했다. 사실 그로시도 죽자고 쫓아왔는데 상대가 얼마 도망기지도 않았으니 허탈했기 때문에, 이죽거리지 않을 수 없었던 것이다.

"별의별 잔꾀를 다 부려서 추격대를 막아 대더니 정작 도망쳐야 할 놈들은 느지렁거리며 걸어가고 있었다니, 기가 막혀서……. 본좌를 얕보는 것도 아니고."

한마디 빈정거린 다음 공주에게 간단히 포권하며 말했다.

"공주 마마, 저희들의 손길을 빠져나갈 수는 없습니다. 보아하니 도망칠 생각도 없으신 것 같은데 더 이상 피를 흘리지 마시고 순순히 항복하시지요."

상대의 그런대로 공손한 음성을 들으면서 장 교령은 필사의 각오를 굳힌 듯 침통한 얼굴로 잠시 공주와 묵향을 바라본 다음 부하들에게 외쳤다.

"적을 막아랏!"

그와 동시에 이제 10여 명밖에 남지 않은 황군들은 저마다 병장기를 뽑아 들고 상대를 향해 달려 나갔다. 주인을 지키기 위해 숫자는 물론이고 실력마저 더욱 뛰어난 적을 향해 뛰어들어, 죽음을 각오하고 조금이라도 시간을 더 벌기 위해 악착같이 사투를 벌이는 장면은 장엄하기까지 했다. 적들까지도 암수를 사용하지 않고 정정당당히 승부를 해 주는 것으로 주인을 향해 목숨을 아끼지 않는 그들에게 예를 표할 정도였다. 하지만 여기 한 사람 그들을 바라보며 딴 생각을 하는 사람이 있었으니…….

'멍청이들. 이따위 계집을 위해 목숨을 버리다니, 쯧쯧. 하지만 이제 방해꾼들은 모두 없어졌으니 슬슬 시작해 보실까…….'

코앞에서 벌어지는 난투극을 바라보며 얼이 빠져 있는 공주를 재빨리 낚아챈 묵향은 경공을 전개하기 시작했다. 묵향은 상대를 완전히 따돌릴 생각은 없었으므로 추격술에 능한 상대라면 충분히 따라올 수 있을 정도로 약간씩 흔적을 남기면서 도망치기 시작했다. 공주가 도망치자 더 이상 예의를 차릴 여유가 없어진 적들은 암기를 사용하여 간단히 싸움을 종결지은 후 추격을 재개했다.

회의 무사는 상대가 펼치는 경공 수준이나 그가 남기는 흔적 등으로 미루어 봤을 때 간단히 상대를 포획할 수 있을 것으로 예상했다. 하지만 시간이 점점 지나면서 그것이 오판이라는 것을 깨달았다. 상대는 완전히 미꾸라지처럼 잡힐 듯 잡힐 듯하면서 안 잡히고 있는 것이다.

이윽고 해가 지고 어둠이 사방에 자리 잡자, 그는 하는 수 없이 추격을 포기해야 했다. 상대가 남기는 미세한 흔적을 밤에 횃불이나 밝힌다고 알 수도 없을뿐더러 횃불을 가지고 가면 적 역시 그 불빛을 보면서 이쪽의 위치를 파악하여 더욱 도망치기가 용이하게 되기 때문이다.

묵향은 사방이 어두워지자 공주를 풀 위에 내려놓았다.

"다행히 적들을 어느 정도 따돌린 것 같습니다. 조금 쉬시지요. 저는 요기할 만한 것을 구해 오겠습니다."

묵향의 말투는 황족에게 말해야 하는 존칭이 전혀 없는 무식한 말투였지만, 공주는 이것이 묵향이 일부러 황족에 대한 존칭을 쓰지 않은 게 아니라 다만 무식해서 그것을 모르는 줄로 알았다. 예로부터 모르고 한 일은 죄가 아니라 했으니 그걸 따질 수도 없었지만 그 말과 동시에 흑의 위사가 어둠 속으로 사라졌기에 따질 상대도 없었다.

공주에게는 그따위 존칭 따위가 중요한 것이 아니었다. 아무도 없는 어두운 산속에 혼자 버려져 있다는 점이 더욱 무서웠기 때문이다. 깊은 산속, 수림이 울창하게 우거져 달빛조차 들어오지 못해 자신의 손가락도 안 보이는 곳에 혼자 남아 있는 기분이 좋을 리가 만무하다. 오랫동안 물 한 모금 못 마셨지만 목마름이나 배고픔 따위는 공포에 눌려 느끼지도 못했다.

공주가 벌벌 떨고 있는 이 시간, 적들은 짙은 어둠 때문에 한 치 앞도 잘 보이지가 않으니 내일의 추격을 위해 건량으로 요기를 하며 푸근히 쉬고 있었고, 묵향은……? 묵향은 멀찌감치 경공을 전개해서 이동하여 주막에서 때늦은 저녁 식사를 하고 있었다. 이 주막은 묵향이 도망쳐 오면서 저녁 식사를 위해 이미 봐 뒀던 곳이고, 공주가 있는 곳에서부터 130리(약 52킬로미터)는 족히 떨어진 곳에 위치하고 있었지만 그의 경공 실력으로 봤을 때는 조금도 먼 거리가 아니었다. 그리고 공주에게는 먹을 것을 구한다고 했으므로 시간이야 얼마가 걸리든 큰 문제가 없는 것이다.

 묵향은 구운 오리 다리를 탐스럽게 한 입 가득 뜯어서 질근질근 씹어 꿀꺼덕 삼킨 후 술 한 잔을 목구멍에 흘려 넣어 입가심을 했다. 지금쯤 굶주림과 추위와 공포에 벌벌 떨고 있을 공주를 생각하니 통쾌한 기분이 절로 일어나며 끊임없이 웃음이 터져 나오는 것을 막기 힘들었다. 아마도 저쪽 자리에 앉아서 힐끔거리며 묵향을 바라보는 녀석들은 이놈이 미치지 않았나 생각 중일 것이다.

 '한 일주일 질질 끌면서 산속에서 숨바꼭질을 하면 황궁제일미(皇宮第一美)도 피골이 상접한 요염한(?) 모습이 되겠지. 흐흐흐, 굶는 사람 생각하면서 먹는 재미도 각별하구먼.'

 원래가 굶는 사람 생각하며 먹으면 식욕은 더욱 동하는 법.

 "이봐! 술 한 병하고 오리 한 마리 더 가져오너라."

 "예."

 묵향은 점소이가 구운 오리를 가져오자 다리를 뜯어 한 입 베어 물며 생각했다.

 '그래도 딴에는 생각해 줘야 하니까 요깃거리를 가져다주긴 해야 하는데 뭘 가져다줘야 하나……'

 두둑이 배를 채운 후 묵향은 숲 속을 뒤지기 시작했다. 한참을 뒤지자 그럴듯한 놈이 하나 눈에 띄었다. 토끼라든지 뭐 그런 것은 몇 마리 보긴 했지만 그 녀석들은 묵향이 원한 놈이 아니었다. 역시 이런 산골에서의 몸보신에는 길쭉한 몸매를 가진 통통한 놈이 제격이니까……. 내공이 반박귀진(返縛歸眞)의 현묘한 경지에 이른 묵향인지라 어둠이 내려앉은 밤 사냥쯤은 아무것도 아니었다. 아예 빛이 없어도 어느 정도 볼 수 있는데, 거기에 달빛까지 비치니 대낮이나 다름없었다. 묵향은 사냥물을 잡아들고 떠나올 때 보아 뒀던 특이한 모양의 고사목(枯死木)을 찾았다. 그 고사목에서 동남쪽으로 5리만 가면 공주가 묵향이 돌아오기를 눈 빠지게 기다리고 있으리라.

묵향은 공주가 앉아 있는 나무 위에서 한참을 아래를 내려다보며 서 있었다. 정말이지 혼자 보기 아까운 장면이었기 때문이다. 하지만 너무 오랫동안 기다리게 하는 것도 예의는 아니기에 아래로 몸을 날렸다. 묵향이 위에서 떨어져 내리자 갑자기 나타난 묵향 때문에 놀라는 듯하던 공주는 다음 순간 눈에 쌍심지를 돋우고 달려들었다.

"네 녀석은 지금까지 어디 갔다가 온 거냐?"

"쉿! 목소리가 큽니다요. 적들이 어디에 있을지도 모르는데……. 어디 갔다가 오다니요? 저는 분명히 요깃거리를 찾아보겠다고 가지 않았습니까? 이런 산속에서 먹을 만한 것을 찾기가 어디 쉬운 일인 줄 아십니까?"

"그래 가져왔느냐?"

"예, 일단 좀 앉으십시오. 소인이 요리를 해 올리겠습니다."

묵향은 공주를 앉힌 다음 나무에 걸터앉은 공주 앞쪽에 구덩이를 하나 팠다. 손바닥을 이용해서 슥슥 구덩이를 하나 판 다음 구덩이 앞부분, 그러니까 나무의 반대편에 나뭇가지 둘을 꺾어다가 세운 다음 상의를 벗어 빛이 새어 나가지 않도록 만들었다. 그런 후 구덩이 안에다가 나뭇가지를 집어넣은 후 약하게 불을 지폈다. 한쪽은 나무에, 한쪽은 옷가지에 막혀 불빛은 거의 새어 나오지 않았다. 묵향이 불을 피운 이유는 알맞게 요리를 할 목적도 있었지만 더욱 큰 목적은 자신이 가져온 사냥물을 공주에게 보여야 하기 때문이었다. 묵향이 허리춤에서 사냥물을 꺼내어 불 위에 올려놓자 기절할 정도로 놀란 공주가 낯

게 비명을 질렀다.

"끼약! 그게 뭐냐?"

"뱀이지요. 이놈을 잡느라고 얼마나 힘들었는데……."

"그걸 지금 나보고 먹으라고 하는 것이냐?"

"이거 생긴 것은 좀 징그러워도 몸에 좋습니다. 내일도 도망 다니려면 아무 거라도 먹고 힘을 비축해 둬야지요."

"나는 되었으니 네놈이나 먹거라."

공주가 옆으로 돌아누우며 아예 외면해 버리자 묵향은 조금이라도 더 냄새를 풍기기 위해 천천히 구웠다. 조금씩 시간이 지나가자 주위로 구수한 고기 굽는 냄새가 풍겨 나가기 시작했다.

"다 익었는데 조금이라도 드시지 않겠습니까?"

공주는 그럴듯한 향기에 식욕이 마구 솟구치는 것을 느꼈지만 그래도 그것을 먹을 수는 없었다. 애써 고기에서 시선을 돌리며 퉁명스럽게 말했다.

"네놈이나 먹거라."

"그럼, 소인 혼자서 먹겠습니다."

묵향은 일부러 더 이상 공주에게 권하지 않고 뱀을 씹어 먹기 시작했다. 사실 오리 고기로 포식한 후라 별로 식욕이 일지도 않았지만 묵향은 아주 맛있게 먹었다.

우두둑… 오도독…….

"쩝쩝……."

묵향은 일부러 큰 소리를 내며 먹으면서 열심히 공주의 반응을 살폈다.

'흐흐흐, 저렇게 외면하고 있어도 이 맛있게 먹는 소리를 듣고 아무렇지도 않다면 사람이 아니지. 흐음, 그래 침 넘어가는 소리가 여기까지 들리는군. 낄낄낄! 아마 지금쯤 먹지 않겠다고 한 것을 후회하고 있겠지?'

식사를 맛있게(?) 끝낸 묵향은 한쪽에 누우며 쌀쌀하게 말했다.

"이 어둠 속에서는 상대가 조화경을 넘어섰거나 심안(心眼) 정도 익힌 고수가 아니면 수색할 엄두도 내지 못합니다. 그러니 마음 푹 놓으시고 내일도 쫓길 것에 대비해 좀 쉬십시오."

그런 다음 서서히 명상의 세계로 들어갔다. 더 이상 공주에게 할 말도 없었고 어쨌든 자신의 피를 말리는 복수는 시간이 해결해 줄 테니까…….

인시(寅時 : 새벽 4시)기 되자 묵향은 지고 있는 공주를 깨웠다. 그냥 툭 쳤을 뿐인데도 공주는 소스라치듯 놀라 몸을 일으켰다.

"무슨 일이냐?"

"곧 있으면 날이 밝습니다. 지금부터 움직이는 게 좋겠습니다. 안기시겠습니까? 아니면 업히시겠…….'

"닥쳐라!"

그러더니 공주는 보이지도 않는 앞을 더듬거리며 움직이기 시작했다. 사실 묵향도 말릴 생각은 없었으므로 느긋하게 뒤를 따라갔다.

'자존심 세워 봐야 힘만 빠지지, 클클…….'

날이 밝자 전날과 같은 상황의 전개가 이어졌다. 상대의 추격이 시작되기 전까지 묵향은 공주 혼자 힘껏 걸어 다니게 만들었다. 그것 때문에 일부러 일찍 깨운 것이니까……. 물론 그렇다고 진짜로 사로잡히면 안 되기에 적의 추격이 시작되자 공주를 안고 경공을 펼치기 시작했다. 그때부터 정말 잡힐 듯 잡힐 듯하면서도 안 잡히는, 쫓기는 사람이나 쫓는 사람이나 피를 말리는 경주가 다시 시작되었다.

공주도 한 번씩 뒤로 언뜻언뜻 보이는 적 때문에 간이 콩알만 해질 지경이었고, 쫓는 쪽에서도 조금만 더 몰아붙이면 잡을 수 있을 것 같으니 휴식이고 식사고 모두 때려치우고 오직 추격만을 해 대자니 죽을 지경이었던 것이다.

그날 저녁때쯤이 되자 적은 30여 명에서 5명 정도로 줄어들어 버렸다. 경공술이란 것은 원래가 잔재주가 통하지 않는 순수한 내공만이 동원되는 기술이다. 짧은 거리만 경공술을 펼친다면 내공도 중요하지만 그 사용하는 경공술이 어느 정도 속도 위주로 만들어졌는지가 더욱 중요하다. 그리고 속도 위주로 만들어졌을수록 내공의 소모는 그에 비례해서 커진다. 하지만 이런 장거리 경주를 하면서 그런 속도 위주의 경공술을 펼칠 바보는 없다. 그 전날에도 추격을 해 봐서 알지만 도망치는 녀석의 경공술이 장난이 아니었던 것이다. 하지만 황군들과 힘을 합쳐 싸우지 않고 공주만 안고 튄 점으로 미루어 생각해 보면 경공술만 대단했지 무공은 고강하지 않다는 결론이 나온다. 그러니 죽자고 적을 쫓아가는 수밖에 도리가 없는 것이다. 따라만 잡으면 저 얄미운 놈을 찢어 죽일 수가 있을 테니까……

추격은 빨라졌다가 느려졌다가 하면서도 하루 종일 반복되었는데 그러다 보니 내력이 떨어지는 수하들은 뒤로 쳐져 버리고 내력이 고강한 자들만 남은 것이다. 하지만 추격하는 지휘자인 회의 무사는 별로 신경을 쓰지 않았다. 쫓아가면서 뒤로 낙오한 무리들이 충분히 따라올 수 있도록 표시를 해 두었을뿐더러 자신들만의 표식으로 만리향(萬里香)을 사용하기 때문에 어두워져도 그 냄새를 따라서 모두들 모일 것이 분명하기 때문이다.

 만리향이란 어떤 한 가지가 정해져 있는 것은 아니고 상당히 독특한 향기를 풍기는 여러 종류의 특수한 향을 총칭하는 것이다. 만리향은 그 향기가 오래가면서도 향기가 짙어 멀리서도 그 향을 추격할 수 있다. 만 리는 거짓말이고, 그 향내를 맡을 수 있는 독특한 내공 수련을 충분히 받는다면 1백 리 이내라면 가까스로 따라갈 수 있을 정도로 지독한 향기를 뿜는다.

 하지만 훈련을 받지 않은 일반인들은 거의 그 향을 느끼지 못할 정도로 희미한 향을 낸다. 그렇기에 갑(甲)이라는 만리향에 대해 그 향기를 맡을 수 있는 훈련을 받았다고 해서 을(乙)이라는 만리향의 향내도 맡을 수 있는 것은 아니었다.

 피를 말리는 추격전이 벌어지고 있는 이곳은 숲 속이라 경공술을 펼치는 데는 상당히 무리가 있는 지형이다. 거기에 상대는 이 넓은 산속만을 왔다 갔다 하면서 벗어날 생각은 없는 모양이었다. 하기야 저 놈이 산속을 벗어나기만 한다면 이 일대 곳곳에 흩어져 기다리고 있을 고수들에게 연락을 보내어 껍질을 홀랑 벗겨 버리겠지만 그렇지 못하고 있으니 미칠 노릇이었다. 놈이 이 넓은 수림 속에서 빠져나갈 생각이 없으니, 어쩔 수 없이 이 지겨운 추격을 계속 해야만 했다.

 달리는 사람에게 안겨서 하루 종일 있어 본 사람이 있을까? 아무튼 이것은 진귀한 경험임에는 틀림없겠지만 당하는 입장에서는 보통 일이 아니다. 상대가 허리 아래쪽을 받쳐 준다고 하지만 이쪽에서도 힘을 써서 상대의 목이라도 끌어안아야지, 그렇지 않고 그대로 있을 수 있는 강심장은 없다. 받쳐 주는 상대도 상대 나름이겠지만 공주의 허리 밑에서 힘을 주고 있는 자는 그녀가 이 난리가 나고 나서야 얼굴이 익은 초면의 인물이었기에 사태가 나쁜 방향으로 흘러가면 언제 그녀를 패대기치고 도망칠지 모르는 일이기 때문이다. 그렇다 보니 손은 아프고 계속 누운 자세니 허리도 아프고, 목도 앞으로 힘을 줘야 바로 되니 뻐근해 오고……. 차츰 시간이 지나다 보면 이건 보통 고문이 아닌 것이다.

하지만 이 상황에서도 공주로서는 불행 중 다행인 점이 있었다. 그것은 첫날은 도망친 시간이 짧아 별 문제가 없었지만 둘째 날부터는 하루 종일 도망쳐야 했다. 그 말은 곧 초면인 이 흑의 위사의 품속에서 하루 종일 안겨서 도망 다녀야 한다는 말이 되는 것이다. 불행 중 다행인 것은 난리가 난 후에는 식량이 없어 물 한 방울 먹은 것이 없으니 아직 그녀로서는 요의(尿意)를 느끼지 못하고 있다는 것인데, 사실 적이 바짝 뒤쫓는 상황에서 소변보자고 내려 달라고 할 수도 없는 입장이니 정말 다행한 일이 아닐 수 없었다.

둘째 날의 치열한 추격전이 끝나고 어둠이 내려앉자 흑의 위사는 또다시 식량을 구한답시고 떠났다. 거의 두 시진이 지난 후에야 갑자기 나타나서는 구해 온 식량을 불에 굽기 시작했다. 거의 배가 고파 실신하기 일보 직전에 이른 공주로서는 정말 되도록이면 참고 먹을 생각이었지만 그 식량(?)을 한 번 본 다음에는 솟구치던 식욕이 쑥 들어가고 말았다.

"헤헤헤, 오늘은 좀 많이 잡았습니다. 마마를 위해 열심히 노력하다 보니 하늘도 감동하셔서서 이렇게 많이 보내 주셨는 모양이죠. 헤헤헤……."

화롯불을 빙 둘러 일곱 마리의 큼지막한 들쥐를 막대기에 꿰어서 조금씩 돌려 천천히 구우면서 너스레를 떠는 묵향이었다. 그 들쥐도 묵향이 일부러 내장만 제거 했을 뿐 교활해 보이는 머리도, 뾰족한 꼬리도 다 붙어 있는 통통한 놈들을 가죽도 안 벗기고 구워 대고 있으니 공주의 식욕이 날 리가 없었다. 그 모양을 보고 구역질이 올라오려는 것을 억지로 참고는, 음식을 달라고 아우성치는 배를 달래며 잠을 청할 수밖에 없었다.

'하기야 이런 산골짜기에서 저거라도 구해 오는 것이 용하지.'

이건 순진한 공주의 생각이었고 저 옆에서 흥얼거리며 공주에게 들으라는 듯이 맛있게 쩝쩝대며 쥐 고기를 먹고 있는 모진놈의 생각은 전혀 달랐다. 사실 공주의 잘못이라면 저런 나쁜 놈의 심기를 건드렸다는 것 하나였으니까…….

뜻밖의 구원자

 하늘이 빙빙 돌고 있었다. 그리고 자신의 몸은 붕 떠서 어디론가 떠나가는 것 같고, 배는 고프고 목은 마르고, 온몸에 힘은 하나도 없고…….
 "물… 물…….".
 다른 것은 몰라도 물을 안 먹고 사람이 오랫동안 살 수는 없다. 밥이야 한 달 정도 안 먹어도 살지만 물은 이야기가 완전히 다르다. 공주의 경우 거의 24시진(48시간) 동안 물 한 모금 마시지 못했으니 죽을 지경이었던 것이다. 하지만 그녀를 안고 뛰는 자의 무뚝뚝한 대답…….
 "조금만 참으십시오. 해가 지고 나면 물을 구해 드리겠습니다."
 해가 지려면 아직 엄청난 시간이 남았지만, 본의 아니게도 묵향이 한 말은 진실에 가까운 것이었고 그가 할 수 있는 최선에 가까운 대답이었다.

'미쳤다고 지금 물을 가져다주냐? 좀 더 고생을 시킨 다음 가져다주지. 자, 다음에는 뭘로 생고생을 시키지? 흐흐흐흐흐…….'

공주도 물 때문에 죽을 지경이었지만 묵향을 뒤쫓아 오는 무리들의 사정도 그와 크게 다르지 않았다. 각자가 건량은 충분히 가지고 있었지만, 대나무나 사기, 또는 가죽으로 만든 자그마한 물병 하나밖에 가지고 있지 못하다 보니 제법 무공을 익혔다 하더라도 몇몇 고수를 제외하고 이틀에 걸친 격렬한 달리기를 견딜 재간이 없었던 것이다. 거기다 묵향은 물이 졸졸거리는 소리를 멀찍이에서 듣고는 뻔뻔스럽게도 그쪽을 피해서 도망 다녔으니 그보다 무공이 떨어져도 한참 떨어지는 추격자들은 여태껏 아예 물 구경조차 할 수 없었던 것이다.

공주는 세 번째 맞이하는 야영에서 처음으로 물 구경을 할 수 있었다. 흑의 위사는 먹을 것을 구해 온답시고 자신을 놔두고 떠났다가 거의 두 시진이 넘어 나타나서는 자신의 신발 한 짝을 내밀며 말했다.

"여기 물이 있으니 드시지요."

흑의 위사가 신고 있는 냄새 나는 가죽신 안에 물이 들어 있었다. 흑의 위사는 그릇이라고는 하나도 없었기에 가죽신을 벗어 거기에 물을 담아 왔다는 답이었으니 따질 수도 없었다. 평상시의 공주라면 도저히 마실 엄두를 내지 못했겠지만 3일을 굶으면 도둑질을 안 할 사람이 없다고 했던가……. 음식도 그렇거늘 하물며 물이야 말할 나위도 없다. 그녀는 냄새 나는 가죽신에 담긴 물을 마시고야 말았다.

하지만 흑의 위사가 장만해 온 식사는 도저히 할 수가 없었다. 흑의 위사는 가까스로 구했다면서 30여 마리의 털이 숭숭 돋아난 큼직한 송충이들을 나뭇가지에 꿰어서는 불에 구워 공주에게 권했던 것이다.

공주는 상대가 먹는 모습을 보면 더욱 허기를 느낄 것이 분명하기에 아예 돌아누웠고, 그 때문에 그녀는 묵향도 맛있는 소리를 내며 먹는 척만 했지 숲 속으로 불에 잘 익은 송충이들을 버리는 것을 보지 못했다. 아무리 묵향이라도 그것을 먹을 정도로 비위가 좋지 못했던 것이다. 사실 묵향이야 오늘도 오리탕 두 그릇에 반주로 고량주 한 병까지 비운 다음 이리 달려왔으니 먹으나 안 먹으나 별 상관이 없었지만 공주는……

다음 날 아침도 변함없는 일과의 반복이었다. 쫓고 쫓기는……. '그놈'만 나타나지 않았다면 아마 묵향의 계획대로 공주를 '말려 죽일' 수 있었을 것이다. 하지만 그 녀석이 나타난 것이다. 묵향이 헐레벌떡 쫓아오는 적들과 일정 거리를 유지하며 도망치고 있는데 웬 껄렁하게 생긴 녀석이 앞을 가로막았다.

30대 초반쯤으로 보이는 인물로 유약하게 보일 정도로 잘생긴 얼굴이었지만, 왼쪽 눈 위에서부터 시작해 오른쪽 뺨 위까지 이어지는 얕은 검상 덕분에 그의 얼굴은 한편으로 굳건해 보였다. 그의 양쪽 어깨 위에는 1척 반(약 45센티미터)이나 되는, 검에 극성인 외문병기(外門兵器)인 호조(虎爪)가 얹혀 있었다. 남루해 보이는 그의 옷차림으로 보아 아마도 떠돌이 무사인 듯한 인물이었지만 묵향의 앞을 경쾌한 몸놀림으로 가로막은 것으로 미루어 꽤나 한 수 하는 작자처럼 보였다.

'이런, 매복이 있었나? 내 앞을 가로막을 수 있는 경공을 지닌 놈은 없을 줄 알았는데……. 아니면 어젯밤에 예상 경로에 수하들을 매복시켰던지.'

생각은 짧고 행동은 빠르게, 하지만 지금은 적당한 무공으로……. 묵향은 곧 그의 허리에서 장검을 뽑아 들며 상대를 향해 달려들었다. 물론 적을 제압할 목적보다는 도망칠 목적이 강했기에 내력을 거의 사용하지도 않았다. 하지만 상대는 잠시 당황한 듯한 표정을 짓더니 뒤로 황급히 물러서며 외쳤다.

"멈추시오. 소생은 적이 아니오. 당신들을 돕고 싶어서 그러오."

묵향은 뒤쪽을 힐끗 바라본 다음 다시 몸을 날리며 말했다.

"죽고 싶지 않으면 딴 곳으로 꺼져."

사내도 뒤에서 빠른 속도로 접근해 오는 거의 30여 명이나 되는 무사들의 살기등등한 모습을 보더니 묵향의 뒤를 따라 몸을 날려 왔다. 묵향이 측정하기에 지금 자신의 계획을 망치고 있는 이 망할 녀석의 무공은 싱딩히 뛰어났다.

'재수 옴 붙었군. 저놈의 실력이면 저 뒤쪽에서 쫓아오는 놈들 모두를 처치할 수 있을 거야. 저놈이 나를 돕겠다고 들면 곤란한데…….'

"도대체 왜 쫓기는 거요?"

"이런, 망할……. 꺼지라고 했잖아."

하지만 상대는 끈덕지게 묵향을 따라오며 말을 걸었다. 이유는 잘 모르겠지만……. 이때 묵향으로서는 재수 없게도 배고픔과 목마름에 정신이 하나도 없던 공주가 깨어난 것이다. 그녀는 옆에서 따라오고 있는 상대를 보고 비명을 질렀다.

"끼야야악!"

그녀는 아마도 옆에서 따라오는 상대가 여태껏 자신을 추적해 왔던 적들로 오인한 모양이다. 하지만 그 젊은이가 말을 걸자 차츰 안정을 취하면서 사정을 설명하기 시작했다.

"나는 나쁜 놈이 아니오. 무슨 일이오?"

"본녀는 대 송제국의 공주다. 저 뒤의 반도들에게 쫓기는 중인데 그대는 제국의 신민(臣民)으로서 의무를 다해 본녀를 도와라."

"공주 마마라고요?"

"그렇다, 본녀가 진영이다."

상대는 믿을 수 없다는 표정으로 묵향을 바라봤다. 묵향은 이 녀석을 떨쳐 버릴 절호의 기회가 왔다는 것을 알고 일부러 거들먹거리며 말했다.

"네놈은 공주 마마의 말씀을 믿지 못하겠다는 것이냐? 발칙한 놈 같으니……. 어서 꺼져라."

하지만 상대는 뒤를 한번 힐끗 보더니 공주에게 능청스레 말했다.

"마마를 구해 드릴 수도 있습니다. 얼마를 주실 건시……."

"뭐라구?"

"수고료로 얼마를 주시겠습니까?"

"무엄한 놈. 본녀와 흥정을 하자는 말이냐?"

"돈을 주시지 않겠다면 소생은 물러가겠습니다. 그럼 평안한 여행이 되시기를 비옵니다. 안녕히 가시옵소서."

그는 일부러 옆으로 천천히 이탈해 가기 시작했다. 그러자 다급해진 공주는 상대를 불렀다.

"잠깐, 네놈은 얼마를 원하느냐?"

그러자 그자는 재빨리 옆으로 다가오며 말했다.

"더도 말고 덜도 말고……. 황금 1백 냥!"

"좋다. 본녀를 어림군이 주둔하고 있는 곳까지 호위해 준다면 지급해 주겠노라."

"알겠사옵니다."

그러더니 상대는 호조를 어깨에서 끌러 양손에 부착했다. 호조란 것은 쇠스랑처럼 굽은 반 척에서 2척 사이의 칼날 네 개에서 일곱 개 정도를 강철로 된 장갑처럼 생긴 것에 붙여 놓은 무기로, 장검을 그 칼날의 사이에 끼워 부러뜨릴 수 있다. 여러 개의 날을 가지고 있으므로 거기에 찢기면 상처를 꿰매기도 힘들며 출혈이 심해 적에게 대단한 타격을 줄 수 있다. 거기에 양손에 하나씩 착용함으로 인해 검을 가진 상대를 압박해 나가는 데 있어 최상의 병기로 손꼽힌다.

묘조(猫爪)라는 외문병기도 있지만 이것은 호조와는 달리 한 치에서 다섯 치 사이 길이의 자그마한 칼날이나 송곳이 붙은 골무처럼 생긴 것으로 끝에 독을 발라 각 손가락에 끼워 사용하지만, 암습을 하는 데나 이용되지 정면 대결에서는 거의 사용되지 않는다.

그 남자가 뒤로 돌아서서 적들에게 달려가자 묵향도 할 수 없이 걸음을 멈춰야 했다. 여기서 자신이 뺑소니친다면 아마도 공주가 이상하게 생각할 것이기 때문이다. 하지만 일부러 멀찌감치 떨어진 채로 공주를 땅에 내려줬다. 공주는 비실거리기는 했지만 그래도 자신을 도와주겠답시고 적들에게 달려간 젊은이를 간절한 소망을 간직한 채 바라봤다.

다행히 그 젊은이의 실력은 공주의 기대를 저버리지 않았다. 상당한 실력으로 흑의인들을 죽여 나갔던 것이다. 왜 이런 골짜기에서 만나게 되었는지 아리송했지만 어쨌건 위급할 때 자신을 도와준다는 데야 이의를 제기할 수 없지 않은가?

그 젊은이가 먼저 덮쳐 온 흑의인들을 모두 다 죽여 버리자 우두머리인 듯한 회의인(灰衣人)이 그의 옆에 서 있던 네 명에게 손짓을 했다. 그 네 명은 순식간에 검을 뽑아 들면서 수비를 무시한 채 강렬한 합격(合格)을 전개했다.

먼저 두 명이 달려가다가 젊은이의 양쪽 어깨 위로 검을 쳐 내렸다. 그러자 젊은이는 순간적으로 호조로 그 양쪽의 검을 막았다. 이때 그 젊은이의 머릿속에는 위험 신호가 울려 퍼지고 있었다. 그 이유는 적이 일격을 날리고 곧바로 후퇴할 줄 알았는데, 그대로 힘을 주어 위에서 아래로 밀어붙였던 것이다. 그래서 그 젊은이는 상대의 검을 막기 위해 호조를 낀 양손에 힘을 주어 버티지 않을 수 없었다. 그 순간 남은 두 명은 1진의 뒤쪽으로 나타나 검을 아래에서 위로 쓸어 올리며 젊은이의 복부 쪽으로 그어 올렸다.

그들의 공격은 대단히 오랫동안 연습을 거친 듯, 약간의 시간차를 두고 공격해 적이 순간적으로 1진의 공격을 막으면 동시에 2진이 공격하는 방법을 취했다. 만약 여기서 그가 뒤로 물러서려 한다면 먼저 막았던 두 개의 검이 그의 움직임을 따라서 들어올 것이고, 또 2진의 공격이 바로 연결될 것이다. 어디 한 군데 베일 작정을 하지 않는다면 이 난국을 해소할 길이 없을 것처럼 보였다. 정말이지 고약한 일격이었다.

1진의 검이 위에서 아래로 밀어붙이는 덕분에 위로 뛸 수도 없었다. 있다면 한 가지뿐……. 젊은이는 1진의 쳐 내리는 검을 호조로 힘껏 뿌리치며 그 둘 사이를 빠져 앞으로 달려 나갔다. 위와 뒤는 물론 양 옆으로도 움직일 수 없으니 앞으로 갈 수밖에 없었던 것이다. 하지만 이것은 상대가 더욱 기다리던 일이었다. 네 명의 부하들을 돌진시킨 후 뒤에서 기다리던 회의인이 그 순간을 노려 달려들며 순식간에 위에서 아래로 검을 내리그어 왔다. 젊은이의 양손은 1진의 검들을 뿌리치기 위해 양 옆으로 벌어진 상태……. 회의인의 일격을 온몸으로 때울 수밖에 없는 입장이었다.
　이 순간 한 마디 짧은 기합성이 울리면서 사태가 역전되었다.
　"이얍!"
　그와 동시에 그 젊은이의 주위로 순간적으로 강기의 회오리가 퍼져나가며 사방에서 육박해 들어가던 검들이 산산조각이 났다. 그리고 회심의 미소를 짓고 있던 다섯 명의 무사들은 온몸이 걸레가 되어 사방으로 튕겨나갔다.
　'저 무공은… 정말 대단하군. 한낱 떠돌이 무사가 아니야. 엄청난 수련을 거친……. 그런데 저런 녀석이 왜 여기에 있는 거지?'
　젊은이는 아찔했었던 듯 창백한 안색에 한숨을 쉬면서 공주가 있는 곳으로 달려왔다. 그만큼 방금 전 연수합격은 대단했었다. 아마도 젊은이의 무공이 대단히 뛰어나지만 않았다면 목숨이 열 개라도 살아남기 힘들었을 것이다.
　공주는 그 대결이 젊은이의 일방적인 도살로 막을 내린 것을 대단히 놀라워했다. 돈밖에 모르는 뻔뻔한 놈이었지만 그 실력 하나는 그자가 청구하는 금액만큼이나 대단하다는 생각이 들었다. 황금 1백 냥이면 은화로 2천 냥이다. 한 가족이 아쉬운 대로 4백 년은 먹고 살 수 있을 만큼 막대한 금액인 것이다.
　하지만 이 순간 공주는 그 금액이 하나도 아깝다는 생각이 안 들었다. 드디어 며칠 동안이나 자신을 쫓아다니던 공포스러운 적들이 모두 시체로 변했기 때문이다. 하기야 이 미련한 아가씨는 아쉬운 것을 몰라 황금 1백 냥이 어느 정도의 거금인지 잘 알지도 못했기에 처음부터 아깝다는 생각조차 없었지만…….

창백한 안색으로 돌아오는 젊은이를 보고 흑의 위사는 시큰둥한 어조로 말했다.
"정말 대단하군……."
그러자 젊은이는 맥 풀린 표정이었지만 간단히 포권했다.
"과찬의 말씀을……."
"정말 대단한 연수합격이었어. 저 녀석들의 실력이 지금보다 두 단계 정도만 높았으면 충분히 저세상으로 보낼 수 있었는데……."
상대의 시큰둥한 마지막 말에 젊은이는 똥 씹은 얼굴이 될 수밖에 없었다. 왜 죽고 살아왔느냐 묻는 거나 마찬가지니…….
그다음부터는 젊은이가 안내하고 흑의 위사와 공주가 그의 뒤를 따르며 길을 가게 되었다. 자신을 사령귀조(死令鬼鳥) 임방(任放)이라 소개한 그자는 야인(野人)임에도 궁중에서 쓰이는 존대어를 잘 알고 있었다. 거기에 더욱 수상한 점은 주변의 지리를 파악하는 예리한 안목, 또 그에 따른 신속한 대응, 허를 찌르는 예리한 수법으로 적을 따돌리는 놀라운 재치라든지, 뛰어난 무공, 모든 면에서 노련한 강호인임을 알 수 있었다. 아무튼 이런 시골구석에서 만날 가능성이 없는 상당히 뛰어난, 그래서 더욱 수상한 인물이었다.
그날 저녁 공주는 정말이지 오랜만에 음식을 먹을 수 있었다. 비록 외딴 시골 식당이라 그 아무리 좋은 요리라도 황궁의 산해진미에 비할 바 못 되었지만 공주는 정말이지 이렇게 맛있는 음식은 태어나서 처음 먹어 본다는 듯이 아귀아귀 먹어 댔다. 곧 공주의 뱃속으로 한 그릇의 오리탕이 흔적도 없이 사라졌지만 아직도 양에 안 차는지 그녀는 두 번째의 오리탕을 주문했다. 하지만 두 번째의 오리탕을 시켰을 때 임방이 그녀를 제지했다.

"공주 마마, 더 이상은 아니되옵니다."

공주가 의아한 표정으로 바라보자 임방은 말을 이었다.

"며칠 굶으신 듯하온데, 저자처럼 무공을 익히지 않으신 이상 갑자기 음식을 많이 드시면 몸에 해롭사옵니다. 그러니 오늘은 이만 쉬시면서 내일을 위해 원기를 보충하시옵소서."

"알겠노라."

묵향은 또다시 자신의 계획이 어긋난 것을 깨달았다. 돼지처럼 꾸역꾸역 처먹고 난 후 거의 인사불성이 되어 먹은 것을 다 토하면서 난리를 치기를 기대했었는데…….

'하긴, 뭐… 복수도 이 정도 했으면 되었지. 저 좋던 살집이 몇 근은 빠졌을 테니까……. 이제 슬슬 돌려보내고 나도 본나로 돌아갈 궁리나 해야겠군.'

임방은 원래가 공주 마마의 행방불명 때문에 관부에 고용된 현상금 사냥꾼이다. 그는 3류 수준의 무예를 갖춘 악당들을 주로 사냥하기에 무공이 그다지 강하지 않은 모양이라고 알려져 있었다. 하지만 그의 추적술은 놀라워서 일단 그가 잡고자 마음먹은 상대를 놓쳐 본 적이 없었다. 관부에서도 그 점을 높이 사 공주가 있을 것으로 추정되는 지역에 황군과 어림군을 파견하기에 앞서 임방 외에도 추격에 능한 다섯 명의 무림인들을 급히 고용하여 파견한 것이다.

임방은 원래 이렇게 큰일에는 끼어들기 싫어했지만 그래도 공주의 납치 사건이라 국가에 대한 얄팍한 충성심으로 끼어들었다. 하지만 공주를 무사히 모셨을 경우 거금 황금 50냥을 준다는 말에 눈이 뒤집혀 동행들을 추월하여 이곳에 도착한 것이다. 그는 자신의 무공 실력에 상당한 자신감을 가지고 있었기에 일단 공주만 만나면 모든 일이 손쉽게 해결되리라 생각했다. 하지만 그는 공주와 만난 다음 한 가지 문제점을 발견했다.

흑의 위사!

공주를 모시고는 있었지만 아무래도 마음에 들지 않는 상대다. 도망 다니는 경공 실력이나 그 침착함, 그리고 며칠씩 굶었다는데도 멀쩡한 태도, 모든 것을 종합해 봐도 꽤나 무공을 수련한 자처럼 보이는데, 전체적인 분위기는 무공을 익힌 것 같지 않았다. 무공을 익히지 않은 것 같은 분위기를 풍기면서도 무공을 익혔다면 그자는 상당한 무예를 익힌 것이 분명했다. 그건 여태까지 임방이 경험으로 잘 알고 있는 사실이었으니까. 그렇다면 저런 시러베아들 같은 놈들에게 쫓겨서 며칠씩 산속을 헤맬 필요가 없었을 것이다.

그런데 현실은 놈들에게 쫓기고 있었고, 그것을 기회로 자신이 돈을 챙기면서 상대를 도륙내는 데 성공은 했지만 아무래도 저놈의 눈치가 도와준 것을 못마땅하게 여기는 것 같으니 알다가도 모를 일이다.

'아무리 생각해도 뭔가 있어……'

임방은 공주가 식사를 마치자 그녀를 방으로 안내했다. 임방은 그녀가 방으로 들어가는 것을 확인한 후 그 옆에 빌려 둔 방으로 들어갔다. 임방은 어깨에 걸어 둔 호조를 풀어서 침상 머리맡에다 올려 둔 다음 벽에 기대어 한숨 돌렸다. 그로서도 오늘은 아주 힘든 하루였기 때문이다.

'무공도 할 줄 모르는 계집을 호위하는 건 정말 싫어. 그리고 그 망

할 놈은 하나도 도와주지 않다니…….'

　내심 투덜거리고 있는데 조금 지나자 흑의 위사가 술병을 하나 들고 들어오더니 검대를 풀어 탁자 위에 올려놨다. 그런 다음 의자에 털썩 앉아서는 임방에게는 예의상이라도 마시겠느냐는 말 한마디 없이 혼자서 천천히 마시기 시작했다. 그 모양을 임방이 이 생각 저 생각하면서 멍하니 보고 있는데 갑자기 흑의 위사가 입을 열었다.

　"흐흐흐, 자네는 나를 의심스런 눈으로 보고 있군……."

　부드러운 목소리였다.

　"……."

　하지만 임방이 꿀 먹은 벙어리마냥 아무 소리 안 하자 다시 한 모금 미신 후 말을 이어 갔다.

　"크… 역시 술은 좋은 거야. 하지만 자네가 익심스런 눈으로 보는 것만큼이나 나도 자네가 의심스럽다네……."

　"……."

　"현상금 사냥꾼이라고 했지만, 사실 자네 정도 실력을 가진 현상금 사냥꾼도 많지 않을 거야. 현상금 사냥꾼치고는 실력이 너무 좋아. 그리고 강호 경험이 대단히 풍부하다는 것도 조금 이상하지. 나는 어느 정도는 자네의 신분에 대해 감을 잡고 있는데……."

　임방의 안색이 미묘하게 변하기 시작했다. 이때 갑자기 놀라운 일이 벌어졌다. 탁자 위에 올려둔 검집에서 아무도 만지지 않았는데도 검이 쓱 뽑혀 나오더니 무시무시한 속도로 임방 쪽으로 날아왔다.

　'어기동검(御氣動劍)…….'

　임방은 대경하여 황급히 상체를 옆으로 젖히며 한 손으로는 호조를 잡고 또 한손으로는 그것을 쳐 내려고 했지만 그건 어디까지나 생각일 뿐, 쏘아져 들어오는 검의 속도는 놀라울 만큼 빨랐다. 유연하게 포물선을 그리며 검은 이미 임방의 목을 꿰뚫기 직전의 위치까지 와 있었던 것이다.

'이럴 수가… 방심했군. 내가 이렇게 죽다니…….'

임방이 체념한 찰나 상대의 검은 더 이상의 움직임을 보이지 않았다. 임방의 목에서 반 치도 안 되는 거리……. 임방은 상대의 검을 쳐 내지 않고 의아하다는 눈빛을 던졌다. 이런 좋은 기회를 포기해 버리는 것으로 보아 상대에게 살심(殺心)이 없다는 것을 눈치 챘기 때문이다.

흑의 위사는 아직도 느긋하게 의자에 기대어 편안히 앉은 채 또다시 술병을 기울여 한 모금 마신 후 임방에게 날카로운 눈빛을 던졌다.

"자, 사실대로 털어놔 보시지. 조금이라도 이상하면 오늘 이 세상에 태어난 것을 후회하게 만들어 주겠어."

"무엇을 털어놓으라는 거요?"

"네 녀석은 누구한테서 무공을 배웠나?"

"그건… 그건 말할 수 없소."

그러자 흑의 위사는 마지막으로 한 모금을 더 마신 다음 술병을 탁자 위에 놓고 일어서서 다가갔다.

"꼭 관을 봐야 눈물을 흘릴 놈이군."

"누가 눈물을 흘릴지는……."

그와 동시에 임방은 비쾌하게 자신의 목 앞에 정지해 있는 상대의 검을 오른손으로 쳐 내면서 동시에 왼손으로 옆에 놓여 있는 호조를 잡았다. 아니 한쪽의 호조가 능공섭물(能空攝物)로 끌려 들어와 왼손에 저절로 끼워졌다. 그러면서 오른발을 들어 족장(足掌 : 발바닥)에서 그 빌어먹을 녀석을 향해 장풍을 쏘았다. 하지만 임방의 움직임은 더 이상 이어지지 않았다.

'세상에 어느새 벌써 혈도를…….'

임방이 쏜 강맹한 장풍을 흑의 위사는 피할 값어치도 없다는 듯이 그대로 몸으로 맞았고, 펑 하는 소리가 났지만 그 어떤 피해도 주지 못했다. 그리고 상대가 그 와중에 언제 격공점혈의 고명한 수법으로 임방의 혈도를 짚었는지, 점혈당한 당사자도 알 수 없을 정도로 빠른 순간에 벌어진 일이었다. 흑의 위사는 장풍 따위 맞은 적도 없다는 듯 서서히 다가오며 임방의 오른발을 들어 발바닥을 힐끗 보며 비웃듯이 말했다.

"쯧쯧쯧, 쓸데없는 수고로 신발에만 구멍을 뚫어 놨군. 꼭 눈물을 흘리고 싶다면 뭐 그것도 좋겠지. 나도 고문하는 것을 별로 싫어하지는 않거든. 하지만 이건 장담할 수 있는데 나한테 고문받고 살아서 나간 녀석은 딱 한 녀석뿐이라는 것만은 명심하게나."

임방은 정말 재수 더럽게도 상대를 잘못 만났다는 생각이 들었다. 어기동검술(御氣動劍術) 따위는 허공을(空) 격하고 능히(能) 물건을 (物) 당길 수(攝) 있을 정도의 내공 조예만 지니면 가능한 기술이다. 능공섭물의 기법만 죽어라고 연습하면 가능하다는 말이다. 그렇기에 상대가 어기동검술을 펼쳤을 때, 속도가 빠른 것이 마음에 좀 걸리기는 했지만 상대의 검에 기가 응축되어 발생하는 어기충검(御氣充劍)의 현상이 벌어지지 않았기에 호조만 가진다면 어느 정도 상대할 수 있을 거라 생각했다. 그러나 이번의 한 수는 그의 마지막 기대감마저 무참히 부숴 버린 것이다. 임방은 떨떠름한 표정으로 마지못해 물었다.

"그 한 명은 누구요?"

"내 사부가 아끼던 녀석이었지. 꽤 장래가 촉망되던 놈이었는데, 그 사실을 일찍이 알았으니까 살았지 안 그러면 염라대왕도 그놈이 누군지 못 알아봤을 거야. 누구한테서 무공을 배웠는지는 아주 중요해. 내가 아는 사람의 제자일지도 모르거든. 죽고 나서 후회하지 말고 빨리 말하라구."

임방은 거의 포기한 듯 털어놨다. 재수 없어서 사문과 원수지간일 가능성도 있었지만 현재 가주(家主)의 인품으로 보아 그럴 가능성은 없었기에 그는 진실을 말했다.

"초씨세가에서 배웠소."

"초씨세가라……. 그렇다면 초우란 놈을 알겠군."

순간 임방은 속으로 찔끔 했지만 자신이 안다는 것을 시인하지 않을 수 없었다.

'가주님의 인품은 믿지만 설마 초우 그놈이 못된 짓을 하지는 않았겠지. 허기야 저자의 실력을 보니 못된 짓을 했다면 먼저 초우가 작살이 났겠지……. 이렇게 애꿎은 나를 잡고 닦달을 하려구…….'

"알고 있소."

"그 녀석은 누구지?"

"가주의 아들이지 누구겠소?"

"자네는 그 녀석과 어떤 관계지?"

"어떤 관계는요? 그냥 초씨세가에서 무공 좀 익히다가 가주 눈 밖에 나서 쫓겨난 처지인데……."

"흐흐흐, 자네의 무공은 겉핥기로 배운 게 아니야. 거의 수십 년을 처박혀서 가전(家傳)의 비급(秘級)을 깊이 있게 배운 적전제자(適傳弟

子)라구. 안 그래? 아까 낮에 써먹은 일초식으로 보아하니 초우란 녀석보다도 몇 등급 위더군. 적전이 아니라면 그 가주의 아들보다 자네의 무공이 강할 수는 없지."

"먼저 초우와 어떤 관계인지 말해 주면 나도 말을 하겠소."

"훗! 별로 좋은 사이는 아니야. 전에 한 번 내 일을 도와준 적이 있지. 다음에 자네가 그 녀석을 만나거든 그때 일을 발설하면 혓바닥을 뽑아 버리겠다고 한 말을 잊지 말라고 전하게나."

"무슨 일인데 도와준 사람을 그렇게 핍박한다는 거요?"

"그건 자네와는 상관없는 일이야. 그러니 이제 본론을 시작해 보자구."

"내 원래 이름은 초류빈(楚柳濱)이오. 나는 초씨세가에서 자랐고 거기에서 가전의 비급을 배운 것은 사실이오. 그렇지만 한 가지 일에서 가주하고 의견이 맞지 않아 싸우고 뛰쳐나왔소. 지금은 보시다시피 현상금 사냥꾼 노릇이나 하고 있죠."

"어떤 의견이 차이가 났는데 사문을 버릴 정도인가?"

"그건 말하고 싶지 않소."

"흐흐흐, 아마 말하는 게 자네 건강에 좋을 거야."

음흉스럽게 미소를 지으며 말하는 상대의 눈빛은 단호했다. 단 한 점의 타협이나 양보조차 불가능함을 느낀 임방은 체념한 듯 실토했다.

"뭐, 좋소. 꼭 숨겨야 할 정도로 구린내 나는 과거도 아니니까. 그때 의견 차이는 사파에 대한 가주의 행동이었소. 나는 사파 놈들은 예나 지금이나 모두 찢어 죽여야 한다는 생각에 변함이 없소. 그놈들의 사악한 행위를 가주는 그냥 참고 있는 거요. 그래서……."

"웃기는 노릇이군. 사파가 자네한테 무슨 짓을 했다고 모두 찢어 죽여야 한다는 거지?"

"그건 말하기 싫소. 내 신상에 관한 일이고, 또 당신은 알 권리가 없소."

"흐흐흐, 나는 알 권리가 있지. 나도 사파거든."

임방은 흠칫하는 표정이더니 믿을 수 없다는 듯이 흑의 위사를 바라봤다. 사파의 인물이 공주를 호위한다는 것은 말도 안 되는 일이었고 또 사파의 인물들 중에서 저 정도 뛰어난 고수는 거의 없기 때문이다. 그러다가 임방은 무슨 생각이 들었는지 굳은 안색으로 물었다.

"당신은 천마신교의 인물이오?"

"호오, 어떻게 그런 생각을 했지?"

"말 돌리지 마시오. 사파의 쓰레기들 중에 당신 정도의 무공을 지닌 사람은 없다고 봐도 과언이 아니오. 있다면 천마신교뿐."

"그래, 본좌는 천마신교의 인물이지, 뭐 천마신교의 인물임을 부인할 생각은 없으니 그다음을 계속하게나."

"지옥혈귀(地獄血鬼) 천진악(天進惡)은 잘 지내고 있소?"

"그 녀석이야 잘 지내고 있겠지. 왜 그러나?"

임방은 흑의 위사가 '그 녀석'이라고 호칭하는 것에 경악에 물든 표정으로 안색이 바뀌었다. 마교에는 외부에 별로 잘 알려진 인물이 없었다. 잘 알려진 수뇌부로는 막강한 무공을 지닌 4천왕이 있었고, 그다음 고수로 알려진 인물은 고루혈마(枯僂血魔) 외총관과 음희(淫嬉), 지옥혈귀(地獄血鬼) 정도였다. 그 나머지 인물들은 무림에서 거의 활동을 안 하기에 알려진 바가 없었다. 4천왕 같은 경우에도 정파에서 3황5제라고 칭하며 여덟 명이나 되는 화경의 고수를 보유하고 있음을 자랑 삼아 떠들어 대자, 심사가 뒤틀린 마교에서 이쪽은 극마(極魔)의 고수가 네 명 있다고 발표했고, 그 말은 세인들을 공포로 몰아넣기에 충분했다. 여러 문파에 한 명씩 있는 것과 한 문파에 네 명이 집중되어 있는 것은 엄청난 차이가 있기 때문이다.

 이렇듯 지옥혈귀라면 마교에서도 대단히 높은 직위를 차지하고 있는 인물이다. 그런데 그런 자를 '그 녀석'이라 칭할 정도라면 이자는 도대체 어느 정도의 직위를 가지고 있다는 말인가?

 "당, 당신은 누구요?"

 "자네가 내 질문에 먼저 대답을 해 주면 나도 말해 줄지 모르지."

 "내 얼굴에 난 흉터를 그놈이 만들었소. 그것도 내가 무림초출 때… 내 얼굴이 잘생긴 게 마음에 안 든다면서 만들어 놓은 상처요. 나는 그놈을 죽이기 위해 죽자고 수련했소. 어느 성노 자신삼이 생겼을 때 그놈에게 도전을 해 보려고 했었는데 가주가 나를 막았고, 서로 다투다가 사문을 뛰쳐나왔소. 그리고는 지옥혈귀를 찾아갔는데 의외로 그는 순순히 비무에 응해 줬소. 그에게 패한 다음 사문에 돌아갈 면목도 없어 그냥 현상금 사냥꾼이나 하고 있소."

 "꽤나 재미있는 얘기군. 지금 자네의 실력이라면 조금 더 노력한다면 지옥혈귀를 진짜 귀신으로 만들 수 있지. 어때? 내 밑에서 일해 보지 않겠나? 그러면 내가 무공을 가르쳐 주지."

 "당신은 마교인데……. 고마운 제의이기는 하지만 나는 마교에 들어갈 생각도 없고, 들어가지도 않겠소."

 "자네보고 마교도가 되라는 소리가 아니야. 지금 나는 마교 놈들에게 쫓기는 처지라고 볼 수 있지. 지금 마교에 복수할 기회를 노리고 있는 중이야. 그래도 안 되겠나?"

"하지만 나는 당신을 믿을 수 없소."

"뭐, 못 믿어도 하는 수 없지. 나는 묵향이라는 사람일세. 나에 대해서는 어느 정도 정보력을 갖춘 집단에게 의뢰를 해 보면 금방 알 수 있을 거야. 내가 지금 말해 봐야 믿지도 않을 테니, 나에 대해 알아보고 믿음이 가면 찾아오게나."

"알겠소. 한번 생각해 보겠소."

묵향은 상대의 혈도를 풀어 준 다음 다시 의자에 앉아 탁자 위에 놓인 술병을 천천히 들어 올리더니 마시기 시작했다.

새로운 일행

 다음 날 새벽이 되자 일행은 어제저녁에 만들어 둔 식은 만두로 아침 식사를 급히 해결한 후 출발했다. 아직 상대를 완전히 따돌린 것이 아니기에 놈들도 흩어져서 공주 일행을 눈에 불을 켜고 찾고 있을 테니 시간을 지체할 수 없었던 것이다. 말을 구할 수도 없었기에 여태껏 해 오듯 흑의 위사가 공주를 안고 경공술을 펼쳐 일행은 최대한 빨리 강수(崗守)에 도착할 생각이었다. 쫓기는 중이었기에 감히 관도(官道)로 나갈 생각은 못 하고 산길로 산길로 달리고 있는데, 앞쪽에서 마차와 함께 말을 탄 다섯 명의 인물들이 다가오는 것이 보였다. 그들이 최대한 빨리 말을 몰아대는 것으로 보아 아주 급한 용무가 있는 듯 보였다.
 묵향은 임방이 말릴 사이도 없이 안고 있던 공주를 내려놓은 다음 길을 가로막아 섰다. 공주 일행에게 가까워진 마차와 그 호위들은 웬 사람이 길을 막고 서 있자 급히 말을 멈췄다.

"웬 놈들이냐?"

묵향은 진영 공주를 힐끗 보며 말했다.

"이분은 진영 공주 전하시다. 너희들은 우리들을 강수까지 안내해 줘야겠다."

"……."

잠시 침묵이 흘렀지만 곧이어 오른쪽에 있던 험상궂게 생긴 사내가 정중히 말했다.

"그대들의 말을 전적으로 믿을 수는 없는 노릇이니 증거를 제시해 주기 바라오."

그러자 모두의 눈길이 진영 공주에게로 쏠렸다. 하지만 그녀의 얼굴이 곧이어 벌게지더니 앙칼지게 외쳤다.

"증거는 무슨 증거란 말이냐? 네 녀석들은 본녀가 공주란 사실을 믿지 못하겠다는 말이냐?"

노기에 찬 그녀의 말을 듣고 묵향도 잠시 자신들 패거리의 꼬락서니를 생각하지 않을 수 없었다. 모든 송의 신민들은 자신의 신분을 증명하는 호패(戶牌)를 가지고 다닌다. 그것이 있어야 관에서 통제하는 모든 곳을 통과할 수 있다. 하지만 무림인의 경우 관병들 따위는 생각도 안 하므로 자신들만의 표식인 각 문파나 직위를 나타내는 독특한 문양의 명패를 호패와 함께, 또는 명패만 가지고 다니기 마련이었다. 만약 검문을 하면 그곳을 돌아서 통과하면 그만이었으니까…….

하지만 공주를 나타내는 어떤 패(牌)가 있다는 말은 누구도 들은 바가 없었다. 또 관병들조차도 황족을 나타내는 호패가 어떻게 생겼는지 알지 못한다. 왜 그런고 허니 황족인지 아닌지는 호위하는 인물들이 누군지 보면 모두들 아는 노릇이었으니까 구태여 신분 확인 작업 따위의 절차도 필요 없었다. 그리고 공주의 표정을 보니 자신을 증명할 것은 아무것도 없는 모양이었다. 상대의 이목을 속인답시고 남장을 한 공주나 공주를 호위한다는 인물, 즉 묵향과 임방의 모양새를 보고 황족이나 황군을 떠올리라고 한다면 너무 무리한 요구였다.

공주가 벌게진 얼굴로 대들자 아예 상대는 멸시조로 나왔다.

"호오, 이건 심하군. 요즘 공주 마마들은 황군의 호위도 없이 바깥 출입을 하시는 모양이지?"

"그러게 말이야. 시녀도 옷도 노잣돈이 떨어져서 팔아 먹으셨군."

"요와의 전쟁에서 그 많던 황군은 다 죽은 모양이야. 저런 놈들이 황군이라면……."

이러쿵저러쿵 한소리씩 해 대자 공주의 얼굴은 벌게지다 못해 퍼레지더니 악을 썼다.

"저런 발칙한 놈들을……. 본녀를 업신여기다니. 여봐라, 저놈들을 쳐라."

그러자 여태껏 공주의 말이라고는 귓등으로 듣던 묵향이 얼씨구나 하고 싸늘하게 미소를 지으면서 검을 천천히 뽑았다. 묵향이 척 보아도 상대는 정기(精氣)를 내뿜는 것이 정파를 자처하는 무리들처럼 보였다. 그런 데다가 '저런 놈' 운운하고 있으니, 공주한테 화풀이하기는 글렀으니 새로 생긴 화풀이 대상인 저놈들을 몽땅 다 죽여 버린 다음, 그 책임은 공주한테 홀딱 뒤집어씌울 생각이었다. 사태가 돌아가는 모양을 보던 임방은 급히 앞으로 나서며 묵향을 제지한 다음 상대에게 말했다.

"귀하들의 주인에게 한 말씀 여쭐 수 있게 해 주실 수 없겠소? 그편이 쓸데없이 검을 교환하는 것보다 좋을 거외다."

"하하하, 별 미친 녀석들을 다 보겠군. 길 앞을 막아서서 공주 운운해 대더니 이번에는……."

챙! 챙! 챙!

그와 동시에 묵향의 검이 그 녀석에게 날아갔다. 상대는 더 이상 말을 할 정신도 없이 몸을 피했지만 묵향의 검은 다행히도 그에게까지 날아가지 않았다. 거의 무방비 상태였던 그는 하마터면 목숨이 날아갈 뻔했지만, 간밤에 묵향에게 혼쭐이 났었던 임방이 암암리에 묵향을 주시했고 그에 대한 대비를 했던 것이다. 역시나 묵향의 검이 재빠른 속도로 검집에서 쏘아져 나가는 것을 보고 임방도 오른편 호조를 검이 날아가는 방향으로 던졌고, 어기동검술에 의해 조종되는 묵향의 검을 임방 역시 같은 수법으로 세 번에 걸쳐 막아 낸 것이다.

세 번에 걸쳐 호조에게 진로를 차단당한 검은 천천히 미끄러지듯 후퇴하여 묵향의 검집 안으로 다시 돌아갔다. 그와 동시에 묵향의 입에서는 싸늘한 목소리가 흘러나왔다.

"네 녀석이 감히 본좌가 하는 일을 막는 거냐?"

"쓸데없이 무력을 쓸 필요는 없지 않소?"

그러면서 임방은 품속에서 옥패를 하나 꺼내어 앞의 인물들이 볼 수 있게 들어 보이며 말했다.

"본인은 초씨세가의 탈명도(脫命刀) 초류빈(楚柳濱)이란 사람이오. 그대들의 주인을 뵙게 해 주시오."

그러자 상대들의 안색이 급변하더니 서로 쑤군거리기 시작했다. 탈명도 초류빈이라면 과거 7룡4봉에 들어갔던 인물이며 초씨세가가 자랑하던 신예고수로서 그의 외호처럼 한 자루 도를 악마처럼 잘 다루어 맞붙었던 인물들은 삶을 포기해야 했던 뛰어난 고수다. 수년간 행방이 묘연한 것으로 알려져 있었지만 저 명패가 초씨세가에서 사용하는 것이 분명했고, 또 그가 진짜 초류빈이라고 가정한다면 그 앞의 말도 진실일 가능성이 높았다.

초씨세가는 5대세가에는 들어가지 못했지만 오래된 도의 명가였고, 요즘에 와서는 오히려 가주의 오랜 부재로 인해 세력이 많이 줄어든 5대세가의 말석인 남궁세가(南宮世家)를 능가한다고 알려져 있었다.

잠시 쑤군거리더니 그중의 한 명이 마차로 달려가 낮은 목소리로 마차 안의 인물과 소곤거렸다. 그자는 곧 돌아와서 정중히 말했다.

"아씨께서 허락하셨습니다. 이리로 오시지요."

세 사람은 각기 다른 표정으로 마차 쪽으로 걸어갔다. 아직도 노기를 거두지 않은 공주, 김샜다는 표정의 묵향, 그리고 한숨 놓은 표정의 초류빈이었다.

이때 마차 문이 열리면서 얼굴을 면사(面紗)로 가린 여인과 시비(侍婢)인 듯 보이는 여인이 황급히 내리면서 일행을 향해 간단히 예를 취했다. 얼굴은 면사로 가렸지만 날아갈 듯한 작은 학들이 수놓아져 있는 엷은 색 녹의(綠衣)에 감싸여 있는 날씬한 몸매는 주인의 몸에 밴 예절 교육에 따라 우아하게 움직이고 있었다. 그녀는 크고 맑은 눈으로 아직도 들고 있는 초류빈의 명패를 바라보며 초류빈을 향해 물어왔다. 그녀의 목소리는 약간 굵은 편이었지만 탁하지는 않았다.

"만나서 반갑군요. 방금 초 공자께서 하신 말이 정말인가요?"

"그렇소. 이분께서는 황제 폐하의 총애를 받고 계시는 진영 공주 전하시오."

그러자 그녀는 공주를 향해 우아하게 절을 올리며 사죄했다.

"천녀(賤女)가 공주 마마를 배알하옵니다. 수하들의 잘못을 용서해 주시기 바라옵니다. 그런데 이곳에는 어인 일로……."

그녀의 공손한 태도에 공주는 약간 누그러진 표정으로 말했다.

"본녀의 잘못도 있으니 용서하겠노라. 본녀의 일행을 강수에 있는 어림군 사령부까지 안내해 주기 바란다. 관광 중에 적도들의 기습을 받아 황군들은 모두……."

여태까지의 기막힌 고생이 생각나는 듯 공주의 목소리는 후반에 들어 떨리기 시작했고, 이를 눈치 챈 상대방은 재빨리 공주에게 말했다.

"갈 길이 머옵니다. 어서 오르소서."

공주가 먼저 마차에 오르자, 그다음은 면사를 쓴 여인이 올랐고, 시녀가 탄 다음 묵향은 시녀의 옆에 앉았다. 초류빈이 들어오려 하자 마차 안의 공간은 넓었지만 묵향이 손을 내저었다.

"자네는 위야."

씁쓸한 표정으로 마차 위의 마부 옆 자리에 초류빈이 자리를 잡고 앉는데 그의 귀에 전음이 들려왔다.

〈내 정체를 공주에게 알리기 싫어서 이번은 넘어가 주겠지만, 한 번만 더 내가 하는 일을 방해하면 죽을 줄 알아…….〉

"그대는 누구인고?"

면사를 쓴 여인이 공손하게 공주에게 말했다.

"소녀는 백운옥(白雲玉)이라 하옵니다."

"급한 일이 있는 것 같던데……."

"아니옵니다. 마마를 모셔 드린 다음에 처리해도 충분하옵니다."

밝혀지는 진실

 손……. 연한 자색(紫色)이 감도는 기괴한 색깔의 손이었지만 계집의 손처럼 고왔다. 아무튼 특이한 손이었는데 그 손은 지금 종이 한 장을 들고 있었다. 잠시 지나자 그 손은 부들부들 떨리기 시작했다. 그 이유는 그 종이에 쓰인 내용과 관계가 깊었다.

 제목 : 묵향 부교주에 관한 2차 조사 보고서
 기간 : 2년
 목적 : 중간 보고
 투입 인원 : 천마(闡碼) 1호부터 10호
 작성자 : 천마 1호
 내용 : 묵향 부교주 축출 후 3년에 걸친 대대적인 1차 조사가 행해졌었지만 밝혀지지 않았던 것이 이번 2차 극비 재조사를 실시한 결과, 조

사 시작 후 1년도 안되었는데도 여태까지의 묵향 부교주에 대한 보고 내용이 대단히 많이 왜곡되었음이 밝혀졌고, 그 외에도 여러 가지 많은 성과를 올릴 수 있었음. 그 이유는 1차 조사는 묵향 부교주의 배후 세력 내지는 사조직에 대한 일제 조사였지만 이번 조사는 그 성격을 완전히 달리해 그의 모반설 등의 사실 유무나 인위적인 여론 조작 등에 초점을 맞춘 결과이기도 함. 게다가 삼비대를 이번 조사에서 제외시킨 후 그들도 조사 대상에 올려놓은 결과라고 볼 수 있음.

一. 한영영 : 부교주와 함께 무림맹으로 향하는 도중 부교주에게 지독히 쓴 맛을 본 것에 대한 원한으로 대단히 악의에 찬 보고를 올렸었으나 부교주 독립 호위였던 사군자(四君子) 중 진춘(辰椿), 옥련(玉蓮), 마식(馬殖)에 대한 심문 결과 무혐의로 판명됨. 하지만 그가 했던 말 중 자신은 '교주에게만 충성을 하지 나머지에게는 아니야' 라는 말은 사실이었음. 그때의 여러 가지 상황으로 미루어 교주의 퇴진 후 변절하겠다는 말은 아니었음이 확실함.

二. 장인걸 부교주 : 묵향 부교주에 대한 척결에서 가장 큰 득을 본 인물로 놀랍게도 본교와 암흑마교와의 통합 전에도 일부 사조직을 본교 내에 침투시켜 묵향 부교주에 대한 여론을 조작했음이 밝혀졌음. 그 여론 조작에 가장 큰 역할을 한 인물은 혁무상 장로이며, 그 외에도 일부 고위급 고수들이 관계된 것 같음. 그들에 대한 확실한 물증을 잡으려면 더욱 많은 시간이 필요함.

三. 혁무상 장로 : 삼비대의 수장이라는 지위를 이용, 그에 대한 모반설 등 최악의 경우들만을 상정하여 안 좋은 면만을 교주께 보고함으로 인해 교주님과 묵향 부교주와의 갈등을 조성해 나간 인물로, 아직 확실하지는 않으나 장인걸 부교주와 상당히 깊은 관계를 맺고 있는 듯함. 정확한 물증을 잡으려면 이 건도 시간이 필요함.
　四. 마영대(魔影隊) : 묵향 부교주가 포섭한 무리들의 모임이라고 알려졌기에 1년여 기간 동안 철저하게 조사했지만, 부교주 축출 후 있었던 대대적인 1차 조사에서도 밝혀지지 않았듯이 허위 단체인 것이 확실함.
　현재 장인걸 부교주는 모종의 계획을 꾸미고 있는데, 심증은 있으나 그게 무엇인지 확실히 포착하지 못했음. 좀 더 깊게 조사하는 데는 더 많은 인력과 시간이 필요함. 극비리에 조사 중이므로 더욱 시간이 많이 들어가고 있음. 거기에 삼비대가 냄새를 맡고 역공작까지 하는 낌새가 보임. 추후 사항에 대한 지시를 조속히 해 주기 바람.

　급기야 그 손은 종이를 움켜쥐었고 곧이이 종이는 타오르기 시작했다. 아직도 그 손은 부들부들 떨리고 있었다. 그러면서 감정을 억누른 침중한 목소리가 들려왔다.
　"내가, 내가 매(鷹)의 먹이였다니……."

혈교의 출현

공주 일행이 마차를 몰아 달린 지 두 시진도 안 되어 옆에서 달려가던 무사가 마차에 가까이 다가오더니 외쳤다.

"추격하는 무리가 있습니다."

그러자 백운옥이 냉랭히 답했다.

"몇이나 되느냐?"

"50여 기 정도 됩니다. 앞으로 반 시진 정도면 추월당할 것입니다. 지시를……."

"멈춰라. 피를 보고 싶다면 그리 해 주면 되지. 감히 본가와 황실을 우습게보다니……."

백운옥은 공주에게 공손히 말했다.

"공주 마마, 우선 저들을 응징하는 것이 좋을 듯하옵니다. 괜히 놔두면 무리들이 모여서 더욱 힘들게 되오니, 저들의 수가 적을 때 차례로 치는 것이 좋을 듯하옵니다."

"좋을 대로 하거라."

"예."

백운옥이 마차에서 내리자 마부석에 앉아 있던 초류빈도 함께 내린 다음 호조를 양손에 착용하며 적들이 다가오기를 기다렸다. 적들은 다가오기는 했지만 2백 장(약 606미터) 밖에서 대열을 멈추고 흩어지면서 마차를 포위하기 시작했다. 그러자 약간 당황한 백운옥이 외쳤다.

"모두들 조심하라."

그러더니 초류빈에게 조심스레 말했다.

"이상하군요. 저들은 수가 저리 많은데 2리 거리를 유지한 채 포위하다니……. 지휘지기 누군지 궁금히군요."

"왜 그러시오?"

"아무래도 활로 공격할 것 같아요. 소녀는 저들이 정면 공격을 해 올 것이라 예상했었는데……."

그러자 초류빈은 쓸쓸한 미소를 지으며 말했다.

"그건 아무래도 제 탓인 모양이군요. 어제 저들과 충돌하여 30여 명을 베었으니까 저놈들도 조심할 수밖에 없겠죠."

"무림인들은 활을 거의 사용하지 않는데, 저들은 무림인이 아닌 것 같군요."

"공주 마마를 노리는 것으로 보아 반란군도 일부 섞여 있다고 봐야 옳을 겁니다."

이들이 쑥군거리는 동안에 상대는 다섯 명 정도가 한 조씩으로 하여 열 군데에 자리를 잡으면서 넓은 포위망을 형성하기 시작했고, 그

것이 완성되자 그 우두머리인 듯한 인물이 소리쳤다.

"항복하라."

하지만 마차와 그 마차를 호위하고 있는 다섯 기의 무사들이 아무런 대꾸를 앉자 곧장 명령했다.

"쏴라."

그와 동시에 사방에서 화살이 날아왔다.

통상적인 활의 사거리는 1천 보(步), 즉 250장(丈) 정도로 잡는다. 그보다 더 날아가지만 250장이 넘어서면 상대 군사들이 입은 갑주를 관통하기는 힘들기 때문이다. 하지만 이건 내공을 쌓지 않은 인물들이 쏘았을 때 하는 말이고, 무림인이 쏘면 완전히 얘기가 달라진다. 화살에 내공을 실어 날리면 훨씬 더 강력한 위력을 발휘하는 것이다. 그 때문에 일부 무림인들은 활 다루는 법을 배우기도 하지만 대부분이 활보다는 암기를 배운다. 활처럼 덩치 큰 물건을 들고 여기저기를 돌아다니기도 힘들뿐더러 대부분이 단거리에 일대일 대결을 할 확률이 높기에 오히려 장거리 무기인 활이 거의 쓸모없기 때문이다.

백운옥 등은 활이 날아오며 내는 파공성(破空聲)을 듣고는 얼굴이 굳어졌다. 그 파공성은 상당한 내력이 실려 있다는 것을 나타내고 있었기 때문이다. 상대는 반란군이 아니라 일정 시간 활쏘기 교육을 받은 무림인들이었고 그 화살은 엄청난 기세로 그들을 덮쳤다.

모두들 각기 지닌 병장기를 뽑아 들고는 화살을 쳐 내기 시작했고, 백운옥도 허리에서 연검을 뽑아 든 다음 휘둘렀다. 적들은 처음 일제 사격을 가한 후 의외로 상대가 잘 막아 내자 그다음부터는 발사 시간을 길게 잡아 시간을 끌면서 천천히 사격했다. 이를 보고 백운옥이 초류빈에게 물었다.

"저들이 화살을 아끼는 것 같은데……. 준비한 화살이 많지 않기 때문일까요?"

"그건 아닌 것 같습니다. 아무래도 곧이어 도착할 본대를 기다리는 것이겠죠. 조금 무리를 하더라도 지금 포위망을 돌파하고 도망치는 게 좋겠습니다."

"저쪽에 활을 날리지 않고 이쪽을 지그시 보고 있는 자가 우두머리 같은데, 같이 가시겠어요?"

"영광입니다."

"너희들은 마마를 호위하라. 가요!"

백운옥과 초류빈은 한 방향을 향해 최대한 빠른 속도로 돌진해 들어갔다. 상대와의 거리는 2백 장. 좀 멀기는 했지만 어쩔 수 없는 노릇이었다. 석들도 이쪽의 의도를 눈치 채고는 그 두 명에게 사격을 집중했다. 이때 그 우두머리가 말안장에 매여 있던 활을 꺼낸 다음 화살을 먹이고 백운옥을 향해 겨누더니 백운옥이 50장 거리까지 접근하자 자신이 가진 공력을 최대한 실어서 화살을 날렸다.

피유유융—.

화살은 무시무시한 파공성을 일으키며 백운옥을 향해 날아들었다. 순간적으로 백운옥이 연검을 이용해서 살촉을 쳐 냈지만 그때서야 그 화살에 얼마나 엄청난 내력이 실려 있는지 알 수 있었다. 그녀의 힘을 모두 기울여서 막는다면 별것이 아닐 수도 있었지만 날아드는 여러 개의 화살에 신경이 분산된 틈을 이용해서 날아온 이 화살은 다른 것보다 몇 배의 내력이 실려 있었고, 그것을 모르고 보통 화살처럼 막은 것이 치명적인 실수였다.

'실수다.'

카앙!

가까스로 화살을 쳐 내기는 했지만 화살이 지닌 내력에 밀려 백운옥의 신형이 무너지면서 뒤로 조금 밀리며 중심을 잃고 휘청거렸고 그때 또 다른 화살 한 대가 백운옥의 왼쪽 어깨를 꿰뚫었다.

"끼약……."

백운옥이 상처를 입은 것을 본 초류빈은 일이 이미 글렀다는 것을 직감했다. 그는 뒤로 돌아서며 비틀거리는 백운옥을 왼손으로 껴안고는 날아오는 화살 다섯 대를 쳐 내고 마차를 향해 몸을 날렸다. 뒤에서 화살이 날아오는 것을 쳐 내면서 돌아가자니 처음 돌진해 들어갈 때보다 시간이 몇 배는 더 걸렸지만 어쩔 수가 없었다.

'제기랄, 4봉(四鳳)에 들어가기에 한가락 하는 줄 알았더니…….'

무시무시한 내력을 담은 장소성(長嘯聲)이 들려온 것은 이때였다.

"우우우우우……."

소리의 시작과 끝이 들려온 거리가 대단한 차이를 보이는 것으로 보아 그 정체불명의 고수는 무시무시한 속도로 이쪽으로 다가오는 모양이었다.

초류빈은 백운옥의 어깨에 꽂혀 있던 화살을 빼낸 후 금창약을 발라 주고 있는데 그녀가 침중한 표정으로 물어 왔다.

"적일까요?"

"그런 것 같습니다. 저들의 표정을 보면 조금 안도하는 것 같지 않소?"

백운옥은 세심하게 금창약을 발라 주고 있는 초류빈을 보며 허탈한 표정으로 말했다.

"그렇군요. 오늘 여기서 뼈를 묻게 될지도……."

"그렇게 나쁘게만 생각하지 마시오. 우리들에게도 마지막 희망은 있으니까……."

"……?"

이때 마차 안에 있는 공주와 시녀는 정신이 하나도 없는 상황이었다. 호위 무사들이 막지 못한 화살이나 그들의 검에 튕겨 나온 화살이 간혹 마차에 맞기도 했기 때문이다. 호위 무사나 마부는 탈출을 대비해 말을 우선적으로 보호했기에 마차까지 신경 쓸 형편은 아니었다. 하지만 아직도 마차 안의 인물들이 아무런 상처를 입지 않은 것은 무림의 명가인 백씨세가에서 사용하는 것이라 마차가 원체 튼튼했기 때문이다. 그렇지만 내공이 실린 화살이기에 완벽하게 막아 내지는 못했으므로 쿵쿵하는 격타음과 함께 마차 안쪽으로 조금씩 실촉이 튀어나올 때는 놀라지 않을 수 없었다.

묵향이 느긋한 표정으로 주인이 없는 앞자리에 다리를 올려놓으며 편안하게 앉으려고 할 때 공주의 시큰둥한 목소리가 들려왔다.

"그대는 본녀를 지킬 생각이 하나도 없지?"

묵향의 다리가 순간적으로 허공에 멈췄다가 다시 내려갔다. 사실 묵향은 이번 여행에 생긴 동반자들이 별로 마음에 들지 않았고 될 수 있다면 몽땅 다 죽어 버렸으면 더 좋을 거라는 생각 중이었다. 그래야 다시 공주를 들볶을 수 있을 테니까……. 그런데 그 사실을 공주가 눈치 채 버린 것이다. 묵향은 억지로 미소 지으며 말했다.

"헤헤, 무슨 억지 말씀을……."

"어제 임방과 다투는 말을 다 들었노라. 펑 하는 소리가 크게 들리기에 적이 쳐들어왔나 싶어 귀를 기울이니……."

"하하하, 다 농담입죠. 소인이 어찌 감히 황실을 능멸할 수가……."

"그대는 대단한 고수지? 본녀도 황궁 안에 갇혀 지냈지만 마교에 대해서는 황군들 간에 떠도는 소문을 들었노라. 그대가 마교의 고수라면……."

마교의 고수라는 말이 나오자 저쪽에서 어쩔 수 없이 듣고 있던 시녀의 눈이 조금 더 커졌다.

'여우같은 년, 주워들은 것도 많구만…….'

"하하하, 마교의 잡졸일 뿐입니다. 너무 치켜세우지 마시지요."

묵향이 부인은 하고 있지만 김빠진 웃음이 나올 수밖에 없었다.

"그대가 본녀를 도와준다면 여태껏 있었던 일을 모두 불문에 부칠 것이다. 그러니 제발 도와 다오."

'제기랄…….'

"그래, 이미 눈치 챘다면 할 수 없지."

갑자기 말투가 바뀌자 공주의 안색이 굳어졌다.

"사실 노부(老夫)는 황실 따위 별로 안중에 두지도 않는다구. 과거부터 무림과 황실은 서로 불가침의 관계였으니까……. 이번 일도 푼돈이나 좀 벌려고 시작한 일이었으니 뭐, 도와는 주겠어. 하지만 이 일을 도와주는 데 있어서 우선 몇 가지 조건이 있어."

"무슨 조건을 말하는 것이냐?"

"우선 여태껏 있었던 일 가지고 황제에게 과장까지 보태서 일러 바쳐 노부를 피곤하게 하지 말 것. 그리고 수고료를 좀 줘야 할 것이고. 이래 봬도 노부는 꽤 몸값이 비싸거든……."

"얼마를 원하느냐?"

"저 임방이란 녀석이 원한 것과 같은 액수. 황금 1백 냥이면 충분해."

"허락하겠노라."

"좋았어. 거래는 성립되었군. 하지만 나중에 약속을 어길 때는 아무리 깊은 황궁 구석에 숨어 있다 해도 노부의 타오르는 분노를 피할 수 없을 거야……."

공주는 이 시건방진 무림인이 별로 마음에 들지 않는 듯한 표정이었지만 어쩔 수 없었다. 일단 이 위기를 넘겨 놔야 나중에 황군을 동원해서 능지처참이라도 시킬 수 있기 때문이다. 말로야 무슨 말인들 못 하고 약속이야 무슨 약속인들 못 하랴, 생명이 왔다 갔다 하는 판에……

'못된 녀석, 지금은 참지만 어디 두고 보자…….'

소금 시간이 지나자 열 명의 부림인이 새로이 등장했다. 그들은 하고 있는 꼬라지와는 달리 아주 우아한 사태로 착시함으로써 자신들의 무공 수위를 뽐내는 듯했다. 그들은 모두 피처럼 검붉은 적의를 입고 있었다. 산뜻한 붉은색이 아닌 피 칠을 한 듯한 검붉은 색인 데다가 이들의 몸에서는 기이하게도 약간의 요기(妖氣)와 사기(邪氣)가 은근하게 뿜어져 나오는 것이 보는 사람들을 주눅 들게 만들었다. 이들은 아무래도 정통적인 무공을 수련한 인물들 같아 보이지는 않았다. 그들 중 한 명이 급히 달려온 것과는 달리 느긋한 목소리로 우두머리에게 말했다.

"저 녀석들이 그렇게 고수란 말이오? 우리들이 나서야 할 만큼?"

그러자 놀랍게도 그 우두머리는 식은땀을 흘리며 공손한 태도로 말했다.

"예, 그렇습니다. 저 호조를 차고 있는 녀석 혼자서 열두 대(隊)를 몰살시켰습니다. 대인들께서 오시기 전에도 포위망을 돌파하려고 했는데 힘겹게 막아 냈습죠. 저 녀석 말고는 그렇게 뛰어난 고수는 없는 듯합니다."

우두머리는 적과 만난 지 꽤 오랜 시간이 흘렀음에도 화살만을 이용한 간접 공격만을 하고 직접적인 충돌을 벌이지 않은 이유를 상대의 실력을 과대 포장하여 보고함으로써 벗어나려고 들었다. 그러자 그 적의인은 멀찍이 보이는 초류빈을 지긋이 바라본 다음 말했다.

"그렇게 실력이 좋은 것 같지는 않은데……. 한번 수하들에게 몸이나 풀어 보라고 하지……."

혈의인(血衣人)들의 우두머리와 기마 무사들의 우두머리가 이제 독 안에 들어가 버린 생쥐를 잡는 느긋한 기분으로 쑤군거리고 있을 때 마차 문이 열리더니 묵향이 어슬렁거리며 걸어 나왔다. 묵향은 바짝 긴장한 표정으로 적의인들을 노려보고 있는 초류빈을 향해 말을 걸었다.

"이봐, 살아서 돌아갈 수 있을 것 같아?"

"흐음, 잘 모르겠소. 저들은 어디서 솟았는지 모르겠지만 대단한 고수들같이 보이오."

"그럼 오늘 황천 갈 확률이 높다는 말이 되겠군. 내 말대로 하면 자네는 하늘이 무너져도 솟아날 구멍이 생길 거야. 지금 그 계책을 알려줄 테니 한번 실행해 볼 의향이 있나?"

그러자 초류빈은 귀가 솔깃해져서 물었다.

"무슨……?"

"하하하, 아주 간단한 거지. 본좌의 수하가 되겠다고 맹세한다면 자네를 도와주겠어."

그러자 옆에서 듣고 있던 백운옥이 발끈해서 역정을 냈다.

"꼭 이런 때 농담을 하고 싶어요?"

"이런… 본좌는 지금 농담을 하는 게 아니야. 너 같은 꼬맹이는 가만히 있거라. 이건 본좌와 이 녀석 간의 문제야. 너희들이야 죽건 살건 나하고 아무런 관련이 없으니까……."

"흐음……."

초류빈은 잠시 생각하더니 말했다.

"좋소. 그대의 수하가 되어 드리지. 대신 조건이 있소."

"뭔데?"

"만약 여기 있는 사람들 중 한 사람이라도 죽는다면 이 계약은 무효요."

"그건 안 돼."

"왜? 자신이 없소?"

"하하하, 꼬맹이가 본좌한테 감히 격장지계를 쓰려 들다니……. 쯧쯧, 속아 넘어갈 사람한테 그따위 방법을 써야지. 물론 저 녀석들을 다 죽일 수야 있겠지. 하지만 저 쓰레기들이 내가 저 빨간 놈들을 모두 죽일 때까지 버텨 줄지는 아무도 장담을 못하지. 너는 잘 모르겠지만 저놈들 보통 녀석들은 아닌 것 같으니까. 어쩌면 시간이 좀 걸릴지도 몰라……."

묵향이 쓰레기라는 말을 하면서 자신의 수하들을 손가락으로 가리키자 백운옥은 얼굴이 시뻘게져서 대들었다.

"감히 백씨세가의 정예 무사들을 보고 쓰레기라니, 네놈의 실력이 얼마나 대단하기에……."

챙!

연검까지 뽑아 들면서 달려드는 백운옥을 초류빈이 급히 막고 있는

데 묵향이 코웃음을 쳤다.

"흥, 다른 건 몰라도 어깨에 구멍 난 계집 열 명이 덤벼도 상대해 줄 수 있다는 건 사실이지. 자 어떻게 할 테냐? 저따위 것들을 위해서 여기서 목숨을 버릴 거냐?"

"좋소. 모두 다 죽여 주시오. 그동안 저들은 내가 최선을 다해서 막아 볼 테니……."

"흐흐흐, 그럼 거래는 성립되었군."

묵향이 어슬렁거리며 앞으로 걸어 나가자 초류빈이 백운옥에게 말했다.

"혹시 검을 가지고 있습니까?"

"없는데요……."

"그럼 도라도 하나 빌려 주시오."

백운옥이 수하에게 다가가 뭐라고 쑤군거리자 그 수하가 말안장에 비끄러매어 두었던 참마도(斬馬刀 : 관운장이 쓴 언월도와 비슷하게 생긴 마상용 장도)를 꺼내어 백운옥에게 넘겨줬다. 백운옥은 그것을 받아서 초류빈에게 보이며 물었다.

"이거라도 상관없나요?"

"고맙소."

초류빈은 백운옥에게서 참마도를 받아 든 다음 그 긴 손잡이를 잘라 내어 보통의 도처럼 만들었다. 이제 필요 없어진 호조를 옆에 던져 버린 다음 묵직한 도의 손잡이를 양손으로 꼭 쥐었다. 역시 이렇게 위험할 때는 여태껏 자신이 배운 도법(刀法)을 써야만 했던 것이다. 그의 사문은 중병(重兵)의 으뜸인 도로 일어선 무가이기에…….

혈의인들의 우두머리는 저쪽에서 흑의를 입은 사내가 천천히 걸어

나오자 더 이상 생각할 것도 없다는 듯 수하들에게 명령했다.
"쳐라!"
그러자 아홉 명의 혈의인들은 각기 목표를 한 명씩 정한 다음 앞으로 쏘아져 나갔다. 적들이 쏘아져 들어오는 것을 보며 묵향도 순식간에 검을 뽑아 들면서 앞으로 달려 나갔다. 2리라는 거리가 무색할 정도로 빠른 시간 내에 그들 간의 거리는 좁혀 들었고, 묵향은 자신을 노리고 들어오는 녀석이 윗부분에 해골 같은 모양의 쇳덩이를 붙여 놓은 5척 길이의 철봉(鐵棒)을 휘두르는 것을 보고 검으로 그놈의 몸을 철봉과 함께 두 토막으로 만들어 버렸다. 동료의 몸이 두 동강이 나는 것을 보고 혈의인들은 경악성을 질렀다.
"어검술이다. 대리혈망진(大羅血網陣)을 펼쳐랏!"
이제 여덟 명으로 줄어든 상대들이 묵향을 빙 둘러쌌다. 대단히 숙련된, 재빠른 동작이었다. 그 덕분에 묵향이 느긋하게 두 번째 녀석을 노리고 휘두른 검은 그 무시무시한 기세에도 불구하고 상대를 요절낼 수 없었다.
묵향을 빙 둘러싼 혈의인들은 철봉의 해골이 위로 가도록 들고 서서는 주문을 외워 대기 시작했다. 바로 그때 묵향의 검이 그중 한 놈의 몸통을 향해 날아갔지만 상대의 몸 앞에는 거대한 방패가 있는 것처럼 그의 몸을 건드리지 못하고 뒤로 튕겨났던 것이다.
"뭐지? 이 끈적한 기분은······."
혈의인들은 진세를 펼치자 이상한 주문을 더욱 빠르게 외워 대기 시작했다. 이때 묵향의 두 번째 공격이 시작되었다. 푸른색으로 불타오르는 것 같은 형상을 띤 검이 묵향의 손을 벗어나자마자 사방에 부딪쳐 갔지만 끝내는 상대의 진세를 뚫지는 못했다. 묵향은 다섯 군데를 찔러 댄 다음 진세의 반탄력 때문에 튕겨져 나오는 검을 회수하면서 후회스런 감정이 생기지 않을 수 없었다.

"제기랄, 이럴 줄 알았으면 진법 공부를 좀 해 두는 건데……."

유백 사부의 말을 귓등으로 흘려들었던 것이 후회스러웠다. 상대의 진법 안에 갇힌 묵향은 이게 예사로운 진법이 아니라는 것을 깨달았던 것이다. 아직 최선을 다한 것은 아니었지만 이기어검(以氣御劍)을 튕겨내는 것은 두 번째로 치고 무시무시한 요기가 뿜어져 나오는 진법에 대해서는 들은 적이 없기 때문이었다.

'일단은 여기서 벗어나자.'

묵향은 쾌속하게 위로 몸을 날렸다. 이번은 최선을 다한 것이었기에 적의인들은 묵향의 움직임을 눈길로도 따라오지 못했다. 하지만 묵향은 2장 반 정도 높이에서 무시무시한 힘에 튕겨져서 아래로 곤두박질쳤다가 다시 튕기듯이 일어섰다. 아래에서 엄청난 흡입력으로 당기는 데다가, 위에다 눈에 보이지 않는 뚜껑을 덮은 것처럼 반탄력이 그를 튕겨냈던 것이다.

흑의인이 안에서 몇 번 요동을 치자 거의 진세가 깨어지기 일보 직전까지 가는 것을 보고, 뒤에 남아 있던 혈의인들의 우두머리는 다급히 무사들의 우두머리에게 지시했다.

"저자가 정말 대단한 고수인 모양이오. 본좌는 저 녀석을 막을 테니 그대는 나머지를 처치해 주기 바라오."

"예, 알겠습니다."

그리고 그는 진세로 달려가서 진법의 한 귀퉁이를 차지하더니 외쳤다.

"환형마종대법(幻形魔悰大法)을 펼칠 테니 모두들 주의해라."

그러자 혈의인들은 좀 더 굳어진 표정으로 전력을 다하기 시작했다. 혈의인들이 흑의인과 싸우고 있는 동안 빙 둘러싸고 있던 무사들은 각기 무기를 뽑아 들고는 마차를 호위하고 있는 인물들에게 돌진해 들어갔다.

혈의인들의 우두머리는 주위의 다른 혈의인들이 외치는 주문과는 다른 주문을 외우기 시작하며 그의 두 손을 앞으로 천천히 뻗었다. 그의 손에서는 검붉은색 기류가 쏟아져 나오며 흑의인을 둘러싼 보이지 않는 반구(半球) 안으로 들어갔다. 곧이어 흑의인을 기준으로 검붉은색 반구형이 육안으로도 보일 정도로 형성되었다.

묵향은 혈의인이 한 명 더 가세한 다음 쏟아져 들어온 지독한 독기 때문에 피부가 따끔거릴 정도였다. 아무리 현셍의 고수라고 해도 이런 시독한 독기에서 오랜 시간 버티기에는 무리라고 느껴졌다. 하지만 조금 더 지나자 자신의 생각이 조금 잘못되었다는 것을 알 수 있었다. 그 지독한 독기가 문제가 아니라 자신의 힘이 천천히 빠져나가는 듯한 느낌이 들었던 것이다.

'이놈의 진세는 공력까지 빨아들이나? 더 이상 공력이 빠져나가기 전에 일격을……'

묵향은 검을 천천히 들어 올렸다. 머리 위로 검을 들어 올린 자세에서 자신의 공력을 끌어 모아 검강을 뿜어냈다. 수백 개의 검강들이 사방으로 뻗어 나가며 진세에 충돌했다. 혈의인들은 그 충격에 버티지 못하고 2장 정도 뒤로 밀려나갔다. 그들은 자세를 바로하기 위해 천근추(千斤墜)의 신법을 사용했기에 발이 반 척은 땅속에 박힌 상태에서 밀렸으므로 땅바닥에 깊은 흔적을 남기고 있었다. 하지만 그런 상태에서도 그들은 주문을 멈추지 않았다.

일단 묵향의 공세를 막아 낸 혈의인의 우두머리는 놀라지 않을 수 없었다. 자신까지 가세한 대라혈망진이 깨질 뻔한 것이다. 거기에 환형마종대법까지 펼쳤는데 상대는 그 지독한 사망시독(死亡屍毒)에도 불구하고 혈수(血水)가 되지 않고 있다는 것이, 아니 아예 중독 증상 자체를 보이지 않고 있다는 것이 그를 더욱 놀라게 했다.
 묵향이 혈의인들과 싸우고 있을 때 마차 옆에서도 치열한 접전이 벌어지고 있었다. 그중에서 단연 돋보이는 존재는 과거 초씨세가가 자랑했던 신예고수 초류빈이었다.
 그가 왜 도중에 행방불명이 되었는지에 대해 여러 가지 소문이 난무했었지만 초씨세가에서 일언반구도 없다 보니 자연 기세가 수그러 들어 버렸었다. 하지만 과거 7룡4봉의 명단에 들어 있었던 그였지만, 기마 무사들의 우두머리 등 고수 10여 명이 한꺼번에 무림의 도의를 무시한 채 집단 공격을 해 대니 자신의 한 몸 사리기도 힘들 지경이었다.
 백운옥의 경우 뛰어난 무예를 가지고는 있었지만 실전 경험이 너무나 미숙했고, 거기에 어깨에 구멍까지 뚫려 있다 보니 자신이 지닌 바 실력의 5성도 발휘하지 못하고 다섯 명의 기마 무사들의 참마도를 피하기에 급급한 실정이었다. 백씨세가의 여고수가 이 모양이니 그 수하들이야 말할 바도 못 된다. 일대일이라면 상대도 안 되겠지만 일곱 명이 50명을 상대하자니 밀릴 수밖에 없는 것이다.
 거기에 적들은 장병인 참마도나 창을 이용하여 간접 공격을 퍼부을 뿐 직접적인 난타전을 벌이지 않고 있었다. 죽자고 싸워 봐야 사상자만 늘어날 것이니, 자신들은 현상 유지만 한 채 이들이 도망치지 못하도록 막고만 있으면, 든든한 후원자인 저 혈의인들이 까만 옷 입은 녀석을 없애 버린 다음 깨끗한 뒤처리를 해 줄 것으로 믿고 있었기 때문이었다.

그리고 초류빈도 마교의 고수, 그것도 자신의 원수 좌외총관 지옥혈귀를 보고 '그 녀석'이라고 부를 정도로 고위급의 고수가 이런 시골에 나타난 겉멋만 잔뜩 낸 저 빨간 놈들에게 질 리가 없다고 믿고는 시간을 끌고 있었으니 서로 간에 칼부림은 심하게 오고 갔지만 정작 다치는 사람은 거의 없는 평행선을 달리는 대결이 벌어지고 있었던 것이다.

아무런 마음의 준비도 없이 우연히 엄청난 실력을 가진 혈의인들을 만난 것은 묵향에게 재앙이었다. 하지만 그 반대로 시각을 뒤집으면 구휘 이후로 아무도 올라시지 못했다는 현경의 고수와 우연히 만난 혈의인들에게도 그것은 그들이 상상도 해 보지 못한 최악의 재난이었다.

마교와의 치열한 전쟁 이후에 개발된, 초고수들을 상대하기 위해 만들어진 대라혈망진을 조금의 여유만 준다면 깨 버릴 정도로 막강한 무공을 가진 데다가, 천령강시(千逞殭屍)조차 혈수로 만들어 버린다는 환형마종대법을 펼쳤는데도 끄떡없는 괴물……. 혈의인들의 우두머리는 입이 다물어지지 않을 정도로 놀랐지만, 자신이 감정을 드러내면 수하들이 더욱 동요할 것이 분명하기에 억지로 감정을 추스르며 마지막 발악을 할 수밖에 없었다. 혈의인들의 우두머리는 저 괴물을 상대할 수 있는 방법은 단 하나뿐이라는 것을 느꼈다. 자신이 죽느냐 샤느냐는 두 번째 문제였다.

"굉뢰사멸파(宏賴邪滅破)를 쓸 테니 모두들 충격에 대비해랏."

그러자 혈의인들은 그 자리에서 2장 정도씩 더 뒤로 물러서며 온 힘을 다 기울여 주문을 외워 대기 시작했다. 여기서 조금만 실수하면 목숨이 날아가는 것이다.

혈의인들의 우두머리는 수하들이 대비 태세에 들어서자 왼손의 손톱을 이용하여 오른손 손바닥에 깊은 상처를 만들었다. 곧이어 피가 솟구쳐 흐르기 시작했다. 혈의인들의 우두머리는 상처 입은 오른손을 앞으로 들어 올려 흑의인을 가리키며 자신이 가진 모든 암흑의 기운을 끌어 모아 주문을 외웠다.

"저 머나먼 역천(逆天)의 대지에서 강림하신 암흑의 마신(魔神)이시여, 파괴와 혼돈을 주관하시는 대지의 마왕이시여, 이 세상의 모든 것을 초월하신 그 강대한 힘을, 위대한 파멸의 힘을 생과 사, 시간과 공간을 초월하여 어둠의 계약에 따라 이 몸에 부여하소서."

그러자 그의 오른손에서 흘러내리던 피와 함께 검은색의 어둠의 기운이 뭉쳐지며 검붉은 덩어리가 천천히 커지기 시작했다. 뭔가 벌어지고 있다는 것을 눈치 챈 흑의인의 검에서는 안개 같은 기운이 뿜어져 나오기 시작했고, 그 안개 같은 것은 급기야 혈의인들이 만든 대라혈망진과 충돌을 일으키기 시작했다.

혈의인들의 우두머리가 봤을 때 그것은 호신을 위한 무공인 듯 보였지만 방어적인 개념보다는 공격적인 개념이 앞서 있는 무공인 듯했다. 그만큼 안개와 같은 것은 강력한 힘을 감추고 있었던 것이다. 하지만 혈의인들의 우두머리는 더 이상 흑의인의 행동에 신경을 쓸 처지가 못 되었다. 이제부터가 더욱 중요했기 때문이다. 조금이라도 정신이 분산되면 자신의 목숨은 저 인간 같지도 않은 놈을 공격하기 위해 만든 이 굉뢰사멸파에게 먹혀 버릴 것이기 때문이었다.

안개 같은 기운이 더욱 짙어질수록 혈의인들은 가중되는 압력에 시달려야 했고, 그들 자신도 모르는 사이 그들은 땅바닥에 깊은 흔적을 남기며 조금씩 조금씩 미세하게 뒤로 밀리고 있었다. 자신의 몸도 뒤로 밀리고 있다는 것을 알고 혈의인들의 우두머리는 더 이상 굉뢰사멸파를 키우기 위해 시간을 끌다가는 무슨 일이 벌어질지 모른다는 압박감을 받기 시작했다. 그도, 그의 수하들도 거의 정체불명의 고수 한 명 때문에 한계에 다다르고 있었던 것이다.

'더 이상 기다릴 수 없다.'

"받아랏!"

검붉은 기운이 안개와 같은 기운을 뚫고 들어가며 흑의인을 향해 쏘아져 들어갔을 때 그 흑의인도 그것을 눈치 채고는 검붉은 기운을 향해 엄청난 깅기의 세례를 피부었다. 강기 디발괴 검붉은 기운은 흑의인으로부터 불과 3장도 안 되는 거리에서 충돌했고, 무시무시한 대폭발이 일어났다. 혈의인들의 우두머리가 만들어 낸 굉뢰사멸파는 정말이지 무시무시한 파괴력을 가지고 있었지만, 그것과 함께 부딪친 강기의 덩어리 또한 그 파괴력에서 결코 뒤지지 않았다. 그런 두 극강의 기운이 함께 부딪쳤으니 그 충격파는 정말이지 혈의인의 우두머리나 묵향도 상상하지 못했을 정도로 강력한 것이었다.

혈의인들의 우두머리는 대 폭발이 일어나는 순간 "피해랏!"하는 말을 수하들에게 내뱉으며 뒤로 날렵한 신법을 전개하려고 했다. 그 무시무시한 폭발을, 정예라고는 하지만 당주급도 안 되는 여덟 명의 수하들과 외당 당주인 자신만으로 막아 낸다는 것은 불가능하다는 것을 순간적으로 느꼈기 때문이다.

정말이지 그 혈의인들의 우두머리는 뒤로 빠지고 싶었다. 그리고 살고 싶었다. 하지만 그 폭발의 충격파는 그가 "피해랏!"하는 말을 내

뱉을 시간도 주지 않고 그들을 덮쳐 버렸으니, 당연히 신법 자체도 펼칠 시간조차 없었다. 아홉 명의 혈의인들은 천지가 진동하는 대 폭발음과 동시에 피 떡이 되어 사방으로 튕겨 나갔다. 이 지독한 충격파에 사방에서 피 튀기며 싸우던 기마 무사들의 싸움도 어느새 중단되어 버렸다.

그 엄청난 충격파의 회오리를 바라보며 백운옥이 핼쑥해진 안색으로 초류빈에게 물었다.

"도대체 무슨 일이 벌어진 거죠?"

"글쎄……."

이때 뿌연 먼지 구름 속에서 한 인영(人影)이 움직이는 것이 보였다.

"세상에, 저 속에서도 생존자가 있다니……."

모두 아연한 표정으로 그 생존자를 바라보았다. 그가 누구냐에 따라 결판이 날 테니까…….

모두의 시선이 집중된 가운데 자욱한 먼지를 뚫고 다 헤어져서 너덜거리는 흑의를 걸친 인물이 먼지투성이가 되어 어슬렁거리며 걸어 나오고 있었다. 그러더니 그 사내는 갑자기 시커먼 피를 토하면서 투덜거렸다.

"우웩! 제기랄… 그놈의 독기 정말 대단하군……."

그 모양을 보자 추격대의 우두머리는 싸울 기분이 싹 달아나 버렸다. 나중에 합류했던 열 명의 혈의인들은 무림에 그렇게 잘 알려진 집단에 소속된 무리들은 아니었다. 하지만 그렇다고 그들의 무공이 약하다는 말은 더더욱 아니었다. 자신도 그들의 정체를 처음 들었을 때 턱이 빠지는 줄 알았을 정도였으니까…….

그런데 그자들을 모두 한꺼번에 해치우고 투덜거리며 나오다니, 이건 정말 상상도 못 해 본 일이었다.

"제기랄, 후퇴하랏!"

기마대가 꽁지가 빠지게 달아나는 장면을 잠시 멍하니 바라보던 초류빈은 저쪽에서 투덜거리며 걸어오는 흑의인을 보고 약간 비꼬며 말했다.

"뭔가 있을 거라고 하더니 정말 한가락 하던 놈들이었던 모양이죠?"

흑의인은 무표정하게 대꾸했다.

"한가락 하기는 했지. 이봐, 옷 있으면 한 벌 가져다줘."

"왜요?"

"이 옷은 독기에 절어서 자네들 근처에 가지도 못하겠어. 무슨 놈의 독기가 이렇게 강한지 옷이 완전히 삭아서 퍼석거릴 지경이니까……."

그러면서 묵향이 한쪽 옷섶을 슬며시 잡았는데 흙덩어리로 만들어 놓은 것처럼 파삭거리며 바스러지자 초류빈이 백운옥을 물끄러미 바라봤다.

초류빈은 여분의 옷을 가지고 있지 않았으므로 무언의 질문을 보낸 것이다. 그러자 백운옥 또한 수하들 쪽으로 시선을 돌렸다. 그녀 또한 남자 옷을 가지고 있을 리가 만무했기 때문이다. 그러자 수하 한 명이 마차 위의 짐 보따리를 뒤져 옷을 가지고 다 떨어진 흑의를 입고 있는 자에게 걸어갔다.

묵향은 그자가 가까이 다가오기도 전에 외쳤다.

"잠깐, 옷만 이리 던져라. 죽고 싶지 않으면……."

그는 옷을 똘똘 말아서 흑의인에게 던졌다. 그러자 흑의인은 모두가 보는 상태에서도 거리낌 없이 옷을 훌훌 벗기 시작했다. 아니 벗는 다기보다는 뜯어 버렸다는 말이 맞을 것이다. 그가 벗으려고 손에 힘을 조금만 줘도 옷은 바스러져 버렸으니까……. 나중에는 너덜거리는 속옷까지 과감하게 벗어 던지는 묵향 때문에 낯 뜨거워 얼굴을 돌린 것은 오히려 백운옥 쪽이었다. 백운옥이 잠시 시선을 다른 방향으로 돌린 사이 수하가 던져 줬던 백의(白衣)로 갈아입은 묵향이 천천히 걸어왔다. 그를 보고 초류빈이 물었다.

"피를 토하시던데, 내상약을 드시지요?"

"아니, 내상 때문에 피를 토한 게 아니야. 체내로 침투한 독기를 모아 토한 것뿐이다. 제기랄, 웬만한 독기는 그래도 버티는데……. 이번 거는 좀 심하더군. 이제 출발하기로 하지."

거대한 석실(石室). 석실의 내부는 호화롭기 그지없다. 수많은 벽화들이 생동감 넘치게 아로새겨져 있다. 너무나도 사실적이라 살아서 튀어나올 것 같은 조각들……. 피 튀기는 지옥의 수라도(修羅圖)가 너무나도 생동감 있게 펼쳐져 있어 피라도 뚝뚝 떨어져 내릴 것 같다.

거기에 그 방 주인의 격조 높은 취향에 어울리게 금, 은, 마노, 유리, 홍옥 등 갖가지 보석으로 형형색색 단장을 했기에 그 조각들은 더욱 현실감이 나는지도 모른다.

바닥에서 5척이나 솟아 있는 단상 앞에는 다섯 개의 금으로 만든 향로가 놓여 있다. 그리고 그 향로 2장 뒤편에 높직하게 설치된 태사의 위에 거만하게 앉아 있는 인물은 아지랑이같이 피어오르는 향연(香煙)에 가려 단상 아래에서는 얼굴조차 알아보기 힘들 지경이었다. 아마도 수하들에게 꽤나 신비한 척하는 게 취미인 듯한 인물인 모양인데, 그 인물이 지금 경악에 찬 노호성을 저 밑에 부복하고 있는, 재수 없는 수하에게 터트리고 있었다.

"뭣이라고?"

"진천왕을 돕기 위해 파견되었던 외당 당주 이하 혈사마인대(血邪磨人隊) 대원 아홉 명이 죽음을 당했습니다. 하명(下命)을……."

"도대체 흉수는 어떤 놈들이냐?"

"아뢰옵기 송구하오나 한 명이라는 사실 외에는 정보가 거의……."

"무어라?"

"그들과 동행했었던 무사의 증언에 따르면 흑의를 입은 한 명이 그들을 죽였다고 했습니다."

"그 흑의를 입은 자가 기습이나 암습을 가했나?"

"성면 대결이라 들었습니다."

"말도 안 되는 소리! 어떤 놈이 정면 대결로 그들을 죽일 수 있다는 말이냐? 모종의 암기라도 사용했겠지……. 그렇지 않다면 놈이 화경의 고수라 해도 깊은 내상을 입었을 가능성이 클 터. 부근의 약방이나 의원을 이 잡듯이 뒤져서라도 그놈을 찾아내라."

"존명!"

암습

　아늑한 방 안에서 다과를 사이에 두고 앉아 있건만 화기애애한 담소가 오가는 것이 아니라 숨통이 막힐 듯한 분위기였다. 누가 검을 당장 뽑아 든다고 해도 하나도 이상할 것이 없을 정도의 괴괴한 분위기……. 둘의 복색은 저마다 달랐지만 하나의 큰 공통점이 있었다. 마기……. 두 사람은 모두 마기를 은근히 뿜어내고 있었다. 이때 탁자의 상석에 앉은 인물이 자신의 앞에 앉아 있는 오랜 친우를 지그시 바라보며 말했다.

　"화급을 다투는 일이다."

　그러면서 그는 은은한 자색을 띤 손을 품속에 넣어 봉서(封書)를 꺼내어 건네주며 말했다.

　"그에게 전하라. 그리고 재삼 당부하지만 지금 행할 일을 누구에게도 말하지 마라. 함께 동행할 수하들에게도 최후의 순간까지 목적지를 말하지 말아야 한다. 이 방을 나선 다음에는 그 누구도 믿지 마라. 누가 적이고 누가 친구인지 모르기 때문이다."
"만약 배신을 당한다면, 속하만으로는 좀……."
"배신을 당한다면 서신이 적의 손에 들어가지 못하게 기필코 없애 버려라. 다행히도 그에게 도착한다면 그 서신을 건네주며 그에게 말하라. 조만간에 본좌의 성의(誠意)를 볼 수 있을 것이라고……."
"존명!"
"그대를 택한 것은 어떤 일이 닥쳐도 해낼 수 있을 것이라는 것을 본좌가 믿기 때문이다."
"무슨 일이 있어도 서신을 전하겠습니다."

따뜻한 가을햇살을 받으며 한 사내가 장작너미 앞에 앉아 꾸벅꾸벅 졸고 있다. 군데군데 주근깨가 박혀 있는 그리 잘생기지 못한 얼굴에 언제 씻었는지 땟물이 흘렀다. 헤 벌어진 입술 옆으로 침까지 흘리는 걸 보니 이제 조는 단계를 건너뛰어 아예 꿈나라로 입문(入門)하는 모양이다. 그의 옆에는 아직 패지 못한 통나무들이 쌓여 있는 것을 보면, 한참 장작을 패다가 잠깐 휴식을 취한다고 기대앉은 것이 탈인 모양이다.
고달픈 하인 생활에 이런 기가 막히게 달디단 휴식을 잠시나마 취하는 게 무슨 큰일이겠냐고 모두들 생각하겠지만 지금은 문제가 달랐다. 왜냐하면 바로 그의 앞에 못마땅한 눈초리로 쏘아보고 있는 사람이 있었기 때문이다.
"이봐……."
끓어오르는 것을 참으며 점잖게 사내가 불렀지만 꿈나라에 한 다리를 걸친 이 속편한 녀석에게 그게 들릴 리가 없다. 하지만 꿈나라에 들어간 하인에게는 불행하게도 지금 그를 부르는 이 양반은 평소에도 말보다는 손이 빠른 사람이었으니…….

퍽!

그 사내의 손이 소문만큼이나 매운 듯 완전히 얼굴이 반 바퀴는 돌아갔지만 하인은 재빨리 정신을 차리고 황감한 표정으로 비굴하게 말했다.

"크악! 나오셨습니까요? 나으리……."

"쯧쯧쯧, 장작을 겨우 그거 패 놓고 잠이 오더냐? 이 밥버러지야. 빨리 그거 패 놓고 부엌의 물통들에 물을 가득 부어 놔라. 알겠느냐?"

말이 물통들이지 이 많은 식구가 한 끼를 먹는 데 들어가는 물이 적은 양이 아니었다. 평소에도 세 명이 달라붙어서 묵직한 물통을 한 시진은 죽자고 져 날라야 하는데……. 그 때문에 모두들 물 운반을 싫어하기에 순번을 정해 돌아가며 하고 있었다. 하지만 주근깨 하인 같은 경우 물 운반 대상에 들어가지는 못했다. 왜냐하면 그는 이곳에 온 지 3개월밖에 되지 않기 때문이다. 물이란 대단히 소중한 것이기에 독 같은 것을 탈 수도 있으니까 믿을 수 있는 하인들에게만 이 작업을 시키는 것이다. 그렇기에 이 주근깨 하인은 하지 않아도 될 일을 벌칙으로 떠맡은 것이지만 지어 놓은 죄가 있기에 반발을 할 수도 없는 노릇이라 그는 체념한 듯한 구슬픈 표정으로 답했다.

"예……."

하지만 놀랍게도 그 사내가 멀리 사라지자 멍청하게 보이던 그의 눈에서 번쩍하고 빛이 났다. 하지만 그것은 나타날 때도 갑작스러웠지만 곧이어 사라졌다.

'흐흐흐, 물이라……. 이 기회를 만들려고 일부러 자는 척한 줄은 몰랐을걸…….'

"제기랄……."

이곳은 정말 마음에 안 드는 곳이다. 외곽의 담장을 따라 곳곳에 수많은 고수들이 숨어서 정말이지 지독할 정도로 보초를 서고 있다. 물론 동편에 있는 창고들에는 곡식이나 각종 값어치 있는 물건들이 많이 들어 있으니 그 정도 경계는 해야겠지……. 사실 이 정도 감시망이 펼쳐져 있다면 도둑 걱정은 평생 가도록 안 해도 될 것이다.

하지만 그로서는 더욱 마음에 안 드는 점이 있었다. 그것은 내당과 외당의 사이에 지독한 진법이 펼쳐져 있다는 점이다. 낮 동안의 서너 시신 성노는 일부 신법이 해세뇌기도 한나. 하시만 ㄱ 일부가 정말 마음에 들지 않았다. 외길, 딱 통로 한 개만 개방되는 것이다. 거기에 살벌한 고수들 10여 명이 배치되어 철저하게 출입인들을 감시한다. 도대체 내당 안에 금덩어리를 얼마나 쌓아 뒀기에 저 정도까지나 할까 하는 생각이 절로 들게 만드는 놈들이다. 아마 황궁이라도 이 정도까지 경계를 하지 않으리라…….

그는 오늘도 산책이라는 핑계로, 아니지 이놈의 산책… '달구경'이라는 말도 모두들 눈치 챈 지 오래다. 달구경은 핑계고 그가 정연(鄭蓮)이 년하고 눈이 맞아서 쏙닥거리러 밤마다 나간다는 건 모르는 놈이 거의 없는 사실이었으니까. 정연이는 마당이나 방을 청소하는 계집인데 사실 두리뭉실하게 생긴 것이 조금 귀여운 맛은 있는지 몰라도 도저히 그의 입으로도 차마 예쁘다는 말은 할 수 없는 얼굴을 하고 있는 하녀다.

이틀 전에 이르러서야 그는 천신만고 끝에 정연이의 입술에 가벼운, 정말이지 가벼운 뽀뽀를 할 수 있었다. 근본이 천생(賤生)이라 사내들하고 함께 부대끼며 살다 보니 닳고 닳아가지고 웬만한 칭찬으로는 넘어오지 않아서, 정말 마음속으로 찔리는 것을 느끼며 눈 꽉 감고 예쁘다는 칭찬을―부처님 용서하세요. 저는 그날 거짓말을 하고야 말았답니다―해 줘야만 했다. 그놈의 입술이 뭔지……. 그날따라 왜 그리도 위에서 뚫어지게 노려보는 달님에게 미안하던지. 역시 거짓말은 하면 할수록 버릇되니 처음부터 하지 말았어야 했는데…….

그는 천천히 정연이가 기다리고 있는 곳으로 발길을 옮겼다. 누가 봐도 산책하는 것처럼 점잔을 빼면서 주위를 찬찬히 훑어보며 느긋하게 걸었다. 그리고 오늘은 달도 누가 씹어 먹었는지 자그마해져 있지만, 뭐 며칠 더 지나고 나면 다시 언제나처럼 동그래질 테니 그건 큰 문제가 되지 않았다. 어쨌든 작더라도 달은 떠 있었고 그는 그것을 본다는 핑계로 나온 것이니까…….

'떠그랄, 모두들 내가 왜 여기 있는지 다 알고 있겠지…….'

그가 걸어가는 길 왼편으로는 1장 반은 됨직한 담장이 둘러져 있다. 내당과 외당 사이에는 두 개의 담이 쌓여 있고, 담과 담 사이에는 진법이 설치되어 있다. 그가 걸어가는 길의 왼편 담을 통해 으스스한 살기가 느껴지는 것이 하인들 사이에 나도는 말이 거짓은 아닌 모양이다. 그 담 주변으로는 2장 정도의 길이 나 있기에 한밤에 산책하기에 제법 그럴듯했다. 그가 정연이의 입술을 훔친 곳도 담에서 2, 3장 떨어져서 세워진 건물들 사이의 으슥한 장소였으니까…….

계집은 일단 남이 안 보는 으슥한 곳으로 유인해서 누가 들어도 거짓말임이 확실한 감언이설로 꼬드겨도 간단히 넘어오는 걸 보면 바보는 바보인 모양이다.

언제나와 같은 하루가 끝나려고 하고 있었다. 하지만 이때 검은 그림자 하나가 담 안에서 튀어나오며 쏜살같이 암흑의 대지를 가르며 사라져 갔다. 하지만 그는 그것을 보지 못했는지 그대로 천천히 걸어갔다.

사실 그 검은 그림자가 움직이는 것을 이 달밤에 볼 수 있다면 이미 하인 노릇은 그만둬도 될 것이다. 어디를 가도 칼 차고 밥 먹을 수 있을 테니, 이놈의 힘든 하인 노릇을 할 필요가 뭐 있겠는가. 하지만 눈치 채지 못하고 걸어가던 그도 뭔가 잘못됐다는 것을 곧 알 수 있었다.

땡땡땡…….

"암습이다!"

"놈을 놓치지 마랏!"

곳곳에서 횃불이 켜지기 시작했고 곧이어 그의 앞이나 위쪽으로 20여 개의 검은 그림자들이 쏜살같이 지나갔다. 하지만 그는 그것도 알아보지 못했다. 대신 그는 정연이가 기다리고 있는 곳으로 달려가기 시작했다. 난리가 났으니 그 눈치 없는 년을 방으로 돌려보내야 했다. 멍청하게 서성거리다가 잘못 걸리면 없는 죄를 뒤집어쓰고 시체가 될 수도 있기 때문이다. 하지만 그의 달음박질은 오래 지속되지 못했다. 언제 나타났는지 눈앞에 다섯 명의 흑의인들이 살기를 풍기며 서 있었던 것이다.

"헉……."

"네놈은 누구냐?"

"길지(佶止)라 하옵니다요, 나으리. 짐 나르는 하인이굽시요."

"어디를 가는 길이냐?"
"저, 달구경하러……."
"뭣이?"
흑의인들 중의 한 명이 언제 다가왔는지 순식간에 그의 앞으로 다가온다 싶자 벌써 그의 몸은 상대의 우악스러운 손아귀에 잡혀 공중에 대롱거리고 있었다.
"이놈이 노부를 능멸하려 들어?"
이때 또 다른 흑의인이 한 명 나타나면서 그는 상대의 손에서 벗어날 수 있었다.
"그는 아닙니다. 요즘 들어 계집종하고 눈이 맞아서 달구경을 핑계로 돌아다니는 놈입니다. 매일 이 시간에 그 계집종하고 주위를 배회하니까요. 그리고 저쪽에서부터 걸어오는 것을 제가 보고 있었습니다. 저하고 둘은 여기 남았고, 나머지는 이자의 앞쪽으로 지나간 검은 옷 입은 놈을 쫓아갔습니다."
그 보초의 보고가 끝나기도 전에 다섯 명의 흑의인들은 보초가 가리킨 방향으로 무시무시한 속도로 달려 버렸다. 도대체 왜 갑자기 다섯 명이 흔적도 없이 사라졌는지 궁금해하는 듯한, 멍청한 표정을 하고 있는 하인 한 명을 뒤에 남겨 두고…….

아직도 잠이 덜 깼지만 어딘지 초조함이 감추어진 목소리였다.
"그놈은 잡았습니까?"
그러자 설무지 앞에 서 있는 흑의인은 죄송하다는 표정으로 즉시 답했다.
"예, 하지만 생포하지는 못했습니다. 품속에 지니고 있던 독으로 자결했습니다."

"흐음, 뒤를 캐기는 힘들겠군요. 하기야 마교 아니면 무림맹의 짓일 테니……. 뭐 상관은 없겠지요. 참, 그는 어찌 되었나요?"

"발견했을 때는 이미 늦었습니다. 즉사였습니다."

"사인은 뭐였지요?"

"비수 때문이었습니다. 놈들도 독 따위로는 안 된다는 것을 아니까 비수에 강한 미혼약과 지독한 춘약으로 알려진 대라환락분(大羅歡樂粉)을 섞은 것에, 아직 확실히 밝혀지지는 않았지만 또 다른 하나를 더해서 그것들을 비수에 발라 사용했습니다. 왜 죽었는지도 모르고 죽었을 겁니다."

"호위들은?"

"모두들 자고 있었기에 죽은 자는 없습니다. 사실 그를 꼭 호위할 필요는 없었으니까요. 놈이 암습을 가하기 전에 수면제를 물에 섞었기에……. 아주 천천히 작용하는 것을 미량 섞었기에 즉시 반응이 나타나지 않은 데다가 일단 잠든 사람들은 일어나기 어려웠습니다. 보초들은 심한 졸음이 올 정도였으니, 대응이 한 박자 늦어질 수밖에 없었지요. 어쨌든 그놈을 잡아 놓고 보니까 외당에서 하인 노릇하던 녀석이었습니다. 온 지 3개월 정도밖에 안 되어 물 나를 처지는 아니었는데 낮에 졸다가 들켜서 물을 운반하라는 벌칙을 받은 모양입니다."

"흐음, 어쩌면 살수를 도운 놈이 있을지도 모르니 그 벌준 녀석부터 시작해서 외당 쪽의 의심나는 인물들을 철저히 감시하라고 하세요. 그리고 내당 쪽에 우물이 완성될 때까지 외당에서 들여오는 물을 철저히 조사하세요. 또다시 이런 일이 벌어질 수도 있으니까요."

"예, 암습을 한 놈이 도주하는 중에 붉은색 신호탄을 하늘로 쏴 올렸습니다. 모두 세 개의 신호탄을 가지고 있었습니다. 푸른색과 노란색이 나는 신호탄은 그놈의 품속에서 발견되었습니다. 아마도 그놈도 살아서 도망가기는 그른 줄 알았을 테니 성공 여부를 가지고 어떤 약속을 한 모양입니다. 어떻게 해야 할까요? 사실 하급 무사들에게는 지금 타주께서 돌아가셨다는 소문이 퍼지고 있는 모양입니다."

"흐음, 타주께서 건재하다고 수하들을 모아 놓고 일장 훈시를 할 수도 없는 입장이니……. 중상(重傷)으로 합시다."

"예?"

"타주께서 중상을 당하셨다고 소문을 내세요. 그리고 태백산 비밀 분타에도 이 사실을 알리시오. 염왕적자 대장에게 될 수 있다면 빨리 그를 찾아오라고 전하세요. 그리고 믿을 만한 고수 몇 명을 이쪽으로 돌리고 하위급 고수들은 1백여 명만 남기고 모두들 빠른 시일 내에 태백산으로 보내세요. 최악의 경우 조만간에 적의 기습이 있을지도 모릅니다."

"예."

구휘(區揮)의 무덤

"잠깐 얘기를 나눌 수 있을까요?"
"들어오시오"
백운옥은 초류빈의 허락에 방문을 살며시 열고는 실내로 들어왔다. 묵향은 탁자에 앉아 술을 마시고 있었고, 초류빈은 침상에서 일어나서 탁자 쪽으로 걸어오면서 말했다.
"이쪽으로 앉으시지요."
백운옥이 자리에 앉자 초류빈이 궁금한 듯 말했다.
"무슨 일이십니까?"
"예, 내일 오후면 강수에 도착할 수 있을 테고……. 그다음 일정이 없으시다면 소녀를 조금 도와주실 수는 없겠는지요?"
"무슨 일인데 그러십니까?"
그러자 백운옥은 마음에 안 든다는 듯 술잔을 기울이고 있는 묵향을 의심스런 눈초리로 한번 쏘아본 다음 입을 열었다.

"신검(神劒) 대협에 관계된 일이에요."

가만히 술잔을 기울이고 있던 묵향의 눈썹이 꿈틀했다. 하지만 묵향은 대화에 흥미가 없다는 듯 계속 술을 마셨고, 초류빈이 놀라운 듯이 반문했다.

"신검 대협이요?"

"예, 오래전 서문세가에서 우연히 지도 한 장을 입수했어요. 하지만 그걸 해독할 수 없었기에 예로부터 지식이 뛰어난 남궁세가에 의뢰를 했어요. 남궁세가는 몇 달에 걸쳐 그 지도를 해독했고, 그 결론은 놀라운 것이었죠. 신검 대협의 무덤이 있는 위치……."

"신검 대협의 무덤이라구요? 정말입니까?"

"예, 그걸 알아낸 남궁세가에서는 서문세가 모르게 그들이 그 무덤을 찾으려고 했고, 뒤늦게 눈치 챈 서문세가와 암중에 충돌이 있었죠. 그러면서 시간을 끄는 동안 그 사실이 조용히 무림에 퍼진 거예요. 지금은 꽤 많은 문파들이 그 사실을 알고 있어요. 신검 대협이 남긴 것이라면 모든 무림인들의 유산이 아니겠어요? 그래서 어떤 한 문파가 그걸 독점하지 못하게 막는 사이 그 소문은 더욱 퍼져 버려 지금은 쓸 만한 정보력이 있는 문파들은 다 알고 있는 지경에 이르러 버렸죠. 마교 쪽에서도 마수를 뻗쳐 오는 것 같고……. 어쩌면 그걸 두고 무림 사상 최악의 혈투라도 벌어질 지경이라구요."

"하지만 누군가가 이간질하려고 일부러 만들어 놓은 게 아닐까요?"

"아니에요. 진짜일 가능성이 대단히 높아요. 지금 거의 다 찾았는데, 지독한 진법을 겹겹이 쳐 놨어요. 그중에는 오래전에 사라진 것들도 있어요. 원체 방비가 대단하다 보니 한 문파가 조용히 삼키기는 어렵게 되어 버렸고, 그렇다고 딴 문파에게 그걸 양보하자니 아쉽고……. 그래서 지금은 일부 문파들끼리 뭉쳐서 서로 간에 암중 대결을 펼치는 중이죠."

"그런 말을 들은 적이 없었는데……."

"그거야 당연하죠. 어느 정도 소문이 퍼져 가던 시점에서 무림맹이 나서서 소문을 차단했으니까요. 지금 무덤 주변은 무림맹을 주축으로 하는 세력이 지키고 있어요. 그리고 그 외곽은 사파 연맹을 주축으로 하는 세력이 지키고 있죠. 아직은 진법 때문에 무덤에 진입하지 못한 관계로 서로 간에 균형이 이루어지고 있지만 진법이 파괴되기만 한다면 그다음은……."

"엄청난 충돌이 벌어질 거요."

"맞아요. 그래서 아직까지 진법을 파괴하지 않고 있죠. 진랑이에게 들으니 묵향 대협께서는 천마신교에 몸담고 계시다구요?"

그제서야 묵향은 술 마시기를 중지하고 무표정한 얼굴로 백운옥을 바라봤다. 보통 그냥 마교라고 부르지만 진짜 마교도 앞에서는 천마신교라고 부른다. 왜 그러냐 하면 일부 마교인들의 경우 마교도라고 불리는 걸 아주 싫어하기 때문이다.

"그래서?"

퉁명스런 대답에도 불구하고 백운옥은 정중히 말했다.

"한 가지 궁금한 점이 있어서 그럽니다. 왜 이번 일에 천마신교가 아직까지 참가하지 않고 있느냐 하는 거예요. 천마신교 내에 세력 쟁탈전이 벌어져서 외부에 신경 쓰기 어렵다는 것은 어느 정도 들었지만, 현경에 이른 고수가 남긴 유산, 그 유산이 걸린 싸움인데 아직까지 거기 참가 안 하고 있다는 것이 좀 수상해서 그러죠. 그 정보를 모릴 리가 없는데…….”
"크하하하하하…….”
그러자 묵향은 한바탕 광소(狂笑)를 토해 낸 뒤 뉘 집 개가 짖었느냐는 듯 다시 술잔을 기울이기 시작했다.
"…….”
예상외의 반응에 백운옥과 초류빈은 서로의 얼굴을 힐끗 보며 상대의 생각을 잠시 읽었다. 왜 답을 안 하고 저렇게 웃는 걸까…….
시비의 말로는 마교의 인물이라고 했고 또 그것을 진영 공주에게 확인했다. 혈의를 입은 인물들을 향해 달려 나가는 속도, 그리고 최초의 혈의인을 죽일 때 사용한 무공, 아무리 봐도 어검술 같이 보였지만……. 그리고 낮에는 그 강기의 폭풍 속에서 살아나오는 것까지 봤으니 무공도 고강함이 틀림없다.
그렇다면 마교 내에서도 꽤나 높은 위치를 차지하고 있을 것이다. 마교란 원래가 거의 십중팔구는 무공의 고하에 의해 지위가 결정되는 단체니까. 그 때문에 지금 백운옥이 상대가 삐딱하게 나오는데도 줄곧 존대를 해 오고 있는 것이고…….
그런데 그런 그가 질문을 받고 광소를 터트린다면 그 이유는? 웃음을 통해 자신의 표정과 속셈을 숨기고 그럴듯한 대답을 마련할 시간을 벌려고? 아니면 자신은 그따위 것 모른다는 뜻인가? 그도 아니면?
"웃지만 마시고 대답을 해 보시죠?"
놀림을 받은 것 같은 기분에 냉랭한 표정으로 백운옥이 말했다.
"크흐흐흐…….”
묵향은 술을 입속에 털어 넣은 후 입을 열었다.
"별거 아냐. 너는 본좌가 누군지 아느냐?"

"……."
"……."

 백운옥과 초류빈이 서로 얼굴만 멀뚱히 바라보며 무언의 질문을 하는 것으로 보아 대답은 들어 보나 마나였다. 저 녀석들은 묵향이라는 이름만 달랑 알고 있을 뿐이니까…….
 "좋아, 그렇다면……. 그렇게 정보력이 좋다면 지금 마교의 내부 상황은 어떻게 돌아가고 있지?"
 이번의 질문에는 자신이 있는 듯 백운옥이 입을 열었다.
 "천마신교는 지금 치열한 내전이 벌어지는 중이지요. 교주와 부교주 간에 쟁탈전이 벌어지고 있다는 걸 모르는 사람은 거의 없어요."
 이어지는 비웃는 듯한 물음…….
 "교주와 부교주라면?"
 "한중길 교주와 장인걸 부교주요. 그리고 얼마 전에 들어온 정보에 의하면, 그들 간의 쟁탈전 때문에 외부에 대한 통제력이 약해진 사이에 간도 크게 섬서분타의 타주가 반란까지 일으켰다고 그러더군요. 하지만 그 덕분에 재미있는 사실이 밝혀졌죠. 겨우 타주급이 반란을 일으켜도 진압을 하지 못할 정도로 지금 내부 사정이 엉망이라는 걸 말이에요."
 "크하하하하하, 걸작이군. 완전히 소설을 쓰고 있어……."
 또다시 광소를 터트리면서 술을 따르는 걸 보며 얼굴이 시뻘게진 백운옥이 따지듯 물었다.
 "모두들 다 알고 있는 걸 그런 식으로 얼버무린다고 누가 속을 줄 알아요?"
 "크흐흐흐, 좋아. 뭐 그렇게 알고 있다면 그게 진실이겠지. 나도 더 이상은 할 말이 없군. 참, 한 가지만 노부가 알려 주지. 바로 그 반란을 일으킨 타주의 이름은 묵향이란 녀석이야."

"에엑……."

둘은 경악에 찬 눈으로 묵향을 바라보다가 잠시 정신을 차린 백운옥이 질문을 퍼부었다.

"그럼 묵향 대협이……."

"대협 같은 소리 하지 마. 협(俠) 자만 들어도 몸에 두드러기가 나는 사람이라구. 그냥 타주라고 불러."

"하지만 묵향 타주님, 지금 반란 중이라면 아주 일이 많으실 텐데 여기 이러고 있어도 괜찮아요? 총타에서 진압하러 올지도 모르고."

"그럴 걱정이 없으니까 이러고 있지. 그리고 구휘의 무덤 건은 여태 모르기도 했지만 노부는 남의 무덤 뒤지는 취미는 없어. 총타가 움직이지 않는 건 이유야 뻔하지만 노부가 말해 줄 수는 없으니 총타에 가서 물어보라구. 클클클……."

아직도 방금 묵향이 던진 충격에서 못 깨어난 듯 얼떨떨한 표정으로 백운옥이 말했다.

"어쨌든 동행하실 생각은 있으신가요?"

"뭐, 지금은 할 일도 별로 없으니까 일단 공주를 인계하고 따라가 볼까?"

챙! 챙!

갑자기 웬 칼 부딪치는 소리? 그야 당연히 묵향이 공주를 강수에 있는 어림군 사령부에 인도했으니 일이 해결된 것이 아니라, 또다시 복수를 하려는 공주 마마의 야심 찬 계획에 따라 완전무장한 어림군들이 묵향 일행을 공격하기 시작한 소리였다.

처음 거의 1만의 어림군이 주둔 중인 이곳에 도착한 다음 공주는 돈 달라고 따라온 얄미운 묵향을 잡아서 주리를 틀 목적으로 사령관 임정 장군에게 명하여 수천의 완전무장한 병졸들을 풀었다. 연병장에서 대규모 패싸움이 벌어졌고 연병장 앞 사열을 위해 높직이 쌓아 놓은 단 위에서 공주 마마는 회심의 미소를 지으며 묵향이 포박당한 채 끌려오기를 느긋한 마음으로 기다렸다.

하지만 공주의 바람과는 달리 흑의인의 무공은 정말이지 대단했고, 여기저기 쓰러져 신음하는 병졸들의 수가 늘어가기 시작했다. 물론 묵향도 후환거리를 만들지 않기 위해 아직까지 검을 쓰지는 않고 있었지만 그의 돌주먹이나 돌다리에 맞은 병졸들은 뼈다귀가 부러진 채로 뻗어서 일어서지 못했다. 묵향은 더 이상 여기서 푸딕거리해 봐야 좋을 게 없다는 것을 깨닫고 곧바로 저쪽에서 구경 중인 공주 마마를 향해 날아올랐다. 그 모습을 본 병영의 고위 장수들 10여 명이 묵향을 향해 몸을 날렸다.

하지만 그 군관들마저 땅바닥에 길게 드러누워 버렸으니 이제는 얼굴이 새파랗게 질린 공주가 도망가려는 찰나, 그녀의 멱줄은 묵향에게 잡히고 말았다.

"끼약!"

"흐흐흐, 네년이 감히 노부를 능멸하려고 들어? 아직도 맛을 덜 봤다 이거지. 그래 오늘 내가 죽나 네년이 죽나 보여 주지."

쿵! 퍽! 퍽!

손으로 패고, 발로 밟고, 차고……. 오뉴월의 개 패듯이 공주를 패고 있는 묵향을 감히 아무도 방해하지 못했다. 이유는 묵향이 무공의 고수였고, 그의 손에는 공주 마마가 잡혀 있기 때문이다. 묵향이 공주를 죽여 버렸다면 얘기가 달라지지만 아직 죽이지는 않았으니 공주는 사실상 묵향의 '인질'인 셈이었고, 그렇다 보니 손 쓸 도리가 없었다. 그러니 주변에 널리고 널린 어림군들은 개 맞듯이 맞고 있는 공주를 보며 '제발 빨리 죽어 버려라' 하고 기원하면서 기다릴 수밖에 없었다. 그래야 공주를 패고 있는 저놈에게 공격을 시작할 수 있으니까.

"제발… 살려 줘요……. 엉엉……."

매에는 장사가 없다고 했던가. 얼마나 두들겨 맞았는지 입술이 터지고 양쪽 눈두덩이에 퍼런 멍이 들고……. 맞다가 맞다가, 공주는 도저히 이렇게 맞아 죽을 수는 없다고 비장한 결심을 하고는 태도를 바꿔서 '애걸'이라는 작전을 사용하기로 마음을 굳혔고, 그 결과가 이것이다.

비참한 몰골로 손이 발이 되도록 싹싹 빌고 있는 공주를 몇 대 더 쥐어박아 준 다음 묵향은 더 이상 팰 값어치도 없다는 듯 노려보며 한마디 하는 걸로 오늘의 '구타'를 끝마쳤다.

"또다시 약속을 잊어버리고 까불면 그땐 진짜 맞아 죽을 줄 알아. 아무리 황궁 구석에 숨어 있어 봐라. 노부가 찾아내지 못하나……."

"예, 예……. 소녀가 잘못했어요. 용서하세요, 엉엉……."

"좋아. 내력을 끌어 모아서 패지는 않았으니 골병까지는 안 들었을 거야. 노부도 자신 있게 말하지는 못하겠지만……. 이봐."

갑자기 묵향이 공주를 향해 손을 내밀자 눈물에 젖긴 했지만 의아한 표정으로 공주가 물었다.

"예?"

"돈 내놔. 황금 1백 냥 준다고 했잖아."

공주는 저쪽에서 사태를 관망 중인 임정 장군을 눈짓해서 불렀고, 그가 묵향에게 황금 1백 냥짜리 전표를 건네줬다. 묵향은 그것을 품속에 쓱 집어넣은 다음 쓰러져서 아직도 울고 있는 공주를 일으켜 세운 다음 멍이든 손등에 가볍게 입맞춤을 했다.
"호호호, 즐거운 여행이었어. 그럼……."
묵향 일행은 유유히 강수를 벗어날 수 있었다. 1만에 가까운 병사들을 무장시켜 보냈었지만 그곳을 뚫고 들어와서 공주를 개 패듯 팼는데, 또다시 공주를 어딘가 피신시키지도 않고 보복을 감행할 멍청이는 아무도 없었다. 아마 다음에는 공주를 황궁 구석에 '숨겨' 놓은 다음 묵향을 때려잡을 계획을 짜고 있겠지…….

묵향은 마차 안에서 초류빈, 백운옥 등 여러 인물들의 무언의 비난을 읽을 수 있었다.
"왜 그래? 내 얼굴에 뭐 묻었어?"
"아뇨."
묵향을 향해 혐오와 비난의 눈길을 보내는 것이 당연했다. 예로부터 말이 있지 않은가? 여자에게 강한 남자는 변태밖에 없다구……. 그런데 세상에, 백주대낮에 여자를, 그것도 대 송제국의 공주를 수많은 병사들이 지켜보는 가운데 개 패듯 두들겨 패다니……. 그들로서도 그 위기를 벗어나기 위해 재빨리 우두머리를 포획하는 묵향의 그 엄청난 무공을 존경스런 눈초리로 볼 수밖에 없었다. 하지만 묵향은 공주를 위협하든지 아니면 인질로 잡아 탈출하기를 포기하고 다짜고짜 두들겨 패기 시작했으니……. 꼭 여자를 그렇게 쥐 잡듯 패야 했을까?
"정말 왜 그러는 거야?"

더 이상 참지 못하고 묵향이 성질을 터트렸다. 모두들 '뭔가 혐오스러운 어떤 것'을 보는 듯한 눈길로 계속 힐끔거리니 아무리 성질을 참고 있으려 해도 힘들었던 것이다. 이런 새까만 후배 놈들이 감히 자신이 누구라고 저따위 눈빛으로 보다니, 용서할 수가 없었던 것이다.

"저……."

"왜 그러냐?"

"꼭 그렇게 무공도 모르는 여자를 때려야……."

"뭐야?"

"때려야 되었느냐구요."

"당연히 주제를 모르는 계집은 자신이 잘못했다는 생각이 들 때까지 두들겨야지."

"하지만……."

"하지만은 뭐가 하지만이야? 우리가 지금 황군들한테 잡혀 있냐?"

"아뇨."

"그럼 된 거잖아. 왜 그리 잔말이 많아."

"하지만 상대는 공주라구요. 후환이……."

"후환 따위 두려워했다면 처음부터 건드리지도 않았어. 더 이상 까불면, 험험……."

묵향은 황급히 뒷말을 중지했다. 사실은 '그 아비라도 죽여 버리면 조용해지겠지' 하고 말하려 했는데 갑자기 그 '아비'라는 존재가 '황제'와 동의어라는 사실이 떠올랐던 것이다. 뭐 나중에 황제를 죽이더라도 지금 여기서 떠들다가 괜히 재수 없으면 '모반 음모죄' 내지는 '황제 시해 모의죄'를 뒤집어쓸 수도 있었다.

"까불면?"

구휘(區揮)의 무덤

"갈, 네년이 노부의 말꼬투리를 잡고 늘어질 배분이냐? 나중에 보면 알게 될 거야."

급기야 약간 당황한 묵향의 입에서 상소리까지 나오자 백운옥은 입을 다물었다. 하지만 묵향의 강렬한 살기에 눌려서, 또 상대의 지위를 생각해서 입을 다문 것이지 정상적인 이해에 의한 것이 아니었기에 그녀의 불만은 눈동자에 남아 있었다.

한바탕의 욕지거리까지 동반한 대화가 오갔기에 마차 안은 정말 쥐 죽은 듯 고요해졌지만, 그 조용함이 부자연스러운 침묵에 의한 것이었기에 모두의 마음은 찜찜할 수밖에 없었다. 이때 묵향이 옆으로 손을 뻗어 두려움에 떨고 있는 백운옥의 시비를 다독거리기 시작했다.

"놀란 모양이구나. 노부의 성질이 원래 그러니까 안심하려무나."

원래 묵향은 무림인들처럼 힘 있는 자들이 아니라면 꽤 부드럽게 대하는—그래서 과거에 양녀까지 들였을 정도였으니까—것을 모르는 초류빈이나 백운옥의 눈이 약간 커졌다. 이 마교 놈이 또 무슨 수작을 부리려고 이러나 하는 생각을 하고 있었던 것이다.

하지만 여자를 개 패듯 패고, 또 어림군들 수십 명의 뼈다귀를 부숴 놓은 냉혈한이 이런 말을 갑자기 한다고 해서 안심할 멍청한 여자는 한 명도 없을 것이다. 오히려 더욱 몸을 떨며 묵향의 손길을 피하는 것을 보고 묵향은 쓴웃음을 지으며 손을 거뒀다. 그런 다음 백운옥에게 물었다.

"피리(笛)나 거문고(琴)가 있느냐?"

"예."

"잠시 빌려 다오."

갑자기 또 웬 변덕을 부리는 건지 알 수가 없었기에 조금 주저하기는 했지만 백운옥은 마차의 뒤쪽 구석에 곱게 포장되어 있던 작은 거문고를 꺼내 묵향에게 내밀었다.

"여기 있어요."

묵향은 현(絃)을 군데군데 튕기며 잠시 조율을 하더니 금을 뜯기 시작했다.

묵향의 금 솜씨는 정말이지 놀라웠다. 거의 음악에 있어 백지라고 할 수 있는 초류빈이 대단하다고 생각할 정도였으니 말할 나위도 없었다. 거문고의 음은 낮고 부드럽게 울리면서 마차 안의 공기를 따뜻하게 만들었고, 모두의 기분을 차분하게 가라앉혀 줬다.

백운옥은 묵향이 금을 타기 시작하자 거의 깔보는 듯한 표정을 지울 수 없었지만, 그 표정은 곧이어 놀라움으로 바뀌었고, 또 조금 있다가는 그 표정도 없어졌다. 그만큼 상대의 금음은 너무나도 부드러웠고, 따뜻함을 간직하고 있었던 것이다. 1각 여를 흔들리는 마차 안에서 그렇게 뛰어난 연주를 하던 묵향의 손이 멈춘 것은 시비의 몸이 더 이상 두려움에 떨지 않게 되었을 때였다.

이번에는 전과는 또 다른 어떤 존경과 감탄, 뭐 그런 것들을 담은 눈으로 모두가 자신을 바라보고 있다는 것을 느낀 묵향은 짐짓 아무 것도 아니라는 듯이 금을 백운옥에게 건네주며 퉁명스레 말했다.

"이따위 거문고를 들고 다니다니……. 험험, 백씨세가도 돈이 궁한 모양이군."

묵향은 약간, 정말 약간 쑥스러운 김에 죄도 없는 거문고와 백씨세가를 욕한 다음 눈을 감고 명상하는 척했다. 자신도 자랑스런 마교도로서 방금 전 조금 외도(外道)에 가까운 행위를 했다고 생각한 것이다.

다시 만난 괴인

 백운옥이나 초류빈은 백씨세가에 도착하기 까지 거의 2주일 동안 함께 여행을 하며, 자신들이 처음 접해 보는 묵향이란 마교도를 주목해서 관찰했다. 초류빈이야 묵향에게 자신의 생을 의탁한 처지였기에 만약 주인감이 아니라면 뺑소니칠 생각이었고, 백운옥은 말로만 들었지 '사악한 마교도'를 처음 봤기 때문이다.
 어쨌든 그 둘이 대단한 호기심으로 묵향을 관찰한 결과 몇 가지를 알 수 있었다. 확실히 들은 대로 마교도는 마교도였다. 어떤 관습이나 체면 따위에 얽매이지 않는 자유분방함. 거기에 무림에 통용되는 문파 간의 존중 따위는 아예 없었다. 그건 함께 백씨세가로 여행을 시작한 지 4일째에, 주변에는 그래도 이름이 나있던 '진무문(晉武門)'이라는 정파 계통의 제자 열두 명을 만나면서 알 수 있었다. 비록 면사를 썼다고 하지만 꽤나 미인인 듯한 소저와 그의 시비를 보고 옆에서 조금 농을 걸어 오며 장난을 치던 세 명의 다리를 부러뜨리고 네 명의 팔뼈를 부숴 버린 것이다. 세상에, 그것도 미소를 지으며 아무런 망설임 없이…….

뒤미쳐서 그녀의 호위 무사 다섯 명이 말과 마차를 대어 놓고 들어오는 것을 보고, 자신들이 누구에게 추태를 벌인 것인지 눈치 챈 그들이 먼저 슬쩍 도망쳐 버리고 말았지만……. 그때 묵향의 잔인했던 얼굴은 백운옥과 그 시비의 뇌리에 아주 오랫동안 남을 수밖에 없었다.

그리고 꼴 같지 않게 무림인이 아닌 사람들에게는 잘해 주는 편이었고, 특히나 자신의 수하로 들어온 초류빈에게는 상당한 신경을 써 줬다. 그의 무공을 봐 준다든지 하면서……. 그래서 하루는 백운옥이 자신보다는 자신의 시비에게 더욱 따뜻하게 대해 주는 묵향에게 조금 신경질이 나서 힌마디 한 적이 있었다.

"진랑이에게 마음이 있으신 거 같은데, 오늘 밤 빌려 드릴까요?"

뭐, 주인이 계집종과 하룻밤 함께 잤다는 것은 정말 농담거리도 되지 않는 그런 시대였기에 주인이 손님에게 마음에 들어 하는 계집종을 빌려 준다는 것도 자주 일어나는 일이었다. 그렇기에 묵향은 그 질문을 처음에는 가볍게 받아들였다.

"아니, 필요 없다."

"어떻게 보면 여자한테 약하신 거 같기도 하고, 강하신 거 같기도 하고, 도저히 감이 안 잡히는데 좀 알려 주실래요?"

"흠, 감히 노부의 속마음을 알아내려고 시건방지게 굴지만 않는다면 누구와도 잘 지낼 수 있지. 그래서 너하고는 사이가 좋을 수 없는 거야."

그러면서 묵향은 통 씹은 듯한 표정을 하고 있는 백운옥을 뒤로 하고 목욕하러 가 버렸다.

　백씨세가까지 제법 오랜 시간 진행된 여행으로 백운옥과 초류빈, 시비, 그리고 경호 무사 다섯 명은 묵향의 괴상한 성격을 어느 정도 이해할 수 있게 되었다. 한마디로 말하면 어디로 튈지 모르는 공과 같은 성격이라는 결론에, 아예 묵향을 건드리지 않는 게 최상의 길이라는 대응책까지 뽑아낼 수 있었던 것이다.
　묵향의 성격에 가장 빨리 적응한 것은 시비였다. 그녀는 아주 어렸을 때부터 백씨세가에 들어가 시녀 노릇을 해 왔기에 눈치가 빨라 상전의 기분 변화를 재빨리 알아채는 재주를 익혔던 것이다. 마음 좋은 상전이라면 상관없지만 성격이 모난 상전이라면 곧바로 따귀가 날아오는 깃이다.
　그런 점에 미뤄 보면 아예 가식이라곤 거의 없는 묵향의 성격이 밑의 사람이 모시기에는 최고의 성격이었다. 조금 기분이 언짢은 것 같으면 접근을 안 하면 그만이요, 조금 기분이 좋은 것 같을 때 주위에서 서성이면 운 좋게 금음(琴音)이라도 얻어 들을 수 있었다.
　그다음으로 적응한 무리들은 호위 무사들……. 건드리지만 않으면 되니 주위로 가지만 않으면 된다는 결론. 멀찍이서 죽은 듯이 조용히 있으면 찾아와서 시비까지 거는 인물은 아니었다. 그러니 그들로서는 찾아와서까지 행패를 부리지 않으니 무슨 짓을 하든지 그냥 멀찌감치 서서 구경만 하면 되는 것이다.
　아마도 묵향의 성격에 가장 적응하기 힘들었던 인물이 백운옥일 것이다. 그녀는 백씨세가의 금지옥엽. 여태껏 아쉬운 것 없이 자신을 떠받들던 무리들에게 감싸여 자라 온 인물이니, 제멋대로인 이 녀석과 도저히 한자리에서 공존할 수 없는 성격이라고 할까……. 사사건건 간섭하며 성질부리다 이틀 전에 따귀 한 대 맞은 다음 정신을 차리고 요즘은 아예 묵향에 대해 신경을 끄고 있었다.

마차가 제법 큼직한 장원(莊園)에 이르렀을 때 일행의 여행도 끝이 났다. 예전에 백가장(白家莊)이라 불렸으나 그 규모가 커지자 세가(世家)로 불리기에 이른 것이다. 1천 명이 넘는 식구를 거느리게 된 백씨 세가는 일대에서 가장 거대한 무력 단체였고, 그 무력을 기반으로 각종 사업을 벌여 그 수입으로 기반을 더욱 튼튼하게 다져 오고 있었다.

사악함과 공포적인 힘의 대명사인 마교 같은 경우도 음으로 양으로 수많은 사업체를 거느리고 있다. 그만큼 무림과 상권은 떼려야 뗄 수가 없는 관계다. 사람이란 동물이 흙이나 공기만 먹고 움직일 수 없기에 그건 당연한 결과였다. 자신들의 상권을 지키려면 강력한 무력이 필요했고, 또 그 무력을 유지하기 위해서는 더욱 많은 돈이 필요했다. 그러니 각 문파가 뛰어난 무공을 가지고 있든 그렇지 못하든 그건 문제가 될 게 없었다. 문제는 자신들의 상권을 아무에게도 뺏기면 안 되었고 될 수만 있다면 남의 상권을 빼앗아야만 했다.

상권을 뺏기면 그만큼의 돈이 줄어들고, 그렇다면 그들이 유지할 수 있는 무사의 수도 줄어들게 된다. 그렇다면 상권은 왜 뺏기느냐? 대부분의 경우 정당한 상거래에 의한 경쟁 때문에 뺏기는 경우는 드물었다. 그 상권을 놓고 문파끼리 칼부림을 해서 서로의 구역을 뺏어 나가는 것이다. 이렇다 보니 무림에서는 수많은 다툼이 벌어졌고 오늘의 명가가 내일은 거지 소굴로 변하는 경우가 허다했다.

그런 점을 감안해 본다면 과거 한낱 백가장 정도로 불리며 무림의 한 귀퉁이를 차지한 작은 장원이 1천여 식솔을 거느리는 거대 문파로 발전한 것은 그 가주들의 뛰어난 능력을 대변해 주고 있는 거나 마찬가지였다.

"어서 오너라."

6척에 가까운 거구에 어울리지 않게 흰색의 문사(文士) 차림을 한 40대 정도로 보이는 인물이 마차에서 내리는 백운옥을 반겼다.

"다녀왔어요, 아빠."

"뉘시냐?"

물론 마차에서 꾸역꾸역 내리고 있는 묵향과 초류빈을 보고 한 말이었다.

"이분은 초씨세가의 탈명도 초류빈 소협, 그리고 저분은 묵향 분타주에요. 이쪽은 저의 아버님이세요."

"오, 반갑구려. 어서 들어오시오."

백운옥의 소개로 백씨세가의 부가주 분광창(分光槍) 백상(白橡) 대협이 가볍게 포권했고, 그에 따라 묵향, 초류빈이 마주 포권했다. 묵향이야 이런 시골 문파 따위 알 바가 없었지만 그래도 정파에서는 큰 문파였는지라 초류빈이 아는 척을 했다.

"대명을 익히 들었습니다. 만나 뵙게 되어 영광입니다."

"허허허, 안으로 듭시다. 이번에 좋은 차를 구했다오."

귀하기로 이름난 용정차의 향긋한 향이 퍼져 가는 가운데 주객(主客)은 대화를 나누기 시작했다. 하지만 백운옥의 전음으로 묵향이란 인물이 어떤 사람인지 대강 알게 된 백상 대협으로서는 별로 유쾌하지 못한 자리였다. 정파로 이름 높은 백씨세가의 마당 안에 마교도가 들어오다니……. 하지만 백상 대협은 감히 발작을 일으킬 수는 없었다. 상대의 실력이 아무래도 수상쩍었던 것이다. 만만해 보인다면 곧장 병신을 만들어 내쫓겠지만, 영 만만해 보이지가 않았다. 거기에 초류빈까지 거느리고? 괜히 일을 벌여 망신을 당할, 아니 어쩌면 목숨을 날릴 필요는 없지 않은가?

"허허허, 이번 여행에서 혹시 여식이 실례되는 행동을 하지는 않았는지요?"

"……."

"차를 조금 더 드시겠습니까?"

"……."

이쪽에서 떠들어도 묵향은 닥치고 있었고, 당연 어색해지는 분위기를 초류빈과 백운옥이 끼어들어 떠들어 대고 있었지만 한쪽에서 인상쓰고 가만히 있으니 분위기가 날 리 없었다. 이윽고 차를 다 마신 묵향이 쓱 일어서면서 말했다.

"먼저 가서 좀 쉬어야겠소. 방을 좀 안내해 주시오. 그리고 노부를 찾는 사람이 혹시 있으면 노부에게 지체 없이 알려 주면 고맙겠소."

"…그러지요."

묵향이 나가고 나자 백상 대협은 딸에게 질문을 퍼부어 댔다.

"도대체 어찌된 일이냐?"

"전음으로 말씀드린 대로예요. 우연히 만나서 왔는데, 단편적으로 제가 듣기로는 아무래도 이번 구휘 대협의 무덤에 마교가 관여한 것 같지는 않았어요. 그리고 묵향 분타주의 말로는 마교에서는 구휘 대협의 무덤에 별로 신경을 쓰는 것 같지 않구요. 저 묵향 분타주의 무공 수준으로 봤을 때 마교의 아주 고위층의 인물인 것 같기도 하니까 꽤 신빙성 있는 말 같아요."

백상 대협은 딸의 말을 시큰둥하게 듣고 있었다. 당연히 그럴 것이 서열 높은 자가 하는 말이라고 그게 모두 사실일 가능성은 없지 않은가? 오히려 거짓말이 더 많을 수도 있지. 이때 백운옥의 말을 초류빈이 옆에서 보충했다.

"아마도 그 추리는 맞는 것 같습니다. 그리고 제가 그와 대화를 나눠서 알아본 결과로는 그의 지위가 최소한 마교 서열 20위 안쪽인 모양입니다. 그리고 이번에 마교에서 벌어진 섬서분타 반란의 핵심 인물이라는 사실이죠. 오랫동안 같이 여행을 해 본 결과 최소한 그가 거짓을 말한 것 같지는 않습니다. 당연히 진실 중에 얘기하지 않은 부분도 많겠지만요."

그러자 백상 대협이 경악해서 되물었다. 마교에서 20위 안쪽이라면 엄청난 무공을 지니고 있을 것이기 때문이다. 백상 대협은 한순간 가슴이 서늘해짐을 느꼈다. 방금 전에 마음에 안 든다고 괜히 강짜라도 부렸다면? 마교 서열 20위 안쪽의 인물에게 백씨세가는 아예 무림에서 사라져 버렸을 가능성이 농후했다.

"마교 서열 20위 안쪽이라고?"

"예."

"그의 이름이 묵향이라고 했나?"

"예."

"특이한 이름인데, 아무래도 가명이 아닐까?"

"아닌 것 같습니다. 그의 행동으로 봤을 때……."

"알아보면 확인할 수 있겠지. 거기에다 반란의 주모자라면……."

"참, 이번에 아주 특이한 인물들을 만났습니다. 진영 공주 전하를 납치하려고 했던 무리들 중에서 검붉은 혈의를 입은 고수들이 있었는데, 그때 저 묵향 타주와 싸웠죠. 저도 그때 딴 무리들과 싸운다고 자세히 보지는 못했지만, 여덟 명 정도가 묵향 분타주를 빙 둘러쌌는데 무슨 진법같이 보이지도 않았고 그냥 빙 둘러싼 상태에서 이상한 주문 같은 거만 외우고 있더군요.

그러다가 우두머리인 듯한 자가 그들에게 합류한 다음 손에서 검은 기운을 뿜어냈는데, 그게 묵향 분타주를 감쌌습니다. 그러다 조금 더 지나고 나니 엄청난 대 폭발이 일어났구요. 그 안에서 묵향 분타주가 걸어 나오더니 지독한 독기라고 그러더군요. 완전히 옷이 다 삭아서 떨어지는 걸 보면 과연 독하긴 독한 모양이었습니다. 제 설명이 좀 두서없지만 혹시 이런 무공을 쓰는 인물들이 강호에 있습니까?"

"혈의, 주문, 검은 기운, 독기, 대 폭발이라……."

"참, 그 혈의를 입은 무리들의 무기가 특이했습니다. 한 5척 정도 길이에 윗부분에 해골 같은 형상을 붙여놓은 철봉을 사용했습니다."

"해골 모양을 붙여 놓은 봉? 그렇다면 출사봉(出邪棒)인가? 하지만 그건 혈교의 무기인데……. 정말 해골 모양이 맞나?"

"예, 해골 모양이 맞습니다. 그 부근이 원체 독기가 짙어 가져오지는 못했지만 갈갈이 찢어진 그들의 시체 사이에서 봤죠."

"갈갈이 찢어진 시체?"

"대 폭발이 있었다고 했잖습니까? 묵향 분타주를 중심으로 엄청난 폭발이 있었죠. 혈의인들은 모두 그 폭발에 휘말려서 죽었기에 온전한 시체라고는 거의 없었습니다. 그리고 조금 지나고 나니까 그 시체도 독기 때문에 흐물거리며 녹아 버렸으니까요."

"흐음, 오래전에 황궁에 짓밟힌 다음 행적이 묘연하더니, 또다시 나타나기 시작한 모양이군. 공주 전하를 납치하는 무리에 혈교가 있었다면 이유는 하나밖에 없겠지."

"뭐예요? 아빠?"

"진천왕과 혈교의 합작. 그렇게밖에는 생각할 수가 없구나. 혈교가 원하는 것은 무림. 진천왕이 원하는 것은 황실……. 같은 중원을 원하지만 서로의 목적이 다르니 합작도 가능하겠지. 진천왕은 혈교의 힘을 필요로 하고, 혈교는 난세를 이용해서 자신의 세력을 더욱 넓히고자 할 것이니까……. 그리고 기존의 무림 세력들도 황실을 편들지 진천왕을 편들 자는 없을 테니 서로의 이득이 합치된다고 봐야지."

"과거 제가 듣기로는 마교와 싸워 마교 세력의 4할을 부쉈다는 게 혈교 아닙니까? 그 덕분에 마교는 거의 30년 동안이나 세력을 보충하기 위해 엄청난 고생을 했다고 들었습니다. 그런 혈교가 이제 슬슬 활동을 시작한다면 전과는 다른 어떤 준비를 하지 않았을까요? 최근의 전투에서도 마교와 거의 맞먹는다는 잔황흑풍단이 겨우 혈교의 분타 하나 부수는 데 2천 명이 넘게 죽고 7천 명이 넘는 부상자를 냈다고 들었습니다. 그렇다면 정면에서 승부를 겨눈다면 또 얼마나 많은 사람들이 죽고 다칠지……."

"글쎄, 하지만 그건 조금 다르지. 사람과 사람이 싸우는 것과 강시와 사람이 싸우는 것은 아주 차이가 크지. 사람은 최소한 싸우다가 지치기도 하고 상처가 생기면 그게 전력에 일정 부분 영향을 미치기도 하지. 하지만 강시는 달라. 강시들을 상대하려면 무공이 약한 사람은 오히려 방해만 돼. 무공이 아주 강한 사람들만, 강시를 일검에 토막을 칠 수 있는 사람들만 나서서 공격을 해야 해. 그래야 간단히 강시를 물리치지, 어중이떠중이 다 뭉쳐서 공격하면 그들이 도리어 방해가 되어 고수들이 필요로 하는 충분한 공간을 만들어 주지 못하기에 피해가 더욱 커지는 거야. 만약 고수들이 많은 마교가 그들을 공격했다면 그렇게 대단한 피해를 당하지도 않았을 거다. 어쨌든 마교는 거의 5천 명이나 되는 극강의 정예를 가진 문파니까."

"그렇다면 왜 그렇게 힘없이 무너져 버린 찬황흑풍단과 마교가 예전에는 거의 동급으로 비교 되었을까요?"

"그거야 그 당시 흑풍단을 이끌었던 옥영진 대장군의 능력, 그리고 강력한 호신강기의 역할을 해내는 두터운 갑주, 우수한 장비, 그것이 그때의 찬황흑풍단의 명성을 만들었던 것이지. 하지만 강시와 사람은 다른 거니까……. 물론 그때 상대가 마교였다면, 그것도 넓은 평야에서 붙었다면 완전히 얘기가 달라졌을 거야."

"그렇다면 마교란 단체는 아무도 손도 못 쓸 정도로 강하다는 말입니까?"

"아니지. 마교는 혈교와 달리 강시 따위는 쓰지 않아. 그러니 정파에 밀려서 활개를 치지 못하는 거지. 사람 대 사람이라면 어중이떠중이라도 숫자가 많은 쪽이 어느 정도는 유리한 법이니까. 그리고 마교와의 투쟁이 시작되면 은거했던 기인들까지 모습을 드러내니 그렇게 마교에게 고수의 숫자에서도 밀리는 것이 아니고……. 아니 그분들까지 합한다면 고수의 수는 정파가 월등하다고 봐야 하겠지. 대신 그쪽은 한 덩어리로 뭉쳐진 상태고 이쪽은 숫자는 많지만 흩어진 상태. 어떤 큰 위기가 닥치지 않으면 뭉칠 생각을 안 하니까 마교의 무리들이 아직도 명맥을 유지하는 거야. 그리고 고인 물은 썩는 이치와 같아서 정파의 세상이 된다 하더라도 나중에는 별의별 파렴치한 놈들이 다 나오게 되니, 그게 마도의 무리들이나 무슨 차이가 있겠나? 그냥 이런 식으로 양분되어 서로를 견제하는 편이 좋지."

묵향은 목욕을 끝낸 다음 의자에 앉아 탁자 위에 놓인 술병을 집어 들고는 천천히 마시기 시작했다. 묵향이 안내된 작은 별채는 제법 아담하게 꾸며진 조용한 장소였다. 가구들도 그런대로 좋은 편이라 이런 예정에도 없던 객에게 주어진 방임을 생각한다면 백씨세가는 꽤나 풍족한 살림살이를 유지하고 있다는 생각이 들었다. 그가 앉은 의자에서 바라다 보이는 정원은 제법 세심하게 가꾼 화초들이 우거져 아름다운 꽃을 피우고 있었다.

묵향은 천천히 일어서서 정원으로 내려섰다. 예로부터 정원이야 말로 살수들이 숨어서 암살하기 딱 알맞은 장소지만 묵향의 촉수에는 그 어떤 살수의 기척도 느껴지지 않았다. 다만 정원사가 열심히 가꾼 아담한 정원만이 묵향의 눈을 즐겁게 해 주고 있을 뿐이었다. 묵향은 천천히 정원의 한쪽 귀퉁이에 국화들이 있는 곳을 향해 걸어갔다. 아직 국화꽃은 피지 않았지만 싱싱하면서도 흠집 없는 푸르른 잎사귀가 자신은 가을에 아름다운 국화를 피울 것이라는 것을 말해 주고 있었다.

기억이 돌아온 다음에도 국화를 좋아하는 묵향의 취향은 사라지지 않았다. 예전처럼 광적으로 좋아하는 것은 아니었지만, 자신을 위해 목숨을 바쳤던 한 살수를 기억하게 해 줬기에 예의상 다른 것들보다는 좋아한다고 봐야 할까……. 묵향이 지긋이 정원의 화초들을 바라보고 있는데 한 사람이 정원으로 들어왔다. 묵향이 고개를 돌려 바라보니 40대 초반은 되어 보이는 아름다운 여인이었다. 그녀는 의외의 장소에서 사람을 만나 조금 놀라는 듯하더니 친근하게 말을 걸어 왔다.

"여기는 거의 사람의 출입이 없는 곳인데, 여기에 묶게 되셨나요?"

"예, 죄송하지만 누구신지?"

"저는 백상 부가주의 안사람입니다."

그녀는 처음 보는 사람에게 자신의 이름을 밝힐 수는 없기에 약간 돌려서 말했고, 묵향은 그 말이 무슨 뜻인지를 알아들었다. 노가주는 이미 늙었고 그의 부인도 거의 은퇴 직전일 것이다. 그러니 아마도 앞에 있는 이 중년의 부인이 백씨세가를 이끌어가는 안주인인 모양이었다.

"아, 예. 실례를 했군요. 저는 이번에 신세를 지게 된 묵향이라 합니다."

"이곳의 정원은 아주 아름답지요. 그래서 저도 한 번씩 마음이 갑갑할 때는 여기에 와 보곤 한답니다. 남편이 이곳에 자리를 잡아 드린 걸 보면 아주 귀중한 손님이신 모양이군요."

"별로 귀중한 편은 아닙니다. 바쁘실 텐데, 저는 이만 물러나지요. 참으로 아름다운 정원입니다. 조금이라도 마음의 위안을 얻으시기를……."

묵향이 이렇게 노부인에게 신경을 쓰는 이유는 따로 있었다. 무림에서 남자 고수는 정말 많다. 하지만 여자 고수가 그렇게 많지 않은 이유는 남편과 부인이 둘 다 무공에 미쳐 버리면 집안 살림은 망하게 되는 게 정석. 그렇기에 남편이 무공에 미치면 부인은 내조를 해야 하는 것이다.

내조……. 말이 좋아 내조지 남편은 연공실에 틀어박혀 있을 때—무림인이 아닌 경우 글공부 따위 한다고 세월 가는 줄 모르고 있을 때—부인은 가정을 이끌어 가게 된다. 그렇기에 부인이 남편보다 무공이 강한 경우는 극히 드물었지만 만약 있다면 그 여자는 정말 대단한 사람이 아닐 수 없었다. 남편보다 몇 배는 뛰어난 오성을 지니고 있는 여자라야만 남편보다 조금 더 뛰어난 정도로 무공을 유지할 수 있다. 그렇게 많은 살림살이를 책임지고도 약간씩 연공 시간을 낼 수 있다는 것은 정말 대단히 부지런하지 않고는 불가능하기 때문이다.

남자와 여자는 태어나면서부터 다른 교육을 받는다. 남자는 '세상을 지배하기 위한' 이라고 하는 허울은 좋지만 실상은 적성에 안 맞아도 무공을 뼈 빠지게 익히든지, 아니면 어디에 쓰일지 알지도 못하는 공부를 쌍코피 터지게 하든지. 그래서 입신양명하는 게 목적인 불쌍한 족속들이다. 묵향처럼…….

하지만 여자는 완전히 다르다. 공부나 무공은 부차적인 것이다. 명가의 여자들이라면 어릴 때부터 그녀의 어머니가 수많은 하인들과 고용인들, 어떤 때는 노예들까지 거느리며 각종 사업을—농사도 사업이니까—처리해 나가는 것을 보고 배우게 된다. 자신도 딴 집에 시집가게 되면 그 일을 해야 했기 때문이다.

그렇기에 그녀들은 어릴 때부터 장부 작성, 정리라든지 산학(算學), 그리고 어디에서 물건을 구입하면 싸게 구입하는가라든지, 돈을 빌릴 곳, 또는 차용증 작성 요령 등 실생활에 관계되는 수많은 교육을 받는 것이다. 시집을 잘 간다면(?) 수백 명의 하인을 관리 감독하면서 집안일을 처리해 나가야 하기 때문이다.

그렇기에 여자가 한 집안의 살림을 처리하게 되는 그 순간, 즉 시집가는 그 순간부터 그녀의 고달픈 인생이 시작된다. 그게 언제쯤 멈추게 되느냐 하면, 자신의 며느리를 볼 때까지 계속되는 것이다. 완전히 집안의 경제권을 쥐고 흔든다는 막강한 힘이 그녀에게 주어지긴 하지만 그게 결코 쉬운 일은 아니다.

만약 남편이 상인이라면 그 남편이 외부 거래의 일정 부분을 처리해 주어 한결 부담이 덜해지지만 그래도 수없이 많은 물건들이 드나들기에 그것을 유지, 관리, 감독함에 있어 일이 늘어나면 늘어났지 줄어들지는 않게 된다. 그렇기에 얼마나 많은 여자들이 시집간 다음 과로사했는지는 역사에 나오지 않아도 모두들 알고 있는 사실이다.

물론 첩(妾)이라든지 뭐 그런 이유로 받아들여진 여자라면 이와 같은 사항에 해당이 없다. 그런 여자들은 대부분이 화류계의 여인들로 남자를 성적으로 즐겁게 해 주는 언어적 기교, 안마술, 방중술(房中術)이라든지, 노래, 춤, 악기 등 실생활과는 아무런 상관도 없는 잡기들만 배운 여인들이다. 그렇기에 그런 여인들에게 부인(婦人)이 해야 할 일을 시킨다면, 며칠 되지도 않아 야반도주할 가능성이 컸다. 이 첩이라는 것도 다 부인이 모든 경제를 책임져 주기에 글만 읽다가, 또는 무공만 익히다가, 친구들과 놀다가, 더 이상 할 일이 없어진 자들이 계집에 혹 해서는 끌어들이는 거였으니까 말이다. 마누라는 집안을 이끈다고 죽어 나가는 줄도 모르고서…….

이런 이유가 있기에 묵향은 안살림을 직접 책임지게 되는 부인을 대단히 높게 평가했다. 만약 무공의 고하로만 모든 것을 생각한다면 그녀 또한 그녀의 남편과 같은 취급을 당할 수밖에 없었겠지만 그녀는 무공이 아닌 살림을 책임지는 것이다. 설무지처럼 말이다. 사실 그녀가 책임지게 되는 부분들 중에 상당 부분 무력하고 연관되는 부분은 설무지 같은 어떤 인물이 책임지겠지만 그래도 집안일은 부인의 소관이니 그 일이 결코 적다고 할 수는 없었.

이게 공짜 인력은 결코 놀릴 수가 없다는 남자들만의 이론에서 만들어진 아주 편리한 노동력 착취 방법이었으니까 말이다. 머리 좋고,

일 잘하고, 아랫사람 잘 부리도록 어릴 때부터 교육받았고, 그걸 알고도 놀릴 바보가 있겠는가? 그러니 당연히 그녀들은 남편들의 감언이설에 속아서 매일 힘들다는 내색도 못하고 중노동에 시달릴 수밖에 없었다. 묵향은 관리라든지, 산학 등 원체 그쪽으로는 공부를 안 해서 무식했기에 그런 쪽으로 머리가 잘 돌아가는 사람에게는 우대를 해줬다. 그렇기에 부인은 묵향으로부터 깍듯한 대우를 받게 된 것이다.

그날 저녁 모두들 모여서 식사를 했고 묵향은 따로 자신이 묵게 된 별채에서 식사를 했다. 묵향은 혼자서 먹는 것이 편하다고 사양했기 때문이다. 원래 그런 것은 객으로서 조금 예의에 어긋나는 행동이었다. 하지만 낮에 묵향이 보여 준 비사교적인 태도 덕에, 감히 모두늘 쌍수를 들고 환영하지는 못했지만 그의 조금 예의에 어긋난 행동을 고맙게 생각하며 묵인했던 것이다.

모두들 식탁에 자리를 잡고 앉자 식당에서 맛있게 요리된 음식들이 날라져 들어왔다. 그때 차로 입술을 적시던 조연(趙蓮)은 살며시 입을 열었다.

"다른 손님도 한 분 더 계신 것 같던데, 왜 안 보이나요?"

조금 당황한 백상 대협. 그의 아내 조연은 그가 이 세상에서 가장 두려워하는, 또 가치 있게 생각하는 거의 유일한 여자였다. 그녀는 비단 채찍 하나로 그의 집을 다스려 나가는 부드럽고 따스한 아내요, 자애로운 어머니였고, 또 엄격하면서도 부드러운 집안의 지배자였다.

"아, 그는 따로 식사를 한다고 했소."

"그 별채에 묵게 하신 걸 보니 꽤 중요한 손님인 것 같은데, 그러면 실례지요."

그러자 백상 대협은 난처한 표정을 지으며 변명했다.
"그, 그 손님의 성격이 워낙 괴팍한지라 그렇게 하라고 일렀소. 부인은 너무 신경 쓰지 마시구려."
"뭐가 괴팍하다는 말입니까? 저도 낮에 만나 뵈었는데, 아주 친절하고 마음씨 고운 분이시던데……. 가가께서 그렇게 함부로 평가하시다니 오늘 이상하시군요."
"허흠, 그게 아니라 부인… 그는 마교의 인물이요. 마교의 인물치고……."
"사람을 그렇게 한꺼번에 잡아서 말하면 실례지요. 아이들도 있는데……. 정파라 자처하는 자들 중에서도 인면수심의 인물들이 얼마나 많습니까? 역으로 마교라 해도 좋은 인물들도 있겠지요. 깊이 사귀어 보지 않고 단정을 내리는 것은 안 된다고 평소에도 자주 말씀하시는 가가께서 언행일치를 안 하시다니……."
"험험, 부인 그만 하시구려. 손님도 와 계시는데……."
"아, 참 초류빈 소협을 잊었군요. 그래 가내(家內) 평안하신가요?"
"예, 모두들 평안하십니다."
"요즘도 자당(慈堂)께선 정정하신가요?"
초류빈의 표정이 약간 일그러지는 듯싶었지만 곧이어 대답했다.
"예……."
초류빈의 어머니 독수낭랑(毒手郎郎) 왕운하(王雲河)는 그 괄괄하면서도 괴팍한 성질로 유명한 여인이었다. 그녀는 초류빈의 아버지 옥면일랑(玉面一郎) 초풍천(楚風天)이 명호대로 그 잘생긴 얼굴로 무림에 초출한 것을 낚아채어 거의 강제로 결혼한 왈가닥이다. 초류빈의 아버지가 한 번씩 눈두덩이가 시퍼런 상태에서 손님들을 만나게 되다 보니 자연히 그 소문이 퍼져 나중에는 모르는 사람이 없었던 것이다. 결혼한 지 40년이 다 되어 가는 지금에 이르러서도 두 살 연하의 남편이 자기 부인에게 구타당하고 있다는 것은 놀라운 일이었다.

10년쯤 전에 초풍천은 아이들이 장성한 것을 보고 지금쯤이면 아이들 낳고 살림한다고 바빠서 자신보다는 무공이 떨어질 거라고 판단하고 최후의 반항을 시도했다가 묵사발이 난 다음부터는 아예 반항할 엄두조차 못 내고 있었다.

하지만 이제 그녀의 나이도 당년 73세에 이르렀으니 조금 나아진 점이 있나 해서 조연은 안주인답게 약간 빙 돌려서 물은 것이다. 하지만 초류빈의 난감해하는 표정을 보니 그 나이에 이르러서도 독수낭랑의 성격은 조금도 바뀌지 않은 모양이었다. 하기야 세 살 버릇 여든까지 간다고 했으니 7년은 더 기다려 봐야 결과가 나오지 않을까?

"이곳에 언제까지 이러고 있어야 하나?"

백씨세가에 들어온 지 7일이 되었을 때 묵향이 초류빈에게 물은 말이었다. 그동안 묵향과 초류빈은 이곳 별채에서 그야말로 식객 생활을 해 오고 있었다. 초류빈은 여기저기 돌아다녔지만 묵향은 여기 온 다음부터 줄곧 이 별채에서 떠나지 않았기에 당연히 주위 사정이 어떻게 돌아가는지 알 수가 없었다. 하지만 자신을 적대―그는 마교도이니까―할지도 모르는 인물들 틈에서 1주일 동안 아무런 질문도 없이 한가하게 명상이나 하며 지내는 것을 보면 묵향도 보통 태평스런 인물은 아니었다.

초류빈은 이제서야 질문을 하냐는 표정으로 묵향에게 말했다.

"오늘이나 내일쯤 5대세가의 수장인 서문세가에서 사람이 온답니다. 서문세가에서 구휘 대협의 무덤 지도를 제일 먼저 입수했으니 그들에게 우선권이 있는 것은 당연하죠. 서문세가에서 사람이 오면 그들과 의논을 한 후 백상 대협이 행동을 시작할 거라고 하시더군요. 그때까지 기다리셔야겠는데요."

"뭐 기다리지. 그건 어려울 게 없으니까……."

"그런데 정말 지금 반란 중이라면서 이러고 계셔도 됩니까?"

"쓸데없는 걱정하지 마. 급하면 어련히 연락이 오려고……. 몇 명 믿는 녀석들이 있으니 갑자기 망하지는 않을 거야. 또 망하면 다시 시작하면 되지. 뭐가 걱정인가? 남아도는 게 시간인데……."

초류빈은 정원의 땅바닥 위에 돗자리 하나를 깔고 가부좌를 틀고 앉아 있는 젊은 모습의 묵향을 보며 생각했다.

'겉모양으로 봤을 때는 정말 남아도는 게 시간처럼 보이는군. 한 60년은 끄떡없이 살 수 있을 것처럼 보이니까. 그런데 저자의 진짜 나이는 몇 살일까? 그리고 진정한 무공의 깊이는?'

이때 저쪽에서 시녀 한 명이 다가오더니 공손하게 말했다.

"아씨께서 잠시 오시라고 하십니다."

"잠시 다녀오겠습니다."

묵향은 방금 전 대화를 끝으로 눈을 지그시 감고 앉아 있었으므로, 초류빈은 그냥 갈까 하다가 한마디 한 다음 시비의 뒤를 따랐다. 시비가 안내한 곳은 화려한 거실이었고 그곳에는 백운옥 외에도 새로운 인물이 네 명 더 앉아 있었다. 그중 한 명이 벌떡 일어서며 먼저 인사해 왔다.

"오오, 오랜만이야. 정말 반갑구만……. 가출했다더니 의외로 생생하구만."

초류빈은 씁쓸한 미소를 지으며 인사했다.

"오랜만입니다, 형님."

비천검(飛天劍) 혁련운(赫蓮運)은 황룡문이라는 이름 없는 작은 문파의 제자였다. 하지만 천운을 타고 났음인지 과거 기연을 통해 능비영이란 선배 고인으로부터 그 이름도 높은 청월검법의 비급을 얻어 오랜 수련 끝에 10성까지 익혔다. 거기에 무당파에서 어떤 무시무시한 고수를 만나 안계(眼界)를 넓힌 후 그의 검술은 더욱 정진하여 지금에 이르러서는 후기지수들 중에서는 최강이라 자타가 공인하는 실력자였다. 그의 나이는 43세였고 한 살 어린 초류빈과 형제의 의를 맺고 있었다. 원래 뛰어난 명가가 아니라 그런지 말이 조금 거친 게 흠이었시만 인간성은 7룡 중에서 최고였으며 현재 황룡문의 부문주였다.

"오랜만이에요, 류빈 오빠."

혁련운에 이어 20세 안팎으로 보이는 정말 눈 튀어나올 만큼 예쁜 여인이 인사를 건네 왔다. 그녀의 이름은 매영인(梅瑛仁)으로 무림에서 활동을 하지 않았기에 별호는 없었지만 4봉의 한 사람이었다. 5제(五帝) 중 유일한 여인 옥화무제 매향옥의 손녀로서 방년 31세였다. 그 할머니의 무공 수위로 짐작해 보건대 그녀의 무공도 엄청날 것이라는 게 세인들의 추측이었다.

"그래…… 안 본 사이에 더욱 예뻐졌구나."

"고마워요."

고맙다는 뻔뻔한 대답이 얼굴색도 안 변하고 주저 없이 흘러나오는 걸 보면 자신이 예쁜 줄은 잘 아는 듯…….

"안녕하셨습니까?"

이번에는 매영인의 옆에 앉아 있던 옥면공자(玉面公子) 능소천(陵紹天)이 정중하게 인사를 건넸다. 그는 무당파의 속가제자로, 대단히 뛰어난 외모를 가졌지만 어딘가 우울한 분위기를 풍기는 인물이었다. 태극검법(太極劍法)의 달인으로 뛰어난 무예의 소유자였으며, 피리나 금에도 소질이 대단했고, 그를 이용한 음공(音功)에도 조예가 있는 인물이었다.

"오, 반갑군. 오랜만이야. 자네하고 피리 실력을 겨눌 만한 인물이 여기 있으니 나중에 만나 보게나."

"예, 영광입니다."

"그런데 이쪽은?"

그러자 능소천이 사근사근하게 옆에 서 있던 영준하게 생긴 젊은이에게 말했다.

"인사하시게, 탈명도 초류빈 대협이시네."

"처음 뵙겠습니다. 불초 서문길(西門佶)이라 합니다."

"오호, 서문세가에서 젊은 기재가 계시다는 말은 들었지만 이렇게 젊으신 줄은 몰랐소. 만나서 반갑소."

초류빈은 그들을 둘러보며 말했다.

"이렇게 후기지수의 최고봉이라는 7룡4봉의 네 분을 만나 뵙게 되어 영광이군요. 그런데 여기는 어쩐 일이십니까?"

"이 녀석이······. 네 녀석도 중간에 문파에서 뛰쳐나가지만 않았다면 7룡에 계속 들어가 있었을 거 아냐? 네놈이 빠져나간 덕분에 내가 들어가긴 했지만. 그래도 이 나이에 7룡에 들어 있다니······."

"참, 형은 언제 장가드실 겁니까? 연세를 생각하셔야죠."

"네놈이나 생각해. 나는 아직도 생각 없다."

"왜요?"

"하루라도 무공단련을 게을리 하면 과거 무당파에서 그 괴인과 싸울 때, 배 위로 그자의 검이 훑고 지나가던 악몽을 꾸게 된다구. 그게 얼마나 섬뜩한지 너 아냐?"

초류빈은 미소하며 응대했고 다른 인물들은 처음 듣는 말인 듯 조용히 귀를 기울였다.

"에이, 농담도……. 그게 언젯적 일인데?"

"너 같으면 생각이 안 나게 생겼냐? 내 뱃가죽 바로 1촌 앞으로 그 전설의 어검술이 통과했는데…, 검강이 내 뱃가죽을 훑고 지나가는 그 느낌……. 지금 생각해도 식은땀이 바짝바짝 난다구. 그자의 검이 짧지만 않았다면 내 목숨은 그때 끝난 거였어."

"그래도 덕분에 형 검술 솜씨 따라갈 사람이 거의 없잖아요?"

"덕분은…, 제발 하루라도 편안하게 푹 자고 싶을 뿐이야. 도저히 그때 생각을 하면, 아마도 평생 편안한 잠을 자기는 틀린 것 같다."

"그래도 형이 빨리 장가들어야 또 다른 후배가 7룡에 들어가죠. 형 때문에 지금 밀려 있는 뛰어난 후기지수들이 몇 명인 줄 알아요? 마흔 셋이나 되어 가지고 아직도 7룡에 들어 있다는 건, 아마 고자……."

그러자 혁련운은 두 여자를 재빨리 훑어보며 얼굴이 벌게져서 떠들었다.

"너 죽을래? 그러는 네놈은 왜 안 가냐? 마흔둘이나 되어 가지고……. 피장파장이니 헛소리하지 말라구."

"그런데 웬일로 이렇게……."

"그거야 당연히 구휘 대협의 무덤 때문이지. 몇 가지 의논할 점도 있고 해서 모두들 모였지. 백상 대협과 의논한 후에 무림맹으로 갈 거야. 그런데 백 소저한테 얘기를 들어 보니 어떤 사람하고 같이 왔다며? 그런데 그 사람은 왜 안 데려오고 너 혼자 오냐?"

"예, 조금 사정이 있어서요. 나중에 소개해 드리죠."

"그 사람의 수하가 되었다며? 뭐 하는 사람이냐? 백 소저는 너한테 들으라던데……."

"그것도 나중에 말해 줄게요. 그런데 의논할 게 뭐예요? 뭐 새로운 정보라도 들어온 게 있어요?"

"조금 있으면 백상 대협이 오실거야. 그건 그때 이야기하기로 하지."

백상 대협은 아직 그림자도 나타나지 않고 있었으므로 좌중의 대화는 계속 이어졌다. 이때 초류빈과 혁련운의 대화를 들으며 골똘히 생각에 잠겨 있던 매영인이 갑자기 혁련운에게 물었다.

"혁 오빠! 분명 어검술이라고 했어요?"

"응."

"그 사람 어떻게 생겼어요?"

"흑의를 입은 20대 중반쯤으로 보이는 사람이었는데, 아마도 반로환동했을 테니 나이는 모르겠다. 그렇게 잘생긴 얼굴은 아니야. 못생긴 얼굴도 아니구. 그런대로 이목구비가 반듯한 인물이었지. 검은 빛깔이 나는 짤막한 검을 썼어. 그 덕분에 목숨을 건졌지만 말이야. 내가 검을 뽑아 들자 본 척도 안 하더니 검법을 펼치니까 그제서야 검을 뽑더군. 청월검법이라면 상대해 줄 값어치가 있다는 듯이 말이야. 그때 상대의 실력을 알아보고 꼬리를 내렸어야 했는데, 그게 잘되냐? 그때 막 청월검법을 10성까지 익혔던 때라 간 크게도 달려들었지. 그때 그자의 검이 갑자기 불타오르는 것처럼 이글거리는 푸른빛을 내더군.

그 상태로 검을 휘둘러 오는데, 단 일초에 내 검과 호신강기가 박살이 났지. 정말 무시무시했어. 하지만 그의 검이 짧았기에 이렇게 내 배 앞쪽을 통과했지 뭐냐. 하지만 그 어검술에서 나오는 강기의 여파 때문에 호신지기 따위는 말할 것도 없고 뱃가죽이 푹 파였지. 그때 정말 죽는 줄 알았다니까…….”

혁련운은 손짓까지 해 대며 상대의 어검술이 어떻게 통과했는지 자세히 설명했다.

“설마…, 그가?”

“뭐? 그 괴인이 누군지 알고 있냐? 하기야 무영문이라면 아는 것보다 모르는 게 더 적은 문파니까. 그 사람이 누구냐?”

혁련운은 정말이지 궁금해 미치겠냐는 음성으로 발했지만 매영인은 그 정보의 정확도에 조금 자신이 없는 듯 힘없이 말했다.

“나도 잘 몰라요. 사실 저는 문파의 깊은 일까지는 잘 모르니까요. 전에 할머니하고 총관이 주고받던 대화 중에서 생각나는 게 있어서 말이에요.”

“뭔데?”

“그렇게 초식을 무시하고 어검술을… 쓴다면 현경의 고수가 아니겠어요?”

“그렇다고 봐야지.”

“구휘 대협 다음에 나타난 현경급의 고수가 한 명 있대요.”

“뭐라구?”

“마교에 한 명 있었죠. 놀랍게도 탈마의 고수라고 들었어요. 탈마면 현경과 마찬가지라고 들었으니 그도 현경급의 고수라고 봐야 하겠죠?”

"그렇지. 하지만 나는 마교의 고수가 그렇게 엄청난 무공을 깨달았다는 말은 들어 본 적이 없는데?"

"그거야 당연하죠. 성격상 문제가 좀 있는 인물이었던 모양인지 10년쯤 전에 마교에서 제거되었으니까요. 그가 활동했던 시기로 보면 혁 오빠가 만난 괴인이 그일 가능성이 대단히 높은 거 같네요."

믿어지지 않는다는 듯 혁련운이 말했다.

"제거되었다고?"

"예, 예전에 얼핏 듣기로 그는 기억을 상실해서 떠돌아다닌다고 했어요. 마교에서 탈출할 때 엄청난 중상을 입은 모양이에요. 그래서 모든 무공을 잊은 상태에서 황궁에 포섭된 모양이었어요. 놀랍게도 그자는 단기간에 황궁무공을 익혀 다시 화경급의 실력을 가지고 있다고 하더군요. 그를 포섭할 방책을 할머니하고 총관 아저씨하고 의논하는 걸 우연히 들었었거든요."

"그 외에는?"

"그것 말고는 없어요. 탈마라는 말이 들려서 잠시 엿들은 것뿐이니까요."

백상 대협과의 의논이 끝난 다음 그들은 무림맹에서 벌어질 회합에 참석하기 위한 출발 날짜를 내일로 잡고는 백상 대협이 마련해 준 숙소에 짐을 풀었다. 사실 내일 떠날 것이니 짐을 풀 것도 없었지만 몇 가지 필요한 것은 있어야 했기 때문이다. 서로들 차를 마시며 담소를 나누다가 능소천이 초류빈에게 물었다.

"저하고 피리 솜씨를 겨루게 할 사람이 있다면서요? 잠시 시간도 나는데 풍류를 즐기는 것도 좋지 않을까요?"

그러자 백운옥이 애교 띤 음성으로 그의 말에 찬성했다.
"와아, 그거 좋은 생각이에요. 그 사람도 정말 금을 잘 타던데, 능소천 소협의 실력이 뛰어나시단 소문은 들었거든요. 그분과 함께 저희들의 이목을 좀 넓혀 주세요."
사실 옥면공자 능소천의 피리 솜씨와 거문고 솜씨는 널리 소문이 퍼져 있었다. 거기에 그는 시서화에 뛰어난 솜씨를 보였기에 모두들 그를 풍류공자라고도 불렀다. 그 덕분에 그를 사모하는 여자들이 줄을 섰다나? 어쨌다나…….
모두들 이렇게 나오자 초류빈은 그들을 묵향이 있는 곳으로 안내할 수밖에 없었다.
'설마, 마교도라고 선전을 하지는 않겠지. 그러면 나는 파멸이라구…….'
"뭐, 좋겠지. 따라들 오게."
묵향은 초류빈이 떠날 때 그 상태 그대로 앉아 있었다. 정원 한 구석에 돗자리를 깔고 그 위에 가부좌를 튼 채 앉아서 눈을 지그시 감고 있었던 것이다. 그러다가 웅성거리면서 사람들이 몰려오자 그는 천천히 일어섰고, 그의 허리 뒤쪽으로 검대에 매달려 있는 평범한 3척 장검이 얼핏 보였다.
혁련운은 중인들과 떠들며 별채의 문을 통해 들어오다가 그 모습을 보고 그대로 굳어 버렸다. 자신에게 수없이 악몽을 꾸게 만든 장본인이 여기 서 있었던 것이다.
그때의 모습과 달라진 게 거의 없었다. 그때는 낡은 흑의였는데 지금은 새 옷이었다. 독 때문에 백씨세가에 와서 새로 사 입었기 때문이다. 그리고 과거와 거의 똑같은, 아니 꿈에서 나타나던 얼굴보다 조금 더 젊은 것 같기도 했다. 그의 검은 약간 모양이 다른 것 같기도 했지만 그 차고 있는 모양새는 그때나 지금이나 똑같았다. 아주 거만하게 뒤로 늘어뜨려 차고 있는 모습이…….

'제기랄……'

혁련운이 갑자기 멈춰 서서는 흑의인을 노려보며 식은땀만 흘리고 있자 모두들 궁금해했다.

"왜 그래요?"

초류빈이 묻자 그제서야 현재 자신이 취하고 있었던 행동을 의식하며, 혁련운은 최대한 자연스럽게 보이도록 움직이려고 노력했다. 황룡문의 부문주가 공포에 얼어 있다면 누구에게나 그 면목이 서지 않으니까 말이다.

"이쪽은 묵향 타주. 이쪽은 차례로 서문길, 혁련운, 매영인, 능소천입니다. 모두들 7룡4봉에 들어가는 최고의 후기지수들이죠."

"만나서 반갑소. 나는 시끄러운 건 별로 좋아하지 않으니 딴 곳으로 가 보겠소. 이왕 오셨으니 편히 쉬시기 바라오."

묵향이 퉁명스레 답하고는 천천히 별채의 문 쪽으로 걸어가자 혁련운은 마지막 남은 용기를 다 짜내어 다급히 묵향에게 말했다.

"잠깐… 묵향 타주."

묵향이 뒤로 돌아보자 말을 이었다.

"혹시 우리 구면이 아닌가요?"

묵향은 고개를 갸웃하더니 말했다.

"글쎄, 나는 기억력이 별로 좋지 않아서……."

"그렇다면 이건 기억이 나시나요?"

주위 사람들이 말리기도 전에 허리에서 검을 쭉 뽑더니 검초를 시

전했다. 그걸 본 묵향은 여전히 고개를 갸우뚱했다.
"청월검법? 같기도 하군. 그런데 뭘 기억하라는 건가?"
"묵향 타주는 무당파에서 청월검법을 사용하는 사람과 싸운 적이 없습니까?"
그러자 모두들 설마하는 표정으로 묵향과 혁련운을 둘러봤다. 묵향은 씩 미소를 지으며 말했다.
"처음부터 그렇게 물었으면 간단한 걸 가지고 돌려서 말하니 뭔 소린지 알 수가 있어야지. 당연히 나는 무당파에도 한 번 갔었고 그때 청월검법 사용하던 애송이에게 본때도 보여 줬지. 그게 무슨 상관이 있나?"
이제야 그 둘의 관계를 눈치 챈 다른 사람들이 경악스러운 눈길로 묵향을 바라봤다. 그렇다면 이사가 바로 현경급 고수라는 말인가?
혁련운이 떠듬떠듬 말했다.
"비무…, 비무를 청합니다."
그러자 묵향이 시큰둥한 표정으로 말했다.
"거절한다. 나는 비무 따위 안한다. 대결이라면 몰라……."
"대결이라구요?"
그러자 묵향은 싸늘한 미소를 지으며 냉정하게 말했다.
"목숨을 걸 각오가 있나? 그렇다면 덤벼라! 죽여 줄 테니."
검을 쥐고 있는 혁련운의 손이 부들부들 떨렸다. 자신은 도저히 상대도 안 된다는 걸 잘 안다. 놈은 3황의 한 사람이었던 뇌전검황을 저 세상에 보낸 인물이다. 그건 무당파의 장문인에게 그때 듣지 않았던가. 하지만 혁련운은 지금 자신이 위축되어 버리면 다시는 검을 못 들게 될지도 모른다는 생각이 들었다. 지금도 그놈의 악몽 때문에 거의 사는 것 같지가 않은데, 여기서 더욱 위축되면 검을 버리는 길밖에 없었다.

 순간 검을 쥔 손에 힘이 들어가며 떨림이 천천히 멎기 시작했다. 단 일초라도 자신 있게 펼치고 싶었다. 그때 자신이 그렇게 믿었던 검초가 산산이 부서지며 느꼈던 공포감……. 하지만 이번을 위해 얼마나 많은 수련을 했던가. 단 일초만이라도 자신 있게 저 괴물 같은 상대에게 펼칠 수 있다면 이제부터 편안하게 잠을 잘 수 있을 것만 같았다.

 "호오, 기세가 제법이군."

 혁련운이 '단 일초만…' 이라는 말을 되뇌며 자세를 잡자 묵향이 내뱉은 말이었다.

 묵향도 천천히 검을 뽑았다. 보통 묵혼검의 그 짧으면서도 휘어진 검신에 익숙해져 있는 그였기에 일직선이면서도 긴 검을 뽑는 것은 약간 성가신 작업이었다. 그렇기에 묵향은 자신이 가진 평범한 검을 약간은 어색한 동작으로 뽑았다. 그것을 보면서 이번 사건의 경과를 약간의 대화를 통해 알고 있었던 그들은 묵향의 싸구려처럼 보이는 저 검을, 그것도 조금, 아주 조금 어색한 동작으로 뽑는 것을 보고 과연 저 사람이 소문의 주인일까 일순간 의심하지 않을 수 없었다.

 묵향이 검을 뽑아 자세를 잡자 혁련운은 일순간 당황했다. 검을 뽑기 전에는 뭔가 만만한 구석이 없지 않아 있었는데, 검을 뽑은 순간 그것이 완전히 사라져 버린 것이다. 그의 몸은 수많은 허점이 있는 것 같기도 하고, 어떻게 보면 그 모든 게 함정인 것 같기도 하고, 또 어떻게 보면 너무 완벽해서 치고 들어갈 틈이 하나도 없는 것 같기도 하고, 종잡을 수가 없었다.

 '원래 이론상으로는 허초를 몇 번 날려 상대의 자세를 허물고 그다음 실초로 공략하는 게 좋지. 하지만 그게 통할 상대가 아니야. 단 일초라도 제대로 펼칠 수 있을지 의문이니, 처음부터 강공……. 방어 따윈 생각할 필요도 없어. 단 일초만이라도 제대로 펼치자.'

"이얍!"

혁련운은 오늘과 같은 날을 대비해 자신이 가지고 있던 모든 돈을 다 털어서 산 천로(泉露)라는 보검을 가지고 있었다. 지금 자신의 손에 쥐고 있는 검이었고, 이 보검이라면 아무리 어검술이라도 한 방에 검을 두 토막 내지는 못할 것이라고 생각했다.

그의 검은 수류천월(水流天月)의 초식을 그리며 그 짧은 거리에서 강기의 다발을 묵향에게 쏘아 보내려 했다. 하지만 묵향은 이미 혁련운에게 더욱 가깝게 접근해 들어오며 곧바로 검을 그의 왼쪽 허리로 찔러 넣었다. 수류천월의 초식이 만들어지면서 잠시 나타난 아주 작은 허점……. 그 허점으로 검을 찔러 온 것이다. 이것을 막는다면 그의 초식은 와해되고 지금까지 쏟아 부은 공력을 회수해야 했기에 잘못하면 내상까지 입을 수 있었다.

혁련운은 잠시 망설였지만 그대로 밀어붙이기로 했다. 허리에 맞아 봐야 심하면 양패구상이다. 묵향은 상대가 초식을 거둬들일 생각을 안 하자 재빨리 뒤로 물러섰다. 그와 동시에 혁련운의 완성된 검초에서 강기의 다발이 후퇴 중인 묵향을 향해 날아왔다. 순간 묵향의 검은 푸른색으로 이글거리기 시작했고, 묵향은 그 상태로 검을 휘둘러 간단히 검강들을 튕겨내 버렸다. 그런 다음 또다시 상대와의 거리를 급속도로 좁혔다. 정말이지 믿어지지 않을 정도로 빠른 신법이었다. 이제 간신히 일초를 끝낸 혁련운에게 묵향은 너무도 빨리 다가왔고 혁련운으로서는 검초를 펼칠 시간 여유조차 없었다. 그런 가운데 묵향의 검은 혁련운의 목으로 날아왔고, 혁련운은 간신히 목을 움직여 피한 후 묵향을 향해 자신의 검을 찔렀다. 이건 초식도 뭐도 아니었다. 그저 살기 위한 발악이었을 뿐…….

묵향은 혁련운의 검을 간단히 왼손의 두 손가락 사이에 잡은 다음 그대로 혁련운의 복부를 차 버렸다.

퍽!

"우악!"

혁련운은 비명을 지르며 날아가 정원 구석에 처박혔다가 일어섰다. 심한 내상은 없었지만 그래도 아픈 건 사실이었기에 비실거리면서 걸어 나왔다. 이 둘의 대결은 설명은 길었지만 정말 검초조차 펼칠 시간 여유가 없을 정도로 짧은 시간 안에 벌어졌다. 중인들 중에 실력이 높은 한둘을 제외하고는 도대체 어떻게 돌아가는지도 눈치 채기 어려울 정도의 대결이었다.

그냥 보기에는 혁련운이 검초를 구사하자 묵향의 몸이 눈으로 보기도 힘들 정도로 빨리 앞으로 바짝 붙었다가 뒤로 떨어졌다가 혁련운의 검초가 끝나기를 기다려 다시 붙었다가 투닥거리는 것 같더니 바로 혁련운이 한 대 맞고 정원으로 날아갔으니까……. 아니, 이중에서 가장 실력이 떨어지는 백운옥 같은 경우 묵향이 다시 뒤로 빠졌다가 다시 붙는 것은 아예 보지도 못했을 정도였다.

묵향은 검을 천천히 검집에 집어넣으며 말했다.

"그 정도 했으면 자네 실력은 대단한 거야. 대부분이 검초를 펼치다가 어떻게 죽는지도 모르고 죽으니까 말이야. 추정되는 나이를 생각했을 때 자네 실력은 대단한 편이지. 자네도 슬슬 청월검법의 테두리에서 벗어날 때가 되었군. 그렇지 않고 초식에 얽매인다면 자네는 더 이상 발전을 기대할 수 없어. 어때? 더 해 보고 싶나?"

혁련운은 배를 쥐고는 기침을 몇 번 한 다음 말했다.

"콜록콜록, 아닙니다. 가르침을 주셔서 감사합니다. 선배께선 황궁에 계신가요?"

묵향이 어리둥절한 표정으로 물었다.

"황궁? 황궁이라니 무슨 말이냐?"

"매영인이 하는 말이 묵향 타주께서 마교에서 축출당하신 다음 황궁에 계신다고 그러던데요. 잘못 알고 있는 건지 모르지만……."

"어찌 위대한 마인이 황실의 개가 될 수 있는가? 본좌는 과거에도, 현재에도, 미래에도 마인일 뿐이다."

"묵향 타주께선 기억을 되찾으신 건가요? 아니면 매영인이 잘못 알고 있는 건가요?"

"저 아이가 매영인인가?"

"예."

"그 정도까지 알고 있는 걸 보니 다른 문파들보다 정보력이 그래도 나은 곳이군. 본좌는 기억을 되찾은 것이지."

중인들이 묵향의 말을 듣고 무영문의 정보력에 대해 감탄하고 있을 때 하인이 한 명 들어오더니 묵향에게 말했다.

"저… 묵향 타주님을 찾아온 손님이 계신데 안내해 드릴깝쇼?"

"데리고 오너라."

"예."

딴 사람은 몰라도 초류빈은 조금 긴장한 얼굴이었다. 묵향이 언제나 말하지 않았던가……. 일이 생기면 찾아올 거라고.

곧이어 낡은 흑의를 입고 장검을 찬 인물이 하인의 안내를 받아 도착했다. 그의 몸에서는 강렬한 마기가 뿜어져 나오고 있었다. 얼핏 보아도 대단한 수련을 거친 마교의 인물임이 확실했다. 그는 묵향의 앞에 이르러 부복하며 외쳤다.

"부교주님을 뵙습니다!"

그러자 주위의 인물들의 눈이 화등잔만 해졌다. 부교주라니! 분타주가 아니고?

"무슨 일이냐?"

"군사께서 급히 돌아오시랍니다."

"군사가? 알겠다."

묵향은 백운옥을 바라보며 말했다.

"이젠 본좌도 일이 생겨서 거기 따라가지 못하겠군. 하지만 본좌는 아직도 남의 무덤을 파 뒤지는 것에는 찬성하지 않아. 헤어지는 마당이니 한 가지 알려 주지. 그따위 무덤 파 봐야 별 볼일 없을 거야. 구휘의 무공이 집대성된 것이 어느 정도 위력일지는 알 수 없으나 북명신공보다는 못하겠지. 본교가 구휘의 무덤에 손을 대지 않는 이유는 본교에 북명신공이 있기 때문이야."

그러자 중인들은 경악해서 외쳤다.

"정말인가요? 북명신공이 천마신교에 있다는 게……."

"정말이지. 교주만이 익힐 수 있는 세 가지 무공에 들어가는 게 북명신공이야. 그러니 쓸데없는 일에 정력을 쏟지 말고 집에 돌아가서 수련이나 하는 게 좋을지도……. 참, 자네는 본좌와 함께 갈 건가?"

그러자 초류빈은 씁쓸하게 대답했다.

"물론, 남아일언 중천금이라 했으니 따라가야죠."

"좋아. 다음에 인연이 있다면 만나게 되겠지. 그럼……."

새로운 수하들

묵향은 열한 명의 수하들과 섬서분타에 도착했다. 물론 그 수하들 중에 초류빈이 끼어 있음은 말할 나위도 없었다. 묵향이 나타나자 설무지가 공손히 인사를 건네며 말했다.

"어서 오십시오. 여행은 즐거우셨는지?"

"그런대로 재미있었지. 그런데 무슨 일인가?"

"자객의 암습이 있었습니다. 물론 자객을 처치하기는 했지만 타주님 대신 세워 놨던 '그림자'는 죽음을 당했죠. 대단한 실력의 자객이었습니다."

"그 외의 피해는?"

"없습니다. 하지만 타주님이 밖에 나가신 것은 비밀이었기에 부상당하신 걸로 처리했죠. 그 때문에 적의 기습이 있을지도 몰라 애태우던 중이었습니다."

"이제 내가 왔으니 상관없겠지. 나중에 수하들에게 나의 건재한 모습도 보이고 하면 녀석들도 긴장하기 시작할 거야. 참, 마화는 도착했나?"

"예."

"비무대회는 잘 끝마쳤고?"

"예, 실력 있는 자들로 2천 명 정도 받아들였습니다. 그 녀석들을 철저히 추려 내는 중입니다. 하지만 의외로 인물이 없더군요. 괜찮다 싶으면 조금 뒤가 구린 놈이고……."

"뭐 그 정도는 처음부터 각오했던 일이니 어쩔 수 없는 일이지. 그건 그렇고 비밀 분타는 어찌 되었나?"

"거의 공사가 끝났습니다. 타주께서 돌아오시기 전에 적의 기습을 당할 확률이 대단히 높았었기에 1백 명 정도를 남겨 두고 모두 그리로 이동시켰습니다. 마교 쪽은 원체 보안이 잘되는 통에 거의 정보를 얻지 못했지만 정파 쪽은 많은 변화가 있었습니다. 이걸 보시죠."

설무지는 묵향에게 두툼한 종이 뭉치를 건네주었다.

"살막 막주 홍진의 보고서입니다. 지금 무림은 구휘 대협의 무덤을 둘러싸고 치열한 암투가 전개되고 있습니다. 최악의 경우 정사의 정면 대결로 까지 번질 수도 있을 정돕니다. 어찌 되었든 타주님 이전에 있었던 유일한 현경의 고수였으니까요. 그리고 혈교가 진천왕을 도와 슬슬 움직임을 보이기 시작했습니다. 정동성 전투에서 혈교의 고수들이 등장해서 관군에게 막대한 피해를 입혔습니다. 이때 강시도 2백여 구 동원된 걸로 조사되었습니다."

"강시 따위야 별것도 아니지. 그 외에는?"

"타주님께서는 별것 아니시겠지만 보통 사람들이나 무림의 고수가 아니라면 대단히 힘든 상대죠. 지금까지 조사된 바로는 진천왕 밑에서 일하는 혈교의 고수는 2천 명 정도……. 그리고 강시는 1천여 구 정도입니다. 아마 십중팔구는 더 많은 힘을 뒤로 감추고 있을 겁니다. 진천왕은 송의 주력 부대들이 요와의 전쟁터에 투입된 뒤를 노린 기습을 감행했기에 지금 욱일승천의 기세를 자랑하고 있지만 아마도 그 기세는 오래 가지 못할 것 같습니다."

"왜?"

"지금 들어오는 정보로는 1년 이내에 요와의 전쟁이 끝날 것 같기 때문이죠. 요가 고려를 정벌한다고 소모한 군대의 공백이 너무 컸는지 그렇게 힘을 발휘하지 못하고 있습니다. 지금 진천왕의 진격 속도로 봤을 때 1년이란 시간은 너무 촉박합니다. 아무리 혈교가 뒤에서 도와주고 있다고 해도 말이죠.

거기에 혈교가 뒤를 도와준다는 걸 알고 무림인들까지 나서서 어림군에 가담하고 있습니다. 무림맹에서도 각 문파를 설득해서 2천 명의 정예 무사를 파견하기로 했다고 합니다. 하지만 아직까지는 무림이 진천왕에 대해 거의 신경을 쓰고 있지 않죠. 그들이 진천왕이나 혈교의 재출현에 신경을 쓰지 못하는 것은 구휘 대협의 무덤에 대한 욕심 때문입니다."

"2천의 정예라……. 그들의 전력은 어느 정도인가?"

"각 문파에서 대강 체면치레로 끌어 모은 인물들이니, 말이 정예이지 그렇게 대단한 인물들은 별로 없을 겁니다. 대신 황실 쪽에서는 무림의 도움에 감사하면서, 그 파견 무사들에게 무림인의 생리에 맞게 몸통 정도만 보호할 수 있는 약식 갑옷과 방패를 하나씩 선물했다고 하더군요."

"참, 그때 떠날 때 부탁해 놨던 것은 준비해 뒀나? 문파에 소속되지 않은 뛰어난 고수 명단을 부탁했잖나?"

"아… 예, 그건 준비를 해 뒀습니다. 그런데 그걸 보시기 전에 만나실 분들이 계신데요."

"누군가?"

"총타에서 온 고수들입니다. 교주가 보냈다고 하더군요. 타주님께 직접 전할 편지가 있다고 했습니다. 온 지 여러 날 되기에 더 이상 기다리게 하는 것은 실례니까 지금 만나셔야 하겠습니다."

"좋아. 들라 해라."

"예."

설무지는 옆에 대기하고 있던 무사에게 지시했다.

"그들을 들어오게 해라."

"예."

그 무사는 밖으로 뛰어 나갔다. 잠시 후 일곱 명의 마기를 풀풀 풍기는 인물들이 들어왔다. 그중 상당수는 묵향이 잘 아는 인물들이었다.

"오랜만이군."

그러자 천도왕(天刀王) 여지고(黎志高) 수석장로가 일행을 대표해 정중히 대답했다.

"예, 안녕하셨습니까? 부교주님."

"본좌야 늘 안녕하지. 그래 무슨 일인가?"

"교주께서 이걸 전해 드리라 했습니다."

여지고 수석장로는 밀서를 옆에 서 있는 무사에게 줬고 그 무사는 쫓아와서 묵향에게 밀서를 정중히 바쳤다. 묵향은 수하가 전해 주는 밀서를 받아 들며 물었다.

"자네는 내용을 알고 있나?"

"모릅니다. 무조건 가서 전하라는 지시만 받았습니다."

"흐음……."

묵향은 편지를 뜯어 쭉 읽어 본 다음 황당한 표정으로 여지고 장로에게 말했다.

"교주의 뜻을 이해할 수 없군. 자네도 내용을 모른다니 이걸 한번 읽어 보게나. 자네는 이대로 행할 자신이 있는가?"

여지고 장로는 서신을 쭉 읽어 본 다음 말했다.

"교주님의 명령은 어떤 것이라도 지켜져야만 하지요. 부교주님께 충성을 맹세하겠습니다."

"본좌는 교주와 씨울지도 모른다. 그런데도?"

"만약 그런 일이 있다 하더라도 어쩔 수 없는 일이지요. 이건 제가 직접 교주님께 받은 밀서고, 또 교주님의 마지막 명령이니까요."

여지고 수석장로는 뒤에 늘어선 인물들에게 편지를 직접 읽어 볼 수 있도록 건네줬다. 그들도 편지를 읽어 본 다음 묵향에게 부복하며 외쳤다.

"부교주님께 충성을 맹세합니다."

"그럼, 여지고 장로."

"예."

"일단 여기 쓰여 있는 '이번에 보내는 수하들은 그대에게 주는 선물이니 본교의 부교주로서 그들을 수하로 받아 주기 바라오' 하는 말은 그런대로 이해할 수 있는 말이지만, '이들 외에도 조만간 본좌의 성의를 확실히 알게 해 주겠소' 하는 제일 마지막 말은 잘 이해가 가지 않는군. 이건 무슨 말이오?"

"글쎄요. 거기 서신에 쓰여 있는 대로 교주님과 묵향 부교주님 간의 충돌은 그 장인걸 부교주의 공작 때문입니다. 그렇기에 교주님께선 부교주님과 다시 사이좋게 지내기를 원하시는 거죠. 그리고 동시에 둘이 힘을 합쳐 장인걸을 몰아내자는 겁니다. 그 때문에 본교 내의 실력 있는 고수들을 부교주님의 밑에 두려는 것이구요."

묵향은 여지고 수석장로의 말에 비웃는 듯한 표정으로 좌중을 둘러보았다.

"실력 있는 고수라……. 눈앞에 보이는 자네들만 해도 엄청난데 더 이상 뭘 주겠다는 건가?"

묵향의 앞에는 수석장로 여지고를 선두로, 차석장로 사혈천신(蛇血天神) 호계악(胡戒惡), 외총관 고루혈마(枯僂血魔) 옥관패(玉冠覇), 좌외총관 지옥혈귀(地獄血鬼) 천진악(天進惡), 우외총관 음희(淫嬉) 설약벽(薛若碧), 혈화궁주 사망혈매(死亡血梅) 나유란(羅幽蘭), 만악궁주 만묘서생(萬妙書生) 진천악(陳天岳)이 부복하고 있었다. 이들은 모두 수석장로를 제외하면 모두 다 마교의 주력이 아닌 분타를 관할하는 직책을 가진 인물들이거나 마교의 주 세력과 분리된 분파 세력을 가진 인물들이었다. 이들을 준다는 말은 곧 그들의 휘하 세력까지 준다는 말일 것이다.

"그럼 교주는 자기는 총타 안에서 세력전을 펼칠 테니 나는 외부를 맡아 달라는 건가? 그도 아니면 뭔가? 총타를 제외하고 외부에 퍼져 있는 1만 고수들을 나에게 맡기는 이유가 뭐냐구?"

묵향이 의심스런 눈초리로 좌중을 훑어보며 말하자 여지고 수석장로가 황급히 답했다.

"서신에 쓰여 있듯이 지금 총타의 세력전은 이미 누가 승리할 수 있을지 누구도 예측하기 힘든 방향으로 돌아가고 있습니다. 장인걸은 아예 대놓고 자신의 추종 세력을 총타에 집결시키고 있는 판국이구요. 그렇기에 교주께선 부교주께서 밖에서 도와주시기를 원하는 것이죠. 지금은 누가 적인지, 또 누가 아군인지 그것조차도 불투명한 상태입니다. 하지만 부교주께서 교주님을 도와주신다면 교주님은 승리하실 수 있을 겁니다."

여지고 수석장로의 말에 비웃는 듯한 묵향의 대답이 이어졌다.

"하지만 뭘로? 교주가 나한테 준 1만 마교도들로? 그 1만의 힘이라고 해 봐야 총타의 20분의 1도 안 된다는 걸 자네는 알고 하는 말인가? 신짜 성면전이 벌어진다면 외부에 깔려 있는 1만 마교도는 아무짝에도 쓸모없는 존재들이지. 돈이나 벌어 들이는 네는 소용이 있을지 모르지만, 실전에는 너무나 약해.

그렇다면 그 '성의'란 말의 해석은, 교주가 나에게 새로운 무력 단체를 하나 선물하겠다는 뜻으로 해석해도 되는 건가? 뭘 보고 교주의 말을 믿어야 하지? 그때는 죽이려고 하더니 이번에는 장인걸과 세력 다툼이 있으니 도와 달라고 하면 나는 예, 그렇습니까? 하고 도와줘야 하나? 어쩌면 장인걸과 교주가 둘이서 짜고 날 죽이려고 또다시 꼼수를 쓰고 있는 건지도 모르는데? 나를 설득하기 위한 거라면 예물이 너무 적어."

"그건 그렇습니다. 평화 시라면, 돈 벌어 들이는 데는 외부 분타들이 대단히 효과적이죠. 하지만 부교주님 말씀대로 모든 전투 세력은 총타에 집결해 있는 게 사실입니다. 하지만 부교주님께서는 천랑대와 염왕대의 정예를 가지고 계시지 않습니까? 그들만으로도 총타가 지닌 힘의 3할은 가지고 계신 것이지요."

"3할이라고? 말도 안 되는 소리 하지 마라. 본좌가 만약 없다면 천마혈검대와 수라마참대만으로 하루 저녁에 모두 시체로 만들 수 있을 테니까……."

"그게 사실이긴 하지만……. 그렇지만 부교주님이 여기 계시지 않습니까? 교주님은 휘하의 무력 단체들을 믿지 못하기에 장인걸의 입김이 적은 세력부터 총타로부터 차근차근 분리해서 부교주님께 넘기시는 것입니다. 본교는 약육강식의 철칙이 지켜지는 곳. 일단 교주님께서 부교주님께로 세력이 보내지기만 한다면 부교주님께서 그들을 장인걸의 입김에서 분리하실 것이라고 믿고 계십니다."

"강자지존(强者之尊)의 법칙이 있으나 사실 그 법칙이란 게 꼭 지켜신다는 법은 없지. 본교 내에서도 암습이나 모략이 없는 게 아니니까. 교주가 갑자기 선심 쓴답시고 주는 세력에 첩자들이 끼어 있으면 아주 곤란하지. 뭐, 어쨌든 준다고 하니까 고맙게 받기로 하고 자네들에 대한 처리는 나중에 할 테니 숙소에 돌아가 쉬게나. 그리고 여지고 장로는 좀 남아 있게."

여지고 외의 인물들이 물러가자 묵향은 그를 이끌고 자그마한 회의실로 들어갔다. 그런 다음 여지고 장로의 눈을 쏘아보며 말했다.

"진정한 교주의 뜻을 알고 싶어."

"방금 말씀드린 게 전부 진실입니다. 부교주님의 축출은 장인걸의 음모였습니다. 교주님은 그걸 알아내신 것이구요. 알면서 또다시 당할 수는 없잖습니까?"

그러자 묵향은 살기 띤 미소를 지었다.

"자네라면 한 번 자기를 죽이려고 했던 상관에게 충성을 맹세할 수 있을까? 그것도 자네보다 무공도 약한……."

"……."

그 말에 여지고 장로는 아무런 말도 할 수 없었다. 그런 일이 있기는 참 힘들지만 충분히 가능한 일이었다. 교주의 총애를 받아 실력이 없으면서도 높은 직위를 차지하고 있는 멍충이들도 있는 게 현실이었기 때문이다.

묵묵히 묵향의 마음의 움직임을 알아채려고 노력 중인 우직한 무인을 찬찬히 바라보던 묵향은 피식 미소를 지으며 말했다.

"그렇게 나를 봐도 별로 알아낼 게 없을 걸세. 사실 나 자신도 다음에 무슨 짓을 할지 모르니까 말이야. 한 가지만 확실히 해 두세나."

"……."

"자네는 나 한 사람에게만 신성으로 충성을 맹세할 수 있나?"

"……."

"역시 교주가 걸림돌이지?"

"부교주님이 교주 취임을 하신다면 몰라도 그렇기 전에는 어쩔 수 없습니다."

"만약 장인걸이 교주를 없애고 취임한다면? 교주를 폐하고 교주에 등극한 사람은 많지. 그렇기에 하는 말이야. 자네의 충성은 교주란 직위를 향한 것인가? 아니면 한중길이란 개인을 향한 것인가?"

"그 두 가지가 함께라고 보시는 게 좋을 겁니다. 왜냐하면 저는 그분의 취임식 때 충성의 서약을 했으니까요. 물론 지금의 교주가 바뀐다면 그 충성의 대상은 두 번째 서약을 한 부교주님을 향한 것이 될 것입니다."

"좋아. 어쨌든 교주가 마음이 변치 않는 한 자네를 죽일 필요가 없다는 말이군. 그렇지?"

"아닙니다. 그 누구도 믿지 말라는 명이셨습니다. 총타를 떠난 후에는 교주님의 서신이나 그 모든 것을, 설혹 제 앞에 교주님이 직접 나타나신다 해도……. 그러니 당연히 이후의 충성의 대상은 부교주님이 되겠죠."

"뭐 좀 복잡한 것 같지만 어쨌든 현재는 변절할 가능성이 없다니 되었군. 이봐! 설무지."

"예."

"들어오게."

설무지가 들어오자 묵향은 무표정하게 물었다.

"자네가 방금 들은 대로야. 이제 어떻게 하면 좋을까? 자네의 의견을 제시해 보게."

"방금 거두어들이신 세력은 본교의 전투 세력은 아닙니다. 또 그 안에는 첩자가 있을 수도 있구요. 그렇다면 처리 방법은 하나뿐입니다. 그들을 최대한 빨리 분산해서 숨겨 버리는 거죠. 첩자가 들어 있는 조직은 아마도 드러나면서 적의 공격을 받고 괴멸될지도 모릅니다. 하지만 그들이 공격을 했다고 해도 그 모든 조직이 다 무너질 수는 없겠죠. 우선 그들을 총타와 섬서분타, 양쪽의 세력에서 분리해 버리는 겁니다. 나중에 모든 다툼이 끝나면 그들이 필요하기 때문에 아마 적들도 그 미약한 세력들을 자신의 세력을 분산하면서까지 토벌하려고 들지는 않을 겁니다."

"좋아, 일단은 그렇게 하자. 여지고 장로!"

"예."

"호계악 장로에게 일러 분타의 모든 세력을 숨어들게 하라. 그들이 현재 가진 모든 재산은 처분해라. 그런 다음 새로운 비밀 분타를 건설하는 거야. 그 외에 외총관 휘하의 무력 세력들은 모두 이곳으로 불러들여라. 아무리 별 볼일 없다 해도 쓸모는 있겠지."

"존명!"

 등에 4척이나 되는 장검을 두 자루나 짊어진 6척(약 180센티미터) 장신의 무사가 발걸음도 가볍게 걸어가고 있다. 덥수룩한 수염을 기른 30대 초반으로 보이는 인물로 강렬한 안광과 더불어 강렬한 마기가 전신에서 뿜어 나오고 있었다. 그는 평상시와 같이 검붉은 핏빛이 도는 구역질이 날 듯한 빛깔의 낡은 옷으로 자신의 몸을 감싸고 있었다. 그는 큼직한 철문 앞에 이르러 문을 네 번 두드렸다. 그러자 쇠창살이 박혀 있는 삭은 창문이 열렸고 그 안에서 사람의 얼굴이 드러났다. 그는 쇠창살 안의 인물에게 품속에서 붉은색 옥패를 꺼내 보이며 말했다.

"하늘 아래 한 사람이 있으니."

그러자 쇠창살 속의 인물이 답했다.

"정, 사, 마를 통합하여."

그러자 그가 다시 말했다.

"뱃놀이를 하리라."

마지막 말은 영 문구에 어울리지 않는 괴상한 말이었지만 철문이 무거운 소리를 내며 열리기 시작했고 그 안에 서 있던 네 명의 무사들은 반쯤 뽑았던 검을 집에 꽂아 넣었다. 그러면서 그에게 절을 하며 말했다.

"인어와 함께……. 안으로 드시지요. 교주님께서 기다리고 계십니다."

 암호를 묻고 답하는 것이 복잡한 이유는 양쪽이 서로를 시험하여 문답하는 방식으로 되어 있기 때문이다. 이런 암호는 하루에 한 번 이상 바뀌게 되어 있다. 그리고 그 상대에 대한 시험은 교주의 근처로 다가갈수록 엄중해진다. 하지만 이런다고 암살당해 죽은 교주가 없느냐 하면 그것도 아니었다. 암호의 교환은 초기에 마교 총단이 만들어진 후 내려오는 관습일 뿐 뭐 별다른 뜻은 없었다. 사실 암호라도 교환해야 뭔가 호위라도 하는듯한 기분이 드는 게 사실이 아닌가?

 교주는 밀실로 들어오는 그를 보며 반겼다. 그는 문 옆에 검대를 풀어 두 자루의 검을 세워 둔 후 교주의 곁에 가 인사를 올렸다. 무기를 휴대한 상태에서 교주 가까이 갈 수는 없었던 것이다.

 "안녕하셨습니까?"

 "그래, 어서 오게나."

 "무슨 하교하실 말씀이라도?"

 교주는 품속에서 밀서 두 개를 꺼낸 후 그에게 주었다.

 "자네는 본좌의 명령을 추호도 의심하지 않고 지킬 자신이 있는가?"

 "예."

 "자네는 지금 곧 천마혈검대(天魔血劍隊)를 이끌고 섬서분타로 가게."

 "섬서분타라면 그 묵향 부교주가 세운……?"

 "그렇네."

 그러자 천마혈검대의 대장 환영비마(幻影飛魔) 구양운(丘陽雲) 장로는 어이없는 표정으로 반문했다.

"천마혈검대만으로 그를 공격하라는 말씀입니까?"

구양운 장로의 항변에도 교주는 단호하게 말했다.

"어떻게 할지는 거기 있는 노란색 봉투의 밀서에 쓰여 있네. 자네는 일단 섬서분타 부근까지 수하들을 이끌고 가서 그 노란색 밀서를 꺼내 읽게나. 그런 다음 그 밀서에 쓰여 있는 대로 행하면 돼. 완벽한 전투 준비를 챙겨서 준비가 되는 대로 출발하게."

"존명!"

"자네가 출발하는 것을 누구에게도 알리지 말게. 그냥 본좌의 명으로 출동한다고만 하게. 나머지는 본좌가 처리해 둘 거야. 행선지는 절대 그 누구에게도 노출시키면 안 돼. 거기에 이 작전의 승패가 달려 있네."

"명심하겠습니다."

구양운 장로가 나가고 난 후 청의를 입은 무사 한 명이 문을 열고 교주에게 알렸다.

"백마동(白魔洞)에서 온 특급 전문입니다."

그 무사는 비둘기 다리에서 갓 떼어 낸, 밀봉된 작은 대롱을 교주에게 바로 전했다. 대부분의 연락은 암호를 해독한 후 교주에게 건네주는 게 순서였지만 몇 군데 특정한 장소에서 도착하는 것만은 교주에게 즉각 전달되었다. 물론 봉함을 뜯지 않고.

교주는 그 대롱에 붙어 있는 밀봉에 누군가 손을 대지 않았는지 세심히 살펴본 다음 아무런 이상이 없자 대롱을 열었다. 그 속에는 아주 얇은 종이가 똘똘 말려 있었다. 교주가 그걸 조심스레 뽑아내자 그 안에는 깨알같이 작은 이상한 기호들이 빽빽이 쓰여 있었다. 교주는 품속에서 책 한 권을 꺼내어 그것을 천천히 해석하기 시작했다. 얼마간의 시간이 흐른 후 교주는 품속에 책을 집어넣고는 내공을 끌어올려 종이를 태워 버리고 외쳤다.
"도진!"
그러자 갑자기 한 인영이 스르르 교주의 앞에 모습을 드러내며 부복했다.
"예."
"교외에 비밀리에 잠시 나갈 것이다. 외출 준비를 해라."
"존명!"

교주의 외출 결과

교주가 비밀스런 외출을 한 후 두 시진 뒤……. 제법 널찍한 밀실 안에 여러 인물들이 커다란 탁자를 중심으로 모여 쑥덕거리고 있었다. 모두들 몸에서 짙은 마기를 풍기는 자들……. 그들의 표정은 대단히 심각했다. 그들 중에서 상석에 앉은 자가 입을 열었다.

"오늘 그대들을 급히 모이라고 한 것은 몇 가지 의논할 게 있어서요."

"아직 혁무상 장로가 오지 않았습니다."

"그는 지금 바쁜 일이 있어 참석하지 못했소. 이제 계획이 거의 완성되었으니 이제 행동을 시작해야지 언제까지고 미적미적 미룰 수는 없소."

"하지만 아직 완전한 준비가 되지 않았습니다. 갑자기 분타들이 총타와 별개로 움직이며 소식이 두절되었습니다. 이건 뭔가 교주가 일을 꾸미고 있다는 말인데 섣불리 덤볐다가 되려……."

"크흐흐흐, 그 걱정은 하지 마시오. 몇몇 분타에 심어 놓은 첩자의 보고로는 이번 권력 다툼에 아주 심한 유혈 사태가 일어날 것을 대비해 분타를 총단으로부터 독립시켜 잠적시킨 것이지 별다른 뜻은 없는 것 같소. 하지만 문제는 그게 아니라 교주가 우리들의 움직임을 어느 정도 눈치 챘다는 것이지."

"어느 정도까지 눈치 챘습니까?"

"물론 그 단순한 교주는 이제서야 묵향을 축출한 것이 실수한 거라는 걸 눈치 챘지. 거기에 운 좋게도 묵향은 교주의 측근인 능비계까지 죽여 줬다 이 말이오. 이제 교주는 믿고 의지할 힘이 거의 없소. 그리고 누가 적인지 아직 모호한 상태에서 최후의 도박을 시작했소."

"뭡니까?"

상석에 앉은 인물은 일부러 잠시 뜸을 들였다가 말했다.

"묵향과 손을 다시 잡는 것이오."

그러자 탁자 주위에 앉은 인물들은 웅성거리기 시작했다. 묵향은 누가 뭐래도 마교가 배출한 최강의 고수가 아닌가? 그가 교주의 손을 들어 준다면 반란의 반 자도 거론조차 불가능했다.

"이럴 수가……. 그런 사태는 무슨 짓을 해서라도 막아야 합니다. 그가 본교에 돌아온다면 반란 자체가 불가능합니다. 그는 무공 외에는 별 관심이 없는 단순한 바보입니다. 그때도 그가 교주에게 그 뛰어난 무공에도 불구하고 충성을 바치는 바람에 축출한다고 얼마나 고생을 했습니까?"

그러자 다른 목소리가 그 목소리를 막았다.

"하지만 묵향과 교주의 재결합은 어려울 겁니다. 교주의 말만 믿고 그가 어리숙하게 들어왔다가 무슨 일을 당하려구요. 전에 한 번 쓴맛을 봤으니 그것은 어려울 겁니다."

그러자 상석에 앉은 인물은 음산한 미소를 지으며 말했다.

"교주가 화해의 선물로 분타들을 묵향에게 맡긴 걸로 조사되었소. 그래서 분타들과 연락이 끊긴 것이고……. 거기에 혈화궁과 만악궁까지 선물로 줬더군. 본좌도 뒤늦게 그 사실을 알아낸 덕분에 막지 못했소."

하지만 그 인물은 그런 반론에도 묵향과 교주의 결합에 회의적인 반응을 보였다.

"하지만 그 세력들은 본교의 주력이 아닙니다. 그들의 전력을 몽땅 합해도 총타 진력의 20분의 1도 안 되는 전력인네 겨우 그걸 가시고 교주의 말을 신뢰히기는 힘들지요. 자성민마대민 동원해도 넉넉집고 반 년이면 중원 구석구석에 있는 분타들을 싹쓸이할 수 있을 텐데……. 묵향이 생각을 조금이라도 할 줄 안다면 그따위 조건에 응하지는 않겠지요."

상석에 앉은 자는 크게 웃음을 터뜨렸다.

"크하하하, 역시 제갈천(諸葛天) 장로는 식견이 높으시오. 물론 묵향은 그따위 미끼를 덥석 물 바보가 아니지요."

그러자 멸절신장(滅絕神掌) 제갈천 장로는 의아한 듯 물었다.

"그렇다면 무슨 또 다른 미끼가 있었다는 말입니까?"

그러자 상석에 앉은 인물은 미소를 지으며 품속에서 뭔가를 꺼내 탁자 주위에 앉은 모두가 볼 수 있도록 탁자 중간으로 던졌다.

"교주가 제시한 최후의 미끼는 바로 이거요."

상석의 인물이 던진 것은 종이였다. 그 인물의 절묘한 내공의 조절에 의해 종이는 활짝 펴진 상태로 천천히 날아가서 정확히 탁자의 중간에 살며시 내려앉았다. 그 내용을 눈알이 빠지게 심각하게 바라보던 제갈천 장로는 경악해서 외쳤다.

"그렇다면 교주는 천마혈검대를 묵향에게 준다는 말입니까? 그렇다면 그 둘의 결합은 성공할 겁니다. 부교주님! 천마혈검대가 묵향에게 가는 걸 기필코 막아야만 합니다."

그러자 장인걸은 광소를 터뜨리며 말했다.

"크하하하하! 물론 막았지요. 그걸 막았으니까 이 종이가 여기 있는 거요. 구양운 장로는 그대들에게 말하지 않았지만 이미 오래전에 본좌에게 포섭된 인물이오. 그는 교주의 명령과는 달리 섬서분타 부근까지 가겠지만 곧장 이리 돌아올 거요. 물론 그가 그쪽으로 움직이는 것도 교주의 첩자들을 속이기 위함이오."

"하지만 얼마 지나지 않아 교주는 구양운 장로가 배신했다는 걸 알아챌 겁니다. 그 정도 선물이면 묵향은 교주와 화해할 게 분명하니까요. 천마혈검대까지 묵향의 손아귀에 들어가면 교주보다 묵향이 거느린 전력이 월등해지기 때문에 묵향도 교주를 믿게 될 테지요. 교주가 눈치 채기 전에 선수를 써야 합니다."

"이미 혁무상 장로가 손을 써 놨소. 이제는 교주를 처치하는 일만이 남았을 뿐이오. 그대들은 정확히 5일 뒤 교내의 모든 권력을 장악하시오. 혁무상 장로가 그대들을 지휘할 거요. 그리고 그때쯤 교주는 영원히 안식을 취하게 될 거요."

제갈천 장로는 음산한 미소를 지으며 말했다.

"하지만 교주를 없애는 건 좀 자제해야 할 겁니다."

"왜?"

"인질로 써야 할 테니까요."

"인질?"

"교주와 그 가족들을 인질로 잡아야지만 독수마제(毒手魔帝)의 개입을 차단할 수 있습니다. 독수마제 개인이야 겁날 게 없지만 원로원이 움직인다면 큰일이지요. 우선 인질들로 독수마제를 협박해서 그의 개입을 막은 후 천천히 독수마제를 고립시켜야만 합니다. 물론 그 인질들의 생명을 철저히 보호해야만 합니다. 하지만 그것도 독수마제의 독수(毒手)를 뽑아 버린 후에는 필요 없겠지만요, 흐흐흐……."

대단히 악랄한 계획임에 틀림없었다. 독수마제는 은퇴한 교주의 아버지. 당연히 교주와 그 가족들의 목숨으로 독수마제를 위협한다면 그는 장인걸의 교주 찬탈을 묵인할 수밖에 없게 될 것이다. 독수마제의 원로원에 대한 영향력을 친친히 없앤 후 은밀히 처치해 버린다면? 그러고 나면 교주와 그 가족들까지 다 없애 버릴 수 있을 것이고 그다음부터는 모두들 두 다리 쭉 뻗고 잘 수 있을 것이다.

"크하하하, 좋은 생각이군. 본좌도 거기까지는 생각해 보지 않았소. 좋아, 일단은 아쉬운대로 교주를 반병신을 만드는 걸로 끝내야지. 제갈천 장로는 본좌가 돌아올 때까지 교주의 가족들을 확보해 놓게."

"존명!"

그로부터 5일 후……. 작고 아담한 장원에 교주 일행이 도착했다. 이번 나들이는 마교의 교주로서 해서는 안 되는 짓을 하는 것이기에 그의 수하들은 많지 않았다. 초절정고수 열 명으로 이뤄진 교주 독립호위대인 십혈룡(什血龍)과 원거리에서 교주를 호위하기 위해 특별히 선발된 혈마대(血魔隊)의 고수 1백 명 중에서 30명만을 데리고 왔을 뿐이다.

　교주 일행이 장원에 도착한 다음 제일 먼저 한 일은 장원의 식솔들을 모두 제압하여 방 하나에 굴비 엮듯 묶어 가지고 처박아 놓는 것이었다. 주변 정리가 끝나자 교주는 천천히 주위 경치를 구경하며 장원 안으로 들어섰고, 그의 뒤에서 십혈룡이 호위하며 따라왔다. 교주가 아담한 방에 들어가자 무사 한 명이 작은 술병과 간소한 안주 몇 가지를 재빨리 가져왔다. 교주는 그걸 천천히 마시면서 손님을 기다렸다.

　교주가 한 시진 정도 기다리자 기다리던 손님이 도착했다. 부드럽게 안광을 안으로 갈무리한 30대 중반의 잘생긴 청년……. 그는 현 무림맹주였다.

　그 또한 교주처럼 소수의 호위들만을 거느린 채 장원에 들어섰고, 이 시대가 낳은 두 거인이 작은 방에서 쑥덕거리는 동안 도저히 한자리에 모일 수 없는 마교와 정파의 절정고수들이 사이좋게 사방에 흩어져 외곽을 감시함과 동시에 서로를 감시하기 시작했다.

　"오랜만이오. 일이 잘 풀리는 모양이군요. 안색이 아주 좋으시오."

　"허허허, 그러는 교주야 말로……. 오랜만이외다. 참, 안 그래도 만나고 싶었소. 몇 가지 물어볼 것이 있어서 말이오."

　"뭔가요?"

　"이번에 구휘 대협의 무덤을 발견한 것 때문에 전 무림이 발칵 뒤집혔는데, 왜 유독 마교만 조용하냐 이거요."

　"흐흐흐, 본교에는 북명신공이 있는데 왜 구태여 탐을 내겠소? 그리고 본교 내부 사정으로 그따위 무공이나 보물에 정신 팔 때가 아니오."

　"오, 그때 묵향을 보고 혹시나 했었는데 역시 귀교에 북명신공이 있었군요. 귀하도 그 신공을 익혔소?"

"익히지 못했소. 몇 번 해 봤는데 조금 이상하더군요. 아무래도 뭔가 고의로 틀리게 만든 것 같기도 하고……. 어쨌든 전에 시도해 보다가 하마터면 주화입마에 걸릴 뻔한 후로는 손도 안 대고 있소. 그런데 괴이하게도 묵향은 그걸 익혔지."

"귀교가 장난친 게 아니라면 그럼, 그 무덤은 진짜라는 말인가? 하여튼 본좌도 요즘 그놈의 무덤 때문에 엄청나게 바빴소. 모두들 보물에 눈이 뒤집혀서 정사 간에 또는 문파 간에 혈전이 벌어질 뻔한 게 한두 번이 아니오. 어쨌든 귀교가 개입한 게 아니라니 다행이구려……. 참, 그런데 아직 만날 때가 안 되었는데 무슨 급한 일이길래 본좌를 불렀소?"

그러자 아연한 얼굴 표정을 하고 교주가 오히려 되물었다.

"뭐라구요? 본좌는 그대가 불러서 온 건데……. 그대가 부르지 않았소?"

"그럼 이게 어찌된 일이오?"

"아차, 간계에 빠졌소."

이때 밖이 소란스러워지기 시작했다. 병장기 부딪치는 소리와 비명 소리, 기합 소리……. 교주와 맹주는 재빨리 신형을 날려 밖으로 나갔다.

그들이 밖에서 본 것은 정말이지 경악할 만한 장면이었다. 교주와 맹주를 호위하는 직속 수하들은 대단히 뛰어난 고수들이다. 그런데도 그들이 일방적으로 밀리고 있었던 것이다. 상대는 3백여 명의 혈의를 입은 무리들……. 도저히 그들은 인간 같지가 않았다. 각종 병장기를 사용하고 있었는데 손이나 발이 날아가거나 심지어 배가 찢어져 내장이 흘러내리는데도 눈 하나 깜짝하지 않고 무시무시한 공격을 퍼붓고 있었다.

그 모습을 보고 교주는 신음성을 흘렸다.

"천령강시, 도대체 누가 천령강시를……?"

이때 활을 든 1백여 명의 무사들과 그 외의 각종 무기를 가진 1천여 무사들이 주위에 내려섰다. 완벽하게 포위된 것이다. 그중의 한 명이 입을 열었다. 30대 초반의 준수한 얼굴을 한 그는 생긴 것과 달리 음흉한 웃음을 터뜨리며 교주의 약을 올리기 시작했다.

"크흐흐흐, 오랜만이요, 교주. 이런 장소에서 만나게 될 줄은 생각도 못 했겠지요? 크하하하!"

"장인걸…, 이 개자식! 네놈이, 네놈이…….''

"교주가 오랜 시간을 들여 만들어 놓은 천령강시……. 상상 밖으로 정말 위력이 대단한 것 같지요? 본좌가 교주에게 강시 제조법을 알려 줬으니 당연히 그에 따라 만든 강시는 본좌가 부릴 수 있을 것이라는 생각을 그대는 해 뒀어야 했소. 거기에 강시를 만든 책임자가 본좌의 심복이니 더 이상 말할 필요도 없겠지요. 일반적인 도검으로 상처 하나 입힐 수 없는 천령강시들을 토막 낼 수 있을 정도로 호위 무사들의 실력이 의외로 뛰어나다는 점은 인정하겠지만, 그래도 변하는 것은 하나도 없을 거외다, 크하하하……."

분노에 가득 찬 교주가 몸속의 진기를 서서히 끌어올리자 그의 피부는 밝은 자색을 띠기 시작했고, 더욱 기괴한 형상을 보이고 있었다. 그리고 옆에 서 있던 맹주도 사태가 어떻게 돌아가는지 파악하고 허리에서 자신의 애검인 빙백수룡검(氷白水龍劍)을 천천히 뽑았다. 빙백수룡검은 맑고 투명할 정도로 아름다운 2척 8촌의 검신 양면에 수룡이 한 마리씩 음각되어 있었다. 대단히 파괴력이 강한 검으로 싸늘한 한기가 느껴지는데, 사람을 아무리 베어도 피가 묻지 않는 특이한 검으로, 무림맹주의 신물(信物)이었다.

장인걸은 두 고수들의 행동을 지긋이 바라본 다음 느긋하게 말했다.

"참, 무림맹주까지 계셨군요. 정사는 양립할 수 없다고 했는데……. 여기에 서 계신다는 것 자체가 불행이지요, 흐흐흐. 두 사람 다 여기서 빠져나갈 생각은 버려야 할 거외다. 이들 외에도 2천의 정예들이 외곽을 포위하고 있으니까 말이오. 어쨌든 그대들이 한 번씩 은밀히 만나서 쑥덕거린다는 것을 본좌가 눈치 챘을 때부터 그대들의 운명이 나한 셋이오. 소용히 항복한다면 목숨만은 살려 술 의향이 있소이다."

"이 모든 게 다 네놈이 뒤에서 조종한 것이냐?"

그러자 장인걸은 빙긋이 미소 지으며 답했다.

"그렇소. 나도 이렇게 잘될 줄은 몰랐소이다. 혼자서 새로운 마도를 추구할 거라고 암흑마교를 세웠을 때, 정말 천하가 곧 내 손 안에 들어올 것 같았지요. 하지만 곧이어 현실의 벽에 부딪쳤소. 마교 내에 있을 때는 잘 몰랐는데 밖에서 마교를 부숴 보려고 했더니 그게 장난이 아니더군. 본좌가 50여 년을 노력해서 만든 단체라고 해 봐야 천마혈검대가 하루 저녁 휘저어 놓으면 가루가 날 정도밖에 안 되었으니까 말이오.

그래서 생각을 바꿔서 마교 안에서부터 시작하려고 들어갔지요. 하지만 거기에는 더 큰 벽이 기다리고 있었소. 교주도 알다시피 묵향이란 초고수가 있더군. 그냥 놔뒀다간 정말 나한테는 국물도 남을 게 없을 것 같아서 슬슬 뒷공작을 했지. 교주는 말로는 묵향을 포용하는 것처럼 하면서 뒤로는 묵향의 재능에 심한 질투심을 느끼고 있었지요. 나는 그걸 조금씩 자극한 것 외에는 별로 한 게 없지요. 흐흐, 당신은 멍청하게도 적당하게 이간질을 하니까 아주 손쉽게 먹이를 덥석 물었소. 거기에 내 조언을 듣고 묵향을 없애기 위해 능비계를 파견한 건 정말 자기 무덤을 판 거나 다름없지요. 하하하, 그렇지 않소? 교주 나으리."

그러자 화가 머리 꼭대기까지 솟은 교주가 노성을 질렀다.

"네놈에게 내가 아쉽게 해 준 것이 없는데, 이렇게 본좌를 핍박할 수 있냐? 그따위 교주 자리 달라고 했다면 줄 수도 있었다. 그런데 이렇게 꼭 내란을 일으켜야만 했느냐?"

그러자 장인걸은 음산하게 미소 지으며 말했다.

"교주는 뭘 모르시는구려. 자고로 계집의 옷도 순순히 벗게 놔두는 것보다 강제로 벗기는 게 재미있는 법이지. 또 꼬리치는 계집보다 반항하는 계집을 강간하는 게 더욱 재미있지 않소? 거저 굴러 떨어지는 교주 자리는 별로 재미없는 거요. 뺏어야만 진정한 내 자리가 되는 거지."

그들 간의 이죽거리는 대화가 진행되는 동안에 교주와 맹주의 호위 무사들은 모두 다 천령강시들에게 죽임을 당해 버렸다. 천령강시들은 남은 두 사람의 실력을 은연중에 느꼈는지 곧장 공격해 들어오는 것을 망설이고 있었다. 그만큼 그 두 거인의 실력은 독보적이었다. 그들은 무림에 현존하는 열한 명밖에 안되는 화경이나 극마의 고수들이었으니까…….

"뭣들 하느냐? 공격하라!"

아직도 2백여 구나 남은 천령강시들은 호위 무사들을 전멸시킨 후 잠시 주춤거리다가 장인걸의 불호령이 떨어진 다음에야 공격을 시작했다.

천령강시는 일반적인 강시의 약점인 속도를 비약적으로 발전시킨 마물이다. 거기에 이들은 어느 정도 이성(理性)을 갖추고 있기에 멍청하게 움직이지도 않는다. 눈부신 속도에 과거 익혔던 무공의 초식에 바탕을 둔 뛰어난 공격력, 거기에 강시 특유의 단단한 몸매를 자랑하는 이것들은 거의 무적에 가까운 파괴력을 자랑한다. 그렇기에 교주는 혈교로부터 유래된 이 천령강시의 제조법을 장인걸에게 들은 다음 묵향을 없애기 위해 특별히 제조한 것인데, 그것들이 자신을 향해 공격해 올 줄은 생각도 못 해 봤던 것이다.

일단 교주와 맹주가 손을 쓰기 시작하자 정말이지 처절한 싸움이 시작되었다. 교주의 강렬한 자전마공에 강시의 몸에는 구멍이 숭숭 뚫려 갔고, 맹주의 백류매화검법에 강시들이 토막 나기 시작했다. 하지만 강시들은 손발 따위 떨어져도 끄떡도 하지 않고 두 사람을 공격했다. 심지어 두 토막이 나 내장을 쏟아 내면서도 손으로 기어와서, 어떻게 해서라도 그 두 사람의 발이라도 움켜잡으려고 들었다.

교주와 맹주의 무공을 흥미진진한 표정으로 바라보던 장인걸은 무심히 내뱉었다.

"교주는 그 누구도 극성까지 익히지 못했던 자전마공을 대성했군……. 흐흐흐, 하기야 저따위 괴이한 모양으로 돌아다닐 바보가 여태껏 없었으니까 교주가 최초였겠지만, 아무튼 대단한 사람이야. 자전마공 하나에 끝까지 매달리다니……."

장인걸은 옆에 서 있던 무사의 활을 뺏어 들고는 늘어서 있는 궁수들에게 명령했다.

"화살을 쏴라!"

1백여 명의 고수들이 교주와 맹주를 향해 화살을 날렸다. 하지만 수두룩하게 늘어서 있는 천령강시들이 방해가 되어 교주나 맹주에게 까지 날아간 화살은 극소수였다. 거기에 화살이 날아오는 파공음이나 기를 포착하여 천령강시들을 방패로 써먹었기에 그들에게 도달하는 화살은 거의 없었다. 천령강시들은 그 단단한 몸통으로 교주와 맹주의 튼튼한 방패가 되어 주고 있었다. 내력이 약한 자가 쏜 화살은 천령강시의 피부조차 뚫지 못했고 내력이 좀 강하다고 해 봐야 깊숙이 박히는 정도에 불과했다. 하지만 천령강시들은 등 뒤로 화살들을 몇 대씩이나 꽂아 넣고도 교주와 맹주에게 맹렬한 공격을 가하고 있었다.

이때 장인걸은 엄청난 무위를 자랑하고 있는 교주를 향해 은밀히 조준한 다음 화살을 발사했다. 교주는 막 앞쪽에서 달려들던 천령강시 한 구의 머리통을 바숴 버린 다음 좌우에서 협공해 들어오는 천령강시들에게 자전강기(紫電剛氣)를 퍼붓고 있었다. 이때 교주는 옆에 있던 천령강시의 등 쪽으로 화살이 한 대 날아온다는 걸 느꼈다. 하지만 그는 천령강시의 몸이 방패가 되어 줄 것으로 믿고 아무런 행동도 하지 않고 또 다른 강시를 공격할 생각을 하고 있었다. 그런데 놀랍게도 그 화살은 천령강시를 관통한 다음 교주의 복부 깊숙이 박혔다.

퍽!

"크억!"

교주는 곧이어 자전강기에 두 토막이 난 천령강시가 쓰러지는 뒤쪽으로 활을 든 채 빙그레 미소 짓고 있는 장인걸을 볼 수 있었다.

"이런, 개자식!"

교주는 더 이상 생각할 것도 없이 장인걸을 향해 몸을 날렸다. 하지만 이제 방패막이가 없어진 교주에게 화살이 집중되기 시작했고, 궁수들의 뒤쪽에 서 있던 또 다른 고수들이 교주에게 달려들었다.

화경이나 극마는 거의 동일한, 인간으로서 올라갈 수 있는 최고의 경지라고 할 수 있었다. 물론 현경이나 생사경이 있지만 그 두 경지는 너무나도 꿈같은 것들이라 감히 범인들이 상상조차 해 보지 못하는 것이다. 어쨌든 화경에 올라선 고수들끼리 일대일로 대결한다면 뭔가 비겁한 수를 쓰지 않고서는 양패구상하기 딱 좋다. 그 둘의 실력 차가 거의 없기 때문이다. 물론 화경 내에서도 각기 배운 무공에 의한 파괴력의 차이가 있을 수 있고, 또 화경 내의 상하 능력 차도 있다. 갓 화경에 올라선 자와 이제 현경에 올라가려고 깝죽거리는 인간들과의 능력 차는 대난한 것이다.

맹주와 교주의 경우 둘 다 현경에 아주 근접한 인물들이었고, 장인걸은 연륜과 실력에서 아무래도 그들보다 한 수 아래였다. 만약 그가 묵향처럼 현경에 올라섰다면 애꿎은 수하들을 작살 내지 않고 그들을 직접 없애 버렸을 것이다. 하지만 장인걸은 자신의 실력과 교주의 실력을 너무나 잘 알고 있었다. 거기에 상대는 극마급의 고수 두 명이 아닌가? 그렇다면 자신이 몸소 나서 봐야 끝내는 당해 낼 수 없다는 것을 알고 자신이 키운, 거의 4천에 가까운 정예를 끌고 온 것이다. 거기에 자신의 수하들은 모두 다 귀혼강신대법(歸魂殭身大法)을 익힌 불사의 신체를 가진 자들이 아닌가? 아무리 교주와 맹주가 극강의 고수라 해도, 그들 모두를 다 죽이려면 내공이 바닥까지 떨어질 것이라는 걸 염두에 둔 작전이었다.

이제 천령강시가 거의 죽임을 당하자 본격적으로 장인걸이 거느리고 온 수하들 중에서 1천 명이 두 사람을 죽이기 위해 투입되어 발버둥치기 시작했다. 하지만 일방적인 도살로 치닫고 있는 것은 참으로 의외였다.

특히 장인걸의 수하들에게 가장 큰 타격을 입히고 있는 것은 부상당한 교주였다. 맹주의 백류매화검법은 정말이지 현란하게 검강을 토해 내며 상대를 도륙했지만, 그들은 곧 몸이 다시 들러붙으며 일어섰다. 하지만 교주의 무공은 극양의 자전마공. 교주의 손이 번쩍일 때마다 고기 타는 냄새가 진동을 했고, 장인걸의 수하들은 상처 부위가 완전히 익어 버려 재생이 되지 않았기에 그 위력은 실로 엄청났다.

장인걸은 틈을 보아 가며 교주와 맹주에게 화살을 하나씩 날리고 있었다. 수하들의 몸통이야 구멍이 나건 나지 않건 상관하지 않았다. 겨우 그 정도 상처는 가뿐하게 재생된다는 걸 그 자신도 잘 알고 있었기 때문이다.

교주와 맹주는 이미 두세 발의 화살을 몸에 꽂고도 정말이지 인간이라고 믿어지지 않는 괴력을 발휘하고 있었다. 그들의 손에 수많은 사람들이 시체가 되어 뒹굴고 있었다. 하지만 그들에게 덮쳐 오는 숫자는 더욱 늘어나 있었다. 장인걸이 주위에 포진하고 있던 수하들을 더 투입했기 때문이다. 그들은 인간이라고 생각하기 어려울 정도의 능력을 발휘하고 있었지만 서서히 무너지고 있었다. 아무리 그들이 엄청난 능력을 지니고 있다고 해도 강력한 고수 4천 명과 극마의 고수 한 명을 상대로 싸워 이긴다는 것은 불가능한 일이었다.

"크흐흐흐, 이제 정신이 드시는 모양이군……. 그래 몸이 어떠시오? 교주 나으리."

온몸이 피로 물든 인물……. 그의 몸은 약하지만 아직도 자색을 띠고 있었다. 하지만 그의 몸 여기저기에 크고 작은 상처가 있었다. 아마도 딴에는 치료를 해 준 듯 몸의 여기저기에 붕대가 감겨 있었다. 그리고 그의 내공을 끌어올리지 못하게 비파골을 굵직한 쇠사슬로 뚫어 놨고, 하나밖에 남지 않은 손과 발은 푸르스름한 빛이 감도는 만년한철로 묶여 있었다. 한중길은 어느 정도 정신이 들었지만 철창 밖에 있는 인물의 말을 알아듣는 건지 못 알아듣는 건지, 팔목이 날아가 뭉텅한 살덩어리에 피에 젖은 붕대가 감겨 있는 자신의 오른팔을 이제 하나밖에 남지 않은 눈으로 망연히 바라보고만 있었다.

"아, 왼팔마저 잘라 드릴까 하다가 식생활에 지장이 있으실 것 같아 본좌가 크게 인심을 써서 놔뒀소. 혈맥이 가닥가닥 끊겨서 아마도 20년쯤 죽어라 수련하면 3할 성도 내공을 회복하실 수 있을거 외다. 아예 내공을 없애 버렸으면 더욱 좋겠지만 그러면 교주의 연세를 감당하지 못하고 육체가 사그라들 게 뻔하기에, 본좌가 어떻게 무림을 집어삼키는지 그 과정을 구경하라고 살려 드렸소. 물론 그 이유로 하나 남은 눈도 뽑아 버리려다가 봐준 거요. 흐흐, 또 내공이 전폐되지는 않았으니 운 좋으면 내게 복수할 수도 있을 거요, 크하하하……."

장인걸은 옆에 묶여 있는 참혹한 모습의 맹주를 지그시 바라봤다. 격투 중에 왼쪽 다리가 날아가고 없었으며 크고 작은 수많은 상처를 감싸 맨 덕분에 거의 전신에 붕대가 돌돌 감겨 있었다. 그 또한 교주처럼 비파골을 사슬이 꿰뚫고 있었으며, 남은 손발이 묶여 있었다. 하지만 맹주는 교주와 달리 자신의 잃어버린 왼쪽 발을 볼 눈조차 남아 있지 않았다. 맹주가 쓰러진 다음 장인걸이 뽑아 버렸기 때문이다.

장인걸은 그 두 거물의 꼬락서니를 찬찬히 감상한 다음 옆 감방으로 발길을 돌렸다. 옆쪽에 연결된 세 칸의 감방에는 교주의 가족들이 잡혀 들어와 있었다. 모두들 처절한 투쟁을 했었는지 꼴이 말이 아니었다. 그들도 또한 교주처럼 만년한철로 된 사슬에 묶여 벽에 매달려 있었다. 사슬의 길이는 최대 7척 길이로 벽 뒤에 장치를 해, 늘였다 줄였다 할 수 있었다. 물론 이쪽 사람의 지시에 의해 강철로 된 벽 뒤에 있는 인물이 그 작업을 했다. 이 감옥은 마교 내에서도 최고의 중죄인들을 위해 설계한 것으로 침상 따위는 존재하지 않고, 여기서 죽을 때까지 벽에 매달려 있어야만 했다.

이때 옥문의 저쪽에서 두런두런 말소리가 들리기 시작하자 장인걸은 감방 안에 들어가 있는 수하들에게 손짓을 했다. 그러자 수하들은 감방 안에 있는 모든 죄수들의 목에 비수를 일제히 들이댔다. 이때 저쪽에서 40대 중반의 중후한 인상을 풍기는 인물이 걸어 들어왔다. 그는 감방 안의 풍경을 흘끗 바라보며 장인걸의 앞에 이르렀다. 그러자 장인걸은 정중히 포권하며 그를 맞이했다.

"어서 오십시오, 태상교주님."

그러자 태상교주는 장인걸을 무표정한 얼굴로 쏘아보며 물었다.

"본좌를 이리로 부른 이유는?"

"예, 이미 속하가 교주의 직위를 인수했습니다. 더구나 한중길 전 교주는 저기 잡혀 있는 무림맹주와 모종의 밀월 관계에 있었기에 속하는 어쩔 수 없이 본교의 장래를 위해 그를 처단할 수밖에 없었습니다. 이점 헤아려 주시기를······."

그러자 태상교주는 처참한 몰골의 맹주를 지그시 바라본 후 장인걸에게 말했다.

"그건 그렇다 치고, 저 아이들까지 잡아들일 필요가 있었나?"

"그건 어쩔 수 없었습니다. 부모의 죄는 그 자식들도 져야 하는 법. 속하는 본교의 율법에 따른 것뿐입니다. 태상교주께서도 그 점을 잘 아시지 않습니까?"

"좋아, 저들의 처리는 어떻게 할 건가?"

"속하도 애써서 생포한 저들을 꼭 죽이고 싶은 생각은 없습니다. 누가 뭐래도 며칠 전만 해도 존경했던 상관이요, 또 그의 가족들이 아니겠습니까? 다만 그건 속하가 교주가 되는 데 원로원의 방해 공작이 없어야 한다는 가정이 앞서야 하지만요."

그러자 태상교주는 같잖다는 미소를 피워 올리며 장인걸에게 말했다.

"그내는 인질로 본좌를 협박하는 건가?"

장인걸은 태상교주의 인색을 살피며 더욱 정중하게 답했다. 어쨌든 지금은 아직 그의 기반이 다져지지 않은 상태다. 지금 충돌해서 좋을 건 하나도 없었다. 태상교주는 거의 교주와 맞먹는 고수였다. 수하들을 총동원해서 태상교주를 없앨 수도 있겠지만, 그렇게 되면 그를 원로원이 용서할 리가 없기 때문이다. 누가 뭐래도 지금은 원로원에 대한 태상교주의 영향력을 무시할 수 없었던 것이다.

"아닙니다. 속하가 어찌 태상교주님을 협박할 수 있겠습니까? 저들은 본교의 죄인일 뿐. 그들의 처리 방법은 시간을 두고 생각해 보겠다는 것이지요. 어쩌면 저들을 모두 풀어 줄 수도 있지요. 사실 교주의 경우 지금 근골이 뒤틀리고, 혈맥이 끊겨 거의 폐인이나 다름없으니까요. 또 교주의 자식들은 저도 그 아이들이 커 가는 모습을 옆에서 지켜보며 사랑을 주고받던 사이가 아니겠습니까? 속하도 최악의 상황이 아니라면 저들을 죽이고 싶지 않습니다."

"알겠네. 저들도 마교인이기에 앞서 본좌의 식솔들이니 그대가 약간의 인정을 베풀기를 바라네. 내 원로원에는 경솔한 행동을 하지 않게 말을 해 놓겠네."

"감사합니다, 태상교주님."

태상교주는 속으로 깊은 한숨을 삼키며 감옥을 나서야만 했다. 자신이 지금 장인걸의 폭주를 막지 못한다면 저 아이들의 목숨이 사라질지도 모른다는 걸 잘 알고 있었다. 여태까지 이어진 마교의 역사상 권력을 찬탈당한 전대 교주의 가족들이 살아남은 적은 단 한 번도 없었기 때문이다. 하지만 만약 지금 원로원을 동원한다면? 장인걸은 없앨 수 있을지 모르나 저 아이들의 목숨도 함께 끊어질 것이다. 이래도 저래도 살아남을 가망이 없었다. 태상교주는 장인걸을 없애는 대신 그냥 놔두는 것을 택했다. 지금 원로원과 장인걸이 싸움질을 벌인다면 마교가 입는 그 피해는 수십 년을 두고도 보충하기 어렵다는 걸 잘 알고 있었기 때문이다.

안 그래도 그의 가족의 목숨은 절단 난 것이지만 마교의 맥을 여기서 끊기게 둘 수는 없었다. 혁무상 장로의 말에 따르면 무림의 정세도 대단히 불안정하다고 하지 않았던가. 오래전에 마교에 치명적인 피해를 입혔던 혈교도 부활하는 이 마당에 자중지란을 일으킬 수는 없었던 것이다. 그 모든 것을 생각하고 있었기에 태상교주는 섣불리 손을 쓰지 못했다. 장인걸의 인정 아래 가족들의 목숨을 맡기고 돌아서는 그의 발걸음은 무거웠다.

장인걸은 그날 밤 자신의 방 옆에 딸려 있는 비밀스런 밀실에 들어가서 벽에 쭉 세워 놓은 세 자루의 보검들을 만족스레 바라봤다. 세 자루 다 무림인이라면 꿈속에서도 그리는 10대기병(奇兵)이었다. 기병 서열 2위에 올라가 있는 화룡도(火龍刀). 붉은색의 검신은 강한 불의 기운을 지니며 능력이 미치지 않는 자가 건드리면 타 죽는다고 전해지는 4척 길이의 마도(魔刀). 과거 사사천림(死邪天林)의 임주가 지니고 있었으나 마교가 사사천림을 멸망시키고 입수했다.

　검법을 익힌 자가 도를 들면 아무리 좋은 도라도 강한 위력을 낼 수 없기에 역대 교주들은 그 강력한 파괴력에도 불구하고 잘 사용하지 않았다. 한중길은 권법에 능했기에 검법을 익힌 아들에게 수라마검(修羅魔劍)을 넘겨주고 대신 이것을 가지고 있었지만 거의 사용하지는 않았다. 만약 그가 이 검을 계속 가지고 있었다면 장인걸은 좀 더 큰 대가를 치러야만 교주를 없앨 수 있었을 것이다.

　감옥에 갇혀 버린 소교주가 가지고 있던 기병 서열 4위의 수라마검. 아수라(阿修羅)의 힘을 가져 그 힘을 제어하지 못하는 자가 가지면 검의 마기에 홀려 혈귀(血鬼)가 된다고 전해지는 마검으로, 검붉은 색의 검신에서는 강렬한 마기가 느껴진다. 전통적으로 마교의 교주가 지니던 신물(信物)이었다.

　이제 폐인이 되어 버린 무림맹주가 가지고 있던 기병 서열 5위의 빙백수룡검. 맑고 투명할 정도로 아름다운 2척 8촌의 검신에 양면에 한 마리씩 수룡이 음각되어 있다. 대단히 파괴력이 강한 검으로 싸늘한 한기가 느껴진다. 아무리 사람을 베어도 피가 묻지 않는 특이한 검으로 무림맹주의 신물이었다. 과거 구휘 대협이 생존해 있을 당시에는 기병 서열 1위의 흑묵검(黑墨劍)이 맹주의 신물이었지만 구휘의 행방불명과 함께 흑묵검 또한 사라져 버렸기에 빙백수룡검이 신물이 된 것이다.

이 세 자루의 기병 중 두 자루는 각각 정(正)과 마(魔)를 대표하는 신물. 장인걸에게는 이제 자신의 것이 된 거나 다름없는 마교의 신물보다 무림맹의 신물인 빙백수룡검이 더욱 가치 있게 생각되었다. 무극검황 옥청학 맹주의 목숨과 맹주의 신물로서 협박을 하면 무림맹은 마교에 많은 것을 양보할 수밖에 없을 것이다.

장인걸은 빙백수룡검을 슬며시 쓰다듬으며 옥청학의 아들 옥진호(玉振湖)가 다음 맹주가 되기를 빌었다. 옥진호는 화경에는 올라서지 못했지만 대단히 뛰어난 검객으로 백류매화검법의 달인으로 알려져 있었다. 거기에 옥청학의 아들이라는 든든한 뒷배경이 있으니 잘만 하면 그가 차기 맹주가 될지도 몰랐다. 그렇게만 된다면, 흐흐흐…….

이때 밖에서 음산한 말소리가 들려왔다.

"교주님, 죄인을 끌고 왔습니다."

"잠시 기다려라."

장인걸은 밀실 밖으로 나간 후 기관 장치를 돌리는 장치인 아수라의 목을 원위치로 돌렸다. 그러자 책장이 빙글 돌아가며 밀실로 들어가는 통로가 사라졌다. 그는 옆에 있는 의자에 앉으며 말했다.

"들어오라."

문이 열리며 두 명의 무사가 한중길의 손녀 한영영을 끌고 들어왔다. 군데군데 검붉은 피가 묻은 옷을 입은 그녀는 이미 혈도가 막혔는지 한 올의 내공조차 끌어올리지 못하는 상태였다.

"나가 봐라."

"옛!"

무사들이 나간 후 장인걸은 원한이 가득한 한영영의 턱을 들어 올려 얼굴을 지그시 바라보며 미소 지었다.

"정말 아름답구나."

"퉤! 더러운 자식!"

"역시 계집은 반항하는 맛이 있어야지, 크하하……."

장인걸은 발버둥치는 한영영을 간단히 안아 들고는 침상으로 갔다. 그러자 한영영은 발악을 하며 외쳤다.

"더러운 자식! 내 몸에 손만 대 봐. 혀를 깨물고 자살할 테다……."

장인걸은 버둥거리는 한영영을 찍어 누른 후 가슴을 주무르며 이죽거렸다.

"흐흐흐, 혀를 깨물면 혀만 잘리지 죽긴 왜 죽어. 자, 혀를 깨물어 보거라. 본좌는 피를 보면서 성합을 하는 걸 즐기니까, 크하하하! 하지만 네년이 혀를 깨물면 네 아비와 어미의 목도 함께 날아갈 거라는 것도 생각해 둬야 힐걸? 어때? 아직도 깨물고 싶은 생각이 있나?"

무림은 무림맹주 무극검황 옥청학의 갑작스런 실종으로 들끓고 있었다. 그를 호위했던 30명이 넘는 뛰어난 무공을 지닌 무사들까지 함께 사라졌기에 구구한 억측과 유언비어가 나도는 가운데 정파는 서서히 분열하기 시작했다. 맹주의 자리를 노리는 사람들은 많았다. 무림맹은 세력 순으로 소림(小林), 무당(武當), 공동(空洞), 점창(點蒼), 화산(華山), 당문(唐門), 아미(峨嵋), 청성(靑城), 종남(終南)의 9파와 개방(丐幇)의 1방, 또 서문세가(西門世家), 종리세가(鍾里世家), 제갈세가(諸葛世家), 악양세가(岳陽世家), 남궁세가(南宮世家)의 5대세가가 연합한 단체인 만큼 그들은 맹주의 실종과 함께 자파에서 맹주직을 차지하기 위한 치열한 암투가 시작되었던 것이다.

여기서 아미, 소림의 경우 승려들로 이루어졌기에 맹주직을 차지할 생각이 없었고, 무당과 곤륜은 도인들로 이루어졌기에 권력과는 상관이 없었다. 또 개방의 경우 거지 떼로 이뤄졌기에 거지의 특권인 무소유, 무욕에 상반되기에 맹주직을 노릴 가능성은 없었다. 악양세가의 경우 강력한 무력을 가지고는 있었지만 의가(醫家)였기에 무림의 장악에는 별로 뜻이 없었다. 그리고 당문의 경우 독과 암기의 대명사로서 대단히 악랄함을 자랑하기는 하지만 그에 너무 의존하는 경향이 있어 사실상 절정고수라 할 수 있는 인물이 거의 없기에 맹주직을 노리려고 해도 거의 불가능했다. 거기에 다른 문파들도 무공에 비해 독과 암기만을 너무 우대하는 그들을 약간 멸시하는 경향도 없지 않아 있었다.

그렇다면 이제 열다섯 개의 거대 세력 중 여섯 개의 세력을 뺀 아홉 개의 문파가 문제였다. 그들은 각파의 장문인 내지는 뛰어난 고수들을 앞세워 맹주직을 노렸다. 하지만 사실상 맹주가 될 만한 인물은 몇 사람 되지 않았다.

우선 옥청학의 아들 옥진호를 들 수 있다. 그의 아버지가 맹주였기에 맹에서 가장 탄탄한 기반을 잡고 있는 인물이라는 유리한 고지를 차지하고 있었다. 거기에 옥청학은 맹주이자 공동파의 전대 장문인이었으며 그의 아들 옥진호에게 공동파 장문인의 직위를 넘겨 주고 맹주에 취임했었다. 하지만 옥진호 장문인의 무공은 그의 경쟁자들에 비해 조금 떨어지는 게 흠이었다.

두 번째로 들 수 있는 인물이 서문세가의 가주 수라도제(修羅刀帝) 서문길제(西門吉制)였다. 가전의 뇌전도법을 10성 이상 성취한 유일한 인물로 120세에 이르는 화경의 고수였다. 서문세가의 힘이 5대세가의 수위에 오르는 만큼 서문길제가 맹주로 등극할 확률은 지극히 높았다.

세 번째로 들 수 있는 인물은 옥화무제(玉花武帝) 매향옥(梅香玉)이었다. 사실 그녀의 사문은 9파1방에도 5대세가에도 들지 못했지만 무림 최고의 정보 단체 무영문을 운영하는 여걸인 만큼 무림맹의 정보력에 지대한 공헌을 하고 있는 게 현실이었다. 아마도 그녀가 자신의 공헌도를 내세워 맹주 직위를 노린다면 딱히 무림맹에서 거절하기 힘들다는 게 세인들의 평이었다.

그 외에 무당파의 태극검제(太極劍帝)와 곤륜파의 곤륜무제(崑崙武帝)라는 거목들이 있었다. 그들은 모두 2백 세에 가까운 노고수들로 화경에 이른 인물들이었다. 물론 그들이 맹주의 직위를 노린다면 다른 인물들보다 우선권이 높을 수밖에 없었지만, 그 둘은 세상의 명리를 따지지 않는 도인들에다가 은거를 선언한 지 수십 년이 지난 인물들이었다. 거기에 곤륜파의 경우 그 엄청난 위명에도 불구하고 중원의 변두리에 치우친 관계로 9파1방에도 들어가지 못하지 않았는가? 그렇기에 그들이 직접 나설 가능성도 거의 없었지만 그들이 후계자인 고수를 밀어 준다 하더라도 곤륜파는 불가능했고, 무당파만이 가능했지만 여태까지 태극검제의 태도로 미루어 봤을 때 그럴 가능성도 없었다.

또 맹주의 선출에 무림맹 자체의 이권도 있었다. 만약 무림맹은 뇌전검황이 비명횡사하지 않았다면 그를 무조건 맹주로 세웠을 것이다. 제자수 2백여 명 정도의 제령문 같은 작은 문파에서 그렇듯 고강한 무예를 지닌 인물이 나온 게 놀라울 정도였지만, 사실상 7룡4봉에 뇌전검황의 대제자도 아닌 서진(徐眞)이라는 제자가 들어간 것만 봐도 제령문의 저력을 짐작할 수 있었다.

거기에 뇌전검황의 실력은 자타가 공인하는 것이었기에 다른 인물들의 반발도 없을 테지만, 사실 무림맹에서 그의 죽음을 아쉬워하는 이유는 딴 데 있었다. 뇌전검황은 유일하게도 3황5제에 들어가는 초절정고수들 중 가장 기반이 약한 인물이었던 것이다. 문도 수 겨우 2백여 명. 그렇다면 기존 무림맹의 골격이 바뀔 수가 없는 것이다. 대부분의 경우 각 파에서 맹주가 나오면 그 맹주는 약 2, 3천 명의 수하들을 거느리고 들어가 모든 중요 직책들에 그의 심복들을 집어넣게 된다. 하지만 뇌전검황은 그럴 만한 인재를 보유하지 못했기에 그를 맹주로 세운다 하더라도 공동파는 계속적으로 무림맹의 요직을 독점해 장기적으로 무림을 주무를 수 있는 것이다.

하지만 뇌전검황은 이미 고인이 되어 버렸고, 공동파가 내세울 유일한 인물은 옥진호 장문인뿐이었다. 만약 맹주 선출이 시작되면 옥진호 장문인이 맹주가 될 확률은 거의 없었다. 그렇기에 어쩔 수 없이 무림맹에서는 맹주의 행방불명 사실을 공포하고, 어딘가에 맹주가 살아 계실지도 모른다는 점을 들어 차기 맹주를 선출하지 않았다. 그리고는 옥진호 장문인을 맹주 대리로 앉혀 맹주를 찾아내는 작업을 우선시하려고 공작을 펼치는 중이었다.

거기에다 무림맹이 맹주의 실종으로 난리가 나 버려 제 기능을 상실하자 급기야 일이 벌어지고 말았다. 여태껏 무림맹의 중재로 충돌하지 못하고 있던 남궁세가와 서문세가가 구휘 대협의 무덤을 기화로 정면충돌했던 것이다. 거기에 엎친 데 덮친 격으로 사파의 다섯 개 방파와 정파의 일곱 개 방파까지 무덤을 빌미로 충돌을 벌여, 이제 사태는 거의 구휘 대협의 무덤을 중심으로 정과 사, 사와 사, 또 정과 정의 본격적인 격돌이 시작될 기미를 보이고 있었다. 그들은 정말이지 추악하게도 1대 영웅의 무공비급과 보물을 놓고, 그의 무덤 앞에서 싸움질을 하고 있는 것이다.

거기에 세상은 반란을 일으킨 진천왕과 진압하려는 황제의 본격적인 전쟁으로 소란스러웠다. 한참 전쟁이 벌어지고 있는 귀주성과 사천성에는 전쟁통에 수백만이 넘는 피난민으로 난리가 나 있었다. 그 덕분에 대사마 진길영 원수와 이창해 원수는 서둘러 요를 정벌한 후, 요 정벌에 커다란 도움을 준 여진의 족장들과 회담을 하여 송화강 동쪽을 여진의 영토로 인정하는 대단히 파격적인 제안을 하기에 이른다. 물론 처음에는 여진까지 모조리 정벌해 더 이상 화근거리가 존재하지 못하게 만들 생각이었지만 본국에 내전이 터졌는데 한가로이 야만족들 정벌한다고 대군을 변방에 놔둘 수는 없었던 것이다.

그래서 그들이 생각해 낸 계략이 송화강 동쪽을 여진에게 주는 것이었다. 일부러 그들은 긱 족장들과 송이 여진에 공어하는 송화강 동쪽의 영토를 여러 등분하여 그 토막들의 경계선을 불분명하게 하고 두 명 혹은 세 명의 족장들에게 중복하여 같은 영토를 줌으로 해서 여진족들끼리 치열한 내전이 벌어지도록 머리를 썼다.

그리고 그 전과에 따라 대송 황제가 내리는 벼슬도 함께 내렸는데……. 일부러 작은 부족의 족장에게 높은 벼슬을, 또 큰 부족의 족장에게 낮은 벼슬을 내렸다. 거기에 한술 더 떠서 어떤 큰 부족은 부족장보다 그 수하 용사가 더 높은 벼슬을 받은 곳도 있을 정도였다. 일단 여진에 대한 논공행상이 끝난 후 대송의 주둔군이 철수하고 나자 진길영 원수와 이창해 원수의 계략대로 여진족 내에서 지독한 내전이 벌어졌다.

하지만 그들의 의도와는 달리 그 내전은 아골타라는 뛰어난 젊은 족장에게 행운을 가져다주게 된다. 그는 카막투이 부족의 일개 젊은 족장이었지만, 요 정벌에서 송의 군대와 함께 싸우며 집단전의 기법을 배우게 되었고, 거기에 지독한 부족 간의 갈등을 틈타 각종 모략과 술수를 동원하여 빠른 시간 안에 여진족을 통합해 버렸던 것이다.

『〈묵향〉 4권에서 계속』

장인걸 교주의 마교 세력 편제

✤ 장인걸 교주의 마교 세력 편제 ✤

- 장인걸 교주
  - 근거리 호위대
  - 원거리 호위대 : 수마대
  - 직속 무력 : 사사혈시마대(박용)
- 호법원 : 4. 여진 ← 호법원 무사들의 질적 저하
- 이비대 : 2. 혁무상
  - 비영대 : 정보 수집
  - 비사대 : 참모 집단
- 천마혈검대 : 1. 구양운
- 수라마참대 : 3. 소무면
- 자성만마대 : 5. 장영길
- 총타 외곽 경비대
  - 마화단 : 진란
  - 만마단 : 전길

묵향 : 부록

* 마교의 전통적인 체제는 9명의 장로다. 장로들의 이름 앞에 붙어 있는 숫자는 그들의 서열을 나타내는 것이다.

* 장인걸은 교주 몰래 장로들에게 접근, 그들의 동조를 이끌어 내 모반에 성공했다. 즉, 그가 모반에 성공할 수 있었던 것은 장로들의 힘이 컸다. 그렇기에 장인걸은 자신이 교주가 된 후, 장로원을 해산하고 교내의 모든 세력을 자신이 직접 이끌 수 있도록 만들어 놨다.

* 5명의 장로를 임명해 두긴 했지만, 이들은 말이 장로지 장로원을 통한 독자적인 권력 구축이 불가능했다. 장로들끼리 모여 회의를 통해 움직임을 결정하는 것이 아니라, 교주로부터 직접 명령을 받아 움직였다. 그런 연유로 각 장로들의 독자성은 사라져 버렸지만, 교주인 장인걸에게로 모든 힘과 권력이 집중되는 결과를 낳았다.

독립 세력은 ◆로, 예속된 단체는 ◇, ⊙로 표시했다. 장로 서열은 그 장로가 지니고 있는 발언권과 교주로부터의 신뢰도를 나타낸다.

* 장인걸의 편제상에 장로원은 없다. 장로들을 몇 명 임명하기는 했지만, 그는 모든 권력이 자신에게로 집중되도록 편제를 짰다. 그래서 장로원이라는 독립 의결 기구를 없애 버렸던 것이다.

- **서열 1위 흑살마제(黑殺魔帝) 장인걸(張仁傑) 교주**
⊙ 초절정고수 10명으로 이뤄진 정체불명의 근거리 호위대가 있다. 이들은 장인걸이 위급할 때 외에는 모습을 드러내지 않는 신비한 무리이다.
⊙ 수마대(守魔隊) : 절정고수 50명으로 이뤄진 직속 호위대

------ 장인걸 교주의 마교 세력 편제 ------

⊙ **사사혈시마대(邪死血屍魔隊)** : 1천 명의 고수로 이뤄진 교주 직속 무력 단체
• 서열 17위 학살인도(虐殺人屠) 박용(朴龍) : 사사혈시마대는 모두 다 귀혼강신대법(歸魂殭身大法)을 익힌 자들로 편성된다.

◆ **원로원(元老院)** : 태상교주인 독수마제(毒手魔帝) 한석영(韓夕英)이 원로원을 장악하고 있기에, 장인걸이 어떻게 해 볼 수 없는 단체가 바로 원로원이다.

◆ **호법원(護法院)** : 칠징고수 50명, 고수 5백 명. 각 요인들에 대한 호위가 주 임무로, 각 주요 인물들이 교외(敎外)로 외출 시 인력을 파견하여 호위함. 과거에 비해 그 전력이나 위상이 많이 감소.
• 서열 5위 흑수천마(黑手千魔) 여진(呂震) 장로(장로 서열 4위)

◆ **천마혈검대(天魔血劍隊)** : 80명의 초절정검수
• 서열 2위 환영비마(幻影飛魔) 구양운(丘陽雲) 수석장로(장로 서열 1위)

◆ **이비대(二秘隊)** : 교내의 모든 정보를 다룸.
• 서열 3위 적미살소(赤眉殺笑) 혁무상(赫武相) 차석장로(장로 서열 2위)
⊙ **비영대(秘影隊)** : OOO명의 고수들로 이루어지며 그들이 하는 일은 정보 수집에 있다. 정확한 수는 알려져 있지 않다.

묵향 : 부록

⊙ **비사대(秘邪隊)** : 모사들로서 마교의 나갈 길을 제시하는 참모들의 집단. 현재 212명이 있으며 무공보다는 지략이나 술수 등의 능력이 우선된다.

◆ **수라마참대(修羅魔斬隊)** : 4백 명의 절정고수
• 서열 4위 삼면인마(三面人魔) 소무면(簫無面) 장로(장로 서열 3위)

◆ **자성만마대(紫星萬魔隊)** : 4천 명의 고수
• 서열 6위 무영신마(無影身魔) 장영길(張影吉) 장로(장로 서열 5위)

◆ **마화단(魔花團)** : 첩보, 암살 등 각종 임무를 수행하던 외부 지단이 떨어져 나가고, 총단에서 마교 내 고수들에게 성과 향락을 제공하여 하층 고수들의 불만을 해소시켜 주던 자들만 남게 되었다. 그렇기에 마화단은 과거 혈화단에 비해 형편없이 축소된 단체다.
• 서열 458위 흑미요요(黑眉夭姚) 진란(辰蘭)

◆ **만마단(萬魔團)** : 외부 지단의 이탈로 어쩔 수 없이 새로이 돈줄을 개척해 나가야만 했다. 과거 만악궁 시절에는 소작농들에게서 거둬들이던 수입이 전체의 5퍼센트 정도였으나 지금에 이르러서는 90퍼센트를 넘어서는 실정이다. 그나마 만마단이라는 이름으로 존속할 수 있었던 것은 총단에 소작농들에게 대여한 토지의 대장이 있었기에 가능했다.
• 서열 347위 마뇌자(魔腦子) 전길(田佶)

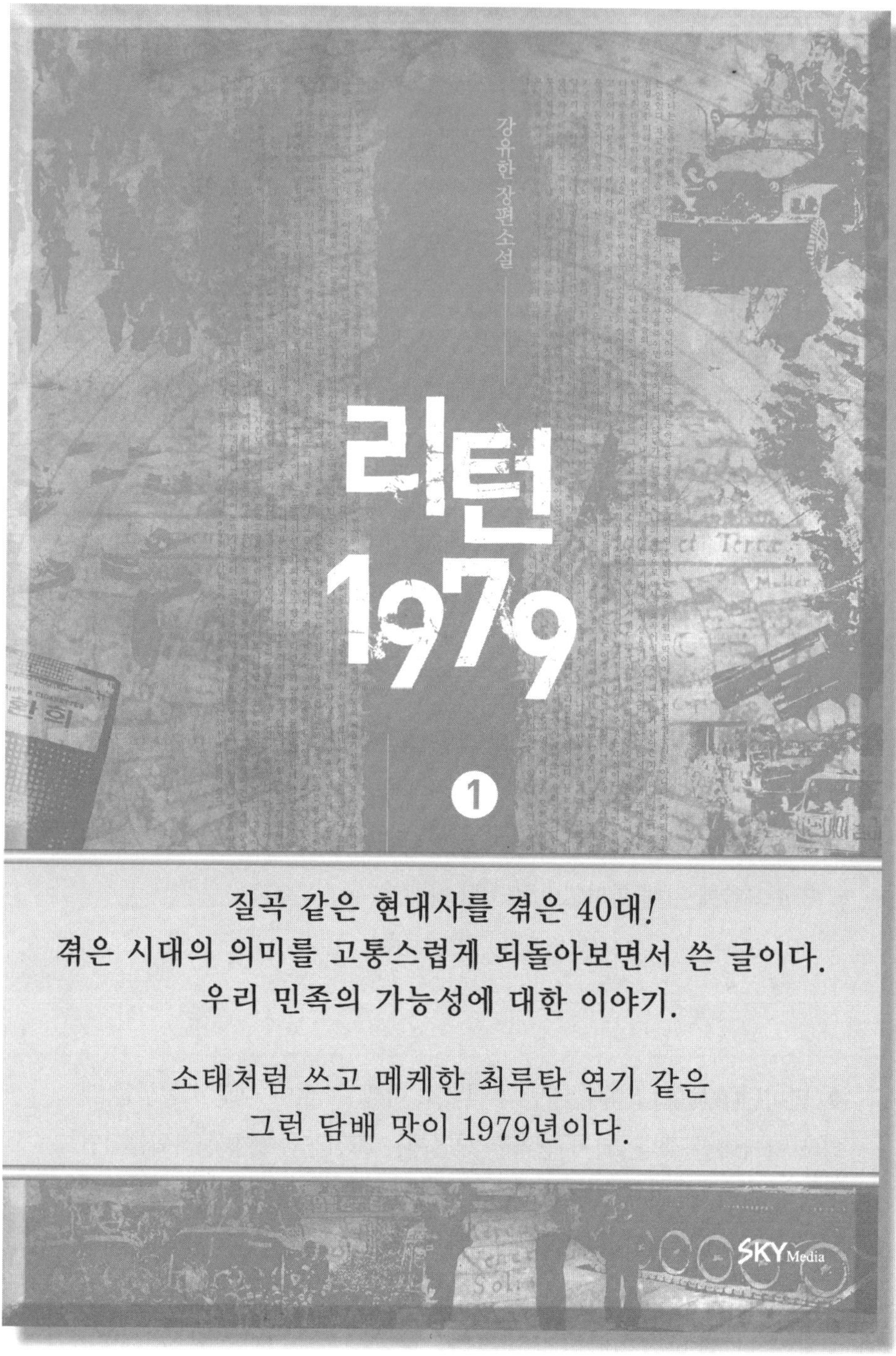

강유한 장편소설

리턴 1979

①

질곡 같은 현대사를 겪은 40대!
겪은 시대의 의미를 고통스럽게 되돌아보면서 쓴 글이다.
우리 민족의 가능성에 대한 이야기.

소태처럼 쓰고 메케한 최루탄 연기 같은
그런 담배 맛이 1979년이다.

SKY Media

강유한 지음 / 1~10권 발간

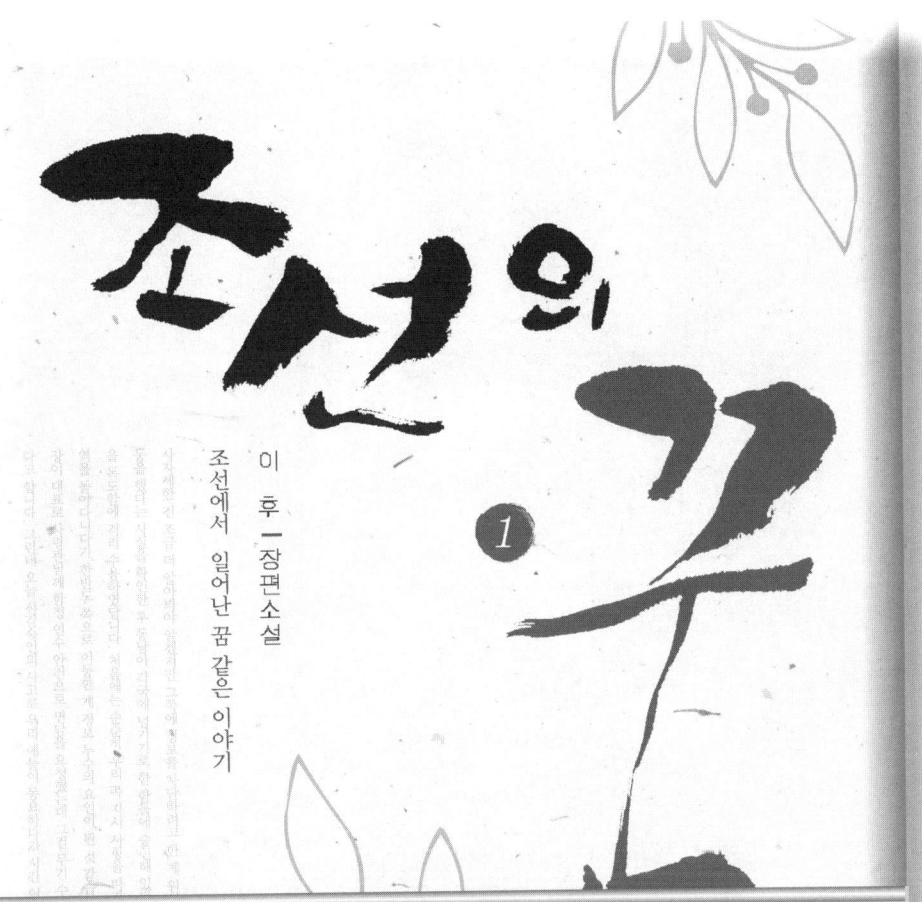

조선의 꿈 1

이 후 — 장편소설

조선에서 일어난 꿈 같은 이야기

조선을 바꿀 실용대왕이 나타났다!

과연, 내가 과거로 간다면 이 땅에 정의를 실현하기 위해서 내 자신을 희생하면서 그러한 일들을 할 수 있을 것인가라는 의문에서부터 이 글은 시작된다!

이후 지음 / 1~2권 발간

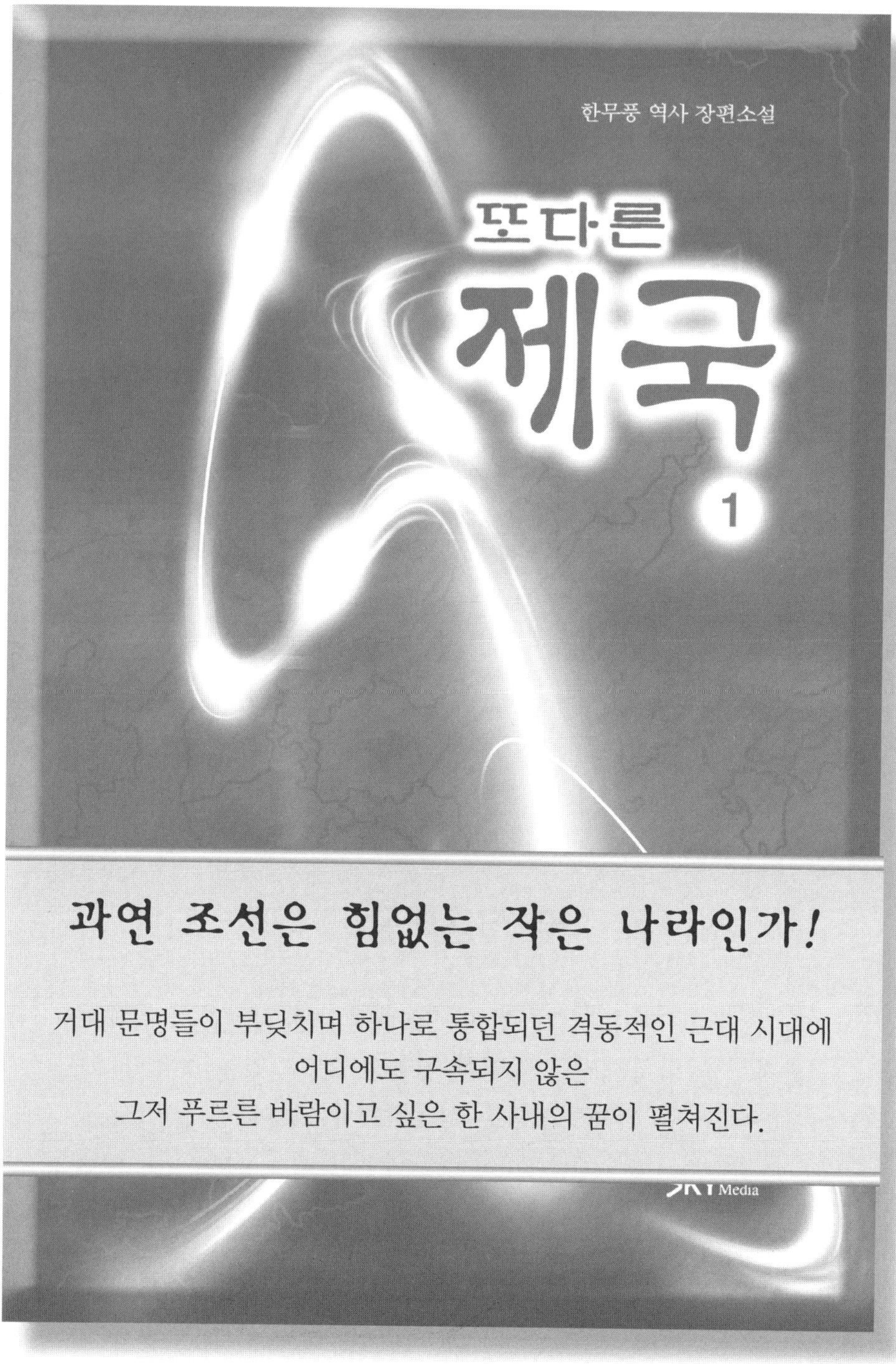

한무풍 역사 장편소설

또다른 제국 ①

과연 조선은 힘없는 작은 나라인가!

거대 문명들이 부딪치며 하나로 통합되던 격동적인 근대 시대에
어디에도 구속되지 않은
그저 푸르른 바람이고 싶은 한 사내의 꿈이 펼쳐진다.

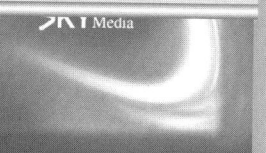

한무풍 지음 / 전 5권 발간

동아시아 WW2

김도형 장편소설

① 오욕의 시간 속으로

동아시아의 진정한 주인은 누구인가!

나는 저 만주와 연해주를 되찾을 날이 꼭 올 것이라 믿는다.
꼭 그래야만 한다. 이미 한반도는 좁아도 너무 좁다.
다시 한 번 대륙을 호령하는 그 날이 오기를 기대하며……

김도형 지음 / 1~5권 발간